Gert Prokop

Die Phrrks

Gert Prokop

Die Phrrks

Phantastische Geschichten

Band 1

Verlag Das Neue Berlin

Die Phrrks

Die Sache mit den kleinen blauen Männchen begann ganz still und harmlos. An einem Donnerstag.

Emma Appelmann starrte ungläubig auf das Inserat in der Zeitung. Sie nahm die Brille ab, hauchte die Gläser an, putzte sie sorgfältig mit dem Zipfel der Tischdecke und las noch einmal.

»Na also«, sagte sie triumphierend. »Von wegen Sperrmüll!« Sie steckte die Hand in das Körbchen auf der Zentralheizung und streichelte den Goldhamster, der zwischen Wattebergen schlummerte.

»Nun wird bald wieder alles gut, Pussy«, sagte sie zärtlich, dann suchte sie die Nummer des Taxistandes aus dem Telefonbuch und versuchte es geduldig immer wieder, bis sie endlich ein Freizeichen und schließlich sogar eine Stimme hörte.

»Hören Sie, guter Mann«, erklärte sie, »ich will mein Radio zur Reparatur bringen, und ich bin eine alte Frau. Könnten Sie so freundlich sein, mich aufzusuchen und es in Ihr Auto hinunterzutragen? Ich zahle gut.«

Der Taxifahrer sah Emma ungläubig an, als er den Radioapparat erblickte. »Wollen Sie den alten Kasten tatsächlich noch reparieren lassen? Der ist doch mindestens dreißig Jahre alt.«

»Fast fünfundvierzig«, korrigierte Emma. »Er spielt noch mit echten Röhren. Und dann wird er warm wie ein kleiner Ofen, nicht wahr, Pussy?«

Der Taxifahrer blickte sich vergeblich nach jemandem um, der Pussy heißen konnte. »Glauben Sie im Ernst, daß Sie einen finden, der so was repariert? Der sich überhaupt noch mit so alten Kästen auskennt? Ich gebe Ihnen einen guten Rat: Schmeißen Sie Ihr Geld nicht zum Fenster raus; schmeißen Sie das Ding auf 'n Müll.«

»Nein, nein«, erwiderte Emma freundlich, »wir hängen an dem Ding, nicht wahr, Pussy?«

Der Taxifahrer zuckte mit den Schultern. »Okay, ist Ihr Geld.«

Der Laden lag in einer kleinen Seitenstraße, und nichts verriet, daß sich hier eine Reparaturwerkstatt befand, auch nicht im Innern: ein leerer, spinnwebgrauer Raum mit ein paar leeren staubigen Regalen. Emma glaubte schon, daß jemand sich mit dem Inserat nur einen Jux gemacht hatte, da betrat eine junge Frau den Raum und forderte den Taxifahrer auf, das Radio auf den Ladentisch zu stellen.

»Sie können den Apparat morgen wieder abholen«, sagte sie.

»Und Sie reparieren ihn? Wirklich?« erkundigte sich Emma mißtrauisch.

»Nicht ich. Der Meister.«

»Kann ich ihn bitte sprechen?«

»Nein, er kommt erst abends. Aber ich versichere Ihnen, morgen nachmittag ist Ihr Gerät fertig, und –«, sie bedachte Emma mit einem strahlenden Lächeln, »es wird spielen, als sei es neu.«

Sie hatte nicht zuviel versprochen. Auch der Taxifahrer, der Emma wie verabredet pünktlich um zehn Uhr abgeholt hatte, zeigte sich überrascht.

»Es geschehen noch Wunder«, sagte er. »Machen Sie auch Rasierapparate, Fräulein?«

»Nein, leider . . .« Sie hob bedauernd die Hände.

»Na, Muttchen, da haben Sie aber Glück gehabt«, sagte der Taxifahrer, als er das Radio auf dem Tisch neben der Balkontür abgestellt hatte. »Ich hätt' jede Wette gemacht, daß sich keiner herabläßt, so'n alten Apparat zu reparieren, dazu für 'n paar Mark. Kann doch kein Geschäft sein, oder? Wer hat denn noch so alte Klamotten? Höchstens so 'ne . . .«

»Alte Schachtel wie ich? Wollten Sie das sagen?« Emma schmunzelte vergnügt. »Hier haben Sie einen Fünfer extra.«

Nachdem sie die Tür hinter ihm geschlossen und die Sicherungskette vorgelegt hatte, holte Emma einen Schraubenzieher, löste die Rückwand des Radios und schraubte hinter dem Loch, das sie vor einem Jahr in die Platte geschnitten hatte, wieder den kleinen Kasten aus Drahtgitter an und polsterte ihn mit Watte.

»So, Pussy«, sagte sie, »nun kannst du es dir gemütlich machen.«

Sie wollte die Rückwand befestigen, doch der Drahtkäfig paßte kaum noch in das Radio, verbog sich, als sie es mit Gewalt versuchte. Emma beugte sich vor, starrte in den offenen Kasten, schloß die Augen, um sich zu erinnern, guckte noch einmal, schüttelte den Kopf, dann ging sie mit zusammengepreßten Lippen zur Tür und zog sich den Mantel an.

»Alles«, so sagte sie, »muß man sich doch wohl nicht gefallen lassen.«

Am Taxistand warteten zehn Leute, so fuhr sie mit dem Bus ins Zentrum. Sie brauchte lange, bis sie den Laden wiederfand. Er war geschlossen, und es sah so aus, als sei er in den letzten zwanzig Jahren auch nie geöffnet gewesen. Emma hämmerte mit der Faust, dann mit dem Schirmgriff gegen die Tür, vergeblich. Sie ging zurück zur Hauptstraße, betrat das erste Elektronik-, Hi-Fi- und Fernsehgeschäft und verlangte so energisch nach dem Chef, daß man ihn herbeirief.

»Wo kann ich mich beschweren?« fragte sie. »Ich hatte mein Radio zur Reparatur weggebracht . . .«

»Sind Sie nicht zufrieden?« fragte der Geschäftsführer. »Spielt es nicht?«

»Doch, es spielt, aber ich bin nicht zufrieden. Ganz und gar nicht! Man hat irgend etwas ausgewechselt und neues Zeug hineingebaut.«

7

Er erkundigte sich nach Typ und Baujahr; als Emma es ihm sagte, konnte er nur mit Mühe ein Lachen unterdrükken.

»Das spielt noch?«

»Wieder«, sagte Emma. »Trotzdem, ich finde es ungehörig, mein Gerät ohne meine Zustimmung umzubauen.«

»Verstehen Sie denn etwas von Radios?« Der Hohn in seiner Stimme war nicht zu überhören.

»Soviel allemal! Das sieht doch ein Blinder!«

»Und Sie behaupten, das Gerät sei bei uns . . .?«

»Nein, entschuldigen Sie bitte, in einem kleinen Laden um die Ecke. Ich dachte nur, Sie wüßten bestimmt, wo man sich über so eine unerhörte Eigenmächtigkeit beschweren kann.«

»In solch einem Fall – nirgends. Wozu auch, es spielt doch, nicht wahr, gnädige Frau?«

»Ich bin äußerst ungnädig«, erwiderte Emma wütend, »und ich gedenke, zu meinem Recht zu kommen. Es kann doch nicht jeder mit meinen Sachen machen, was er will.«

Als man ihr im vierten Laden unverhohlen erklärte, sie sei total verrückt, fuhr Emma nach Hause, doch sie gab nicht auf. Jetzt versuchte sie es per Telefon: beim Obermeister der Elektromechaniker-Innung, bei der Hauptverwaltung der Elektroindustrie, bei dem für ihren Stadtbezirk zuständigen Abgeordneten, im Amt für Eingaben, schließlich sogar bei der Staatsanwaltschaft, wo man ihr androhte, den medizinischen Notdienst zu schicken, wenn sie fortfahre, ernsthaft arbeitende Leute mit ihren Verrücktheiten zu belästigen.

Sie fragte sich, ob sie sich am Ende nur aus Mangel an anderer Beschäftigung in eine unsinnige Sache verbohrt hatte, und entschied, daß es um mehr ging: um ein Prinzip. Hatte sie etwa nicht das Recht, gehört zu werden und Recht zu bekommen, wo sie recht hatte? Sie ging zum Polizeirevier. Sie hatte Glück, der Diensthabende war Herr Lapschinsky aus ihrem Haus, und er hörte sich geduldig an, was Emma vorzubringen hatte. Er nickte sogar verständnisvoll, sagte dann aber, da könne man leider gar nichts tun. Ja, wenn das Gerät nicht spielen würde ...

Verbittert ging Emma nach Hause. Sie hatte keine Freude an ihrem Radio. Sie ließ es Pussy zuliebe den ganzen Tag laufen, doch sie stellte es, außer zur Nachrichtenzeit, so leise, daß sie nichts hören konnte, und starrte stumm aus dem Fenster. In den nächsten Tagen verließ sie ihre Wohnung nicht, und als es klingelte, öffnete sie völlig verwirrt die Tür. Patricia, ihre Großnichte, war gekommen, ihr zum achtundsiebzigsten Geburtstag zu gratulieren; Emma hatte ihn völlig vergessen. Patricia hatte Kuchen und eine Flasche Rotwein mitgebracht. Nach dem zweiten Glas machte Emma ihrem Herzen Luft, sie merkte zu spät, wie entsetzt Patricia sie anstarrte.

»Hast du das alles wirklich getan?« fragte Patricia, stand auf, um das schmutzige Geschirr in die Küche zu bringen, und murmelte leise: »Total plemplem, wird Zeit, daß die Alte in ein Heim kommt.« Nicht leise genug, Emma hatte es verstanden, sie nahm den Kuchenteller und warf ihn der Großnichte an den Kopf.

»Mach, daß du rauskommst«, schrie sie mit sich überschlagender Stimme, »und wenn du glaubst, daß du so zu einer Wohnung kommst, hast du dich schwer geirrt.«

Patricia schickte ihr am nächsten Tag den Notdienst auf den Hals. Der Arzt, ein junger, freundlicher Mann, untersuchte Emma sorgsam, prüfte Reflexe, Augen, Gehör, ließ sie Fragebogen ausfüllen, Farbkleckse deuten und mit verbundenen Augen auf der Teppichkante entlanglaufen, dann beglückwünschte er sie zu ihrer »blendenden Verfassung«, wie er sagte.

»Geben Sie es mir schriftlich«, bat Emma.

»Wozu?«

»Man kann nie wissen.«

Er versprach es, aber natürlich hielt er es nicht, und Emma hatte vergessen, sich seinen Namen zu notieren.

Am Dienstag sah sie ein handtellergroßes kreisrundes Loch in der Fensterscheibe der Balkontür. Als sie aufstand, um es aus der Nähe zu betrachten, konnte sie nichts entdecken, nicht einmal die Spur einer Unebenheit im Glas; vom Sessel aus wirkte es wieder wie ein Loch. Vielleicht eine Spiegelung, dachte sie, nur wovon? Und warum hatte sie es noch nie bemerkt, alle Möbel standen seit Jahren auf demselben Fleck. Vielleicht wirst du wirklich plemplem, dachte sie.

Am Mittwochmorgen war Pussy verschwunden. Dafür hockte auf der Zentralheizung eine Katze, ein niedliches Tier, gewiß, goldbraun mit weißen Haarspitzen, doch Emma wollte keine Katze, sie wollte Pussy. Sie untersuchte Türen und Fenster, alles fest verschlossen. Wie also konnte Pussy verschwinden, und wie war die Katze hereingekommen?

Als Emma frühstückte und ganz in Gedanken das Weiße des aufgebackenen Brötchens auf einer Untertasse für den Goldhamster bereitstellte und Pussy rief, kam die Katze und fraß den Teller leer. Anschließend ging sie in die Ecke hinter dem Schrank und pinkelte in die Schale mit Sägespänen, sprang dann auf den Radiotisch und versuchte, ihren Kopf durch das zu kleine Loch in der Rückwand zu pressen. Schließlich gab sie auf und legte sich wieder auf die Heizung.

In der nächsten halben Stunde rief Emma ein paarmal »Pussy«, jedesmal reagierte die Katze, auch wenn Emma den Namen mit abgewandtem Kopf oder ganz leise sagte. Verwirrte sich ihr Geist nun tatsächlich? Alt genug wäre sie. Vielleicht hatte sie die Katze schon lange, hatte nur früher einmal einen Goldhamster besessen?

Sie holte das Fotoalbum aus dem Schrank. Patricia hatte ihr im vorigen Jahr eine Polaroid-Kamera geschenkt, und Emma hatte, daran erinnerte sie sich genau, gleich ihren Goldhamster fotografiert. Oder ihre Katze? Die Bilder waren nicht sehr scharf: die Farbe stimmte, und das Tier auf den Fotos sah eher wie ein Goldhamster aus, doch als Beweis waren sie wohl nicht gut genug.

Emma holte die Kamera, nahm die Katze auf, bewußt etwas unscharf, wartete, bis sich das Bild auf dem Papier zeigte, verglich dann das neue mit den alten Fotos: nein, da war kaum Ähnlichkeit. Sie fotografierte die Balkontür. Auf dem Bild zeichnete sich unzweideutig und gestochen scharf ein kreisrundes Loch ab! Emma überlegte, wem sie die Fotos zeigen könnte, und stellte seufzend fest, daß sie niemanden hatte, dem sie sich anvertrauen konnte. Ihr wurde wieder einmal bewußt, wie gottverlassen allein sie war. Wozu in aller Welt lebte sie eigentlich noch! Aber sie wußte nun wenigstens, daß sie nicht verrückt war.

Nach dem Mittag nickte sie wie jeden Tag im Sessel ein, und als sie aufwachte und noch verschlafen über die Brille blinzelte, war sie sicher, daß sie doch verrückt war.

Hinter dem Radio kam ein handgroßes blaues Männchen hervor, blickte zu ihr herüber, sprang dann vom Tisch, nein, schwebte langsam durch die Luft und verschwand durch das Loch in der Fensterscheibe.

Du träumst, dachte Emma. Sie preßte die Lider zusammen und biß sich auf die Unterlippe, daß es schmerzte. Als sie die Augen wieder öffnete, schwebte gerade ein zweites blaues Männchen durch die Luft, kurz danach ein drittes, dann ein viertes. Die Männchen hatten, soweit Emma das auf diese Entfernung und ohne Brille ausmachen konnte, kugelrunde kahle Köpfe mit weit abstehenden Ohren und Rüsseln.

Emma griff mit ganz langsamen Bewegungen nach ihrer Brille, dann nach der immer noch auf dem Tisch liegenden Kamera, drehte sie in Richtung Radioapparat und drückte ab, als sich erneut ein blaues Männchen zeigte. Sie wartete ungeduldig, daß sich das Bild auf dem Papier entwickelte.

Sie hatte nicht geträumt, und sie war nicht verrückt! Fotos lügen nicht. Sie legte das Bild auf den Tisch, lehnte sich zurück, schloß die Augen und überlegte, was sie jetzt unternehmen sollte. Ein Räuspern riß sie aus ihren Gedanken.

Auf dem Tisch stand eines der blauen Männchen, blickte sie vorwurfsvoll an, schüttelte unwillig den Kopf und drohte ihr mit seinem kleinen blauen Finger. Dann richtete er ein blitzendes Etwas auf das Foto, und das Bild entfärbt sich ebenso, wie es vor wenigen Augenblicken entstanden war. Anschließend richtete das Männchen sein Gerät auf die Kamera, und der Fotoapparat verwandelte sich vor Emmas Augen in eine silberne Zuckerdose. Das Männchen hob noch einmal warnend seinen Finger, dann schwebte es zur Balkontür und verschwand durch die Scheibe. Emma fiel in Ohnmacht.

Als sie wieder zu sich kam, erinnerte sie sich an alles. Hatte sie es nur geträumt? Auf dem Tisch stand eine Zuckerdose, die sie nie zuvor besessen hatte, daneben lag ein quadratisches weißes Papier und nicht weit davon ein zweites, das mußte das Foto von dem Loch in der Fensterscheibe gewesen sein; das Bild der Katze war unversehrt. Also kein Traum.

Emma griff zum Telefon und rief auf dem Polizeirevier an. Herr Lapschinsky hörte ihr geduldig zu, sagte dann aber nur, sie solle sich nicht aufregen, in ihrem Alter habe man zuweilen die seltsamsten Träume, ja, auch Wachträume, er könne da Sachen von seiner Großmutter erzählen ... Emma fragte, ob er nicht nach Feierabend bei ihr reinschauen könne, aber Lapschinsky bedauerte, leider habe er heute keine Zeit, auch in den nächsten Tagen nicht, vielleicht am Wochenende.

Emma suchte die Nummer der Akademie der Wissenschaften heraus und erkundigte sich bei der Vermittlung nach jemandem, der für neuartige wissenschaftliche Phänomene zuständig sei. Sie wurde an einen Dr. Kerr weiterverbunden. Er hörte zu, bis Emma von den merkwürdigen kleinen Männern sprach, die hinter ihrem, ja wahrscheinlich aus ihrem Radiogerät auftauchten, da unterbrach er sie.

»Kleine grüne Männchen?«

»Nein, blaue«, sagte Emma, »blau und handgroß.«

»Gute Frau«, sagte er, »wenn Sie Langeweile haben, dann rufen Sie die Telefonfürsorge an.«

»Ich habe keine Langeweile«, erwiderte Emma bestimmt, »ich weiß, es klingt vielleicht verrückt . . .«

»Eben«, sagte der andere, »darf ich fragen, von wo Sie anrufen?«

»Nicht aus dem Irrenhaus! Aus meiner Wohnung.« Sie nannte ihm ihre Nummer, er könne ja zurückrufen, wenn er ihr dann eher zu glauben geneigt sei. Sie wartete vergebens. Schließlich rief sie noch einmal in der Akademie an, Dr. Kerr reagierte wütend.

»Falls Sie wirklich nicht aus einem Irrenhaus anrufen«, sagte er, »dann werden Sie schnellstens in einem landen, wenn Sie mich noch einmal belästigen, das verspreche ich Ihnen.« Emma versuchte es noch in der Redaktion der Tageszeitung, bei der »Naturwissenschaftlichen Rundschau« und im Fernsehen, wo man sie jedoch gar nicht erst ausreden ließ. Sie knallte den Hörer auf die Gabel. »Dann eben nicht!«

Neben dem Telefon hockte ein blaues Männchen, die Arme über der Brust verschränkt, den Rüssel gerade nach vorn gestreckt, und sah Emma spöttisch an, so kam es ihr zumindest vor.

»Na, zufrieden?« fragte sie wütend.

»Ich hatte nichts anderes erwartet«, antwortete das Männchen mit erstaunlich voller und tiefer Stimme. Es ließ seinen Rüssel pendeln. »Gib es auf, Emma, niemand wird dir glauben. Und Beweise – Beweise hast du schließlich nicht.«

»Weil du meine Fotos und meine Kamera vernichtet hast!«

»Nicht ich, unser Speliontophoriker.«

»Euer was?«

»Ach, das verstehst du doch nicht, Emma.«

14

»Ich verbitte mir, daß du mich duzt!« empörte sich Emma.

»Warum? Du duzt mich doch auch. Ich heiße übrigens – ach, sage Phti zu mir. Ich bin dein Betreuer. Wenn du irgend etwas mit uns klären willst, rufst du mich, ja?«

»Und woher weiß ich, daß du es dann bist? Ihr seht doch alle gleich aus.«

»Das kommt dir nur so vor. Mit der Zeit wirst du uns schon unterscheiden können.«

»Mit der Zeit?« fragte Emma entsetzt. »Wie lange wollt ihr denn bleiben? Was wollt ihr eigentlich hier? Wieso seid ihr ausgerechnet zu mir alten Frau gekommen? Wie viele seid ihr? Und woher kommt ihr?«

»Aus dem Radio«, sagte Phti lächelnd.

»Und wie kommt ihr da hinein?«

Phti zuckte mit den Schultern, schlug einen Kreis mit seinem Rüssel, verbeugte sich und schwebte davon.

In den nächsten Stunden geschah nichts, wenn man davon absehen will, daß die Katze dreimal ungerufen ankam, auf Emmas Schoß sprang und sich schnurrend zusammenrollte; Emma warf sie runter. Kein blaues Männchen ließ sich blicken, auch nicht Phti, obwohl Emma mehrmals nach ihm rief. Als es zu dämmern begann, machte sie Licht an, doch dann saß sie unbewegt mit fast geschlossenen Augen da, als ob sie schliefe, und beobachtete das Loch in der Scheibe. Plötzlich schwebten sie in langer Reihe ein. Emma zählte mit: zweihundertsiebenunddreißig. Wie, um Himmels willen, fanden sie Platz in dem Radio?

»Phti!« rief sie mit scharfer Stimme. »Komm sofort her!«

»Da bin ich schon.« Er ließ sich außerhalb ihrer Reichweite auf der Tischplatte nieder, und als Emma sich vorbeugte, rückte er gleich weiter ab. »Bitte, versuch nie, mich zu berühren«, sagte er.

»Auf der Stelle will ich wissen, was hier vor sich geht«, verlangte Emma.

»Das ist schwer zu erklären«, antwortete Phti. »Ich

fürchte auch, dir fehlen die notwendigen Voraussetzungen, es zu verstehen.«

»Laß es uns versuchen«, sagte Emma.

»Wozu? Heißt es nicht in euren Gesetzbüchern: Selig sind die Unwissenden?«

»Das ist die Bibel und kein Gesetzbuch«, erwiderte Emma, »und ich bin keine Christin, ich werde keine Ruhe geben, bis ich erfahren habe, was ich wissen will.«

»Wie denn?« Phti schlug einen Haken mit seinem Rüssel.

»Zum Beispiel könnte ich das Radio auf die Balkonbrüstung stellen und es hinunterwerfen, wenn ihr mir nichts sagt.«

»Das würde ich nicht versuchen«, sagte Phti ernst. »Würdest du dir als, nun, sagen wir, Stehlampe gefallen? Oder als Maus, die von deiner Katze gejagt wird?«

»Gut, fangen wir mit der Katze an«, sagte Emma ungerührt. »Warum habt ihr Pussy in eine Katze verwandelt?«

»Um dir einen Gefallen zu tun. Wir dachten, ohne Haustier seist du gar zu einsam. Möchtest du lieber einen Hund?«

»Ich will meinen Pussy.«

»Das geht leider nicht. Er stört uns.«

»Was macht ihr eigentlich da im Radio?«

»Kein Kommentar.«

»Paß auf, Phti«, sagte Emma, »ich bin nicht so dumm, wie du denkst. Ich verfolge seit vielen Jahren alle wissenschaftlichen Beiträge in den Zeitungen und im Fernsehen, ich lese seit über fünfzig Jahren Science-fiction-Bücher. Von Verne, Wells, Dominik, Bradbury, Lem, Asimov kenne ich fast alles, und ich sehe mir jeden utopischen Film im Kino oder im Fernsehen an – ihr seid Exterristen, nicht wahr? Von welchem Stern kommt ihr?«

Phti lächelte nur.

»Ich mache mir meine Gedanken«, fuhr Emma fort. »Ihr könnt unmöglich alle in dem Radio Platz finden. Also, so denke ich mir, ist das nur eine Art Durchgangsstation für euch. Ihr habt irgendwo da oben eine Raumstation und kommt auf irgendeine Weise durch mein Radio herunter, stimmt's? Ihr habt doch auch die Anzeige in die Zeitung setzen lassen.«

Phti nickte.

»Mir ist schon klar, warum. Ihr habt euch gesagt, daß nur alte Leute oder Sonderlinge noch Röhrengeräte besitzen können, Leute, die man für vertrottelt oder meschugge hält, wenn sie eines Tages von kleinen blauen Männchen erzählen.«

»Du bist wirklich nicht dumm«, sagte Phti.

»Wie viele solcher Geräte wie meines gibt es noch?«

Phti zuckte mit den Schultern.

»Vielleicht weißt du es wirklich nicht«, sagte Emma, »das ist im Augenblick auch nicht wichtig, aber: Was wollt ihr hier? Wollt ihr die Erde besetzen?« Sie lachte. »Eine Invasion aus dem Weltraum habe ich mir immer ganz anders vorgestellt. Meinst du nicht, daß wir mit euch Däumlingen im Handumdrehen fertig werden?«

»Mag sein«, sagte Phti, »aber versuche du es lieber nicht.«

»Ich vermute wohl richtig«, sagte Emma, »daß mir nichts anderes übrigbleibt, als euch Obdach zu gewähren?«

»Ja, Emma, so ist es.«

»Nun gut. Was aber habe ich davon?«

»Sag mir, was du möchtest. Wenn es möglich ist, werde ich es dir verschaffen.«

»Einen neuen Fernseher«, antwortete Emma, ohne nachzudenken, »bei meinem fällt schon oft das Bild zusammen.«

Phti schwenkte die Hand, es blitzte kurz auf, dann stand in der Schrankwand ein supermodernes japanisches Gerät.

»Danke schön«, sagte Emma. »Ich muß gestehen, so gefällt ihr mir schon besser.«

»Ich müßte jetzt gehen«, meinte Phti. »Ich wünsche dir,

so sagt man doch hier bei euch, eine angenehme Nacht und einen schönen Traum.«

»Danke, dir auch«, antwortete Emma verblüfft. »Gute Nacht.«

Emma ließ eine halbe Stunde verstreichen, bevor sie aufstand und ins Bad ging. Hier erst nahm sie den kleinen Recorder aus dem Halsausschnitt ihres Kleides, ließ die Kassette zurückspulen und überzeugte sich, daß auch das ganze Gespräch aufgezeichnet war. Sie versteckte die Kassette in dem Korb für die Schmutzwäsche. »Wenn ihr denkt, ihr könnt einer alten Frau auf der Nase herumtanzen, dann irrt ihr euch gewaltig«, sagte sie. »Euch werde ich schon auf die Schliche kommen.«

Am nächsten Morgen wartete Phti bereits auf Emma. Er grüßte freundlich, dann bat er sie, das Radio auch weiterhin Tag und Nacht laufen zu lassen.

»Warum sollte ich?« fragte Emma. »Jetzt, da Pussy nicht mehr hineinkann, um sich zu wärmen . . .«

»Tu es mir zuliebe«, sagte Phti.

»Braucht ihr etwa den Strom?« spottete Emma. »Habt ihr am Ende die Elektrizität noch nicht erfunden? Könnt ihr sonst nicht herunterkommen?«

»Das nicht, Emma, aber . . .«, Phti lächelte, »du würdest uns helfen. Tust du es?«

»Gut«, sagte Emma, »warum sollte ich euch den Gefallen nicht tun. Hast du sonst noch einen Wunsch?«

»Wenn du uns Eigelb geben könntest, sagen wir, von etwa zwanzig Eiern?«

»So viele habe ich nicht im Kühlschrank, Phti, aber ich muß ohnehin einkaufen. Hat es Zeit bis mittags?«

»Bis heute abend. Noch eines, Emma, laß die Katze bitte nicht mehr ins Zimmer. Sicher ist sicher.«

Emma rückte ihren Sessel näher ans Fenster und sah zu, wie das Geschwader der kleinen blauen Männchen aus dem Radio kam und durch das Loch in der Scheibe entschwebte, bevor sie frühstückte. Jetzt merkte sie, daß die kleinen Gestalten durchaus individuelle Züge trugen; da waren kleine Unterschiede in der Größe, den Körperproportionen und in der Form der Köpfe, Ohren und Rüssel.

Richtig niedlich, dachte sie. Eigentlich ist es ganz schön; so habe ich ein wenig Abwechslung. Als sie dann einkaufen ging und die Sonne schien, fühlte sie sich wohl, wie seit langem nicht mehr, sie pfiff sogar leise vor sich hin. Ja, ein wunderschöner Tag. Und beim Fleischer gab es Rindsfilet, im Gemüseladen Apfelsinen und Ketchup. Die Verkäuferin im Lebensmittelladen sah Emma erstaunt an, als sie zwei Packungen Eier verlangte, doch Emma gab keine Erklärung.

Phti kam als erster zurück, er bat Emma, jetzt das Eidotter in flachen Gefäßen bereitzustellen. Sie zog den Tisch aus, trug Teller, Untertassen und sogar die Bratenplatte des Meißner Service herbei und tat auf jedes Gefäß ein Dotter, auf die Bratenplatte zwei. Als sie die Eigelb mit einer Gabel aufschlagen wollte, winkte Phti ab, das sei nicht nötig. Da schwebten die blauen Männchen schon herbei, schwirrten einen Augenblick als Wolke über dem Tisch, bevor sie sich niederließen und um die Teller und Untertassen gruppierten. Einer gab ein eigentümlich knarrend-zischendes Kommando, dann saugten sie das Eigelb mit ihren Rüsseln auf, nur eines blieb unberührt.

Emma sah mit einem Gemisch von Rührung und Verwunderung zu. Kein Mensch wird mir das glauben, dachte sie. Wirklich schade, daß ihre Gäste so empfindlich aufs Fotografieren reagierten. Nein, eine Filmkamera müßte sie haben, das gäbe den sensationellsten Streifen, der je über das Fernsehen gesendet worden war. Die Männchen formierten sich wieder zu einer blauen Wolke, winkten mit Armen und Rüsseln und flogen in langer Reihe zum Radio. Phti blieb vor ihr in der Luft hängen.

»Herzlichen Dank«, sagte er, »das war wirklich wunderbar. Das letzte Eigelb soll deine Belohnung sein.« Er drehte sich um, und das Dotter begann zu brodeln und zu pulsieren, färbte sich schwarzgrün, aromatischer Duft füllte das Zimmer.

»Was ist das?« fragte Emma.

»Erkennst du es nicht am Geruch?« fragte Phti verwundert zurück. »Ich habe gelernt, alte Damen wären ganz wild danach, gerade hier, in eurer Gegend. Nun, versuche es ruhig. Man muß es vor dem Einschlafen auf Brust und Stirn streichen. Gute Nacht.«

Er ließ Emma völlig verdattert zurück. Sie betrachtete die grüne Paste mit äußerstem Mißtrauen und rührte sie nicht an. Der Duft ließ nicht nach. Er wurde immer intensiver. Verlockend. Schließlich siegte ihre Neugier. Was kann mir alten Frau noch geschehen, dachte sie. Warum sollten die Kleinen mir etwas antun wollen, gerade jetzt, da wir so friedlich miteinander umgehen?

Wenige Minuten, nachdem sie sich eingesalbt hatte, fing ihr Herz an zu rasen, ihr wurde schwindlig, die Glieder waren unsagbar schwer. Emma lag mit geschlossenen Augen da und rang keuchend nach Luft. Dann schien es ihr, als falle sie ins Bodenlose.

Sie riß die Augen auf. Nein, sie lag noch in ihrem Bett, aber Wände und Decke schwankten und wogten in Wellen, das Zimmer füllte sich mit leuchtendem, violettem Licht. Ein seltsames, dumpfes Brummen ertönte, erfaßte sie, ließ sie erbeben, dann wurde es pechschwarz. Kurz darauf wuchs rundum ein rosa Schimmer, verdrängte die Dunkelheit, eigentümlich verzerrte Gestalten tauchten auf, unheimliche Gesichter mit langen, warzigen Nasen oder mit Hörnern tanzten um sie herum in der Luft, der Raum weitete sich geheimnisvoll, und Emma fühlte sich schweben. Dann entdeckte sie tief unter sich die Stadt. Sie flog! Eindeutig, sie flog.

Vor vielen Jahren hatte sie einmal einen Rundflug gemacht, genauso lag nun das Land unter ihr, nur daß es jetzt in fahles silbernes Licht getaucht war, in dem Emma alle Einzelheiten unwirklich klar erkennen konnte. Die

Landschaft kam ihr bekannt vor. War das da hinten nicht der Harz? Sie spürte einen Druck zwischen den Schenkeln, merkte, daß sie auf einer Stange ritt; als sie sich umdrehte, sah sie am Ende der Stange so etwas wie einen Reisigbusch. Und Dutzende merkwürdiger Figuren, die mit ihr durch die Lüfte ritten. Ja, es war der Harz. Da lag unverkennbar der Brocken, dort die Roßtrappe und – der Hexentanzplatz!

Emma atmete schwer, klammerte sich an den Stiel. Der Besen drückte steil nach unten, setzte zur Landung an, setzte ganz weich auf, auf einem Plateau, auf dem ein gewaltiges gleißendes Feuer lohte, um das ein wilder Reigen tobte. Aufwühlende Musik ergriff Emma. Sie konnte nicht anders, sie reihte sich ein, hüpfte jauchzend um das Feuer, fühlte sich unbeschreiblich jung und unsagbar glücklich.

Sie wunderte sich nicht, als ein bildschöner Jüngling quer durch das Feuer auf sie zusprang, sie umarmte und küßte; war sie nicht seinetwegen hierhergekommen, kannten sie sich nicht seit undenklichen Zeiten? Hand in Hand liefen sie davon, torkelten ins Moos, sie gab sich ihm hin, sie war selig. Zum Teufel noch mal, wann hatte sie zum letzten Mal so etwas, wann hatte sie je solch eine Wollust erlebt? Es zog sie zum Feuer zurück, sie umarmte den ersten, der ihr über den Weg lief, er strahlte sie an, zog sie in ein Farngebüsch. Mehr, mehr! Ihr Verlangen wuchs ins unermeßliche. Sie tanzte wild mit drei nackten schwarzgelockten Teufeln, entführte die drei an den Waldrand, irgendwann schwanden ihr die Sinne.

Sie erwachte in ihrem Bett. Todmüde. Völlig zerschlagen. Als ihr die Ereignisse der Nacht einfielen, erschauderte sie. Dann zog ein Schmunzeln über ihre Lippen. Warum eigentlich nicht, dachte sie. Sie konnte froh sein, daß überhaupt noch etwas die Eintönigkeit ihrer Tage durchbrach; und wenn sie ehrlich sein wollte, dann war es zwar sehr, sehr – ihr fiel das richtige Wort nicht ein –, nun, verrückt gewesen, aber schön. Da mußte sie achtundsiebzig werden, um so etwas zu erleben. Und es war ja nur ein Traum, beruhigte sie sich. Oder nicht?

Eine Hoffnung glomm in ihr auf. Sie machte Licht, tapste zum Spiegel, doch nur ihr zerfurchtes, hohlwangiges Gesicht blickte sie an, die Haut totenbleich, die Augen rot unterlaufen.

Emma schlurfte in die Küche, brühte Kaffee, verschüttete die Hälfte, als sie die Tasse zum Sessel trug, und schlief ein, kaum, daß sie sich gesetzt hatte. Phti weckte sie.

»Nun«, fragte er, »hat es dir gefallen?« Er sah ihr in die Augen. Emma schoß das Blut in die Wangen. Tatsächlich, sie konnte noch rot werden. Dann erschrak sie. Was wußte Phti?

»Wa–was war d–das?« stotterte sie.

»Eine Mixtur«, antwortete Phti sachlich, »aus den Säften von, warte mal, Tollkirsche, Stechapfel, Bilsenkraut, Fliegenpilz, Rennefahre und Salbei. Unsere vorige Expedition hat das Rezept mitgebracht.«

»Eure vorige –? Wann war das?«

»Nach euren Zeitbegriffen vor etwa sechshundert Jahren.«

»Hast du die Salbe mal ausprobiert?«

»Nein, Salbei ist tödlich für uns.«

»Aber du weißt, wie sie wirkt?«

»Keine Ahnung. Die Berichte waren äußerst verwirrend für unsere Leute. Ich weiß nur, daß man damals großen Erfolg mit der Salbe hatte, vor allem bei alten Damen wie dir. Deshalb dachte ich, daß ich dich damit erfreuen könnte. Nur, Emma, du mußt äußerst verschwiegen sein. In den Annalen heißt es, daß eure Obrigkeit jene alten Damen, nun . . .«

»Verbrannt hat? Als Hexen? Wolltest du das sagen?«

»Ja, Emma.«

»Weil sie die Salbe benutzten oder . . .«, Emma sah ihn

scharf an, »weil sie von kleinen blauen Männchen erzählten?«

Phti hob verlegen die Hände. »Darüber steht nichts in den Berichten.«

»Nun«, sagte Emma, »es ist nicht mehr üblich, Hexen zu verbrennen, aber ich werde trotzdem niemandem etwas davon erzählen.«

»Aber es ist dir bekommen?« erkundigte sich Phti. »Ich habe mir Sorgen gemacht, als du heute früh nicht im Zimmer warst.«

»Warum hast du nicht nachgesehen? Ich lag im Bett.«

»Es macht uns erhebliche Mühe, durch Holz oder Stein zu dringen«, erklärte Phti, »spätestens heute abend jedoch wäre ich gekommen.«

»Danke schön«, sagte Emma gerührt. »Höre mal, Phti, könntest du mich wieder jung machen?«

Phti nickte. »Aber erst bei unserer Abreise. Du verstehst, wir wollen jedes Aufsehen vermeiden. Wenn du weiter so nett zu uns bist, erfüllen wir all deine Wünsche. Natürlich werden wir auch Pussy wieder umwandeln.«

Erst jetzt fiel Emma auf, daß sie die Katze heute noch nicht gesehen hatte. »Wo ist Pussy?«

»Dort.« Phti zeigte verlegen auf eine wunderschöne weißbraune Muschel in der Schrankwand. »Es mußte sein, Emma, sie schnappt nach uns. Aber es ist nur vorübergehend.«

Emma fühlte sich auch in den nächsten Tagen noch recht schlapp. Die meiste Zeit dämmerte sie im Sessel vor sich hin. Und schwelgte in Erinnerungen. Wenn sie die blauen Männchen erblickte, winkte sie mit den Fingern, und die Männchen grüßten mit den Rüsseln zurück. Am Freitag servierte Emma wieder Eigelb, und als sie ihr Sonntagessen kochte, dachte sie, daß Stampfkartoffeln vielleicht auch für ihre Gäste ein Leckerbissen sein könnten. Als die Männchen am Abend kamen, hatte sie den Tisch gedeckt.

Phti erkundigte sich überrascht, was Emma da für sie

hingestellt habe; nachdem sie es ihm erklärt hatte, steckte er eine winzige Probe in ein Kästchen, das er hinter seinem Rücken hervorzog – Emma fragte sich einmal mehr, ob das Blaue nun eine Haut oder ein Schutzanzug sei –, kostete dann vorsichtig und winkte schließlich die anderen herbei. Bald erfüllte genüßliches Schmatzen den Raum; Emma schien es sogar, als ob sie kleine Rülpser vernahm. Dieses Mal verwandelte Phti einen Klecks Kartoffelbrei in Geldstücke.

»Ich glaube, so etwas braucht man bei euch, um zu Dingen zu kommen«, erklärte er. »Du sollst unseretwegen nicht Not leiden.«

Emma nahm verwirrt eine der Münzen in die Hand. Ein Goldstück! Mit der Jahreszahl 1284; auf der einen Seite Christus, umgeben von Lichtstrahlen, auf der anderen ein kniender Mann und ein zweiter mit Heiligenschein, der dem Knienden eine Fahne übergibt. Am nächsten Tag suchte sie den Antiquitätenladen in der Hauptstraße auf. Sie besäße ein altes Erbstück und wolle gerne wissen, wieviel es wert sei.

»Eine venezianische Zechine«, sagte der Händler andachtsvoll. »Sogar eine der ersten Prägung. Und münzfrisch. Wollen Sie sie verkaufen?«

»Wieviel ist die Münze wert?« fragte Emma zurück.

»Da muß ich mich erst erkundigen. Derartige Stücke werden kaum noch angeboten.«

»Na, so ungefähr werden Sie es doch wissen«, meinte Emma. »Hundert Mark, tausend?«

»Mindestens zehntausend, meine Dame.«

Emma nahm ihm die Münze aus der Hand und ging in das nächste Café. Sie bestellte einen Ananas-Eisbecher mit einer doppelten Portion Sahne, Mokka und französischen Cognac. Nun war sie also reich. Und wenn die Männchen sie eines Tages verließen, würden sie sie verjüngt zurücklassen. Jung und schön. Wie die Bardot, dachte sie, genauso wollte sie dann aussehen. Wie die Bardot mit zwanzig

Jahren, versteht sich. Und Phti würde ihr gewiß noch mehr Schätze herbeizaubern. Wie hatte er gesagt: alle deine Wünsche.

Tausend Sachen schossen Emma durch den Kopf, all die unerfüllt gebliebenen Wunschträume ihres Lebens. Sollte sie Phti bitten, Pussy in einen bildschönen, unsterblich in sie verliebten Mann zu verwandeln? Nein, am Ende würde der sie dann mit seiner Eifersucht verfolgen, wenn sie seiner überdrüssig geworden war. Sie war fest entschlossen, ihr neues Leben in vollen Zügen zu genießen. Sie beglückwünschte sich einmal mehr, daß sie damals das Radio zur Reparatur gebracht hatte.

Emma begann, Bilder aus alten Illustrierten und aus Büchern auszuschneiden, von Brigitte Bardot, von Häusern am Meer, von Vorortvillen, von traumhaften Inneneinrichtungen, vor allem von Luxusbädern, von kostbaren Gläsern und Porzellan und erlesenem Schmuck, einer Motorjacht, einem italienischen Sportwagen, denn natürlich würde sie Auto fahren können – vielleicht auch fliegen? Nicht auf einem Besen, versteht sich, in einem Düsenklipper.

Bei ihrer Suche stieß sie auf ein Bild jener Frau, die damals ihr Radio entgegengenommen hatte. Emma studierte es lange. Nein, sagte sie sich schließlich, die Mittelstürmerin der Fußball-Nationalmannschaft wird sich kaum in so einen miesen Laden setzen.

Jeden Freitagabend leistete Emma sich einen Hexensalbentrip, und ihre Ausflüge wurden von Mal zu Mal aufregender, die Orgien immer ausschweifender. Was sie alles in ihren Träumen tat! Dinge, bei denen sie früher vor Scham in die Erde gesunken wäre; jetzt schämte sie sich, daß sie einmal so dumm gewesen war. Aber erlebte sie es nicht jetzt, konnte sie überhaupt unterscheiden, ob das nur Träume waren oder die Erinnerungen an etwas sehr Reales? Egal. Auf jeden Fall war es unerhört erregend. Daß ich das noch erleben darf! dachte sie immer wieder. Sie war rundum zufrieden und glücklich, und sie hätte ihre kleinen

Gäste gern jeden Abend bewirtet, doch die wollten nur einmal in der Woche Eigelb und sonntags Stampfkartoffeln, alle anderen Speisen lehnte Phti ab.

Eines Nachmittags kam Frau May von der Kommunalen Wohnungsverwaltung, um Emma zu überzeugen, ihre Wohnung gegen eine kleinere zu vertauschen. Sie sprach von der immer noch großen Wohnungsnot und bot eine Einzimmer-Komfortwohnung an, natürlich würde man auch den Umzug bezahlen.

»Gedulden Sie sich noch ein Weilchen«, erklärte Emma freundlich, »es wird ja nicht mehr lange dauern, bis ich diese Wohnung frei mache.«

»An so etwas dürfen Sie gar nicht denken«, sagte die Verwalterin erschrocken. »Sie sind doch noch . . .«

»Ach«, unterbrach Emma, »ich denke oft daran, und ich muß gestehen, nicht ohne Vorfreude; dies ist doch kein Leben.« Dann erschrak sie. Die Straßenlampen brannten bereits, jeden Augenblick konnten die Männchen erscheinen. Eilends drängelte sie die Verwalterin hinaus. An diesem Abend fragte sie Phti, wie lange sie noch bleiben wollten.

»Bist du unser überdrüssig?« erkundigte er sich besorgt.

»Das nicht. Aber ich habe Angst, daß ich es nicht mehr erlebe. Du weißt doch . . .«

Phti nickte verständnisvoll. »Keine Angst, Emma, du wirst es erleben, das verspreche ich dir.«

Erleichtert setzte sich Emma an den Weltatlas, um weiter an ihrer Traumreise rund um den Globus zu arbeiten. Dann hörte sie in den Spätnachrichten, daß Waikiki und Tuolahoa von einem Seebeben verschlungen worden seien und daß die ganze Welt der Atolle und Inseln im Pazifik bedroht sei. Gerade jetzt, da sie sich entschlossen hatte, eine lange Tour durch die Südsee zu unternehmen!

Von nun an verfolgte sie wieder aufmerksam die Nachrichten. Wie viele Katastrophen geschahen. Die Erde würde doch wohl nicht ausgerechnet jetzt zuschanden werden, da sie sich eine aufregende Zukunft entwarf? Aber vielleicht, dachte sie, war es schon lange so, und sie hatte nur nicht darauf geachtet, weil das Schicksal dieses Planeten sie ohnehin nichts mehr anging?

Ihre Besorgnis wuchs. Meldungen von Erdbeben und Flutkatastrophen häuften sich. Von gewaltigen Wolkenbrüchen und Überschwemmungen war die Rede, vom bedrohlichen Wachsen der Gletscher und des Polareises, von landesweiten Blackouts der Stromnetze und Computersysteme mit all ihren schrecklichen Folgen: von eingeklemmten Fahrstühlen und steckengebliebenen Untergrundbahnen, in denen Panik ausbrach oder die Menschen erstickten, von Patienten, die auf den Operationstischen starben, weil seltsamerweise auch die Notstromaggregate versagten, von der massenweisen Vernichtung von Nahrungsmitteln durch den Ausfall der Kühlanlagen, von Kühen, Schweinen und Hühnern, die zu Zehntausenden in den modernen Stallungen krepierten, von Zügen, die ineinanderrasten, von Flugzeugen, die bei Notlandungen zerschellten ...

Eines Tages fiel mitten in einem Rundfunkvortrag über die rätselhafte Verdichtung der Atmosphäre und eine rapide wachsende Ozon-Schicht in der Stratosphäre der Strom aus. Emma wartete im Dämmerschein einer Kerze auf die Männchen; sie kamen erst nach Mitternacht, kurz nachdem das Licht wieder angegangen war. Sie rief Phti herbei.

»Was ist los?« erkundigte sie sich. »Ich habe heute sehr lange auf euch warten müssen; dabei mußte ich im Dunkeln sitzen.«

»Tut mir leid«, antwortete Phti, »das war nicht vorgese...« Er schwieg erschrocken.

»Wart ihr das?« fragte Emma.

»Natürlich nicht«, versicherte Phti, doch er wich ihrem Blick aus und verabschiedete sich schnell.

In Emma wuchs ein schrecklicher Verdacht. Phti hatte nie verraten wollen, was sie da draußen taten. Material sammeln, wie es eine Expedition auf einem fremden Himmelskörper doch wohl tun müßte? Sie kamen immer mit leeren Händen zurück. Vielleicht sammelten sie nur Informationen? Warum aber taten sie so geheimnisvoll? Warum suchten sie nicht offiziellen Kontakt zu den Menschen? Emma konnte nicht einschlafen. Wenn ihre Gäste für all diese Katastrophen verantwortlich waren, war dann nicht sie ebenso dafür verantwortlich?

Emma sammelte sämtliche Katastrophenmeldungen, sie frischte sogar ihre französischen und englischen Schulkenntnisse auf, um auch ausländische Sender verfolgen zu können, und sie bedauerte sehr, daß sie nie Russisch gelernt hatte. Was ihr wichtig erschien, verzeichnete sie auf Karteikarten, ordnete die nach Ereignisgruppen und Regionen, und sie war mißtrauisch genug, die schnell wachsende Kartothek im Schlafzimmer aufzubewahren: im Kleiderschrank, der noch aus massivem Eichenholz gebaut war. Als sie die Tabelle für die Umrechnung der Ortszeiten aus dem Lexikon zur Hilfe nahm, verstärkte sich ihr Verdacht.

Konnte es Zufall sein, daß nahezu alle Katastrophen gerade in die Zeit fielen, da die blauen Männchen ausgeschwärmt waren? Andererseits, dachte Emma, sollte es nur meine paar Männchen geben? Können diese Knirpse so schnell so große Entfernungen zurücklegen? Als sie Phti fragte, lächelte er nur.

Emma kramte das Bild der Mittelstürmerin heraus. Ihre Adresse konnte sie nicht erfahren, wohl aber, daß sie bei UNION spielte.

Zum ersten Mal in ihrem Leben ging Emma auf einen Fußballplatz, und sie entschied, daß sie bisher nichts versäumt hatte; das Publikum schien ihr abstoßend roh und rüpelhaft und die Spielweise der Akteurinnen mindestens so hart und hinterhältig, wie sie es aus Fernsehübertragungen von den männlichen Spielern kannte. In der Pause suchte sie die UNION-Kabine auf. Die Mittelstürmerin erkannte Emma sofort. Sie sei in der Studentenvermittlung

29

registriert, erklärte sie, eines Tages habe man sie gefragt, ob sie einen Gelegenheitsjob für ein paar Nachmittage übernehmen könne.

»Da die Arbeit leicht und die Bezahlung anständig war, habe ich angenommen.«

»Haben Sie den Meister, der die Geräte reparierte, gesehen?« fragte Emma.

»Nein, ich sollte nur die Apparate annehmen und wieder ausgeben.«

»Wer hat Sie bezahlt?«

»Das Geld wurde im voraus überwiesen. Wieso, ist Ihr Radio nicht in Ordnung?«

»Doch, doch«, sagte Emma. »Eine Frage noch: Wie viele Geräte wurden Ihnen gebracht?«

»Nur Ihres. Deshalb habe ich mich ja an Sie erinnert.«

Am Ende, dachte Emma, als sie nach Hause fuhr, sind meine blauen Männchen doch die einzigen? Und ich der einzige Mensch, der von ihnen weiß? Am Abend verwikkelte sie Phti in einen umständlichen Bericht über die Eßgewohnheiten in ihrer Jugendzeit und mischte unversehens ein paar Brocken Englisch und Französisch unter. Phti bat sie, es ihm doch »richtig« zu sagen.

Emma entschuldigte sich. »Ich bin eine alte Frau und bringe schon manches durcheinander. Du verstehst wohl keine fremden Sprachen?«

»Deine Sprache ist sehr fremd für mich!« Phti seufzte. »Ich habe lange gebraucht, sie zu lernen; deshalb übrigens wurde ich in diese Expedition aufgenommen.«

»Wo hast du es gelernt?« fragte Emma.

»Bei uns zu Hause, von einem Teilnehmer der ersten Expedition.«

»Von damals, im Mittelalter? Lebt ihr so lange?«

»Das verstehst du nicht«, sagte Phti, »das hängt mit der Zeitdehnung zusammen.«

»Ich weiß wohl, was Zeitdilatation ist«, erwiderte Emma stolz, »ich verstehe nur nicht, wieso du so gut Deutsch kannst; damals haben die Leute doch ganz anders gesprochen.«

»O ja!« Phti seufzte. »Ich habe eine Weile gebraucht, bis ich die Sprache von heute beherrschte. Ich finde, damals war sie viel schöner.« Er schloß die Augen und rezitierte: »Unter der linden / an der heide / dâ unser zweier bette was / Dâ muget ir vinden / schône beide / gebrochen bluomen unde gras / Vor dem walde in einem tal / tandaradei / schône sanc diu nahtegal.«

»Das kenne ich«, rief Emma, »das ist . . .«

»Walther von der Vogelweide«, sagte Phti.

»Ich dachte, es ist ein Volkslied. Ich habe es als Kind gelernt: Unter der Linde / auf der Heide / wo ich bei meinem Liebsten saß / da könnt ihr noch finden / wie wir beide / die Blumen brachen und das Gras / Vor dem Wald in einem Tal / Tandaradei / sang so süß die Nachtigall. – Kennst du noch mehr?«

»Ja. Chyrl – das war mein Lehrer – hat eine ganze Sammlung mit Gedichten von Walther von der Vogelweide mitgebracht, ein Buch mit wunderschönen Bildern. Wie gefällt dir das?« Er sah Emma an, seine Augen glänzten: »Scheidet, frouwe, mich von sorgen / liebet mir die zît / Oder ich muoz an freuden borgen / daz ir saelic sît / Muget ir umbe sehen? / sich freut al diu werlt gemeine / möhte mir von iu eine kleine / freudelîn geschehen!«

»Das habe ich nicht ganz verstanden«, sagte Emma, »vor allem die zweite Hälfte.«

»Wollt Ihr um euch sehen, wie die Welt so fröhlich scheint? Könnt mir doch von Euch eine kleine Freudelin geschehen.«

»Sehr schön«, sagte Emma, »vor allem das ›Freudelin‹ gefällt mir, es ist so poetisch.«

»Nicht wahr?« Phtis Rüssel rotierte fröhlich im Kreis.

»Nun verrate mir doch endlich, woher ihr kommt«, sagte Emma.

»Was nutzt es dir, wenn ich sage, wir kommen vom

Phrrk im System ß11-gng-wrr? Ihr habt ganz andere Bezeichnungen und Koordinaten.«

Emma nickte hilflos. »Und deine Kameraden, die sprechen nicht – irdisch?«

Phti schüttelte den Kopf.

»Ihr seht euch aber doch auch in anderen Ländern um«, meinte Emma, »wenn ihr euch nun nicht verständigen könnt . . .?«

»Muß man sprechen, um zu erkennen?« entgegnete Phti lächelnd. »Mit dir, das ist etwas anderes, du bist – wie sagt man? – unsere Herbergsmutter.«

Dieses Gespräch hatte Emma wieder mit dem Recorder aufgenommen. Sie schloß sich im Klo ein und ließ die Wasserspülung laufen, während sie es mehrmals abhörte. Dann seufzte sie tief. Was, um Himmels willen, sollte sie tun?

Es sah tatsächlich so aus, als ob ihr Radio die einzige Bodenstation der Phrrks war. Und dann war sie, Emma Appelmann, die einzige, die die Menschheit warnen konnte – nein, mußte! Am liebsten hätte sie zum Telefon gegriffen und alle Welt angerufen, doch sie hatte ja ihre Erfahrungen: Niemand würde ihr glauben, solange sie nicht einen Beweis vorlegte. Einen Film oder wenigstens Fotos.

Beim nächsten Einkauf erwarb sie eine gebrauchte Minox-Kamera und mehrere Filme, aber dann zögerte Emma, sie zu benutzen. Wie würden die Phrrks reagieren, wenn sie sie ein zweites Mal beim Fotografieren erwischten? Emma fielen sogleich eine ganze Reihe schrecklicher Dinge ein, die sie mit ihr anstellen könnten; auf keinen Fall würden sie ihr auch nur einen einzigen Wunsch erfüllen. Ade, Jugend, Schönheit und Reichtum, ade, all die Pläne. Welch eine Alternative, dachte sie: das zweite, unerhörte Leben der Emma Appelmann oder die Zukunft der Menschheit – total verrückt. Nein, das durfte nicht wahr sein.

Sie hatte zwar in vielen Science-fiction-Büchern gelesen, daß den Exterristen das Schicksal fremder Zivilisationen schnurzpiepe war, aber konnten diese niedlichen kleinen Männchen wirklich Ungeheuer sein? Und welchen Grund hatte sie eigentlich, sich für diese Menschheit zu opfern, die nichts, aber auch gar nichts von ihr wissen wollte?

Zwei entsetzliche Wochen vergingen, in denen Emma von einem Extrem ins andere geworfen wurde; jedesmal, wenn sie sich entschlossen hatte, die Phrrks zu fotografieren und Alarm zu schlagen, siegte wieder die Angst oder der verlockende, beschwichtigende Gedanke, daß sie den Männchen unrecht tat. Sie fühlte sich hundeelend, aß und trank kaum noch etwas und verzichtete auf die Hexensalbe. Phti erkundigte sich besorgt, ob sie krank sei. Nein, antwortete Emma, nur etwas matt. Sollte sie ihm verraten, daß die Last der ungeheuren Verantwortung, die sie auf ihren schmalen Schultern spürte, sie zu erdrücken drohte? Jeden Tag neue Katastrophen. Als der Hoover-Staudamm barst, weinte sie ungehemmt vor sich hin, schließlich gab sie sich einen Ruck, ging ins Bad und sprach einen ausführlichen Bericht des bisherigen Geschehens auf Kassette. Den Schluß brachte sie nur mit mühsam beherrschter Stimme hervor, von vielen Schluchzern unterbrochen.

»Ich werde jetzt meine Wohnung aus allen Blickwinkeln fotografieren und den Film zu dieser Kassette tun. Wenn ihr in meiner Wohnung etwas erblickt, was auf diesen Fotos nicht zu sehen ist, dann wißt ihr: dies bin ich, Emma Appelmann, in verwandelter Gestalt. Bitte, lacht nicht – es ist nicht die verrückte Idee einer verrückten alten Frau –, sondern haltet mich in Ehren, wie immer ich dann aussehen mag, denn ich opfere mich für euch.«

Die Phrrks schwebten erst spät ein. Phti rief Emma zu, er käme morgen früh, und verschwand mit den anderen. Emma lachte bitter, ging aufs Klo, zog die Minox aus dem Spitzenbesatz ihres Ärmels, nahm den winzigen Film heraus und steckte ihn ins Portemonnaie.

Der Fotograf ließ sich überreden, den Film auf der Stelle zu entwickeln und auch Abzüge zu machen. Die Vergrößerungen fielen recht unscharf und körnig aus – Emma hatte sich nicht getraut, mehr Licht als sonst anzumachen –, auch stimmte die Farbe nicht, Phti hatte einen mächtigen Stich ins Violette, doch er war einigermaßen zu erkennen. Leider war den Bildern nicht zu entnehmen, wie klein er war, da auf allen drei Fotos der Hintergrund absoff, und die Ecke des Radios konnte ebensogut eine Hauswand sein.

»Tut mir leid, besser geht es nicht«, sagte der Fotograf, »sicher haben Sie das Kostüm noch. Kommen Sie damit in mein Atelier, und ich mache Ihnen erstklassige Bilder.«

Emma fuhr zum Fernsehen. Der Pförtner ließ sie nicht passieren, doch er gestattete ihr, mit der wissenschaftlichen Redaktion zu telefonieren. Man lachte Emma aus, die Fotos wollte man gar nicht erst sehen. Morgen werdet ihr euch in den Hintern beißen, dachte Emma vergnügt, doch auch bei der Tageszeitung und der »Naturwissenschaftlichen Rundschau« erging es ihr nicht besser.

In der Sternwarte traf sie auf einen jungen Mann, der ihr zwar geduldig zuhörte und auch die Bilder betrachtete, dann aber nur sagte, sie solle nach Hause fahren, man würde sich im Laufe der nächsten Woche bei ihr melden. In das Ministerium für Sicherheit ließ man Emma gar nicht erst ein, der Pförtner der Akademie der Wissenschaften erklärte sich immerhin bereit, das Material an einen Mitarbeiter weiterzuleiten.

Entnervt setzte Emma sich ins Restaurant des Hotels »Budapest« und aß ausgiebig. Wenigstens einen Erfolg hatte diese Odyssee gebracht: Sie verspürte wieder Appetit. Beim Nachtisch wurde sie sich darüber klar, daß sie so nichts erreichen würde. Auf dem Heimweg ging sie noch einmal bei dem Fotografen vorbei und bestellte drei Dutzend Abzüge; er verlangte volle Vorauszahlung und fünfzig Prozent Eilzuschlag. Emma mußte erst zur Post gehen und

Geld abholen. Vor dem Einschlafen entwarf sie in Gedanken ein Memorandum.

Wie kommt es eigentlich, schoß es Emma durch den Kopf, daß bisher offensichtlich niemand außer dir die Phrrks gesehen hat, dabei schwirren sie seit Wochen durch die Lande – oder nicht? Hocken sie am Ende den ganzen Tag auf dem Balkon? Bauen sie dort etwas?

Aus einer undefinierbaren Scheu heraus hatte sie nicht mehr gewagt, die Balkontür zu öffnen. Jetzt machte sie sie bedächtig auf, schob langsam den Kopf hinaus: nichts. Sie holte den Flurspiegel und lehnte ihn so an die Brüstung, daß sie vom Sessel aus die Rückseite der Tür und den größten Teil des Balkons überblicken konnte.

Am nächsten Morgen glaubte sie, ihren Augen nicht trauen zu können: Die Männchen schienen auf der anderen Seite nicht herauszukommen. Sie wurden unsichtbar, sobald sie die Scheibe passierten!

Emmas Forscherdrang war geweckt. Was eigentlich geschah in ihrem Radio? Sie hängte den Spiegel hinter dem Apparat an die Wand. Es war wenig, was sie dann im schwachen Licht der Röhren durch die schmalen Lüftungsschlitze erblickte, doch es ließ sie erschaudern. Über dem geheimnisvollen, neu eingebauten Komplex bildete sich ein blaues Wölkchen, verfestigte sich, nahm Gestalt an, während es langsam zum Schlupfloch trieb; kurz vor dem Ausschlüpfen war der Phrrk fertig.

Emma hatte schon oft über Teleportation und Materialisation gelesen, so also sah das aus. Sie sprach ihre Beobachtungen auf Kassette. Na, die Leute in der Akademie der Wissenschaften würden staunen! Dann wiederholte sie das Ganze auf einer zweiten Kassette, die sie an die Sternwarte schicken wollte. Und ein drittes Mal: für das Ministerium für Sicherheit. Wenn die Wissenschaftler nicht sofort reagierten, die für Sicherheit zuständigen Organe bestimmt.

Emma nannte ihren Namen, aber sie gab ihre Adresse nicht an, und sie begründete, warum. Niemand sollte sie unverhofft besuchen und die Phrrks aufschrecken. Sie schlug ein erstes konspiratives Treffen in der Konditorei an der Post vor, alles müsse gut vorbereitet, ein handfester, wohldurchdachter Plan ausgearbeitet werden.

Jeden Vormittag machte sie jetzt einen Spaziergang zur Post, erkundigte sich am Schalter für postlagernde Sendungen; als nach fünf Tagen noch immer kein Brief für »Pussy« eingegangen war, wurde Emma unruhig, am zehnten Tag wurde sie wütend. Wozu hatte sie ihr Leben riskiert?

Am zwölften Tag klingelte es an der Tür, Emma hatte sich gerade zum Mittagsnickerchen in den Ohrensessel gesetzt. Vor der Tür stand nur der junge Arzt vom Notdienst, den ihr Patricia damals auf den Hals gehetzt hatte. »Sie sind das!« sagte er. »Die Adresse kam mir doch gleich bekannt vor. Da kann ich ja wieder gehen.«

Er ließ sich nicht einmal zu einer Tasse Kaffee einladen, und als Emma ihn am Ärmel festhielt und flüsternd von den kleinen blauen Männchen berichtete, stieß er wütend ihre Hand weg. »Machen Sie doch keine Geschichten«, sagte er. »Ich verstehe ja, daß Sie sich einsam fühlen, aber so landen Sie wirklich noch in der Klapsmühle.«

Dann eben nicht, dachte Emma. Dann mußten diese Dummköpfe eben für ihre Überheblichkeit bezahlen. Von ihr aus sollten sie, wie in dem Film »Der Schrecken aus dem All«, Sklaven der Phrrks werden, sie würde keinen Finger mehr für diese Bande von Ignoranten rühren. Im Gegenteil, nun durfte sie guten Gewissens die Gastgeschenke der blauen Männchen annehmen und ihr zweites Leben in Saus und Braus führen, mochte geschehen, was wollte. Sie vergrub sich in ihre Mappen mit Ausschnitten und Aufzeichnungen, sichtete, wählte aus und entwarf die Endfassung ihrer Zukunftsplanung. Als dann jedoch die Nachricht vom Untergang Neuseelands in einer Sintflut kam, schlug ihr Gewissen. Nein, sie mußte noch einen letzten Versuch unternehmen; schließlich war sie ein Mensch.

Sie fuhr zum Hauptpostamt, wühlte lange in den Fernsprechbüchern, versicherte sich dann der Hilfe eines freundlichen Postbeamten, der so tat, als wundere er sich kein bißchen darüber, daß eine alte Frau die Nummern des Kreml, der UNO und des Weißen Hauses haben wollte; er beschaffte ihr sogar eine Telefonzelle im Inneren Dienstbereich, von der aus sie ungestört für ein paar hundert Mark telefonieren konnte, nachdem sie ihm erklärt hatte, es ginge um eine Sache von äußerster Dringlichkeit für die Zukunft der Erde.

Niemand wollte sie anhören. Jedesmal wurde das Gespräch schon nach wenigen Sätzen abgebrochen. Emma war verzweifelt. Als sie vor der Haustür Herrn Lapschinsky traf, kam ihr eine Idee. Sie lud ihn zu einer Flasche Sekt ein. Es sei ihr Geburtstag, und sie wolle diesen Tag nicht ganz allein verleben. Lapschinsky willigte ein. Er war froh, einen Vorwand zu haben, nicht sofort zu seinen Kindern zu müssen, die nur darauf warteten, ihn zu Räuber und Gendarm, Mau-Mau oder sonst einem blöden Spiel zu erpressen.

Emma brachte ihn mit Anekdoten aus ihrem Leben und einer zweiten Flasche Sekt dazu, immer länger zu bleiben. Sie hoffte verzweifelt, daß die Männchen heute nicht allzu spät kamen. Dann hatte sie endlich einen Augenzeugen. Und einem Polizisten würde man Glauben schenken. Emma brachte Kognak, Lapschinsky zog den Uniformrock aus, dann schlug er vor, Brüderschaft zu trinken; er heiße Willy. Emma holte ihre Fotoalben.

»Schade«, meinte Lapschinsky, »daß wir uns nicht fünfzig Jahre früher kennengelernt haben.«

»Noch ist nicht aller Tage Abend«, erwiderte Emma verschmitzt, dann fiel ihr ein, daß sie gerade dabei war, sich diese Chance ein für allemal zu verderben.

»Na, na, Emma«, sagte Lapschinsky und tätschelte ihre Hand.

In diesem Augenblick schwebten die Phrrks herein.

Lapschinsky sperrte Mund und Augen auf, Emma preßte ihre Hand auf seine Lippen. Eines der Männchen kam auf sie zu, Emma erkannte es an den großen Ohren: der Spelophoriker. Oder wie er hieß. Er streckte die Hand aus, Lapschinsky verwandelte sich vor Emmas Augen in einen Zwergpudel.

Dann erschien Phti. »Emma!« rief er empört. »Mußtest du so unser Vertrauen mißbrauchen?«

»Entschuldige«, stotterte Emma, noch ganz verwirrt, »ich habe einfach nicht auf die Zeit geachtet, ich bekomme so selten Besuch. Er kann nichts dafür! Du mußt ihn sofort wieder zurückverwandeln.«

Phti schüttelte den Kopf.

»Du kannst doch seine Erinnerungen löschen, oder?«

»Das geht leider nicht.«

»Macht nichts«, sagte Emma, »er wird ohnehin denken, es sei nur eine Halluzination gewesen, so blau, Verzeihung, so betrunken, wie er war. Bitte, Phti, bitte.«

»Gegen eine Entscheidung unseres Speliontophorikers kann ich nichts machen«, erklärte Phti und schwirrte ab.

Emma nahm den Zwergpudel auf den Schoß und streichelte ihn lauthals schluchzend. Ob Willy sich noch an sein Leben als Mensch erinnerte? Am liebsten wäre sie auf der Stelle nach unten gegangen und hätte Frau Lapschinsky erklärt, daß sie nicht länger auf ihren Mann warten solle, doch was konnte sie ihr sagen? Etwa die Wahrheit? Sie nahm Willy mit ins Bett.

Emma lag lange wach und weinte. Diese blauen Biester waren doch Ungeheuer! Erst Pussy, nun Willy – plötzlich erschrak sie. Und du, meine Liebe, dachte sie, du bist sträflich leichtgläubig und unglaublich vertrauensselig gewesen. Die können einer alten Frau doch das Blaue vom Himmel versprechen! War es nicht viel wahrscheinlicher, daß die Phrrks ihre einzige Mitwisserin kaltblütig beseitigten, sobald sie sie nicht mehr brauchten? Schließlich nahm sie zwei Schlaftabletten.

Phti ließ sich in den nächsten Tagen immer nur kurz blicken, und er sah ihr nicht mehr in die Augen. Sollte er sich etwa schämen? Dann war noch Hoffnung für Willy. Vielleicht würden sie auch ihm vor ihrer Abreise die alte Gestalt zurückgeben? Die Männchen schienen mißtrauisch geworden zu sein, Phti nahm von jedem Eigelb eine Probe, bevor er die anderen aufforderte, sich auf dem Tisch niederzulassen.

Am Sonntag wartete er schon auf Emma, sagte wie früher freundlich »Guten Morgen«, fragte nach ihrem Wohlergehen, dann sagte er, sie müßten ein paar Veränderungen in der Wohnung vornehmen. »Wir werden morgen die Schrankwand umwandeln, Emma. Ich wollte es dir heute schon sagen, damit du alles Wichtige herausnimmst und damit du dich nicht unnötig beunruhigst. Gewiß, du darfst dann niemanden in das Zimmer lassen, doch es ist nur für ein paar Tage. Dann haben wir unsere Mission erfüllt, und ich kann endlich nach Phrrk zurück. Und du . . .« Er sah ihr tief in die Augen.

Emma quälte sich ein Lächeln ab.

»Keine Angst«, sagte Phti, »wir halten, was wir versprechen. Alles. Ich werde dir auch eine große Büchse mit Salbe dalassen.« Er schmunzelte. »Für deinen zweiten Lebensabend.«

Emma begann, die Schrankwand auszuräumen. Als sie die Muschel in die Hand nahm, unterbrach sie ihre Arbeit, setzte sich mit einer Tasse Kaffee in die Küche und grübelte. Wozu brauchten die Phrrks eine ganze Wand voller Apparate? Um nach Hause zu reisen? Da würden sie doch wohl aus dem Orbit starten.

Sie fand nur eine Erklärung: um mit einer Invasion von Tausenden, wenn nicht Millionen oder gar Milliarden Phrrks zu beginnen! Na klar, all die Katastrophen waren nichts anderes als die Auswirkungen gewaltiger Vorbereitungen, die das Vorauskommando der Phrrks getroffen hatte, um die Erde für die Invasion ihrer Rasse umzugestalten. Wer weiß, was in den nächsten Tagen noch alles geschehen würde. Und sie war die einzige, die es ahnte. Emma lief es kalt den Rücken hinunter.

Wie hilflos sie war. Selbst wenn sie auf die Straße liefe und es hinausschrie ... Je länger sie grübelte, desto verzweifelter wurde Emma. Dann faßte sie einen Entschluß. Sie streichelte die Muschel, dann Willy. »Tut mir leid für euch«, sagte sie leise, »aber es geht nicht anders.«

Sie stellte sich vor den Spiegel und betrachtete lange ihr Gesicht. Tränen schossen ihr in die Augen. Sie drehte den Spiegel zur Wand.

Als erstes ging sie zur Apotheke. Sie hatte Mühe, der diensthabenden Kollegin klarzumachen, daß es in der Tat lebenswichtig für sie sei, ein ganzes Kilo Salbei zu bekommen. Sie erhielt den gesamten Vorrat: zweihundert Gramm. Nachdem sie alle Apotheken mit Sonntagsdienst abgeklappert hatte, besaß sie ein dreiviertel Kilo. Das wird es hoffentlich tun, dachte sie.

Den Rest des Tages war Emma damit beschäftigt, Bretter, Bohlen, Steine und Zement von der Baustelle um die Ecke zu holen und in ihre Wohnung zu schleppen. Die sonntäglichen Spaziergänger sahen ihr verwundert zu, doch niemand fragte. Nicht, ob sie es durfte, nicht, wozu sie das brauchte, nicht, ob man ihr helfen könne. Ihr war es recht. Nur keine Störung jetzt.

Ungeduldig wartete sie in ihrem Sessel auf den Einflug der Phrrks; sie mußte ihnen unbedingt den gewohnten Anblick bieten. Sobald das letzte Männchen verschwunden war, schaltete Emma das Radio ab. Sie blieb noch eine Weile sitzen und starrte auf ihre dünnen, knotigen Finger, die schartigen, rissigen Nägel, die dicken blauen, vielfach gewundenen Adern, die nur schwach unter der pergamentenen Haut pulsierten.

In diesen Händen also, dachte sie kopfschüttelnd, liegt nun das Schicksal der Menschheit.

Sie stand auf, holte Material und Werkzeug ins Zimmer,

sägte, bohrte, schraubte, raspelte; lange nach Mitternacht hatte sie eine große Kiste aus Brettern und Bohlen gezimmert. Sie verkittete die Fugen sorgsam mit einem Brei aus Mehl und Eiweiß, und sie grinste hämisch, als sie die Schüssel mit dem Eiweiß, das sich in den letzten zwei Wochen angesammelt hatte, aus dem Kühlschrank nahm.

»Guten Appetit, meine Lieben«, murmelte sie leise. Dann mauerte sie die Kiste bis auf zwei Stellen aus, an der einen hatte sie dünne Kanäle für den Abzug gebohrt, an der anderen ein dickes Loch gelassen, an das sie nun den Ausgang des Staubsaugers setzte; das Rohr steckte sie in das Schlupfloch des Radios. Sie verklebte beide Stellen mit mehreren Lagen Heftpflaster, setzte den Deckel auf, überzeugte sich, daß der Staubsauger genug Zug hatte und daß die Verbindungsstellen an Radio und Kiste dicht hielten. Schwer atmend massierte sie Kreuz und Lenden mit den Fäusten und betrachtete verwundert ihr Werk. Das sollte es sein? So primitiv?

Nein, dachte sie, einfach, wie alles Geniale! Sie mußte sich Mut zusprechen. »Du brauchst jetzt verdammt viel Mut, Emma!« sagte sie laut.

Es war schon kurz vor sechs. Emma ging unruhig auf und ab. Sie hatte Angst einzuschlafen, wenn sie sich setzte. Sie brühte eine Kanne pechschwarzen Mokka, blickte immer wieder zur Uhr: die Phrrks waren nie vor sieben und nie nach halb acht erschienen.

Als die Glocken von St. Elisabeth läuteten, setzte Emma einen Kessel Wasser auf, stellte die Abwaschschüssel in die Kiste, schüttete die fünf Tüten Salbei hinein; zehn nach sieben goß sie die Blätter mit kochendem Wasser auf, stülpte schnell den Deckel auf die Kiste und verklebte die Ritze mit Pflaster. Sie holte noch einmal tief Luft, dann schaltete sie das Radio an. Die Röhren begannen zu glimmen.

Auch die Lüftungsschlitze des Radios hatte Emma bis auf einen verklebt, durch den sie jetzt hineinsah. Ein blaues Wölkchen bildete sich, trieb zum Schlupfloch, wurde dichter. Emma ließ den Staubsauger an. Leichter Salbeiduft zog ins Zimmer, der Phrrk wurde von einem gewaltigen Sog erfaßt und in den Staubsauger gesogen, während er gerade Gestalt annahm. Ein kurzer Blick zur Kiste: nichts Blaues drang aus den kleinen Abzuglöchern! Das zweite Wölkchen, das dritte . . .

Emma zählte mit, zuerst stumm, dann leise flüsternd, dann immer lauter; ab zweihundert schrie sie die Zahlen triumphierend hinaus, ». . . zweihundertfünfunddreißig, zweihundertsechsunddreißig, zweihundertsiebenunddreißig!« Sie hielt den Atem an, bis sie es nicht mehr aushielt, dann stieß sie einen schrillen Schrei aus, sprang in die Luft, klatschte wild in die Hände. Geschafft!

Wirklich geschafft? Sie rief sich zur Ordnung, schaltete den Staubsauger aus, riß ihn von der Kiste, klebte das Loch blitzgeschwind zu, dann die Abzugslöcher, kippte das Radio auf die Frontseite, riß die Rückwand herunter, zertrümmerte mit dem Hammer das Innere des Gerätes, griff zum Beil, schlug auch das Gehäuse in tausend Stücke, ließ tiefe Narben im Tisch zurück: eine Orgie der Gewalt. Als nur noch Späne und Metalltrümmer und Plastsplitter übrig waren, hielt sie erschöpft inne. Sie hatte kaum noch die Kraft, die Überbleibsel des Radios zusammenzukehren und in einen Müllbeutel zu schippen. Völlig außer Atem ließ sie sich in den Sessel sinken und schlief auf der Stelle ein.

Irgendwann schreckte sie hoch, blinzelte, überzeugte sich, daß Kiste und Müllbeutel unverändert dastanden, und nickte gleich wieder ein. Als sie das nächste Mal munter wurde, war es draußen schon dunkel. Emma schleppte sich zum Fernseher. Das Vorschaubild für die letzten Nachrichten flimmerte auf dem Schirm. Emma lauschte gespannt, dann ging sie schlafen. Sie hatte Willy gestern in der Küche eingeschlossen, jetzt rief sie ihn und nahm ihn wieder mit ins Bett. Sie drückte ihn fest an sich.

»Keine neue Katastrophe«, flüsterte sie glücklich. »Hast du gehört, Willy? Nicht eine einzige!«

Auch am nächsten Vormittag nicht. Emma steckte die Muschel in ein Perlonnetz und band Willy an einen Bindfaden. »Kommt, meine Lieben«, sagte sie vergnügt, »ich denke, wir haben uns einen Spaziergang verdient.«

Schwüle, drückende Luft schlug ihr entgegen, als sie auf die Straße trat. Die Sonne mühte sich, ein paar Strahlen durch die dichte Wolkendecke zu schicken, Emma nickte ihr zu.

»Na, wird schon wieder werden«, sagte sie und schlenderte in Richtung Taxistand. Sie stellte sich nicht in die Reihe der Wartenden. Als ihr Taxifahrer kam, drängelte sie sich vor, ließ sich von der aufgebrachten Schlange nicht beirren, sondern riß den Schlag auf und stieg ein.

»Erinnern Sie sich noch an mich?«

»Aber natürlich«, antwortete der Taxifahrer, »was soll's denn diesmal sein?«

»Eine Kiste. Zur Müllverbrennungsanlage.«

Als der Taxifahrer den umgedrehten Spiegel erblickte, erkundigte er sich, ob jemand gestorben sei.

»Nur ein Traum«, erwiderte Emma. »Ein ziemlich verrückter Traum. Oder, um es präzise zu bezeichnen: ein Alptraum.«

●●●●●●●●●●●●●●●●●●●●●●●●●●●●●●●●●●●●●

Die Sache mit dem Alpha-No-i

Als ich in die »Venus-Bar« stürmte, waren alle unsichtbar für mich, alle bis auf die Bardame, eine Blondine, die selbst für einen so bevorzugten Stützpunkt des galaktischen Dienstes wie TRANSSOLAR 7 außergewöhnlich attraktiv wirkte. Ich sah nur sie. Die erste Frau seit vier Jahren und sieben Monaten. Sie lächelte, ach was, sie himmelte mich an, als habe sie drei Ewigkeiten auf mich gewartet und könne es noch nicht fassen, daß ich nun leibhaftig vor ihr saß. Klar, so sah sie alle Heimkehrer an, aber wenn man so lange draußen gewesen ist, nimmt man es nur zu gerne persönlich.

Ich packte ihre Hand, als sie das Glas für den Willkommensdrink auf den Tresen stellte, und küßte sie. Ein zarter Duft von Sandelholz schwebte über der Haut.

»Herzlich willkommen daheim«, hauchte sie und blickte mir tief in die Augen. »Was möchtest du?«

Ihre Hand halten, in ihre Augen schauen, über ihr Haar streicheln; sie ließ es sich lächelnd gefallen, gab mir einen flüchtigen Kuß und fragte noch einmal.

Sie verzog keine Miene, als ich meine Wünsche nannte. In ihrer Funktion ist man allerlei Verrücktheiten gewohnt, und so ausgefallen war meine Wunschliste nun auch wieder nicht, oder: Doppelkorn, so kalt, daß sich das Glas beim Einschenken mit Eisblumen überzieht, Mohrrübensaft mit Astron – aus frischen jungen Mohrrüben, versteht sich, vor meinen Augen gepreßt –, Orangenjuice aus richtigen, am Baum gewachsenen Apfelsinen mit Kiewer Wodka, Sauerkrautsaft mit venusischem Hopfenbrandy und, last not least, eine Flasche garantiert hundertjähriger irischer Whisky.

Vier Minuten zeremoniellen Schweigens, für jedes Glas exakt sechzig Sekunden; ich verfolgte den Reigen der Zahlen auf meinem Armband, dann goß ich mir einen Whisky ein und wollte mich auf Blondy stürzen, doch sie war bereits auf dem Weg zum anderen Ende des Tresens, wo sich gerade ein junger Schlaks in der Kombination des Galaktischen Corps auf einen Barhocker schwang. Auch er trug die Blütenkette des Heimkehrers um den Hals, aber zum Glück war er nicht aus unserer Besatzung – ich hätte den Anblick nicht ertragen können, nicht an diesem Tag und nicht an den nächsten zehn oder zwanzig; nach vier Jahren und sieben Monaten Flug kann man das Gesicht des besten Freundes nicht mehr ausstehen.

Er war schlauer als ich, zog Blondy gleich ins Gespräch, und ich konnte sehen, wo ich einen Partner fand.

Die Bar war noch ziemlich leer, und die wenigen Gäste blickten angestrengt weg und taten, als wären sie in tiefsinnige und hochproblematische Gespräche verwickelt, damit ich sie ja nicht belästigen sollte. Doch links von mir, direkt an der Wand, hockte einer für sich allein und testete, wann seine Augen in das leere Glas vor ihm fallen würden.

Ich setzte mich neben ihn. Es war mir egal, ob er allein sein wollte, schließlich war ich Heimkehrer und hatte das Recht, jedermann anzuquatschen. Er respektierte es mit einem vagen Lächeln. Als ich mich vorstellte, nickte er. Ich goß unsere Gläser bis an den Rand voll Whisky. Er nippte nur und trank erst aus, als ich drohend fragte, ob er mir den Willkommensgruß verweigern wolle. Aber er war so anständig, wenigstens so zu tun, als höre er mir zu, während ich ihm meinen Seelenballast in die Ohren schüttete.

Irgendwann muß er begonnen haben, tatsächlich zuzuhören; als ich von unserem Beinahezusammenstoß mit dem Dunkelkometen berichtete, fragte er sogar nach Einzelheiten, und ich merkte an seinen Reaktionen, daß er etwas von galaktischen Reisen verstand. Als ich mich erkundigte, sagte er, er sei selbst Astrogator. Später erfuhr ich, daß er mehr Lichtjahre auf dem Buckel hatte als ich, daß er auch noch ein Diplom für Solarik und eines für Geologie besaß, daß er Mark hieß und nun schon seit Jahren hier auf TRANSSOLAR 7 hockte. Warum, verriet er nicht. Dann entdeckten wir, daß wir das gleiche Hobby hatten: Asteroidenstaub. Jetzt war ich froh, daß der andere Heimkehrer die Bardame beschlagnahmt hatte. Was ist eine Blondine gegen Asteroidenstaub!

Die Bar füllte sich, neben uns feierte eine Bande von Raumkadetten ihren Abschied vom Sonnensystem zum ersten galaktischen Flug. Wir mußten aufpassen, daß man uns nicht anrempelte, denn wir hatten unsere Etuis gezogen und zeigten einander die schönsten Stäubchen unserer Sammlungen. Plötzlich erschrak Mark, blinzelte, blickte erstaunt auf sein Armband, klappte sein Etui zu und sagte, er müsse verschwinden.

»Was es auch ist, verschieb es auf morgen«, erwiderte ich. Ich hielt ihm mein Etui unter die Nase. »Such dir was aus!«

Ich hätte ihm sogar den Rubinflair vom Asterix geschenkt. Wissen Sie, wie es ist, wenn man sich nach solch einer Reise zum ersten Mal einem Menschen öffnet? Als sei man nach Unendlichkeiten der Einsamkeit einem Freund begegnet.

»Tut mir leid«, sagte er, und es klang verdammt aufrichtig, »aber ich muß weg. Eine Stunde. Wenn du willst, komme ich wieder. Halt mir den Platz frei.«

Ich packte ihn am Handgelenk und hielt ihn fest. Er versuchte, sich meinem Griff zu entwinden, bat, bettelte schließlich, ich möge ihn doch loslassen; dann verschwand er vor meinen Augen.

»Zu spät«, hörte ich seine Stimme. Ich starrte ungläubig auf meine Hand, die nichts als Luft zu umklammern schien, dabei fühlte ich nach wie vor seinen Arm unter meinen Fingern. Sein Kopf war verschwunden, seine Füße; die Pantoffeln standen verlassen auf dem Boden, neben mir hockte Marks mattsilberne Kombination, eine leere Hülle. Als ich meinen Griff lockerte, glitt sie zu Boden und wurde samt den Pantoffeln von einer unsichtbaren Kraft in die dunkle Ecke geschoben.

»Was ist los?« fragte ich.

»Ich bin unsichtbar, das ist los.« Seine Stimme klang müde, voll Resignation. »Du hättest mich gehen lassen sollen. Wie komme ich jetzt hier hinaus?«

»Bleib«, bat ich. »Ich passe auf, daß sich niemand auf dich setzt.«

»Daran ist der Whisky schuld«, erklärte er. »Alkohol macht das No-i unberechenbar.«

Ich muß ein ziemlich blödes Gesicht gemacht haben, denn er lachte laut auf, so laut, daß die Köpfe der anderen zu uns herumflogen. Da sie meinen Blütenkranz sahen, drehten sie ihre Gesichter schnell wieder weg. Nur Blondy schaute besorgt herüber, wahrscheinlich hatte sie Angst, daß ich den Raumkoller bekam. Ich rückte so dicht wie möglich an Mark heran und drehte den anderen den Rücken zu.

»Los, red schon«, flüsterte ich, da kam Blondy und fragte, ob ich einen Wunsch hätte. Sie faßte wie zufällig nach meinem Puls. Ich bestellte eine neue Flasche Whisky. Sie sah mich prüfend an. »Ich bin okay, Baby, ich führe nur Selbstgespräche«, sagte ich, »Abschnitt vier des Lehrmaterials für Raumfahrtpsychologie: Isolationssymptome nach lang dauernden Kollektivzwängen.« Ich riß die Augen auf, damit sie meine Pupillen studieren konnte; ich streckte ihr sogar die Zunge heraus und machte ah. Schließlich rückte sie den Whisky heraus, diesmal geöffnet, und bevor sie die Flasche brachte, kippte sie ein paar Kubikzentimeter Antidun hinein.

»Das gibt es also wirklich«, murmelte ich, als sie sich endlich verzogen hatte, »die Tarnkappe, König Laurins Mantel!«

Ich drückte Marks Arm, ließ meine Hand über seinen unsichtbaren Rücken gleiten und biß mir schließlich in die Hand, um mich zu vergewissern, daß ich nicht unter Halluzinationen litt; nach galaktischen Flügen können schlimme Symptome auftauchen. Aber ich war in Ordnung.

»Wie oft sieht man so was im Video«, sagte ich dann zu der Wand, die ich ohne den Schimmer einer Unregelmäßigkeit links von mir erblickte, »aber daß es das wirklich gibt!«

Mark grunzte nur. Er bat mich aufzustehen, damit er hinter meinem Rücken einen Schluck nehmen konnte. Ich starrte auf das Glas, das mit tänzelnden Bewegungen über die Platte des Tresens rutschte, bevor es wie von Zauberhand in die Luft gehoben wurde, kippte und leer wieder auf dem Tresen aufsetzte.

»Seit ich denken kann, träume ich von einer Tarnkappe«, sagte ich, »und nun sitzt so was tatsächlich neben mir. Wie funktioniert es? Verrate mir den Trick, und ich schenke dir allen Staub meines Lebens.«

»Ach, laß mich in Ruhe«, knurrte Mark. »Erzähl lieber was von dir. Sonst fallen wir noch auf.«

»Woher hast du das?«

»Ich habe es von den Alphas«, sagte er müde. »Ich traf sie unterwegs. Auf einem Routineflug zum Pluto. Ein Lastkahn, solo. Sie hatten eine Havarie. Nichts Aufregendes, ein Porös im Panzer, aber vielleicht hast du gehört, was für miserable Techniker sie sind. Genial im Erfinden, aber hundsmiserabel in der Technologie. Mit ihren Geräten hätten sie Monate gebraucht, das Porös abzudichten. Ich habe es in vier Tagen geschafft. Als Dank boten sie mir einen ganzen Katalog von Alphaquitäten an. Und ich, ich habe das No-i gewählt.«

»Hätte ich auch. Ohne zu zögern.«

»So, hättest du.«

Ich mußte sein Glas füllen, und er kippte es wieder in einem Zug aus. Gespenstisch, wie das Glas sich in die Luft hob und der Whisky im Nirgendwo verschwand.

»Und jetzt bist du unsichtbar, wie und wann du willst?«

Er lachte, es klang eher bitter als übermütig oder zufrieden. »Täglich zweimal eine Stunde, genau gesagt vierundfünfzig sieben Achtel Minuten, das entspricht einer Alpha-Sekunde, der kleinsten Zeiteinheit, auf die das No-i einzustellen war. Jupiter sei Dank, daß ich nicht mehr genommen habe.«

»Phantastisch«, sagte ich, und er sagte: »Soll ich es dir schenken?«

Mir blieb vor Verblüffung die Antwort in der Kehle stecken. Seine unsichtbare Hand klopfte mir auf den Rücken. »Keine Angst, es geht nicht; das No-i ist biotonisch in meinen Kreislauf integriert, unlösbar, bis an mein Lebensende.«

»Schade«, sagte ich.

»Was willst du mit einer Tarnkappe?« fragte Mark.

Die Frage überraschte mich nicht. Wie oft hatte ich mir ausgemalt, was ich alles unternehmen würde, wenn ich unsichtbar wäre. Selbst unbeobachtet beobachten können! Meine Lieblinge, die Hasen und Rehe im Spree-Nationalpark. Oder die überhellsichtigen Cocolibris am Amazonas, die erst kurz vor meiner Abreise und auch da nur durch einen Zufall entdeckt worden waren. Und Menschen! Wissen, wie sie wirklich sind. Wenn sie sich unbeobachtet fühlen. Wenn sie sich nicht verstellen. Hören, wie sie über dich reden, wenn sie denken, du bist nicht dabei. Den internsten Beratungen beiwohnen. Und all die Jugendträume, diese albernen, unsinnigen, aber da immer noch unerfüllten, immer noch bohrenden Wünsche: jemanden ungesehen anrempeln, etwas vor seinen Augen verschwinden lassen, ohne Billett in jede ausgebuchte Veranstaltung gehen und sie mit eigenen Augen sehen können, nicht auf die Videokrücken angewiesen sein . . . tausend Möglichkeiten.

Was ich auch nannte, nichts schien Mark fremd. Als hätten wir einst gemeinsam Pläne und Streiche ausgeheckt.

Am liebsten hätte ich ihm die Stirn geküßt, doch ich hatte Angst, Blondy würde den Medizinischen Dienst holen; so drückte ich nur mit beiden Händen die Luft, die seine Hand war. Mark hatte noch ein Motiv: Er hatte seine ehemalige Frau besuchen und beobachten wollen, um endlich zu erfahren, warum sie ihn verlassen hatte, denn seit der Trennung hatte sie kein Wort mehr mit ihm gesprochen.

Jetzt schien er keine Angst mehr vor Alkohol zu haben. Immer schneller bot er mir den Anblick des schwerelosen Glases. Einmal sah Blondy gerade in unsere Richtung, als er trinken wollte; ich nahm schnell das Glas und stellte es auf den Tresen.

»Gib mir sofort mein Glas wieder!« maulte er.

»Es steht doch vor dir«, sagte ich. »Bist du schon so besoffen, daß du das Glas nicht mehr findest?«

»Selber besoffen.«

Ich hielt das Glas an die Stelle, wo ich Marks Mund vermutete; ich hatte richtig geraten.

»Noch einen.«

»Erst wenn du mir endlich verrätst, wie dein No-i funktioniert und was du damit schon alles angestellt hast. Mann, wie ich dich beneide!«

»Du hast keine Ahnung, wie es ist, unsichtbar zu sein«, stieß er hervor. »Andauernd rempelt dich einer an, stellt sich auf deine Zehen, setzt sich auf den scheinbar leeren Stuhl . . .«

»Gut, es mag unbequem sein, ständig ausweichen zu müssen«, räumte ich ein, »aber die Möglichkeiten . . .«

»Was für Möglichkeiten? Du bist genauso blöde wie ich. Dich hätten die Alphas ebenso reinlegen können.«

»Wieso? Du bist doch unsichtbar.«

»Bin ich.«

»Na also, warum haben die Alphas dich dann reingelegt?«

»Weil ich ein dummes Schwein bin. Weil ich nicht nachgedacht habe. Und weil die Alphas es sich nie verknei-

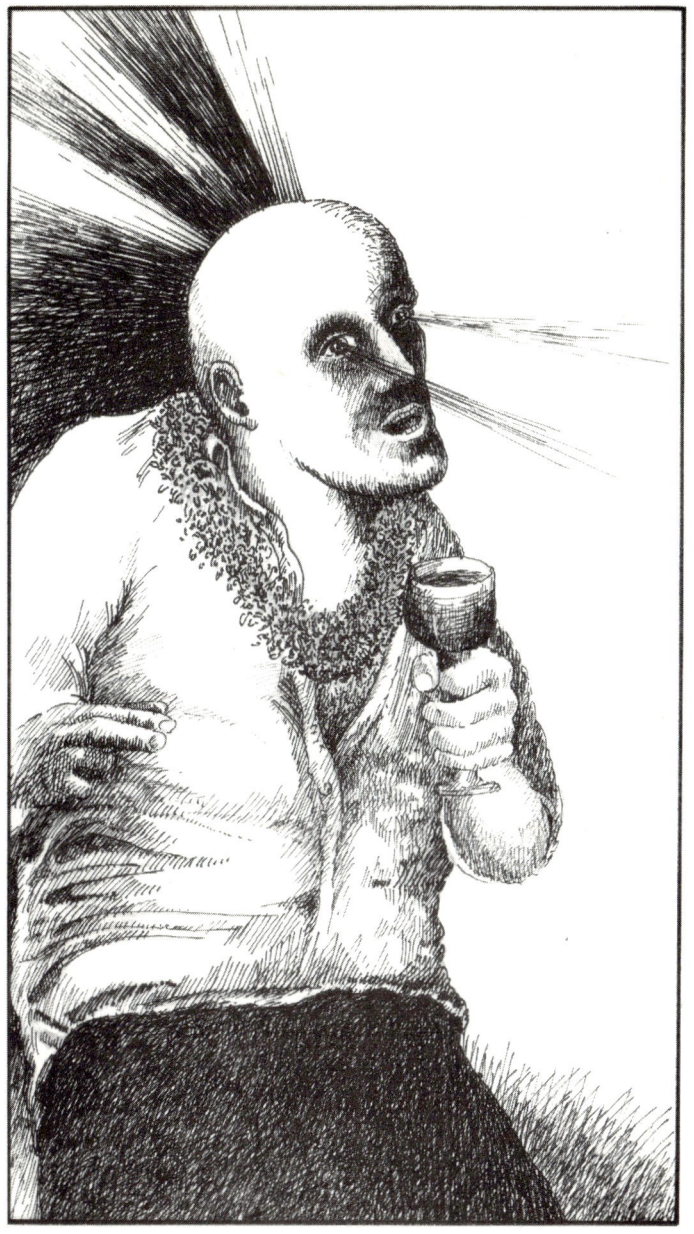

fen können, einen Spaß zu machen – das, was sie für einen Spaß halten.«

»Ich denke, sie sind absolut ehrlich und halten immer, was sie versprechen?«

»Wie das Orakel von Delphi. Erst wenn es zu spät ist, merkst du, was wirklich gemeint war.«

»Was ist los?«

»Du scheinst in Physik ebenso schwach zu sein wie ich«, stöhnte Mark. »Es gibt nur zwei Möglichkeiten, unsichtbar zu sein: entweder, du läßt alle Lichtstrahlen um den Körper herumfließen, oder du hast einen durchsichtigen Körper, verstehst du?«

»Natürlich verstehe ich das. Bin doch kein Idiot.«

»Nein, bist du nicht?« Er grunzte. »Wenn du die Lichtstrahlen um dich herumleitest, sitzt du wie in einem geschlossenen Raum; das Licht erreicht dich auch nicht, du hockst im Dunkeln.«

»Daran habe ich nicht gedacht«, gestand ich. »Ich hoffe, deine Tarnkappe beruht nicht auf diesem Prinzip.«

»Nein, auf dem zweiten. Wenn das No-i einsetzt, werde ich durchsichtig.«

»Klasse!«

»Hast du mal Quallen gesehen?«

»Klar, zu Hause an der Ostsee, manchmal sogar Wasser zwischen den Quallen.«

»Unter einem bestimmten Blickwinkel werden sie durchsichtig, unsichtbar; du siehst nur die Augenflecke, kleine Punkte, die frei im Wasser zu schweben scheinen.«

»Stimmt.« Ich starrte in Marks Richtung, ob auch seine Augen irgendwo in der Luft schwebten.

»Such nur«, spottete er. »Das No-i wirkt radikal. Ich bin durch und durch durchsichtig. Das ist es ja. Wenn das No-i einsetzt, werden nicht nur meine Muskeln und Knochen und Eingeweide von den Lichtstrahlen durchdrungen, als seien sie gar nicht vorhanden, sondern auch die Augen.«

Meine Schreckzeit war so lang, daß mich draußen im All drei Meteore hätten durchschlagen können. »Heißt das etwa . . .?«

»Ja. Wenn ich unsichtbar werde«, sagte er und ließ sein Glas durch die Luft schweben, »dann bin ich blind wie ein schwarzes Loch.«

Ein harmloser Irrer

Mulligan bemerkte den Alten erst, als er direkt vor ihm stand, ihn mit großen Augen bedeutungsvoll ansah und leise fragte: »Bringen Sie Nachricht von Wloblam?«

Mulligan schüttelte instinktiv den Kopf. Der Alte nickte traurig und ging mit hängenden Schultern quer durch die Hotelhalle zum Lift. Mulligan blickte zur Uhr: eine Minute nach sechs. Draußen fiel der Regen nach wie vor in dichten Schauern zu Boden. Eine Zeile aus dem Urlaubsprospekt schoß ihm durch den Kopf: 350 Sonnentage. Er ächzte. Offensichtlich hatte er die restlichen fünfzehn Tage erwischt. Eine halbe Stunde saß er in der Halle und starrte durch die Scheiben, über die der Wind bizarre Regenmuster blies, auf das Meer hinaus, dann ging er zum Empfang. Als der Portier ihm den Schlüssel reichte, bohrte sich ein Daumen in seinen Oberarm. Der Alte.

»Verzeihen Sie, guter Mann, haben Sie vielleicht einen Dollar übrig?« Der Alte griente treuherzig und entblößte dabei zwei Reihen metallüberkronter Zähne.

Mulligan kramte verwirrt in den Taschen seines Blazers, brachte mit der Linken ein paar Dimes und mit der Rechten zwei Vierteldollar hervor; der Alte pickte blitzschnell die Münzen aus Mulligans Händen, verbeugte sich und verschwand in Richtung Bar.

»Zwanzig Cents hätten es auch getan«, meinte der Portier. »Bermuda-Joe trinkt nur Bier.«

Mulligan blickte den Portier fragend an.

»Ein harmloser Irrer, Sir! Gutmütig und jederzeit freundlich, fast zu beneiden.«

»Wohnt er auch hier?«

»Seit Jahren schon.«

»Das ›Fulton‹ ist nicht gerade billig«, meinte Mulligan verwundert.

»Oh, Bermuda-Joe besitzt Geld. Er hat ein Appartement mit Vollpension gemietet, und die Rechnung wird regelmäßig von seiner Bank beglichen. Ich denke, es ist nur eine Marotte, daß er andere um einen Dollar oder einen Drink anquatscht. Ich weiß nicht, soll man ihn eine tragische oder eine komische Figur nennen . . .« Der Portier ließ die Stimme schweben, als warte er nur auf eine Aufforderung, zu erzählen. Mulligan bot ihm eine Zigarette an.

»Er behauptet, Außerirdische hätten ihn beim Segeln im Bermuda-Dreieck gekidnappt und mit auf ihren Stern genommen, eines Tages hätten sie ihn dann wieder auf der Erde abgesetzt. Seitdem wartet er hier auf sie. Oder auf eine Nachricht.«

»Von Wloblam«, ergänzte Mulligan lächelnd.

»Plemplem, was?« Der Portier tippte sich mit dem Finger an die Stirn. »Aber harmlos. Meine Mutter dagegen . . .«

»Stammt er aus Davenport?« unterbrach Mulligan.

»Nein, aus dem Norden. Manchmal spricht er von New York und sagt, daß er Börsenmakler gewesen ist – wenn überhaupt, dann vor einer Ewigkeit. Ich habe ihn getestet; er hat nicht die Bohne Ahnung von den heutigen Aktien. Ich hätte gern einen sicheren Tip. Haben Sie Ahnung von der Börse, Sir?«

»Tut mir leid, ich bin Physiker«, antwortete Mulligan.

»Vielleicht war er es wirklich mal«, meinte der Portier, »vielleicht hat er bei dem großen Krach achtundachtzig durchgedreht, wär' nicht der einzige, nicht wahr? Vom Segeln versteht er was, aber ich glaube natürlich nicht, daß er bei den Bermudas von einer Fliegenden Untertasse gekapert worden ist; wer soll denn so einen Quatsch auch glauben, Sie etwa, Sir? Kein Mensch . . .«

Mulligan hörte nicht mehr zu. Das also, dachte er, war einer dieser UFO-Fans. Er hatte alle Berichte über »Unbekannte Flugobjekte« studiert, aber noch nie einen der angeblichen Augenzeugen persönlich gesprochen; schon als Junge hatte er sich für dieses Thema interessiert, und seit er den Job bei der Air-force hatte, gehörte das »Geheimnis des Bermuda-Dreiecks« zu seinem Forschungsgebiet.

Er kannte die Fakten auswendig, von jener Tragödie an, die dem Gebiet zwischen den Bermudas, Puerto Rico und Florida den Namen »Teufelsdreieck« gegeben hatte, jenem 5. Dezember 1945, an dem fünf Maschinen der Air-force mit vierzehn Mann Besatzung bei idealem Wetter auf einem Routineflug verschwanden.

Die Protokolle des Funksprechverkehrs gaben keine Erklärung, wieso; ebensowenig bei den Dutzenden von Flugzeugen – und über hundert Schiffen, darunter einem großen Tanker –, die seither im Bermuda-Dreieck verschwunden waren.

Es war jedesmal annähernd gleich: Wir sind offensichtlich vom Kurs abgekommen ... Es ist kein Land zu sehen, nirgends Land ... Wir können unseren Standort nicht bestimmen ... Die Navigationsinstrumente spielen verrückt ... Der Ozean sieht nicht wie gewöhnlich aus ... Wir können die Sonne nicht mehr sehen ... Dazwischen aufgeregte Rufe zwischen den Piloten und unverständliche Satzfetzen an die Funkleitzentrale, schließlich ein Verzweiflungsschrei: Wir versinken im Wasser, wir sind verloren.

Und nie wurden Wrackteile gefunden. 1945 war sofort ein Flugboot mit dreizehn Mann Besatzung und einer kompletten Rettungsausrüstung gestartet, nach zehn Minuten war auch das Flugboot verschwunden, und die mehr als dreihundert Flugzeuge, die Hunderte von Schiffen, die Jachten und Motorboote, die das Gebiet zwischen den Bermudas und dem Golf von Mexiko durchkämmten, fanden buchstäblich nichts.

Natürlich glaubte Mulligan nicht an die Version, nach der sich im Bermuda-Dreieck eine Einflußsphäre von Außerirdischen befand, die hier Irdische kaperten oder sie verschwinden ließen, weil die Menschen sie bei irgendwelchen Aktivitäten störten; er wußte, daß alle Berichte von Leuten, die angeblich von Fliegenden Untertassen mitgenommen worden waren, sich letztendlich als hysterisches oder angeberisches Gefasel herausgestellt hatten. Mulligan hielt auch nichts von der Theorie eines »Raum-Zeit-Loches« auf Grund von magnetischen Anomalien, in das die Verunglückten gestürzt sein sollten; selbst die Entdeckung der SKYLAB-Astronauten, daß der Meeresspiegel in diesem Gebiet fünfundzwanzig Meter unter dem Normalpegel liegen müßte, berührte ihn nicht mehr als andere ungeklärte Phänomene – ihn interessierte das Bermuda-Dreieck aus einem viel handfesteren Grund.

Mitte der dreißiger Jahre hatte ein sowjetischer Physiker die Theorie aufgestellt, daß in Sturmgebieten Infraschallschwingungen entstehen konnten, deren Intensität mit der Windstärke zunahm und die sich oftmals bedeutend schneller ausbreiteten als der Sturm, der sie verursachte.

Solch ein Infraschall konnte dazu führen, daß Schiffs- und Flugzeugkörper durch Resonanzturbulenzen zerstört wurden; und bei einer bestimmten Frequenz, das wußte man schon lange, wurde das Gehirn zerrüttet: Grundloses, panisches Entsetzen überfiel die Betroffenen, unbeherrschbare Angstgefühle, Blindheit und schließlich der Tod. Eine furchtbare Waffe, wenn man den Infraschall einmal beherrschte.

Vor kurzem war Mulligan und seinem Team ein offensichtlich entscheidender Schritt dahin gelungen: durch die dritte Mulligan-Gleichung. Und Mulligan hatte sich in dieses Hotel in Florida verzogen, um die alltäglichen Kreise zu durchbrechen, um in der veränderten Atmosphäre vielleicht die letzte, alles entscheidende Idee zu bekommen.

». . . seitdem wartet Bermuda-Joe hier«, schloß der Portier seine Ausführungen. Er grinste. »Wie gesagt, ein harmloser Irrer.«

Mulligan steckte den Schlüssel ein und ging zur Bar.

Bermuda-Joe hockte an einem kleinen Tisch in der dunklen Ecke am Ende des Tresens.

»Darf ich mich zu Ihnen setzen?« fragte Mulligan.

»Warum?« fragte der Alte zurück. »Was wollen Sie von mir?«

»Über das Bermuda-Dreieck sprechen. Ich habe gehört, Sie hatten dort ein ungewöhnliches Erlebnis?«

»So, haben Sie?« Der Alte kicherte. »Sie haben Langeweile, was? Spendieren Sie einen Drink?«

Mulligan winkte dem Barkeeper. »Einen Scotch und –«

»Ein Bier«, sagte der Alte. »Ich vertrage nur noch Bier, seit . . .«

»Seit . . .?« wiederholte Mulligan.

»Ach, Sie glauben mir doch nicht. Kein Mensch glaubt mir.«

»Erzählen Sie!« forderte Mulligan. »Ich frage nicht aus purer Neugier, ich befasse mich mit der Erforschung des Bermuda-Dreiecks. Ich bin Physiker.«

Der Alte sah ihn prüfend an. »Sie kommen zu spät«, sagte er dann leise. »Viel zu spät. Ich habe alles vergessen.«

»An irgend etwas müssen Sie sich doch noch erinnern!«

Der Barkeeper reichte die Getränke herüber. Bermuda-Joe nahm einen langen Schluck, dann schüttelte er den Kopf.

»Manchmal glaube ich es selbst nicht mehr, denke, es war nur ein Traum. Träumen Sie, Sir?« Er wartete nicht auf Antwort. »Ich träume oft. Von seltsamen Bäumen, violetten Regenschirmen unter einem orangefarbenen Himmel, an dem zwei Sonnen stehen, die eine gleißend hell, die andere eine dunkelrote Scheibe, von weißen Tieren, so groß wie Hasen, die über einen blaugrünen Rasen hüpfen, wie Känguruhs – verrückt, was?« Er sah Mulligan in die Augen. »Ich habe es schriftlich, daß ich verrückt bin. Aber harmlos. Wollen Sie meinen Entlassungsbefund aus der Midland-Klinik sehen, Sir?«

»Sagen Sie Slim zu mir.« Mulligan hielt ihm sein Glas hin. Sie stießen an.

»Ich weiß, wie schnell einer hierzulande verrückt genannt wird«, sagte Mulligan, »und ich mache mir immer mein eigenes Bild. Erzählen Sie ruhig.«

»Ich habe fast alles vergessen«, murmelte Joe. »Was glauben Sie, wie oft ich dasitze und mein Gehirn zermartere und verzweifelt versuche, mich zu erinnern. Zwei Jahre war ich in der Klinik – Elektroschocks, Insulinkur, Psychopharmaka in Massen, weiß der Teufel, was sie noch alles mit mir angestellt haben.«

»Warum?« fragte Mulligan. »Wer hat Sie dahin gebracht?«

»Meine Familie!« Joe lachte bitter. »Ich war doch ein paar Jahre verschwunden, und als ich wiederkam, wollte mir keiner glauben, was ich erlebt hatte. Ich hätte sicher mein Gedächtnis verloren und mich herumgetrieben, sagten sie, und man müsse mich wieder zur Vernunft bringen. Vernunft!« Er spuckte aus.

»Wie war das, Joe, Sie segelten also bei den Bermudas?«

»Ja, daran erinnere ich mich noch genau. Es war ein wunderschöner Tag, keine Wolke am Himmel. Plötzlich bekam ich Angst. Es gab keinen Grund! Meine ›Mary‹ war ein erstklassiges Boot, fast neu, hochseefest, mit Hilfsmotor und Funksprechgerät, trotzdem hatte ich panische Angst. Dann wurde es dunkel um mich, ich konnte nichts mehr sehen, nichts. Obwohl doch eben noch die Sonne geschienen hatte. Ich hatte das Gefühl, daß ich mit meinem Boot im Wasser versank, nein, in einem Loch, einem tiefen Trichter, dann, daß ich fliege, immer höher, ich wußte, ich fliege mit meiner ›Mary‹ in den Himmel, obwohl ich nichts sehen konnte!«

»Infraschall«, murmelte Mulligan, »eindeutig Infraschall.«

»Was sagten Sie?« Der Alte blickte Mulligan mißtrauisch an.

»Sie verstehen nichts von Physik, Joe?«

»Absolut nichts. Ja, vom Geldverdienen – aber das ist auch vorbei.«

»Und danach?« erkundigte sich Mulligan. »Was war danach?«

Joe hob verzweifelt die Arme. »Ich weiß es nicht. Mir scheint, ich hätte so vieles gewußt, aber ich kann mich nicht mehr erinnern. Was ist damals geschehen? Vielleicht habe ich tatsächlich nur durchgedreht? Wie aber bin ich an Land gekommen? Wo ist mein Boot geblieben? Wo war ich die ganze Zeit? Meine Familie hat eine Detektivagentur beauftragt – sie haben keine Spur gefunden, weder von mir noch von meiner ›Mary‹.« Er trank den Rest Bier aus seinem Glas.

Mulligan winkte dem Barkeeper, Nachschub zu bringen. »Sie haben erzählt, daß Sie auf einem anderen Stern gewesen sind, Joe.«

»Ja, das sagt man.«

»Haben Sie denn nichts aufgeschrieben?«

»Doch, das habe ich wohl. Ich soll auch eine Unmenge Briefe an alle möglichen Leute geschrieben haben, aber man hat mir gesagt, das sei nur konfuses Zeug gewesen.«

»Wo sind Ihre Aufzeichnungen?«

»Wenn es sie je gegeben hat, dann sind sie vernichtet.«

»Aber Ihre Träume, Joe! Erzählen Sie mir von Ihren Träumen.«

»Verwirrende Bilder. Bruchstücke, Farben, wie ich sie sonst nie sehe, eine Art Orange und doch nicht Orange, ein dunkles Violett, fast schwarz, voller Schatten. Vier Monde zugleich. Eine Art Kraftwerk, so ein langes Schaltpult mit Tausenden von blinkenden Lichtern.« Der Alte versank ins Grübeln. Der Barkeeper reichte Mulligan die Gläser über den Tresen.

»Eine – eine U-Bahn«, murmelte der Alte, »ein endloser Tunnel, offene Wagen. Weiße Türme bis in die Wolken, ohne Fenster. Eine Uhr mit fünf Zeigern.«

Mulligan schob ihm das frische Bier hin. Joe nahm das Glas, ohne aufzublicken, leerte es in einem Zug.

»Und Gesichter«, sagte er nachdenklich. »Eigentümliche Gesichter. Oliv. Große, runde, schwarze Augen. Freundlich, sehr freundlich.«

Er stand auf und ging wortlos davon, die Augen fast geschlossen, die Hände vor der Brust gefaltet, seine Lippen bewegten sich stumm. Mulligan sah ihm nach, bis er die Bar verlassen hatte, dann bestellte er einen dritten Scotch. Der Barkeeper lachte ihm zu. »Der Alte hat wahrscheinlich zu viele Science-fiction-Filme gesehen«, sagte er.

Mulligan nickte.

In der Nacht träumte er von Fliegenden Untertassen, die ihn mit Infraschall-Kanonen jagten. Er wachte schweißgebadet auf, sein Mund war trocken. Er angelte sich eine Cola aus dem Kühlschrank neben seinem Bett und nahm einen langen Zug. Er sollte sich einen anderen Job suchen.

Wie oft hatte er sich verflucht, weil er damals diesen Job angenommen hatte. Nichtsahnend! Anfangs hatte er nicht einmal gewußt, daß er für die Air-force arbeitete; das Institut, das ihm das verlockende Angebot gemacht hatte, aus seinem Hobby eine Lebensaufgabe zu machen, eine hochbezahlte dazu, lief unter einem harmlosen Namen, und als er endlich dahinterkam, daß seine Arbeit zu nichts anderem dienen sollte, als eine neue Waffe zu entwickeln, war es längst zu spät. Als Mulligan wütend zum Chef ging, lachte der nur. Ob er wirklich so naiv sei? Ob er in der Tat glaube, er könne einfach aussteigen? Kein Institut, keine Firma der Staaten würde ihn nehmen, dafür würden sie sorgen, mehr noch, er würde sofort als Sicherheitsrisiko unter Schutzhaft gestellt werden.

Mulligan stand auf, zog die Vorhänge beiseite. Die Morgendämmerung hatte eingesetzt. Und es regnete noch immer. Er griff zu der Schachtel auf dem Schreibtisch, nahm zwei der rosa Pillen heraus, warf sie einzeln in die Luft und fing sie mit dem Mund auf. So einfach war es, Wut und

Ärger, Frustration und Resignation abzuschalten: Pille schlucken, zwei Minuten warten – klick. Er wußte, daß er längst abhängig von diesen verdammten Pillen war, die er nur vom Institutsarzt bekommen konnte, nirgends sonst. Auf dem an Suchtmitteln wahrlich nicht armen schwarzen Markt gab es sie für kein Geld.

Er blickte auf den Sekundenzeiger. Die Wirkung setzte pünktlich ein. Ein Gefühl von Frieden zog durch sein Gehirn, Entspannung, Wohlbehagen, Tatkraft. Er setzte sich im Pyjama an den Schreibtisch und legte die Papiere zurecht.

Er war schließlich nicht der einzige, dem es so ging. Allen Wissenschaftlern. Überall. Die goldenen Zeiten der Unschuld sind längst vorbei, dachte er, die Illusion von der »reinen Wissenschaft«. Mulligan lachte, nicht höhnisch, nicht einmal bitter – verwundert, spöttisch. Auch er hatte einmal geglaubt, man könne die Forschung von der Technologie, die ihre Ergebnisse und Entdeckungen ausbeutete, trennen. Naive Jugendträume. Niemand weiß, wozu eines Tages genutzt wird, was er entdeckt. Das ist nun mal das Schicksal jedes Forschers, der auf Neuland vorstößt.

Hatte Butenant eine Ahnung, als er die biochemische Natur der Östrogene entdeckte, welch enorme Rolle diese Steroide einmal als »Pille« für die Regelung der Bevölkerungsexplosion erhalten sollten? Von den Pillen-Kriegen, mit denen die Völker der dritten und vierten Welt gezwungen worden waren, die Östrogene zu schlucken? Hatte Onsager geahnt, daß er mit seiner thermischen Diffusionsmethode zur Trennung von Uran 235 und Uran 238 die Grundlage für eine Waffe lieferte, daß die Onsager-Gleichungen für die Thermodynamik irreversibler Prozesse ein Beitrag zur Herstellung der Atombomben waren? Mußte er sich vorwerfen, daß die Mulligan-Gleichungen am Ende zu einer nicht weniger scheußlichen Waffe führen würden?

Wenn er sie nur schon vollendet hätte: Dann könnte er sich endlich an die Dispersion der Quarks machen. Mulligan kicherte vergnügt. Und niemand wußte von dieser Idee. Doch zuerst mußte er die verdammte Ableitung der dritten Gleichung schaffen. Oder eine neue, die vierte Gleichung? Er stürzte sich verbissen in die Arbeit.

Den Alten sah Mulligan erst am übernächsten Tag wieder. Als er vom Strand kam, stand Bermuda-Joe mitten in der Halle und starrte auf die Leute, die durch die Drehtür kamen, zwischendurch blickte er immer wieder zu der Uhr über dem Empfang. Mulligan vergewisserte sich unwillkürlich, wie spät es war: kurz vor sechs. Als der Zeiger auf »voll« sprang, stürzte Bermuda-Joe auf eine Frau zu, die gerade hereinkam. Mulligan trat näher.

»Haben Sie Nachricht von Wloblam?« fragte Joe die Frau. »Nein?« Er nickte traurig, dann drehte er sich um; fast wäre er mit Mulligan zusammengestoßen.

»Wer ist Wloblam?« fragte Mulligan.

»Wloblam? Wer soll das sein?« Joe sah ihn verwirrt an.

»Das frage ich Sie, Joe!«

»Nie von ihm gehört.« Der Alte schlich mit geistesabwesendem Blick davon.

Am Abend vor seiner Abreise ging Mulligan noch einmal in die Bar. Seine Kehle war völlig ausgedörrt, obwohl er bereits am Strandkiosk ein paar Bier getrunken hatte. Mulligan hatte die letzten Tage am Strand gefaulenzt; die Sonne knallte, wie im Prospekt versprochen, und mit seiner Gleichung kam er ohnehin nicht voran. In der Ecke am Tresen saß Bermuda-Joe und kritzelte etwas auf eine Papierserviette.

Mulligan setzte sich zu ihm. »Wie wäre es mit einem Drink?« fragte er.

»Wenn Sie einen ausgeben, allemal«, sagte der Alte. »Sind Sie schon lange hier?«

»Was schreiben Sie da?« fragte Mulligan zurück.

»Hat nichts zu bedeuten. Nur Gekritzel. Was mir gerade so in den Sinn kam, weiß auch nicht, wieso.«

»Darf ich mal sehen?« Mulligan wartete nicht auf Zustimmung, er zog die Serviette zu sich herüber, starrte mit offenem Mund auf das Papier: lange Kolonnen von Ziffern und Zeichen, Formeln – wofür? Und da stand die Formel für die Strontium-Molybdän-Fusion. Eine Formel der höchsten Geheimhaltungsstufe auf einer Papierserviette in einer Hotelbar! Von einem verrückten alten Mann hingekritzelt.

Mulligan sah sich Zeile für Zeile genau an. Da waren ein paar Interlinear-Funktionen, die er noch nie gesehen hatte. Und darunter entdeckte er die dritte Mulligan-Gleichung, die er erst vor kurzem gefunden hatte und die außer ihm nur noch zwei Mitarbeiter seines Teams kannten. Und dann eine Quasi-Analog-Ableitung, die er noch nicht einmal bedacht hatte! Mulligan holte einen Stift heraus, nahm eine Serviette, schrieb, rechnete; es fehlte offensichtlich ein Alpha-Block, aber das konnte die Lösung sein – er sah den Alten fassungslos an.

»Woher haben Sie das, Joe?« stieß er hervor.

»Ich weiß nicht.«

»Denken Sie nach!« Mulligan beugte sich über den Tisch, packte den Alten am Arm und rüttelte ihn. »Denken Sie nach, Joe, bestimmt fällt Ihnen noch mehr ein.«

»Nein«, erwiderte Joe, »ich habe alles vergessen. Glaubt mir doch, ich habe wirklich alles vergessen. Ich mache euch keinen Kummer mehr.« Er riß sich los, blickte Mulligan verständnislos an, stand auf.

»Was wollen Sie von mir, Sir? Bitte, lassen Sie mich doch in Ruhe. Ich habe Ihnen ja nichts getan, nicht wahr?« Er lächelte verzweifelt. »Fragen Sie die anderen, Sir, die werden es Ihnen bestätigen: Ich rede manchmal vielleicht ein bißchen irre, aber ich bin nur ein harmloser alter Mann. Soll ich Ihnen ein Lied singen?«

Er nahm Haltung an, legte die Hände an die Hosenbeine, reckte das magere Kinn und begann mit leiser, krächzender Stimme: »I was bo-orn under a wandering star . . .«

Josefa

Der Winter schien schon zu Ende, da fiel der Frost noch einmal über Theklon her, unvermittelt und unbarmherzig. Ein eiskaltes Polarhoch, so trocken, daß keine Eisblumen wuchsen, daß sich nicht einmal früh die graublaue Ebene mit einem silbrigen Schimmer überzog, legte sich quer vor die Alamosberge und rückte und rührte sich nicht. Niemand verließ ohne zwingenden Grund sein Quartier, und wenn es nicht zu umgehen war, dann nicht ohne Zusatzheizung im Skaphander.

Ich dachte nicht an den Frost, als Josefa anrief und fragte: Hast du heut Zeit? – Nein, es war keine Frage, und ich wußte sofort, ich hatte Zeit. Erst am nächsten Tag fiel mir wieder ein, daß ich eigentlich die Übertragung von »Kabale und Liebe« hatte sehen wollen, die erste neue Sendung seit Wochen, da das Dezember-Schiff Theklon wegen magnetischer Stürme nicht anlaufen konnte. Verzeih, Luise, daß ich nicht zusah, als du die vergiftete Limonade getrunken, ich saß bei Josefa und trank Grog.

Josefa hockte in einem Sessel, den sie, weiß der Himmel, wie, nach Theklon mitgebracht hatte, sie hatte die hohe, gepolsterte Lehne gegen den Bildschirm gedreht, auf dem ein Birkenwald in die Nacht hinüberdämmerte, saß mit angezogenen Beinen, die Arme um die Knie geschlungen, ganz in sich geschlossen, ein kleiner, verfrorener Vogel. Später hielt ich ihre Hand, und wir träumten uns erdwärts, durch die finstere Kälte des Alls hinweg in einen Urwald, wo wir aus leuchtenden Riesenblumen einen Kranz wanden, den setzten wir einem Nashorn auf, und es sagte nicht einmal Danke schön.

Josefa erzählte mir Märchen. Sie band ihre Haare zu

einem Knoten und steckte ihn auf den Scheitel, schob die Brille auf die Nasenspitze und hob den Zeigefinger: Es war einmal ... Die Zigarette hielt sie mit den Kuppen von Daumen und Mittelfinger, ein dünner Rauchfaden stieg empor wie aus einem Hexenhausschornstein im Winterwald. Sie war Großmutter Josefa und ich wieder ein Junge. Später war sie ein kleines Mädchen, das sich scheu in die Decke wickelte, sie bis unter die Augen zog und die Lider schloß: Dornröschen – und ich mußte behutsam die Dornen zur Seite streicheln.

Sie wollte mir nicht verraten, wo der Jungbrunnen steht, in dem sie sich wieder in eine Jungfrau verwandelt, so daß sie trotz zweier Ehen und einem Kind ein Mädchen war, das ich auf achtzehn geschätzt hatte, als ich sie Tage zuvor zum ersten Mal gesehen; ein Dutzend gesetzter Männer, zumeist erfahrene Raumhasen, umringte sie. Josefa nahm sich zwischen ihnen aus wie ein verlaufenes Kind.

Als sie sich in das Gespräch mischte, hatte sie beängstigend weise Gedanken; war es der Reiz dieses Gegensatzes, der mich sofort in ihren Bann zog? Wir selbst wechselten kaum ein paar Sätze, doch wir überraschten uns ein paarmal dabei, wie wir gleichzeitig Zustimmung nickten oder den Kopf schüttelten oder abfällig lachten. Es schien, als kannten wir uns schon von Kind an, und ich bekam Angst vor ihr, genauer: vor mir. Daß ich wieder einmal eine Sehnsucht im Keim ersticken müßte, wenn ich nicht die barmherzige Geborgenheit der Gewohnheiten, vor allem der Partnerschaft mit Sue, aufs Spiel setzen wollte. Es gelang mir, Josefa aus meinem Kopf zu verdrängen. Als Koordinator und Report-Manager lernt man so etwas bis zur Perfektion, und damals hätte ich wohl jede Meisterschaft in Gefühlsabtreibung gewonnen. Tatsächlich, ich vergaß sie.

Bis Josefa anrief. In einem Augenblick wehrloser Einsamkeit. Wußte sie, daß Sue nach Xeros unterwegs war? Sicher nicht. Auch nicht, daß ich an diesem Tag, an dem fast alles schiefgelaufen war, so gründlich, daß ich nicht in der Lage war, die Erbärmlichkeit meines kompromißreichen Lebens in die Tiefen des Unterbewußtseins zurückzuscheuchen, mich steinalt fühlte. Alt und versteinert.

Josefa weckte in dieser Nacht einen Jungen in mir, der längst gestorben schien.

Es war eine Nacht wie tausendundeine zugleich. Ich war wie verzaubert. Ich ahnte nicht, daß ich entzaubert war, daß in dieser Nacht die versteinerte Blume zu tauen begann. Als die Kerzen verloschen, zog Josefa den Vorhang auf und ließ die Monde ein. Ein paar Schneeflocken setzten sich an die Scheibe, wir zählten sie. Die Stunden zählten wir nicht. Wir schwammen im Licht der beiden Monde von Sonne zu Sonne, irgendwo unterwegs verloren wir unsere Galaxis.

Als wir am Morgen erwachten, war der Forsythienstrauß aufgeblüht. Josefa lachte mir zu und schmiegte sich noch einmal an, so selbstverständlich, als wachten wir jeden Tag miteinander auf, so fraglos, wie sie mich angerufen hatte.

Was nun? dachte ich erschrocken. Wir kannten uns doch kaum. Wieviel weiß man von einem Menschen, mit dem man nur einen Abend lang gesprochen hat? Mehr geschwiegen als gesprochen: Unser gemeinsames Schweigen und gemeinsames Lachen hatte uns miteinander verkuppelt. Für diese Nacht, die für sie sicher nur eine von vielen war. Wenn ich sage: eine von vielen Nächten, dann meine ich: eine von vielen Enttäuschungen auf der Suche nach einem lebendigen, offenen anderen.

Ich bin sicher, Josefa hatte bei dem Treffen der Raumlotsen durch meine versteinerte Kruste hindurchgeschaut, und was sie erblickte, ließ Hoffnung wachsen; in dieser Nacht aber – oder in der Minute des Morgens? – verlor sie den Mut, mir zu helfen, die Jahresringe meines Eispanzers abzusprengen.

Wann sehen wir uns wieder? fragte ich zögernd. Josefa schüttelte den Kopf. Schneeflocken fallen nur einmal vom

Himmel, sagte sie leise, und wenn man sie festhalten will, schmelzen sie.

Wir haben uns nie wieder gesprochen. Einmal sah ich sie, als ich auf Xeros umstieg, im Warteraum. Josefa grüßte zurück, freundlich, wie einem entfernten Bekannten, dann unterhielt sie sich weiter mit dem Mann, der neben ihr saß. Es war schön und erregend, Josefa wiederzusehen, aber ich widerstand der Versuchung, an ihren Tisch zu treten, und ich unterdrückte auch mein Verlangen, die Computer nach ihr zu befragen.

Ich hatte, wie es mein Beruf verlangt, schnell ein Bild bei der Hand, das alles erklärte und mit dem ich, wie ich dachte, so weiterleben könnte wie bisher: Wir sind aufeinander zugetrieben wie zwei Stämme im Strom, haben angelegt, sind zusammen durch die Strudel des Katarakts gewirbelt, um dann wieder auseinanderzutreiben, jeder seinem Ufer zu.

Mein Leben verläuft unverändert. Nur wenn die beiden Monde zugleich die nächtliche Ebene ausleuchten, schlafe ich schlecht, und sobald es schneit, zieht es mich unwiderstehlich hinaus. Allein.

Als ich an jenem Morgen aus Josefas Quartier trat, war der Boden schwammig weich. Erste grüne und gelbe Tupfer zeigten sich in den Mulden des Graublau. In dieser Nacht war das Polarhoch über die Berge gezogen und hatte einem Äquatortief Platz gemacht. Es war der erste Tag einer Schönwetterperiode, die den Frühling auf Theklon einleitete. Alle außer mir schienen es zu wissen. Ich sah niemanden mehr im Skaphander, dafür Overalls und leichte Stiefel, und ich wurde verlegen unter den Blicken der anderen. Ich nahm den Helm ab und hoffte, daß sie nur annahmen, ich hätte den Wetterbericht nicht gehört.

Im Alleingang

1.

War es schon soweit? Er wischte sich die Schweißtropfen von der Stirn, frottierte den Oberkörper, die Schenkel, zog die Füße aus den Pedalschlaufen; von einer Minute zur anderen fühlte er sich ausgepumpt, völlig erschöpft. Nilsson hatte ihm ja prophezeit, daß es ihn wie ein Blitz aus heiterem Himmel treffen konnte, wenn er das Optimum überschritt, und der Bordcomputer zeigte an, daß er wieder in einen Zwölferschlag verfallen war. Ob der Himmel heiter war? Das trübe Graublau vor dem Panoramafenster verriet nur, daß noch Tag sein müßte. Er fühlte sich zu schwach, das Pereskop auszufahren. Todmüde. Und noch über zweitausend Kilometer bis Hawaii.

Er warf einen Blick über die Displays. Das Boot lag nach wie vor im Sog der starken Strömung; selbst wenn er jetzt starb, würde sie ihn wahrscheinlich nach Hawaii bringen, zumindest bis dicht vor die Inselkette – aber er hatte Hawaii lebend erreichen wollen. Wenigstens einmal an dem berühmtesten Strand der Erde spazierengehen, einmal Palmenwein trinken . . .

Ist es nicht scheißegal, sagte er laut, wo dein letztes Stündchen schlägt, Henrik Kristian Henderson?

Nein. Hawaii sehen und sterben, dieser Gedanke hatte ihm wieder Auftrieb gegeben, ihn aus seiner Lethargie gerissen, die Depressionen hinweggespült, das verteufelte Selbstmitleid. Erst Hawaii sehen und dann sterben. Den Hang der Insel hinuntersinken, immer tiefer, bis er das Bewußtsein verlor und das Boot vom Wasserdruck zerquetscht wurde, lange bevor es den Grund erreichte; der Berg, dessen Spitze Hawaii hieß, wäre der höchste der

Erde, weit höher als der Himalaja, wenn er nicht zur Hälfte im Wasser des Pazifik läge.

Er legte sich in die Koje, drückte das Kreuz durch, verschränkte die Hände im Nacken, atmete tief; eins, zwei, drei, vier . . . bei zweihundertzehn ließ der Druck auf der Brust nach, bei vierhundert konnte er zum Wechselrhythmus übergehen: hecheln, Luft anhalten, pressen, schreien, tief durchatmen, hecheln . . . So ähnlich, hatte Nilsson erklärt, hätte man es früher den Frauen beim Gebären beigebracht. Nach einer Stunde fühlte er sich wie neugeboren: körperlos schlapp. Aber ruhig und wieder voller Hoffnung.

Er nahm sich die Seekarten vor. Nicht einmal ein unbewohntes Atoll in erreichbarer Nähe, auf dem er Rast einlegen konnte. Ein Stück voraus jedoch war ein Riff eingezeichnet, das südliche Schietmans-Riff – war das nicht Altdeutsch und bedeutete Scheißkerl? Er lachte laut auf. Der richtige Ort für sein Grab.

Aber vielleicht schaffte er es noch einmal, konnte sich dort ein paar Tage ausruhen; wenn die Karten recht behielten und der Meeresgrund sich seit der letzten Kartierung nicht gesenkt hatte, ragte das Riff bis zu zwei Metern unterhalb der Wasseroberfläche hinauf, genug, um das Boot zu ankern und auftauchen und in der Sonne baden, dachte er, Sonne würde ihm guttun.

Mit einem Mal dürstete es ihn geradezu nach Sonnenschein, am liebsten wäre er auf der Stelle aufgetaucht, aber er hatte nicht die Kraft dazu; Tauchen und Auftauchen verbrauchten am meisten Kraft – er fühlte sich nicht einmal stark genug, die paar Kilometer bis zum Riff zu bewältigen. Daß er nicht für diese seine letzte Fahrt einen Hilfsmotor eingebaut hatte! Er arretierte die Steuerung, legte einen Kristall ein und ließ sich zu den Klängen von Vivaldis Concerto g-Moll treiben. Er war nicht mehr der »Champion«, dem es nichts ausmachte, durch einen Ozean zu trampen. Ein Wrack. Und noch nicht einmal dreißig.

Einmal »zu Fuß« von Europa nach Amerika und zurück, damit hatte er zum erstenmal Aufsehen erregt. Mann, war das ein Trubel gewesen, als er am Pier von New York auftauchte. Und erst bei der Rückkehr in Stockholm – er hatte bewußt die Route von Ole Schiffer-Henrik gewählt. Zugegeben, er war nicht der erste gewesen, der den Atlantik auf diese Weise durchquerte, das hatte vor ein paar hundert Jahren schon ein Deutscher getan, seitdem jedoch war niemand mehr auf die Idee gekommen, in einem nur von Pedalkraft angetriebenen Mini-U-Boot um die Welt zu reisen ...

Vater schon, dachte er, aber Vater hatte den Plan aufgegeben. Warum, das stand nicht in den Tagebüchern; sicher, weil er damals den Entschluß faßte, in den Kosmos aufzubrechen.

Wo Vater und Mutter jetzt sein mochten? Seit die GAGARIN das Sonnensystem verlassen hatte und auf halbe Lichtgeschwindigkeit beschleunigte, war die Verbindung so gut wie abgebrochen. Er hätte mit ihnen gehen sollen. Er war nicht hiergeblieben, weil ein Henderson auf der Erde bleiben sollte, wie Vater meinte, sondern weil ihm das Leben auf der Erde viel zu verlockend schien, und Mutter hatte ihn darin bestärkt: erst die Erde kennenlernen. Und dann war da Silke ...

Silke hielt nichts von dem Bau des U-Boots. Er hätte die Konstruktionspläne sofort geändert, wenn sie mitgemacht hätte. Vaters Pläne – hatte er sich, wie Silke behauptete, nur darauf gestürzt, weil er sich so Vater näher fühlte? Ein wenig wie er sein – wußte er überhaupt, wie Vater gewesen war? Was weiß ein Kind von seinen Eltern? Wie wenig Tagebücher aussagen ...

Er holte seine Jahreskladde hervor, trug Position und Kurs ein, verstaute die Kladde wieder in der Boje, holte sie erneut hervor, trug den Tagesspruch ein. Er konnte die Quintessenz dieses Tages auch jetzt schon ziehen: »Es mag gleichgültig sein, wo ein Mensch stirbt, wenn er nur in

Würde aus dem Leben scheidet, doch ein Ort namens Schietmans-Riff scheint mir selbst in dieser Stunde nicht gut genug für meinen letzten Platz auf dieser Welt.«

Ob je jemand die Kladde finden würde? Die Boje wurde hinauskatapultiert, sobald das Boot unter die Hundertmetermarke sank, aber der Pazifik war riesig – was machte es schon, wenn sein letztes Tagebuch nie nach Svanvall kam, nicht in seiner Truhe landete, niemand würde sie mehr öffnen. Keine der Truhen. Er war der letzte Henderson ... Ein Gedanke blitzte auf, und er wunderte sich, daß er nicht früher darauf gekommen war: Vielleicht hatte er einen Bruder auf der GAGARIN? Die Eltern hatten ihre Depots mitgenommen, vielleicht hatten sie längst ein Kind zeugen lassen? Er rechnete nach, wie alt sein Bruder jetzt sein könnte: fast vier. Selbst wenn – würde jemals ein Henderson vom Barnardstern zur Erde zurückkehren? Kolonisten kehrten in der Regel nicht zurück, schon gar nicht die Auswanderer, ein Leben reichte nur für einen Weg, und ihre Nachfahren – nein, wenn der Pazifik ihn begrub ... Er lachte bitter. Wenigstens mit seinem Tod hielt er sich an die Familientradition.

Alle Hendersons – die der Svanvall-Sippe! Es gab mehr als reichlich Hendersons in Skandinavien – hatten mit dem Meer, zumindest mit Wasser zu tun. Auch für ihn war das selbstverständlich gewesen. Deshalb schrieb er sich nach dem Pflichtstudium an der Sektion für Astrohydrologie ein, obwohl er damit geliebäugelt hatte, Historiker zu werden; für ihn war das Geschichtsstudium keine bloße Pflicht gewesen wie für viele seiner Kommilitonen. Die Hendersons waren eine traditionsbewußte Familie, schon den Kleinen wurden neben Märchen und Volkssagen die Geschichten von den Ole Henriks erzählt, sicher viele davon erfunden, wie die von Ole Henrik dem Kopflosen, den man als Seeräuber köpfte.

Und er schritt vorüber an seinen Mannen / an Henker und Richtern und all den Gaffern / den Kopf unter dem linken Arm, die Rechte / zum Gruß erhoben, angewinkelt, wo einst / seine Stirn gewesen, die er nun an die blutige Jacke preßte / aufrecht und festen Schrittes, weit ausholend / wiegend, als stünde er noch an Bord seiner HALS- UNGA / ging Ole Henrik zum Friedhof / und legte sich selbst in sein düsteres Grab ...

Die Svanvall-Hendersons konnten ihre Ahnentafel bis in das Mittelalter zurückverfolgen. Ein Henrik Henderson hatte den Aufstand der Bauern unter Engelbrekt Engelbrektsson mitgemacht, ein anderer war als Leutnant unter König Gustav Adolf von Schweden im Dreißigjährigen Krieg in Deutschland gefallen; auf Svanvall hing eine Kopie des Gemäldes von der Landung Gustav Adolfs auf Usedom, und direkt neben seinem König stand der junge Mann mit dem dünnen Lippenbart und den großen schwarzen Augen, den die Agenda unter dem Bild als »Lütenant Henrik von Svanvallen« auswies. Auch er, Kristian, hatte auf der Europareise, die jeder Henderson zu seinem zwanzigsten Geburtstag geschenkt bekam, das Grab in Sachsen besucht, hatte in Stralsund im Hof des Rathauses der Bronzebüste von Gustav Adolf an die Bartspitze gefaßt wie Dutzende von Hendersons vor ihm seit über vierhundert Jahren ... Das Concerto war zu Ende, er drehte den Kristall. Concerto e-Moll, sagte eine zarte Frauenstimme, Allegro, Andante, Allegro. Die hellen Töne der Barocktrompeten setzten ein ... er war der letzte gewesen. Das Henderson-Alphabet endete mit K.

Seit nahezu tausend Jahren hießen alle erstgeborenen Hendersons Henrik, aber im 19. Jahrhundert hatte Ole Schiffer-Henrik – einer der letzten Segelschiffskapitäne, er befuhr die Route Stockholm – New York mit seiner Dreimastbark, – den Brauch des zweiten Vornamens eingeführt, hatte seinem Sohn einen Adolf hinzugegeben, der wiederum seinem Erstgeborenen ein B: Bernhard, danach kamen Carl, Ditter, Erik, Frederik, Gustav, Harms, Ingar, Jan, eine Stafette von Generation zu Generation. Und bei ihm riß die Kette ab, bei dem Unbedeutendsten von allen . . .

Ole Carl war in die Geschichtsdateien, sogar in die Kurzfassungen eingegangen; auf Svanvall hing ein Porträt von Ole Carl, das ihn nicht in Uniform zeigte, sondern mit seiner Geige, ein zierlicher, blaßhäutiger Mann, dem niemand den Konteradmiral zutraute, schon gar nicht seinen Spitznamen: der Eiserne Carl; er hatte als Leiter der Weltabrüstungskommission die Kernwaffen, soweit sie nicht anders zu verwenden waren, mit Raketen zur Sonne schießen lassen, wo sie explodieren konnten, ohne Schaden anzurichten.

Ole Ditter hatte für die Entdeckung der submolekluiden Struktur des Wassers den Nobelpreis bekommen. Ole Ingar hätte ihn beinahe bekommen, er war nominiert. Ein Meerstreicher wie sein Enkel. Kristian hatte überlegt, ob er ihm einen Abschiedsbesuch machen sollte, Ole Ingar trieb sich gerade in den Unterwasserfarmen vor Taiwan herum, versuchte noch immer, neue Fermente und Prostaglandine und Steroide und was weiß noch für Wirkstoffe in den winzigen Meeresorganismen der Korallenriffe zu entdecken, die man dann für Medikamente in der Humanmedizin verwenden konnte; vor dreißig Jahren hatte Ole Ingar in einer Seegurkenart ein Interferon gegen den Schnupfenvirus entdeckt und damit die Menschheit von dieser jahrtausendealten Plage befreit; den Nobelpreis hatte er nicht dafür bekommen, aber den LUCKY LICKY, den Preis der Weltvereinigung der Akademien für die glücklichste Entdeckung des Jahres – ein Henderson zu sein verpflichtete.

Ole Gustav hatte sich als Mitglied des Glomfjord-Teams einen Namen gemacht, das den Hering vor dem Aussterben bewahrte, Ole Erik durch die legendäre Rettung der Weißwale in der McMurdo-Bucht – ein einfacher Kapitän, der einzige Vorfahr in diesem Jahrtausend, der nicht studieren wollte, sondern Seemann werden, einer von vielen

Eisbrecher-Kapitänen in der Antarktis, aber eines Tages war Ole Eriks große Stunde gekommen.

Über Nacht waren an die viertausend Weißwale in der McMurdo-Bucht eingeschlossen worden, starke Stürme hatten eine gewaltige Eisbarriere vor die Bucht geschoben, viel zu breit, als daß die Wale unter ihr hindurchtauchen konnten, und es war nur eine Frage von Stunden, wann die Bucht nun völlig zufror. Als Ole Eriks Eisbrecher eintraf, hatten die Wale kaum noch Platz in den Eislöchern, viele waren bereits angefroren, die Schiffsbesatzung hackte sie mit Picken los. Hilfstruppen wurden mit Hubschraubern von den Antarktisstationen eingeflogen, Ole Erik leitete die Aktion, die von aller Welt am Bildschirm verfolgt wurde, dirigierte die Hubschrauber, die mit Bomben das Eisfeld sprengten, hielt mit seinem Schiff einen Kanal durch die Barriere frei, bis Schlepper eintrafen, die eigentlich Eisberge für die Trinkwasserversorgung nach Australien bringen sollten und nun Eisschollen aufs Meer schleppten.

Aber die Wale wollten nicht aus der Bucht, ließen sich durch nichts hinausscheuchen, und die Bucht drohte erneut zuzufrieren; die Meteorologen kündeten neue Stürme und eine extreme Frostverschärfung an. Da erinnerte sich Ole Erik an einen Vorfall im 20. Jahrhundert, damals war es im nördlichen Eismeer zu einer ähnlichen Situation gekommen, und man hatte die Wale mit klassischer Musik aufs Meer locken können. Der »Rat für Naturkatastrophen in der Südregion« erklärte Ole Erik für verrückt, als er verlangte, Batterien von Lautsprechern aus Australien heranfliegen und auf seinem Schiff installieren zu lassen, aber er bestand auf seiner Autorität als Leiter vor Ort, und dann feierte ihn die ganze Erde als Mann des Tages, als »Held der großen Walschlacht«.

Es muß aber auch ein beeindruckendes Bild gewesen sein, als die Wale sich in Bewegung setzten, dachte Kristian. Schon der Anblick der Tausende von gelblichweißen

Rücken, die das Wasser der Bucht durchpflügten, war geradezu unheimlich, selbst die hundsmiserable Videoaufzeichnung vom Auszug der Wale – die bereits einsetzenden atmosphärischen Störungen des heraufziehenden Sturmes hatten die Übertragung empfindlich gestört – hatte ihm jedesmal Schauer der Erregung über den Rücken gejagt. Er wäre zu gerne dabeigewesen, als der lange Zug der Wale dem Kielwasser des Eisbrechers folgte, sich von den weithin schallenden Klängen von Beethovens Eroica ins freie Meer locken ließ.

Und was hatte er vollbracht? Buchstäblich nichts. Seine Unterwassertouren waren nicht einmal in die Sportannalen eingegangen, nur in die Tagesmeldungen. Unter der Rubrik: Was sonst noch geschah. Spektakuläre Gags, die am nächsten Tag vergessen waren. Wer, außer ihm, erinnerte sich noch an seine Atlantiküberquerung? An die Umrundung der Antarktis? Gewiß, er hatte als erster nach Francis Drake das Elisabeth-Eiland betreten; die 1579 von Drake südwestlich von Feuerland entdeckte Insel war, wahrscheinlich schon kurz darauf, nach einem Seebeben versunken, so daß niemand sie wiederfinden konnte und man den berühmten Sir Francis Drake offen einen Schwindler nannte. Vor langem schon war das Elisabeth-Eiland aus dem Orbit wiederentdeckt worden, aber Kristian war der erste gewesen, der es nach Jahrhunderten wieder »betrat« – er hatte die Füße aus der Bodenluke seines U-Boots herausgestreckt, ein Gag, nicht mehr. Er machte sich nichts vor, er war nur ein Gagman gewesen, ein Showman, er hätte ebensogut als Feuerschlucker auftreten können; seine Zeit hatte nur ausgereicht, von der großen Tat zu träumen, der Urbarmachung der Venus...

Gleich nach dem zweiten Staatsexamen hatte er sich für dieses Unternehmen gemeldet und schon als Student bei der Ausarbeitung der Pläne mitmachen dürfen; Tausende Tonnen Blaualgen sollten über der Venus abgesetzt werden, Blaualgen konnten sogar die dort herrschenden Temperaturen von fünfhundert Grad überstehen, würden mit der Zeit den hohen Kohlendioxyd-Anteil in der Venus-Atmosphäre reduzieren, so daß allmählich die Temperatur sank, eines Tages unter hundert Grad, dann würde sintflutartiger Regen einsetzen wie einst auf der Erde . . .

Den Blaualgen war er auch so begegnet. Als er sich durch den »Blauen Fleck« wagte, das südliche Kattegat, das noch immer von einem meterdicken, alles übrige Leben erstickenden Teppich aus Blaualgen bedeckt wurde, obwohl man bereits vor zweihundert Jahren die Überdüngung der Felder, dann sogar jede Landwirtschaft rund um das Kattegat eingestellt hatte. Er war mit wachsender Beklemmung, schließlich sogar von Todesängsten gepeinigt, unter den tief herabhängenden Algenkolonien hinweggestrampelt und hatte jeden Gedanken an eine Ostseeüberquerung fallenlassen.

Es ist ein unbeschreibliches Gefühl, dem Tod entronnen zu sein, hatte er damals in sein Tagebuch geschrieben, das Gefühl, ein zweites Mal geboren worden zu sein – jetzt fühle ich mich den Millionen Verfolgten und noch einmal Davongekommenen in unserer Geschichte näher.

Vor einem halben Jahr war die erste Expedition der Algen-Transporter zur Venus aufgebrochen. Sie waren so taktvoll gewesen, ihn nicht zu der Abschiedsfeier einzuladen, nur Bachirow hatte ihn angerufen; sie wußten beide, es war ihr letztes Gespräch, doch sie redeten nur über die Alphavariante und den Mequonenbeschleuniger, als würden sie sich nächste Woche wieder im Labor begegnen, dann schwiegen sie eine Minute lang, sahen sich stumm an, Bachirow wandte den Blick als erster ab, nickte nur, seufzte; wie auf Kommando schalteten sie beide gleichzeitig ab.

Er hatte sich längst nach Svanvall zurückgezogen, verkrochen wie ein weidwundes Tier in seine Höhle – gab es einen besseren Ort, gegen die Depressionen anzukämpfen, als Svanvall? Der Hof war seit dem 17. Jahrhundert im Besitz der Familie, war natürlich längst kein Bauernhof mehr, nur noch Sommerdomizil. Obwohl er hier völlig mit sich allein war – oder gerade deshalb? –, schaffte er es, das zerstörerische Selbstmitleid zu besiegen, die Bitterkeit, konnte sich durchringen, die unbarmherzige Klarheit seiner Situation anzuerkennen, ohne länger zu weinen, sich zu betrinken – die Musik der Alten, die Geborgenheit von Svanvall, die langen Märsche über die Wiesen und den Strand hatten ihm geholfen. Und, so widersprüchlich das war, die Truhen, die Zeugnisse erfüllten Lebens, wie er es nie erreichen würde . . .

Auch das eine Henderson-Tradition: Zwischen acht und sechzehn erlernten die Jungen auf Svanvall handwerkliche Fähigkeiten, wie sie vor Jahrhunderten üblich gewesen waren; schreinern, töpfern, sattlern, schmieden und, natürlich, die Kunst der Seemannsknoten; zum sechzehnten Geburtstag baute jeder Henderson mit eigener Hand eine hölzerne Truhe mit selbstgeschmiedeten eisernen Beschlägen. Die Truhen standen in langer Reihe auf der einstigen Tenne. Es war ein feierlicher Tag, alle kamen nach Svanvall, wenn wieder ein Henderson seine Truhe aufstellte.

Voller Herzklopfen. Kristian erinnerte sich an diesen Tag, als sei es gestern gewesen: der weite Fachwerkraum, die altersschwarzen Deckenbalken, die weiß gescheuerten Dielenbretter, die übermächtigen Klänge des Chorals. Ein feste Burg ist unser Gott, ein gute Wehr und Waffen . . . Natürlich glaubte niemand mehr an einen Gott, doch die Musik des alten Bach ergriff noch immer, selbst die Worte von Luther; den dritten Vers kannte Kristian auswendig, er sang ihn in Gedanken mit, als er mit der Truhe auf den Armen die lange Reihe entlangschritt: Und wenn die Welt voll Teufel wär / und wollt uns gar verschlingen / so fürchten wir uns nicht so sehr / es soll uns doch gelingen . . . Mutter hatte laut geschluchzt, auch Vater und Ole Ingar standen Tränen in den Augen. Bis tief in die Nacht saßen sie dann am offenen Feuer, tranken Punsch und erinnerten sich an die Geschichten der Ole Henriks, holten mal dieses, mal jenes aus einer der Truhen – sie waren voll mit Tagebüchern, Karten, Bildern, Fotos, Videos, Urkunden, Auszeichnungen, Andenken ... Zeugnisse eines Lebens; auf dem Deckel jeder Truhe standen eingebrannt der Name und die Lebensdaten seines Besitzers – wer würde sein Todesdatum einbrennen, Silke?

Concerto B-Dur, La Caccia. Der sanfte, schwebende Gesang der Violinen. Er drehte sich auf die Seite, zog die Beine an, umklammerte die Knie mit den Armen.

Er hatte sich von Silke verabschiedet, als unternehme er nur eine seiner üblichen Touren, hatte ihr vorgemacht, es ginge ihm besser, er fühle sich schon stark genug, das Boot wieder zu besteigen – bald würde er zu ihr ziehen ... Er hatte Silke in Connecticut besucht, weil sie nicht nach Svanvall kommen wollte. Silke wäre auf der Stelle gekommen, wenn er ihr die brutale Wahrheit gesagt hätte, Schluß gemacht mit der Lüge von dem einen Jahr Rekonvaleszenz, aber er hatte Angst vor ihren Reaktionen, dem unberechenbaren Ausbruch ihrer Gefühle ...

Es war gut gewesen, daß er allein Abschied nahm – was bedeutete Silke schon Svanvall! –, ein letztes Mal den Strand abgewandert, allein mit dem Meer und den Möwen. Ohne Selbstmitleid. Traurig, ja, aber nicht sentimental. Ein Abend wie der Abschied von Mutter vor ihrem Aufbruch zum Barnardstern. Von Vater hatte er sich bereits vor Tagen verabschiedet, Vater mußte früher zum Kosmodrom. Er hatte Kristian das alte Taschenmesser übergeben, das seit Jahrhunderten vom Vater zum Sohn wechselte und vergeblich versucht, seine Rührung mit ein paar witzigen Worten zu überspielen – Mutter hatte nicht geweint.

Sie trug das lange weiße Seidenkleid, obwohl es bereits zu kühl für ein Mittsommernachtskleid war, es blähte sich in der Abendbrise wie ein Segel auf. Schweigend gingen sie Hand in Hand den Strand hinunter, barfuß, die Füße wurden immer wieder von leckenden Meereszungen überspült, noch einmal suchten sie flache Steinchen und ließen sie über das Wasser springen; bevor sie zum Haus zurückkehrten, blieb Mutter stehen, legte ihm die Hände auf die Schultern und sagte: Das ist das Größte und das Schwerste – alles geben und alles verlieren, um sich ganz zu gewinnen. Er hatte den Spruch in sein Tagebuch geschrieben und nie vergessen; und wie oft hatte er ihn schon für sich wiederholt, um seinen verborgenen Sinn zu erfassen. – Er hatte niemanden, dem er einen Spruch hinterlassen konnte. Finito definito, wie Großmutter Kerstin immer gesagt hatte. Sein Samendepot war gelöscht. Nicht erst jetzt. Das hatte er verfügt, als er erfuhr, daß der Unfall bereits vor der Deponierung stattgefunden hatte.

Wie glücklich er gewesen war, als er den Meteoriten erblickte, eine helleuchtende Spur, die sich quer über den Nachthimmel zog, er hatte gejubelt, mit den Armen gewinkt, als könne jemand ihn sehen, hatte mit staunenden Augen zugesehen, wie der glühende Punkt wuchs, sich fast über seinem Kopf zu einer Feuerkugel aufblähte, die nur wenige Kilometer entfernt in das Antarktische Meer stürzte und eine laut zischende Wasserfontäne in die Luft jagte; welch ein Glück, hatte er gedacht, daß er bereits aufgetaucht war, wie oft hat schon jemand das Glück, solch eine Sternschnuppe sehen zu dürfen? In sein Tagebuch hatte er einen zweiten Spruch eingetragen: Sterntaler für ein Glückskind, der Himmel beschenkt mich. – Mit einer tödlichen Strahlendosis.

Die Musik erlosch. Er hörte, wie der Ozean mit leisem Klatschen gegen den Schiffsrumpf schlug, setzte sich auf und sah zu den Armaturen. Das Boot war fast an die Oberfläche getrieben, lag quer zur Strömung. Ächzend wälzte er sich auf den Fahrersitz, brachte es wieder auf Tiefe, richtete den Bug in die Strömung. Dann legte er einen neuen Kristall ein. Mozart, Konzert für Klavier und Orchester, A-Dur. Mozart war gut, um gelöst und in Frieden einzuschlafen. Und zu erwachen. Er programmierte die Automatik,

dann schluckte er zwei Dormal und nahm einen langen Zug aus der Cognac-Flasche. Es wurde Zeit, daß er nach Hawaii kam, die Flasche war fast leer, und es war seine vorletzte.

2.

Er konnte die Augen nicht öffnen, sich nicht bewegen. Etwas Hartes drückte in seinen Rücken. Der rechte Fuß hatte sich verfangen, die Zehen konnte er rühren, er spürte kaltes Metall. Auch die Finger ließen sich bewegen, er tastete die Umgebung ab: Kunststoff, eine Metallkante, eine glatte Wand, er ließ die Hand hinaufkriechen, faßte in eine flauschige Decke. Langsam setzte die Erinnerung ein. Er war in seinem Boot. Unterwegs nach Hawaii. Er hätte nicht zwei Dormal schlucken sollen. Oder keinen Cognac trinken. Er mußte aus der Koje gefallen sein. Jetzt konnte er die Lider ein wenig öffnen. Ja, er lag auf dem Boden, Wieso? Woher kam dieses entsetzliche Schaben und Kratzen? Das flackernde Licht? Er zog sich an der Wand der Koje hoch, hockte sich hin, tappte, noch halbblind, nach den Dosen am Kopfbord, zählte von links; eins, zwei, drei – er würgte eine Pille hinunter, wartete, bis die Wirkung einsetzte, die Nebel in seinem Hirn sich verzogen.

Er hatte sechsunddreißig Stunden geschlafen! Sogar die Sirene überhört, das rote Licht flammte immer noch auf, er schaltete den Alarm aus. Ruhe, befahl er sich. Ein flüchtiger Blick über die Armaturen: das Boot war nicht leck geschlagen. Also hatte er Zeit, in Ruhe zu sich zu kommen. Er legte sich auf den Rücken und begann tief durchzuatmen. Hecheln, Luftanhalten, pressen, schreien, atmen ...

Dann bereitete er sich einen Mokka. Das Boot schlingerte nicht, bewegte sich nicht, und irgend etwas schabte unter dem Kiel. War er aufgelaufen, gestrandet? Wo denn? Vor den Fenstern war nur Wasser zu sehen. Er griff nach den Seekarten, verglich die Position. Er hatte das Schietmans-Riff erreicht.

Nach dem Frühstück fühlte er sich stark genug, in den Taucheranzug zu steigen. Er glitt aus der Deckluke. Das Wasser, das spürte er durch den Anzug hindurch, war ziemlich warm. Und unwahrscheinlich klar. Er konnte weit blicken. Die schartigen, löchrigen Felsen backbord voraus mußten mindestens fünfzig Meter entfernt sein. Eindeutig Korallenriffe. Auch hinter dem Boot. Das Heck steckte noch in einer Wand, die sich bis dicht unter die Wasseroberfläche erhob, eine zerfranste, zerfressene Wand mit einem großen, schartigen Loch, und in dieses Loch hatte die Strömung das Boot gezogen und dabei die Deckaufbauten verbogen, zertrümmert, abgerissen. Er tauchte nach unten. Das Boot lag mit einem Teil seines Kiels auf, das Wasser schob es Millimeter für Millimeter weiter. Alles in allem keine bedrohliche Havarie, kein Riß in der Außenhaut, nur ein paar Schrammen am Bug, wo das Boot gegen das Riff geprallt sein mußte, Radar und Sonar waren beschädigt, aber nicht schwer, das konnte er sicher reparieren, die Antennen jedoch waren völlig hinüber. Nun, er brauchte sie nicht. Er sah schon seit Wochen keine Nachrichten mehr, er war nicht länger an den Neuigkeiten dieser Welt interessiert. Auch nicht an Shows oder Videofilmen, er nahm an keiner Abstimmung mehr teil und hatte nicht die Absicht, mit irgend jemandem in Verbindung zu treten, und Musik befand sich reichlich an Bord, mehr, als er noch hören konnte.

Er schwamm unter den Kiel, stemmte sich gegen den Felsen, sorgsam bedacht, daß sein Anzug nicht von dem spitzen, schartigen Gestein aufgerissen wurde, wuchtete das Boot vorsichtig über das Riff, dann stieg er schnell wieder ein. Er wartete ungeduldig, daß die Schleuse ihn passieren ließ, er hatte Angst, die Strömung könnte ihn erneut auflaufen lassen, aber er konnte das Boot noch rechtzeitig heraussteuern und in ruhigem, fast stehendem Wasser ankern. Er tauchte auf.

Ein guter Platz, um auszuruhen. Praktisch eine Lagune,

wenn das Atoll auch völlig unter Wasser lag. Der helle, fast kreisförmige Schaumstreifen zeigte an, daß das Riff die Dünung des Ozeans brach. Ein unsichtbarer Hafen mitten im Pazifik. Hier konnte er sogar mittlere Windstärken überstehen, ohne gleich in die Tiefe flüchten zu müssen. Jetzt war kaum Bewegung in der Luft. Gerade genug, um die Wärme angenehm zu machen. Er bereitete sich ein Lager auf Deck und legte sich in die Sonne.

Ein Paradies. Himmlische Stille. Nur das Rauschen der Dünung und ab und zu das Klatschen springender Tümmler oder Delphine draußen vor der Lagune. Kein Schiff, so weit er blicken konnte, kein Flugzeug am Himmel, nur hin und wieder ein Kondensstreifen hoch oben im Dunkelblau. Es war, als sei er allein auf dieser Welt. Der einzige Mensch auf einem unbewohnten Planeten. Kristian – Robinson. Kaum ein Buch hatte ihn später wieder so in seinen Bann gezogen. Die Träume der Kindheit. Die Welt der barmherzigen Unwissenheit, der grenzenlosen Phantasie, in der alles möglich scheint. Was weiß ein Achtjähriger schon von den Qualen der Einsamkeit.

Die Qualen hatte er hinter sich. Jetzt war er glücklich, daß er allein war. Er hatte die Route sorgsam gewählt, um niemandem zu begegnen, sich nach dem Start in Hongkong südlich gehalten, an den Philippinen vorbei, Luzon, Samar, dann durch die Karolinen hindurch, die Marshallinseln, hatte nur vor Rongelab überlegt, ob er kurz auftauchen und seinen Cognac-Vorrat ergänzen sollte, ein Kurs weitab von allen Flugrouten und Schiffahrtslinien; die Routen der Unterwasserschlepper mit ihren langen Preßwursttransportern störten ihn nicht, sie lagen in Tiefen, die er nicht berührte.

Da die Nächte warm waren, blieb er auch nachts an Deck, hörte Musik und sah in den tiefschwarzen, sternklaren Himmel, so voller Sterne, wie er es seit der Antarktis nicht mehr gesehen hatte. Irgendwo dort oben zog die GAGARIN ihre Bahn, lag die neue Heimat der Eltern, unfaßbar weit, nur in Zahlen auszudrücken oder in den langen Jahren der Reise. Die Sterne schienen sich in der Lagune zu spiegeln, das Wasser war voller glühender Punkte. Er hatte keine Ahnung, was für Tiere dort leuchteten, es gab Hunderte von Arten, die mit ihrem Leuchten Beute anlokken wollten oder Artgenossen zur Paarung. Fische, Würmer, Muscheln, Quallen, Tintenfische ... Irgendwann schlief er ein, wachte auf mit dem Gefühl tiefer Geborgenheit, eingehüllt in Unendlichkeit: Das Meer der Sterne verschmolz mit den leuchtenden Punkten im Wasser, es war, als schwebe er frei im Raum. Er drückte die Fernbedienung am Handgelenk, suchte die Vierte Sinfonie von Sibelius aus und dämmerte ein.

Auch den größten Teil des Tages verschlief er. Nichts mußte getan werden, kein Gerät überwacht, keine Kurskorrektur vorgenommen, kein Meter getrampelt; nur zweimal am Tag die Wasserentsalzungsanlage anwerfen, ein Fertiggericht aus dem Freezer nehmen und wärmen, wenn er Hunger bekam, duschen ... Er aß an Deck, sah der aufgefrischten Dünung zu, die sich jetzt über dem Riff brach und bizarre Fontänen und Muster aus glitzernden Wassertropfen in die Luft warf, oder den Delphinen, die sich immer noch vor dem Atoll tummelten.

Ob sie wohl ebenso auf Musik reagierten wie Wale? Er brachte einen Soundtruck auf Deck und drehte langsam die Lautstärke auf. Tatsächlich, sie kamen näher, sogar in die Lagune, über ein Dutzend, umschwammen sein Boot zu den Bachschen Orgelklängen, sprangen hoch aus dem Wasser, schnatterten laut, als wollten sie ihm etwas mitteilen. Schade, daß alle Versuche, eine gemeinsame Sprache mit den Delphinen zu finden, gescheitert waren. Und er sprach mit den Tieren ... woher stammte das? Er bekam Lust, sich zwischen den Delphinen im Wasser zu tummeln. Sie waren sofort zutraulich, ließen sich streicheln, schwammen Seite an Seite mit ihm, machten jedes seiner Manöver mit, ließen ihn sogar auf ihrem Rücken reiten.

Vielleicht war er wirklich der erste Mensch hier? Er kletterte an Bord, füllte eine Ballonsonde halb mit Wasser und halb mit Preßluft und spielte Ball mit den Delphinen. Als er müde war und still auf dem Rücken trieb, stießen sie ihn mit den Nasen an. Er setzte sich auf das Boot und ließ die Beine baumeln, da brachte einer der Delphine einen Fisch an; er hielt das zappelnde Tier quer im Maul, hielt es eindeutig Kristian hin, und als er den Fisch nahm, sprang der Delphin mit lautem, hellem Grunzen in die Luft. Kristian garte den Fisch im Grill und zeigte den Delphinen, daß er ihn aß, kurz darauf drängten sie sich dicht an dicht vor ihm, jeder einen Fisch zwischen den Zähnen. Waren es Heringe? Nun, selbst Ole Gustav würde sie unter diesen Umständen nicht verschmäht haben.

Am fünften Tag fühlte Kristian sich wieder erholt, weit besser sogar als vor Antritt der Reise. Die Auswertung der Meßergebnisse durch den Computer bestätigte es, sogar die Blutwerte waren wieder gestiegen, natürlich nicht auf normal, aber Nilsson wäre begeistert gewesen. Mit solchen Werten könnte er noch Monate leben. Zeit, die Kristalle zu hören, wenigstens einen Teil der Bücher zu lesen ... Warum eigentlich Hawaii? Warum nicht auf dem Schietmans-Riff bleiben, wenn das ruhige Leben hier Wunder zu wirken schien? Die Energie reichte für mindestens zwei Jahre, auch das Essen, wenn die Delphine ihm weiterhin Fische brachten – viel zu viele, er behielt nur, was er verzehren konnte, den Rest warf er ihnen wieder zu; es war fast schon ein Ritual daraus geworden: die Fütterung der Delphine – und Cognac brauchte er nicht mehr, um einzuschlafen, auch keine Tabletten.

War er nicht glücklich hier? Wie schon lange nicht mehr. Was ist denn Glück, dachte er, was Leben? Den Tag nehmen, wie er kam, annehmen, genießen. Der Genuß des Augenblicks und die Augenblicke des Genießens. Der Mensch lebt nur durch sein Bewußtsein; für das Individuum zählt nichts als seine Empfindungen und Gedanken.

Man lebt nur in den schnell vorüberrauschenden Quanten der Gegenwart, alles andere ist Erinnerung oder Wunschdenken. In Wirklichkeit lebt kein Mensch für den Nachruhm, für eine Aufgabe oder für einen anderen, sondern für die sehr gegenwärtigen, sehr eigennützigen Augenblicke der Befriedigung, die ihm die Gedanken an den Nachruhm, an den Erfolg oder die Selbstlosigkeit verleihen. Selbst ein Nobelpreis, ein LUCKY LICKY bedeuteten letztendlich nicht mehr – gut, er würde diese Art von Befriedigung nie erleben, aber mußte er deshalb unglücklich sein? Dies war die Chance seiner Gegenwart. Und seine letzte.

Er beschloß, wenigstens so lange auf dem Schietmans-Riff zu bleiben, wie das Wetter nicht umschlug. Doch er taufte es um, zumindest dieses, sein Atoll, trug es in das Tagebuch ein: Henrik-Kristian-Henderson-Atoll, eine unsichtbare Insel im Pazifik, und ich bin ihr Robinson.

Er brauchte keinen Freitag, er hatte seine Delphine. Abends schwammen sie auf See hinaus, aber sobald er wach wurde und Musik über das Meer schallen ließ, kamen sie. Die Delphine liebten ganz offensichtlich Mozart und Haydn, auch Bach, Buxtehude, Chopin und Tschaikowski. Ravels Bolero war ihr Favorit. Die Neun- und Zwölftöner vergraulten sie, und die Sturmouvertüre von Sibelius hatte sie in panischer Flucht aufs Meer getrieben.

Er brauchte keinen Menschen. Nicht mehr. Ja, er dachte oft an Silke, erinnerte sich, wie sie nackt vor dem Spiegel stand und die langen, lackschwarzen Haare zu lustigen Zöpfen band oder wie sie im Bett auf ihn wartete, die Decke zur Seite riß, wenn er das Zimmer betrat, oder wie ihr braunes Gesicht über ihm schwebte, an die schmalen Schlitze ihrer Augen, die vorgestülpten wulstigen Lippen, die großen Nasenlöcher – über ihre Himmelfahrtsnase hatte Silke immer wieder geklagt. Und die kleinen Brüste . . .

Drei, vier Wochen hatte er in Connecticut bleiben wollen, doch am zweiten Tag fühlte er sich so erschöpft, daß er abreiste, ausgelaugt von ihrer verzehrenden Lust, hatte Angst, in ihren Armen zu sterben, nicht Angst um sich – konnte es einen schöneren Tod geben? –, aber ihretwegen, wie sollte sie damit leben? Wie hätte er mit ihr leben sollen?

Er war ihr von der ersten Begegnung an verfallen, obwohl Silke so gar nicht dem Bild seiner Traumfrau entsprach. Nicht blond, schlank und langbeinig, sondern schwarz, mit stämmigen Beinen und einem fast stukigen Körper, mit breitem Gesicht und hervortretenden Backenknochen, Schlitzaugen – die Erbstücke ihrer Eskimo-Ahnen. Er wurde überwältigt von ihrer bedingungslosen Sinnlichkeit. Wie oft hatte er, und immer vergeblich, versucht, sich in eine andere zu verlieben, weil sein Verstand eindeutig sagte, daß sie nicht zueinander paßten.

Nicht, weil sie älter war, was machten die zehn Jahre schon aus, auch nicht, weil sie mit anderen schlief, wenn er nicht bei ihr war – Sex, das hatte sie ihm am ersten Morgen freundlich, aber unmißverständlich mitgeteilt, bedeutete für sie nicht Liebe. Eine Art Ausgleichssport, den sie brauchte. Es war schwer gewesen, aber er hatte es schließlich akzeptiert. Als er am Venusprojekt mitarbeitete, bekam er eine Ahnung davon, unter welch ungeheurer Anspannung ein Syntheologiker in den Stunden der totalen Hirnankopplung mit dem Polycomp stand. Silke baute die Überspannung ihrer Nerven und Hirnzellen eben mit Sex ab, und wenn er nicht greifbar war . . .

Wie aber hätte er auf Dauer zusammenleben sollen mit diesem hochexplosiven Gemisch aus blitzschneller, beängstigend klarer Logik und überfließenden Gefühlsausbrüchen, die bis zu banalster Sentimentalität reichten? Allein ihr Hang zu der süßlichen Kitschmusik uralter Operetten und Schlagerschnulzen! Er brauchte seine Klassiker, Ruhe, die Sicherheit, nicht jederzeit überfallen zu werden, das Recht, sich zurückzuziehen, in Muße nachzudenken, er

brauchte unendlich mehr Zeit für einen Entschluß als
Silke . . .

Er war glücklich, als sie nach Connecticut ging, sah er
doch nun eine Chance, endlich sein Schlußexamen abzule-
gen – und wie unglücklich schon am nächsten Tag. Er
hatte es nie lange ohne sie ausgehalten. Seine U-Boot-Rei-
sen, das wußte er längst, waren auch eine Flucht vor Silke
gewesen. Nein, vor seiner Schwäche, die ihn schon kurz
nach der Abreise zurücktreiben wollte. Zurückgetrieben
hätte, wenn er nicht öffentlich sein Ziel verkündet und
Angst vor der Blamage gehabt hätte. Im Grunde war er ein
Schwächling. Immer gewesen. Jetzt mußte er sich nicht
länger etwas vormachen. Jeder starke Charakter konnte ihn
auf der Stelle beeinflussen; er unterwarf sich, ohne lange
zu zögern, änderte seine Meinung und fand auch gleich
Argumente, warum. Und Silke war eine überaus starke Per-
sönlichkeit. Er war ihr nicht nur sexuell hörig gewesen,
sondern auch abhängig von ihrer Anerkennung, ihrer Wil-
lenskraft. Ihretwegen war er zwei Jahre lang nicht nach
Svanvall gefahren. Weil er Silkes Spott fürchtete. Weiß der
Himmel, sie hielt nichts von den Henderson-Traditionen.

Ich will einen Sohn, hatte er einmal gesagt, mindestens
einen, und der erste wird Henrik heißen.

Selbst wenn wir einmal ein Kind haben, antwortete sie,
wird es kein Henderson. Wenn . . .

Willst du kein Kind haben?

Weiß ich noch nicht. Vielleicht mit Achtzig? Oder mit
Hundert? Wir Aounis werden uralt. Die Hendersons doch
auch?

Alt wie die Steine von Ljungholmsjö – ein geflügeltes
Wort auf Svanvall. Die Hendersons wurden nicht erst seit
der Immunbarriere steinalt, eine genetische Besonderheit
wie die Tatsache, daß sie keine Mädchen bekommen konnten. Alt wie die Steine von Ljungholmsjö – er würde keinen Sohn zu den Steinzeithöhlen führen, nicht einmal seinen dreißigsten Geburtstag erleben.

Er holte die Cognac-Flasche, trank den Rest in bedächtigen, winzigen Schlucken, gerade, daß er die Zunge befeuchtete, sah zu den Klängen Chopinscher Klaviermusik dem Zug der Wolken nach, warf die leere Flasche in hohem Bogen ins Wasser und schloß die Augen, erinnerte sich an die Kanufahrt auf dem Susquehanna. Zu den Quellen wollten sie paddeln, doch sie schafften keine zehn Kilometer nordwärts, immer wieder lenkte Silke das Kanu ans Ufer, dafür trieb der Fluß sie weit in Richtung Mündung, während sie im Boot schliefen. Er fragte sich, ob er nicht den Rest seiner Zeit für zwei Tage mit Silke eintauschen würde. Nein, nicht einmal, wenn es möglich wäre.

Ein Schmatzen riß ihn aus seinen Gedanken. Sammy, wie er ihn getauft hatte, der größte seiner Delphine, steckte den Kopf aus dem Wasser und hielt ihm die Cognac-Flasche hin. Kristian mußte lachen. Er nahm die Flasche und warf sie erneut ins Meer, und Sammy quiekte laut, tauchte, sprang hoch in die Luft und schwamm der Flasche nach.

3.

Warum waren die Delphine so unruhig? Sie schwammen immer wieder vor den Bug, als wollten sie ihn stoppen, blieben zurück, kamen nur zögernd hinterher.

Christian unternahm immer ausgedehntere Touren durch sein Reich, und die Delphine begleiteten ihn auf seinen Exkursionen wie eine Eskorte. Das Boot schien ihnen trotz seiner Farbe nicht fremd, aber es glich ja auch eher einem rosa Wal als einem U-Boot. Ole Ingar hatte Kristian diese neueste Errungenschaft der Bionik und des Schiffbaus nach der Atlantiküberquerung spendiert, eine geriffelte, elastische, sich peristaltisch verformende Haut, die eine enorme Steigerung der Geschwindigkeit brachte; eine komplizierte, rechnergesteuerte Pneumatik formte nach, was ein Wal mit dem unbewußten Spiel seiner Muskeln und Hautschichten vollbrachte. Doch er fuhr langsam, sehr langsam. Kurze Strecken mit langen Pausen, und er kontrollierte regelmäßig Blutdruck und Herzrhythmus, Muskeltonus und Hormonspiegel, Leber- und Blutwerte ... er bedauerte, daß die Antennen zerstört waren. Er hätte sich gerne von Nilsson bestätigen lassen, was die Prognose des Bordcomputers besagte: daß er mit diesen Werten noch ein paar Monate leben, den dreißigsten Geburtstag erleben konnte.

Das Riff zog sich weit nach Westen und Südwesten hin, eine Welt für sich, eine Welt voller Wunder, deren Farbenpracht sich erst im Licht der Halogenscheinwerfer entfaltete. Riesige Teppiche von Seeanemonen und Seegurken, meterlange, schlangenförmige, fast durchsichtige Bänder, die im Licht silbern glänzten, dichte Wolken von Quallen, Schwärme von Fischen in allen Farben und Formen, Hunderte von Arten, und er kannte keine von ihnen; an der Wand vor ihm schwebte ein mächtiger Krake, hatten die Delphine vor ihm Angst?

Als er um die Riffwand bog, erblickte Kristian einen dicken Strom aufsteigender Perlen, eine Fontäne, die aus dem plötzlich steil abfallenden Rifftal nach oben quoll, mindestens sechzig Meter im Durchmesser. Das Brodeln und Blubbern war so laut, daß Kristian das Sonar herunterschalten mußte. Das Spektrometer wies Kohlenwasserstoffe und Schwefelverbindungen aus. Kristian erschrak. Vielleicht war hier nicht nur eine Schicht porösen Gesteins, durch das Gase aus dem Erdinnern strömten, vielleicht stand hier ein Vulkanausbruch bevor – war das die Ursache für die Unruhe der Delphine? Viele Tiere nahmen Anzeichen kommender Katastrophen wahr.

Dann würde das Schietmans-Riff in Sekunden untergehen. Oder sich als Berg über den Pazifik erheben. Egal wie, sein winziges Boot würde es nicht überleben, weder die Erdstöße noch die gewaltigen Wellen, die dann das Meer durchpflügten, sich noch dreißig Meter hoch über dem Meeresspiegel auftürmten, die gefürchteten Tsunamis, die immer wieder die Küsten verwüsteten. Es half auch nichts, wenn er auf der Stelle vom Riff flüchtete, die Tsunamis würden ihn einholen. Er konnte nur hoffen, daß der Vulkanausbruch erst in ein paar Monaten stattfand. Er kehrte um; als die Delphine wieder ruhig neben dem Boot schwammen, legte er eine Rast ein. Er fand keine Ruhe, nach einer kurzen Verschnaufpause fuhr er ohne Halt zu seinem Atoll zurück, ankerte das Boot, dann legte er sich in die Koje, versuchte einzuschlafen. Weder Musik noch autogenes Training halfen. Wann würde der Vulkan ausbrechen, vielleicht morgen schon? Er ging an Deck.

Die Delphine warteten auf ihn, umringten das Boot, begrüßten ihn lautstark. Würden Sie die Katastrophe überleben? Er holte die Schokolade, rief sie einzeln auf und warf jedem ein großes Stück ins Maul. Er konnte sie längst unterscheiden, und die Delphine kannten die Namen, die er ihnen gegeben hatte.

Er hatte sich bereits eine Überraschung für die Geburtstagsparty ausgedacht, die er mit ihnen feiern wollte: Unter seinen Vorräten befanden sich zwei große Packungen mit »schwedischem Kuchen«, dicker Mürbeteig mit Rosinen und Nougatcreme, bestimmt ein besonderer Leckerbissen für seine Freunde. Die Delphine waren ganz versessen auf Süßigkeiten, für ein Stück Schokolade sprangen sie hoch, schlugen Loopings, wenn er das Schokoladenstück an der Stange durch die Luft schwenkte. Und er hatte die Bälle zurückgehalten, sie nicht mehr jeden Tag Ball spielen lassen, er besaß nur noch vier Ballonsonden; jetzt spendierte er eine und sah zu, wie sie den orangefarbenen Ball vor sich hertrieben, sich zuköpften, bis die Sonne hinter dem Horizont unterging. Sammy brachte den Ball zurück, dann schwammen die Delphine über das Riff hinaus aufs offene Meer.

An diesem Abend trank er wieder Cognac zum Einschlafen, schluckte Dormal, zum erstenmal seit drei Wochen. Daß die Angst ihn so gepackt hatte. Er war völlig verkrampft, dabei wußte er doch, daß seine Tage gezählt waren, ob nun heute oder erst in ein paar Wochen . . . Man sollte nie wissen, wenn etwas zu Ende geht, dachte er. Der Gedanke ist einfach zu schwer für einen Menschen. Die Unabänderlichkeit, der man so hilflos ausgeliefert ist – so war es bei dem Abschied von den Eltern gewesen, so in Connecticut . . . Er hatte sich heimlich davongeschlichen, Silke nur eine Notiz hingelegt. Ich muß los, good-bye.

Er starrte hinauf zu den Sternen. Was zählt das Schicksal eines Menschen in der Unendlichkeit des Kosmos. Er legte Wagner auf, trank lange Schlucke, endlich setzte die Wirkung der Schlaftabletten ein.

Am nächsten Tag fand er wieder zu seiner Gelassenheit. Nachdem er den Kater mit viel Tee hinuntergespült hatte. Der Spruch auf der alten Standuhr in Svanvall fiel ihm ein: Mors certa, hora incerta. Ja, nur der Tod war gewiß, nicht seine Stunde. Vielleicht gab es diese Fontäne schon seit langem. Er durfte sich nicht verrückt machen. Nach dem Mittag beschloß er aufzubrechen. Nicht zur Flucht. Er würde hierbleiben, das stand unwiderruflich fest. Aber er würde nicht in seiner Lagune hocken und auf den Tod warten. Sich umsehen, jede Stunde genießen. Das Riff hielt noch so viele Wunder für ihn bereit.

Auf die größte Überraschung stieß er drei Tage später bei der Rückkehr. Kurz vor seinem Atoll. Was, um Himmels willen, war das? Die Reste einer seit Jahrtausenden versunkenen Welt? Ein Artefakt vom Besuch Außerirdischer? Atlantis?

Das Alarmdisplay hatte ihn hierhergeführt, die Sensoren, die auf elektrische Felder reagierten. Kristian hatte sie nach seiner ersten Fahrt installiert, um die bioelektrischen Felder mitzubekommen, die die Fischschwärme um sich ausbreiteten; er wollte nicht wieder unversehens in einen Riesenschwarm geraten, es hatte Stunden gedauert, bis er wieder herausfand. Außerdem konnten die Sensoren bei der Wahl eines günstigen Kurses helfen; viele Fische erkannten mit ihren elektroempfindlichen Organen die

Driftströmungen des Meeres. Dies hier jedoch waren unmöglich bioelektrische Felder, die Anzeige schlug derart stark aus, daß Kristian die Sensoren ausschaltete, damit sie nicht zerstört wurden. Die Delphine schienen nichts wahrzunehmen, sie tummelten sich verspielt vor seinem Boot, doch das Alarmdisplay zeigte Magnetfeldstörungen an, das Massenspektrometer große Mengen Metall, viel mehr, als ein Wrack ausmachen konnte, und in dieser Gegend war nie eine Schiffahrtsroute verlaufen.

Als er die Scheinwerfer nach unten richtete, erblickte Kristian auf dem Grund ein eigenartiges Muster, ein quadratisches Feld aus mächtigen metallenen runden Säulen. Zehn Reihen mit je zehn Säulen. Wie ein Plaqué-Spiel für Giganten. Fiebernde Erregung erfaßte ihn. Bestimmt, dachte er, ist das der so lange gesuchte Beweis, daß schon einmal Außerirdische auf unserem Planeten gelandet sind. Vor langer Zeit, einige der Säulen hatten sich geneigt, sahen aus, als könnten sie jeden Augenblick umfallen. Was mochte das gewesen sein, eine Richtfunkanlage für die Verbindung mit ihrem Heimatplaneten? Er ging tiefer. Die metallene Haut der Säulen war verwittert, das Meerwasser hatte sie zernarbt, aufgerissen, durchlöchert.

Er legte den Taucheranzug an, kontrollierte, ob die Akkus seines Handscheinwerfers geladen waren, machte das Boot am Riff fest und schwamm zu einer Säule in der zweiten Reihe hinunter, deren Deckplatte fast völlig zerfressen war; auf halbem Weg blieben die Delphine zurück. Er leuchtete in die Säule hinein, sie wurde fast völlig von einer zweiten ausgefüllt, einem spitz zulaufenden metallenen Zylinder. So etwas hatte er doch schon einmal gesehen. Er blickte noch mal über das Säulenfeld, schloß die Augen, um sich zu erinnern. Ole Carls Truhe!

Das war kein Artefakt außerirdischer Besucher, sondern ein Überbleibsel aus der irdischen Vergangenheit, ein Unterwasserdepot von Raketen!

In Ole Carls Truhe hatten Fotos solcher Raketensilos ge-

legen, die die Atommächte damals auf dem Meeresgrund aufstellten, um im Fall eines Atomkrieges einen tödlichen Konterschlag gegen den Angreifer zu führen, ihm mit der eigenen, totalen Vernichtung zu drohen. Diese Depots waren mit den Mitteln von damals praktisch nicht aufzuspüren, und die Raketen konnten noch gestartet werden, wenn das Heimatland längst im atomaren Inferno verglüht war, da genügte das Funksignal aus einem U-Boot...

Ole Carl hatte in seinen Tagebüchern darüber geklagt, wie schwer es gewesen war, die Atommächte zur Preisgabe dieser geheimen Depots zu bewegen; wer mochte dieses hier verschwiegen haben? Kristian leuchtete die Außenhaut ab, nirgends ein Schriftzeichen, nicht einmal eine Ziffer, so weit er es sehen konnte, auch nicht an der Rakete im Innern.

Bestimmt steckten in den Silos die modernsten Waffen, die es damals gegeben hatte, Kernwaffen mit einer unvorstellbaren Zerstörungskraft, jede Hunderte Male stärker als die Hiroshimabombe. Kristian hatte nicht nur die grauenhaften Bilder aus Hiroshima und von der verwüsteten Landschaft Bangladeshs gesehen, in Ole Carls Truhe war auch ein Video gewesen, das nicht jeder im Geschichtsunterricht vorgeführt bekam, entsetzliche Aufnahmen aus den zertrümmerten, zu Staub zerfallenen, zerstrahlten Städten Kalkutta und Dakka. Nur eine einzige dieser Superbomben war jemals gezündet worden, im Wasserkrieg zwischen den asiatischen Staaten, diese eine Bombe hatte ausgereicht, ganz Bangladesh und große Teile Indiens für Jahrhunderte zu verwüsten. Und hier standen einhundert solcher Bomben, und niemand ahnte es. Dreihundert Jahre nach der totalen Abrüstung. Und sie waren noch aktiv, das bewies das elektrische Feld.

Ole Carl hatte darüber geschrieben, wie schwierig es gewesen war, diese Depots abzuwracken; jede Rakete war ein autonomes System, mußte einzeln entschärft werden, mit äußerster Vorsicht, da die Sicherungs- und Steuerungssysteme schon vom Meerwasser angegriffen sein konnten. Killersatelliten wurden eingesetzt, um im Notfall eine Rakete, die sich doch noch mit ihrer tödlichen Last erhob, abzuschießen, nur aus diesem Grund hatte man die Satelliten mit ihren Laserwaffen als letzte verschrottet, nur Minuten standen für den Abschuß einer Rakete zur Verfügung . . .

Seitdem waren drei Jahrhunderte vergangen, vielleicht reichte jetzt schon eine kleine Erschütterung? Er zog sich ganz vorsichtig zurück, paddelte mit winzigen Schlägen seiner Hände nach oben.

Die Delphine kamen ihm entgegen, umringten ihn, stießen ihn an. Er scheuchte sie weg. Weiß Gott, ihm war jetzt nicht danach, mit Delphinen zu spielen. Er fühlte sich kraftlos, mußte sich erst einmal hinlegen und ausruhen. Einen Tee trinken.

Plötzlich wurde ihm siedendheiß. Wenn der Vulkan ausbrach – die Raketen mußten gar nicht mehr startklar sein, die Gewalt der Erdstöße würde sie zur Explosion bringen. Und hundert Atombomben waren mehr als genug, um ein tiefes Loch in die Erdkruste zu sprengen, aus dem dann die Lava an die Oberfläche geschleudert wurde. Mehr als von Tausenden von Vulkanen zusammen, ein neuer Erdteil würde im Pazifik entstehen, die Erde auf Jahrzehnte von dichten Rauch- und Staubwolken eingehüllt werden, die die Sonnenstrahlen nicht mehr hindurchließen, eine neue Eiszeit . . .

Eine Katastrophe unvorstellbaren Ausmaßes, nicht weniger katastrophal als der Einschlag des Riesenmeteoriten vor sechzig Millionen Jahren, der die gesamte Entwicklung auf der Erde veränderte, die Saurier aussterben ließ. Dieses Mal würde es die Menschen treffen. Aus eigener Schuld. Jeden Tag konnte der Vulkan ausbrechen, eine Stunde entschied möglicherweise über das Schicksal der Menschheit – und seine Antennen waren hinüber! Scheiße! Er schrie laut vor Verzweiflung. Sein Körper verkrampfte sich, die Hände zitterten, Tränen liefen ihm über die Wangen.

Ruhe, mahnte er sich. Du mußt in Ruhe nachdenken. Erst einmal entspannen. Mozart, Tee, ein kleiner Cognac. Dann fuhr er langsam zu seiner Lagune. Nachdenken konnte er ebensogut, wenn er trampelte.

Die Funkanlage, da mußte er nicht noch einmal nachsehen, konnte er nicht reparieren. Er hatte noch vier Ballonsonden, die konnte er aufsteigen lassen, aber es wäre mehr als ein Zufall, wenn jemand sie entdeckte, bevor sie zerplatzten – und einfing! Und er durfte nichts dem Zufall überlassen. Er besaß noch ein paar Signalraketen, um auf sich aufmerksam zu machen, dazu aber mußte erst ein Schiff oder ein Flugzeug in seine Nähe kommen.

Er nahm sich die Seekarten vor, nirgends Land in der Nähe, nur die Johnston-Insel, und die war als unbewohnt eingezeichnet, sogar als verbotenes Territorium: chemisch verseucht. Zurück zu den Marshallinseln? Der Weg war nicht viel kürzer als der nach Hawaii, und er müßte die größte Strecke gegen die Strömung anfahren.

Wenn er sich nur mit den Delphinen verständigen könnte, für Delphine war die Entfernung bis Hawaii kein Problem. Neunzig Kilometer in der Stunde – nein, bei Dauerbelastung wohl nur ein Drittel, trotzdem, bei zwölf Stunden am Tag könnte ein Delphin die Strecke in sieben Tagen zurücklegen. Und er?

Die Auskünfte des Computers waren niederschmetternd. Seine jetzige Kondition zählte nicht. Der Computer sagte eindeutig, daß sie nach wenigen Stunden Anstrengung abfallen würde, zurück auf den Stand vor dem Schietmans-Riff. Die schnellste Variante, die der Computer anbot, würde vierzig Tage dauern: zehn Stundenkilometer und das auch nur maximal sechs Stunden am Tag, und die Kurve auf dem Bildschirm neigte sich nach dem dreißigsten Tag bedenklich nach unten; wahrscheinlich würde er eher fünfzig Tage brauchen. Die für ihn günstigste Variante war sein altes Programm: bis zu zehnmal am Tag eine halbe Stunde im Fünfertempo. Fünfundzwanzig Kilometer am Tag. Das war ihm schnell genug gewesen, als es nur darum ging, Hawaii überhaupt zu erreichen, aber jetzt? Fast hundert Tage – unmöglich.

Fahren mußte er. Jetzt, da er wußte, auf welchem Pulverfaß die Menschheit saß, konnte er unmöglich länger hierbleiben, darauf warten, daß zufällig jemand vorüberkam – auch auf diesen Zufall mußte er sich vorbereiten.

Sobald er sein Atoll erreicht und das Boot geankert hatte, gab er einen kurzen Bericht über seinen Fund und die Position des Depots in den Computer, dazu die Koordinaten der Gasfontäne, den Text ließ er ein dutzendmal ausdrucken.

Ein Exemplar steckte er in einen wasserdichten Behälter. Bevor er das Riff verließ, würde er den Behälter verankern, eine Ballonsonde daran befestigen, die auf ihn aufmerksam machte, das Wasser der Lagune mit Seenotpulver orange färben, ein, zwei Tage würde der Fleck wohl halten, bevor die Strömung ihn zerstreute. Und Signalraketen würde er abschießen, sobald es dunkel wurde. Möglicherweise sah man das aus einem Flugzeug und gab die Position durch.

Als er die Ballonsonden vorbereitete, kam ihm eine Idee. Er würde sie nicht einfach in die Luft steigen lassen. Sammy hatte ihn auf die Idee gebracht, als er mit der leeren Flasche ankam. Hatten nicht früher Schiffbrüchige so auf sich aufmerksam gemacht? Aber er würde seine Flaschenpost nicht einfach dem Meer übergeben. Er steckte drei Exemplare des Textes in Plastcontainer, befestigte an jeden einen der Ballons, füllte ihn nur so weit mit Gas, daß er den Container über das Meer schleifte. Die Delphine hielten es für ein neues Spiel. Als Kristian die erste Sonde startete, schwammen sie ihr hinterher, bald verlor er sie aus den Augen. Schade, dachte er, er hätte ihnen gerne zum Abschied den Kuchen gegeben, sie noch einmal gestreichelt. Good-bye, rief er ihnen nach. Dann ging er nach unten und bereitete das Boot vor.

Die restliche Preßluft würde den Ballast aus den Tanks drücken und das Boot an die Oberfläche bringen, sobald er die Pedale länger als zehn Stunden nicht rotieren ließ. Wenn das Boot trotzdem unterging, würde seine Boje herauskatapultiert werden; er kontrollierte noch einmal die Packung mit dem Seenotpulver, die sich bei Kontakt mit Luft auflöste, so daß die Boje in einem weit sichtbaren Farbfleck schwamm.

Dann bereitete er sich Essen, vier Gänge: Aalsuppe, Omelett mit Pilzen, Curryreis mit scharf gewürztem Schweinefleisch, zum Nachtisch Gorgonzola. Wer weiß, wann er sich wieder die Zeit für ein richtiges Mahl nehmen würde. Er aß mit Genuß und Muße. Nun, da alles entschieden war, hatte die Unruhe ihn verlassen. Er konnte sogar auf der Stelle einschlafen. Es tat ihm zwar leid, den letzten Nachmittag auf seinem Atoll zu verschlafen, aber er mußte bis zum Abend warten, bevor er aufbrach; die Raketen sollten weithin zu sehen sein.

Als er wach wurde, stand die Sonne bereits dicht über dem Horizont. Er improvisierte ein Floß aus dem Tisch seines Bootes, verankerte es, brachte die Raketen daran an und eine Fernzündung, ließ den Ballon aufsteigen, schüttete das Pulver auf das Wasser, sah, wie der Fleck sich ausbreitete, nickte zufrieden; nur an dem einen Rand wurde die Farbe hinweggetrieben, der weitaus größte Teil bedeckte das stehende Wasser. Ein letzter Blick, dann stieg er ein. Sobald er das Boot über das Riff bugsiert hatte, packten ihn die Wellen des Pazifik, er mußte auf Tiefe gehen, aber er hielt sich dicht unter den Turbulenzen der Wellen, er mußte ja noch einmal auftauchen und die Raketen zünden.

Er hatte sich in der Tat gut erholt auf dem Riff, im Nu hatte er das Zehnertempo überschritten, das Display leuchtete auf, forderte Zurückhaltung. Ein Gedanke schoß ihm durch den Kopf: Wenn er alles einsetzte, den Zehnertakt wählte? Er gab die Daten in den Computer. Zehn Minuten trampeln, zehn Minuten ausruhen, elf, zwölf Stunden lang ohne Pause, im Dreißigertempo. Das brachte einhundertfünfzig Kilometer pro Tag. Wenn er sich völlig verausgabte, sich dopte, konnte er es schaffen, in fünfzehn Tagen wäre er in Hawaii. Nein. Der Computer berechnete das OUT für die zweite Hälfte des vierzehnten Tages. Aber er konnte die letzten zweihundert Kilometer durchtrampeln, im Höchsttempo, fünfzig.

Er mußte den Computer nicht erst befragen, was das bedeutete. Eine Stunde entsetzliche Quälerei unter Schmerzen, die schier unerträglich wurden, dann schüttete das Gehirn, wie immer bei Dauerbelastung an der Grenze der Leistungsfähigkeit, Endorphine ins Blut. Die körpereigenen Morphine würden ihn in Euphorie versetzen, den Schmerz blockieren, Glücksgefühle auslösen, Halluzinationen – Nilsson hatte ihm sehr genau geschildert, was dann in seinem Körper geschah. Er würde in Ekstase geraten wie die tanzenden Derwische, die nach stundenlangen, kreiselnden Bewegungen Gottesnähe verspürten. Sogar starke sexuelle Empfindungen hatte Nilsson vorhergesagt. Und den Tod. Viele Langstreckenläufer seien in diesem Rauschzustand gestorben; für einen Mann in seiner Verfassung bedeute es den sicheren Tod. Aber er würde Hawaii erreichen. Lebend oder tot – Hauptsache rechtzeitig.

Eine tiefe Ruhe erfaßte ihn. Ja, dafür lohnte es sich, sein Leben zu geben, alle verbliebene Kraft in einer letzten Anstrengung aufzubrauchen. Wenn er es schaffte, würde sein Bild zu Recht in Svanvall hängen. Mutters Spruch, jetzt verstand er ihn: Das ist das Größte und das Schwerste – alles geben und alles verlieren, um sich ganz zu gewinnen.

Es würde schwer werden, verdammt schwer. Er machte sich nichts vor; wenn er sich für den Zehnertakt entschied, würde er den Rest seiner Tage wie in Trance verbringen. Trampeln, ruhen, trampeln . . . wie besinnungslos schlafen und wieder trampeln. Dann war das jetzt seine letzte klare Stunde, er durfte nichts übersehen.

Er bereitete Flaschen mit Konzentratbrei zu, literweise Tee, programmierte die Steuerautomatik, den Computer; von jetzt an würde er völlig unter den Befehlen seines Programms stehen: trampeln, ausruhen, schlafen legen, Pillen schlucken, essen . . . Wie der Computer es befahl. Als letztes programmierte er die Musikautomatik. Musik war das einzige, was ihm noch blieb, Musik und der Gedanke, daß er es schaffen mußte; er wollte keine Minute ohne Musik sein.

Das Signal ertönte, es war Zeit, die Raketen zu zünden. Kristian ging höher, das Boot wurde hochgeschleudert, versank gleich darauf in einem tiefen Wellental, unmöglich, den Kopf aus der Luke zu stecken; so sah er nur durch das Pereskop, wie die Raketen in den Himmel stiegen. Selbst wenn jemand sie erblickte, wenn man morgen schon von den Bomben wußte, er würde es nicht erfahren.

Noch kannst du es dir überlegen – nein.

Er brachte das Boot auf Kurs. Präludium und Fuge a-Moll. Er trat ruhig und gleichmäßig, erreichte dreißig Stundenkilometer. Die Fuge klang aus, der Choral von Svanvall tönte durch das Boot. Die dritte Strophe sang er laut mit. Und wenn die Welt voll Teufel wär . . .

●●●●●●●●●●●●●●●●●●●●●●●●●●●●●●●●●●●●●●

Mein Mörder kommt selten allein

Er war der einzige, der in Chintalo Halts ausstieg; ein un-
rasierter, gebeugter Mann in ausgebleichten Jeans und ab-
geschabter Cordjacke, ein Hinterwäldler, der zu irgendeinem lausigen Nest in den Bergen unterwegs war. Niemand beachtete ihn. Die wenigen Passagiere des drittklas-
sigen Überlandbusses dämmerten vor sich hin. Der Fahrer
hupte, als er anfuhr, dann stand Phil allein in der Dunkelheit.

Mühsam schulterte er den dicken Rucksack, tapste,
noch tiefer gebeugt, mit zittrigen Schritten am Rand des
Asphalts entlang. Fünf Minuten, zehn. Kein Auto begeg-
nete ihm, keines überholte ihn. Er schlug sich in die Bü-
sche.

Sein Rücken straffte sich. Zufriedenes Lächeln zog über
sein Gesicht. Mit dem federnden Indianerschritt eines ge-
übten Joggers trabte er in weitem Bogen zurück, bis er auf
einen Pfad stieß, der nach Süden führte. Zwei Meilen weiter warnte ein Schild: »Danger! Prohibited Area! Danger to
death!«

Von jetzt an war es ein gespenstischer Weg durch eine
lautlose Nacht. Keine Vogelstimmen, Frösche, Heuschrek-
ken. Sein Zeitplan stimmte. Obwohl er fast zwanzig Jahre
nicht mehr hier gewesen war, hatte er die Wege richtig eingeschätzt und erreichte eine Stunde vor Sonnenaufgang
den See. Leise vor sich hin fluchend, verbarg er sich in
einem dichten Gebüsch.

An alles mögliche hatte er gedacht, an Schutzkleidung,
Proviant und Wasser, Kocher und Radio, ein Zelt, sogar an
eine Tauchermaske, falls das Boot kentern sollte, eine hermetisch schließende Maske mit Spezialschnorchel, in den

auch nicht das kleinste Tröpfchen dringen konnte, an eine Gasmaske nicht. Und nun lag dichter Nebel über dem Wasser!

Es wurde Mittag, bis die Schwaden sich verzogen. Es wäre Wahnsinn gewesen, das Boot zusammenzubauen und zu Wasser zu lassen. Jeden Augenblick konnte ein Containerfloß auftauchen, und die Matrosen würden jeden auffischen und der Polizei übergeben, der so verrückt war, auf dem See zu paddeln. Er mußte die Dämmerung abwarten. Ein Glück, daß er zu früh gekommen war.

Ein nicht enden wollender Tag. Er hätte ein Buch mitnehmen sollen statt eines Radios. Schweigen, Schweigen, nur gelegentlich von den Geräuschen eines Schubprahms unterbrochen, einmal ein Hubschrauber. Phil beobachtete ihn durch die Blätter des Gebüsches. Zum Glück nur die Waldüberwachung. Aber was hieß das schon. Wenn sie ihn suchten, dann konnten sie es ebensogut mit Helicoptern der Forstverwaltung tun!

Er beruhigte sich. Niemand konnte wissen, daß er hier steckte. Er hatte viel Mühe darauf verwandt, seine Spur zu verwischen, ein sorgsam durchkalkuliertes System unvermuteter Haken, verwirrender Täuschungen und ausgeklügelter Tarnungen. Er mußte sich nur vor zufälliger Entdeckung schützen: vor der Luftüberwachung und vor den Patrouillen, die das Seeufer kontrollierten.

Hoffentlich kam Hank. Hoffentlich hatte er die Botschaft erhalten. Und keine Angst, hierherzukommen.

Früher war der See eine Idylle gewesen, ein Paradies der Angler, eine exklusive Oase, nur Ruderboote waren zugelassen, und die Transporter mußten einen Umweg über den Hampshire-Kanal machen; Unsummen wurden für ein Grundstück gefordert, eine halbe Million hatte man Hanks Vater für die schmale Parzelle geboten, doch der hatte immer abgelehnt. So ein Platz, sagte er, ist nicht mit Gold aufzuwiegen. Seit der Katastrophe vor sechs Jahren bekam man keinen Cent mehr für den Quadratmeter Boden.

Im letzten Licht machte er sich fertig, baute das Nylon-kanu zusammen, streifte Schutzanzug und Kopfmaske über und ließ das Boot zu Wasser.

Es war eine sternklare Nacht, so daß er die Insel nicht verfehlen konnte. Er zerrte das Kanu den flachen Hang hinauf und lehnte es an einen Baumstamm, zog den Anzug aus, hängte ihn auf dem Spezialbügel an einen Ast, streifte die Handschuhe ab, schluckte zwei Adrephobin, trug das Gepäck unter einen dichten Hickorybaum, schlug sein Zelt unter einem tief herabhängenden Zweig auf und grub im Schutz des Zeltes ein Loch, in das er den Kocher stellte. Er mußte unbedingt einen Schluck heißen Tee zu sich neh-men. Dann saß er mit seinem Becher am Hang und lauschte in die Dunkelheit.

Hank kam kurz vor Mitternacht. Ein leichtes, kaum wahrnehmbares Plätschern war das erste Zeichen. Hier gab es keine Fische mehr. Es mußte das Eintauchen eines Pad-dels sein. Schließlich konnte Phil einen Schatten ausma-chen, der sich der Insel näherte, sich in ein Boot und eine Figur teilte. Es sah wie eine Szene aus einem Horrorfilm aus. Oder einem Manöver der ABC-Truppen: eine schwei-gende Gestalt, eingehüllt in einen Folienanzug, der im Schein des Mondes glitzerte.

Hank hatte an eine Gasmaske gedacht, und er trug sie, obwohl kein Nebel über dem Wasser lag. Vielleicht waren schon die unsichtbaren Ausdünstungen des Sees giftig?

Phil ging ihm entgegen, wartete, bis sich die gespensti-sche Figur in Hank verwandelte, dann fielen sie sich in die Arme.

»Laß dich ansehen, Phil«, sagte Hank. »Wie lange haben wir uns nicht gesehen?«

»Acht Jahre. Ich hatte Angst, du würdest nicht kom-men.«

»Fast wäre es so gewesen. Deine Botschaft war recht ver-schlüsselt. Bumppo an Chingachgook war eindeutig, auch an unser Codewort für Gefahr erinnerte ich mich gleich.

UiNiKiAiS, und daß du mit der Nacht des Kaninchens nur Vollmond meinen konntest, war mir sofort klar, was aber sollte die Insel mit den zwei Schwänzen sein? Ich mußte erst einen Lederstrumpf-Band auftreiben. Als ich den Wildtöter las, wußte ich es natürlich: das Tier mit den zwei Schwänzen – die Elefanteninsel.«

»So hatte ich die Nachricht auch abgesetzt«, sagte Phil. »Sie ist unterwegs verstümmelt worden. Wie bist du hierhergekommen?«

»Mit dem Wagen, wie sonst?«

»Hat dich jemand gesehen?«

»Keine Ahnung. Und wenn schon. Es ist nicht verdächtig, wenn ich mich hier herumtreibe; das Grundstück gehört mir noch.«

»Damit habe ich gerechnet. Ich habe lange nachgedacht, wo und wie wir uns treffen könnten. Ich will dich nicht in Gefahr bringen, Hank, aber du bist der einzige, der mir helfen kann. Wenn mir überhaupt einer helfen kann.«

»Was ist los, Phil? Warum diese Geheimniskrämerei? Wozu dieser gottverdammte Treffpunkt?«

»Ich mach uns erst einmal einen Tee. Wir haben doch Zeit, nicht wahr?«

»Solange wir brauchen.«

Hank sagte kein Wort, als Phil ins Zelt kroch, den Kocher ansteckte, aber sogleich die Plane zumachte, er wartete, bis sie am Hang saßen. »Schieß los, Phil, ich platze vor Neugier.«

»Ich werde ermordet«, sagte Phil.

»Ermordet?« Hank blickte ihn überrascht an.

»Jede Nacht werde ich ermordet: vergiftet, erwürgt, erschossen, gehenkt – letzte Nacht kamen sie zu dritt. Sie trugen lange weiße Mäntel mit spitzen Kapuzen. Wie der Ku-Klux-Klan. Mein Mörder legte mir einen Strick um den Hals. Vorgestern waren es vier. Drei Männer banden mich an einen Lichtmast, dann erschoß er mich mit einer Maschinenpistole. Zuerst zielte er auf die Füße, dann auf die Beine; wahrscheinlich habe ich laut geschrien, ich hatte entsetzliche Schmerzen, als die Kugeln meinen Leib zerfetzten; er hielt langsam höher, und ich bin vor Angst fast gestorben. Ich zitterte vor dem Augenblick, da die Kugeln mein Herz treffen würden. Dabei müßte ich mich eigentlich schon daran gewöhnt haben, ermordet zu werden, und mich danach sehnen, daß es endlich vorbei sei – es ist jedesmal eine Erlösung, wenn ich gestorben bin! Jede Nacht, Hank. Es ist grauenhaft! Vorgestern ließ er mich zwischen Pferde binden und vierteilen, und einen Tag zuvor, nein, zwei, kam er mit einem Haufen Indianern. Sie banden mich an einen Marterpfahl und zerrissen mich stückweise mit ihren Messern, bevor er so freundlich war, mich zu töten.« Phil lachte bitter. »Mein Mörder kommt selten allein.« Er nahm die Thermoskanne und goß Tee nach.

»Seit wann geht das so?« fragte Hank.

»Seit genau dreiundsechzig Tagen. Dreiundsechzigmal bin ich nun schon ermordet worden.«

»Du hast es geträumt«, sagte Hank.

»Nein, ich erlebe es!« Phil hob beschwörend die Hände. »Für mich ist es kein Unterschied, ob es in Wirklichkeit oder nur in meinem Kopf stattfindet: Ich erlebe es als Realität. In allen Details. Jede Nacht. Ein Perpetuum mobile des Grauens. Sag, hast du so etwas in deiner Praxis schon erlebt?«

»Intensive Wahnvorstellungen sind häufig bei . . .«

»Verrückten«, stieß Phil hervor.

»Kranken«, korrigierte Hank. »Ich fürchte, du bist krank, Phil.«

»Ich bin so wenig krank wie du«, erwiderte Phil heftig. »Man hat mich manipuliert.«

»Wer?«

»Das sage ich dir später. Verrate mir erst, ob man einen Menschen derart programmieren kann, daß er jede Nacht solche Träume hat.«

»Dazu weiß ich noch zu wenig. Warst du bei einem Arzt?«

»War ich. Ich habe ihm jedoch nur gesagt, daß ich Alpträume habe. Er gab mir Tabletten, aber sie haben nicht geholfen. Nichts hilft. Ich habe mich betrunken, Marihuana geraucht, sogar Kokain und Heroin ausprobiert – Drogen machen es nur noch schlimmer: sie regen die Phantasie an. Die Erlebnisse werden noch intensiver.«

»Fühlst du dich anschließend erschöpft?«

»Wie gerädert.« Phil lachte. »Einmal hat er mich rädern lassen.«

»Er?«

»Mein Mörder.«

»Ist es immer der gleiche?«

»Ja, und das ist besonders teuflisch: Er sieht aus wie mein Vater.«

»Dein Vater? Das ist interessant! Wie war dein Verhältnis zu ihm? Ich kann mich im Moment nicht erinnern, daß du je von ihm gesprochen hättest.«

»Er verließ Mutter, als ich sechs Jahre alt war.«

»Hast du ihn gehaßt?«

»Anfangs vielleicht, ich weiß es nicht mehr. Später habe ich mich nach ihm gesehnt. Er wurde eine Art Zielprojektion für mich. Ich träumte davon, zu ihm durchzubrennen. Ich dachte immer, er würde Verständnis für mich haben und Zeit.«

»Man könnte also eher sagen, du hast ihn heimlich geliebt?«

Phil nickte. »Als ich erfuhr, daß er gestorben war, habe ich tagelang um ihn geweint. Nachts, wenn Mutter es nicht mitbekam.«

»Hast du den Eindruck, daß die Träume gleich lang dauern?«

»Sie kommen mir alle endlos vor.«

»Hat sich ein Traum wiederholt?«

»Nein. Ich sterbe jede Nacht auf andere Weise.«

»Hast du schon mal in der Nacht etwas geträumt, woran du gerade am Tag zuvor gedacht hattest?«

»Schon oft. Ich muß ja dauernd daran denken, auf welche Weise ich in der kommenden Nacht sterben werde. Alle möglichen Arten, einen Menschen umzubringen, gehen mir durch den Kopf.«

»So daß es sein könnte, daß du selbst deine Träume durch die Gedanken an das Kommende vorprogrammierst?«

»Und durch freundliche Unterstützung!« stieß Phil aus. »Man schickt mir Bücher: Anthologie des Verbrechens – Die grausamsten Morde des Mittelalters – Die Geschichte der Folter – Morde, die die Welt erschütterten – um nur einige Titel zu nennen. Es hat mich einige Kraft gekostet, nicht mehr in ihnen zu lesen.«

»Sie ziehen dich sozusagen magisch an?«

»Ja, so ist es.«

»Und in der Nacht erlebst du dann einen der geschilderten Morde?«

»Als ich das mitbekam, habe ich kein Bücherpaket mehr geöffnet. Seitdem bekomme ich Briefe mit ausführlichen Prospekten und Zeitungsausschnitten. In gefälschten Umschlägen. Manchmal liegt auch was zwischen meinen Papieren auf dem Schreibtisch.«

»Und du besitzt das alles noch?«

»Mißtrauisch, was?«

»Du mußt mich nicht mißverstehen, Phil. Meine Patienten erzählen oft die haarsträubendsten Geschichten.«

»Ich habe alles aufgehoben. Auch die Verpackung, die Umschläge. Ich könnte es dir zeigen, Hank. Würde dich das überzeugen?«

»Das Vorhandensein solcher Materialien ist für einen Psychiater noch kein Beweis«, sagte Hank, »nicht einmal, wenn er selbst erlebt, wie der Postbote es dir aushändigt. Kranke senden sich oft selbst Post. Ohne daß sie sich dessen bewußt sind.«

»Manipulieren sie auch das Fernsehen?«

Hank sah überrascht auf.

»Zweimal ist mir das schon passiert. Seitdem stelle ich den Kasten nicht mehr an. Mitten in eine Sendung über stellare Forschung platzte eine Szene, in der man jemandem Betonklötze an die Füße goß und ihn ins Meer versenkte. Beim zweiten Mal sah ich mir die Wahl der Miß Universum an, um mich zu entspannen, da blendete man einen Tisch ein – hast du je von diesen Tischen gehört, in die man früher in Asien lebende Affen einspannte, um ihnen das Gehirn aus dem trepanierten Kopf zu essen? Natürlich habe ich prompt in der folgenden Nacht erlebt, wie man mich in so einen Tisch schnallte und mein Gehirn auffraß, wie nach und nach meine Sinne schwanden, die Erinnerungen, das Denkvermögen – Hank, das war wohl der entsetzlichste aller Träume!«

»Willst du behaupten, daß man, eigens um dich zu programmieren, in das laufende Programm Gruselspots einblendet?« Hank sah ihn belustigt an.

»Du denkst, es sind Hirngespinste, nicht wahr?«

»Ich hatte einmal einen Patienten, der war durch nichts davon zu überzeugen, daß er die Finger, die man ihm angeblich in der Nacht zuvor abgeschnitten hatte, noch besaß. Er klemmte alles zwischen die Handflächen. – Hast du in den letzten Monaten sehr viel gearbeitet?«

»Ja, das habe ich«, sagte Phil heftig, »aber ich bin nicht vor lauter Arbeit übergeschnappt! Ich mache dir einen Vorschlag, Hank: Nimm wenigstens als Arbeitshypothese an, daß alles so ist, wie ich es dir sage, okay?«

»Okay. Hast du andere Beschwerden? Kopfschmerzen, Schlaflosigkeit, Mangel an Appetit, Konzentrationsschwierigkeiten?«

»Nichts dergleichen. Ich arbeite, halte meine Vorlesungen, esse und trinke wie üblich, alles normal bis auf die nächtlichen Morde. Sag, Hank, kann man Träume programmieren?«

»Unter gewissen Umständen ...« Hank zog ein Päckchen Zigaretten aus der Tasche.

»Bitte, rauch nicht«, sagte Phil, »oder geh solange ins Zelt.«

Hank sah ihn nachdenklich an, dann steckte er die Zigaretten kommentarlos ein. »Theoretisch wäre es möglich«, sagte er, »eine hypnopädische Intraumation. Aber das ist extrem unwahrscheinlich. Dazu bedarf es einer pharmazeutischen Droge, an die fast niemand herankommt. Man müßte sie auch fachmännisch ansetzen. Nur wenige Spezialisten können das. Außerdem müßtest du dabei mitspielen: du müßtest dich hypnotisieren lassen.«

»Der Zahnarzt!« rief Phil.

»Willst du behaupten, dein Zahnarzt habe dich präpariert?« Hank blickte ihn mitleidig an.

»Das war das einzige Mal, daß ich mich hypnotisieren ließ, Hank, und ein paar Tage später begannen die Träume. Ich mußte mich einer Wurzelbehandlung unterziehen, der Arzt sagte, es würde ziemlich schmerzhaft werden, und er schlug vor, mich zu hypnotisieren statt mir eine Spritze zu geben; der Betäubungseffekt sei der gleiche, aber die üblen Nachwirkungen fielen weg.«

»Wie lange hat die Behandlung gedauert?«

»Das ist es ja: länger als eine Stunde! In der Zeit muß es geschehen sein. Er hat sich wortreich entschuldigt, daß es so lange gedauert hat, er habe mich, warum, sei ihm ein Rätsel, nicht gleich wieder aus dem hypnotischen Schlaf holen können.«

»Interessant! Hattest du anschließend einen merkwürdigen Geschmack im Mund?«

»Ja! Ein bitterer, eigentümlicher Geschmack, wie Mandel mit Myrhe gemischt, er ging weder durch Mundwasser noch Whisky weg. Sag mal, glaubst du mir jetzt?«

»Was steckt dahinter?« fragte Hank zurück. »Du mußt mehr wissen oder vermuten, sonst hättest du mich doch in der Klinik aufgesucht, statt mich auf diese Insel zu holen.«

»Kannst du mir helfen, Hank? Könntest du solch eine Hypnose abbrechen?«

»Wer steckt dahinter, Phil?«

Sie starrten sich an.

»Ich muß es dir wohl sagen, Hank: der Geheimdienst.«

»Der Geheimdienst? Was in aller Welt wollen die von dir?«

»Ich habe eine Entdeckung gemacht, die wollen sie. Ich hatte geglaubt, daß niemand es auch nur ahnte, aber sie wußten es. Ich vermute, daß ich im Schlaf gesprochen habe und daß Maud . . .«

Hank schüttelte ungläubig den Kopf. »Maud würde dich doch nicht an den Geheimdienst verkaufen!«

»An jeden, der genug zahlt.« Phil lachte höhnisch. »Nur sie kommt in Frage. Wir haben uns vor vier Monaten getrennt, und sie lebt jetzt auf großem Fuß. Woher hat sie das Geld?«

»Dafür kann es viele Erklärungen geben; ein anderer Mann zum Beispiel.«

»Einer? Dutzende! Und wahrscheinlich nicht erst jetzt.«

»Hast du sie rausgeworfen?«

»Nein, sie ging. Mit einem hinterhältigen Lächeln. Ich würde noch an sie denken. Niemand außer Maud konnte an meine Papiere.«

»Wenn wirklich der Geheimdienst an deiner Entdeckung interessiert ist, kann er auch an alle deine Unterlagen. An alle!«

»Sie wußten ja von nichts. Niemand. Ich bin durch Zufall auf einen Gedanken gestoßen und habe ihn weiterverfolgt, ohne mit jemandem darüber zu sprechen. Als ich merkte, worauf es hinauslief, habe ich nur noch zu Hause daran gearbeitet, nachts, und ich habe alles – selbst das kleinste Zettelchen! – sofort vernichtet oder in den Safe geschlossen. Es kann nur so gewesen sein, daß sie neugierig wurde, was ich da nachts trieb, oder daß ich im Schlaf davon gesprochen habe, daß sie daraufhin in meinen Notizen kramte und schließlich zum Geheimdienst ging. Vielleicht hatte sie auch einen Liebhaber, der bei diesem Verein arbeitet. Zum Glück versteht sie nicht viel von Physik. Es gibt ein Indiz, Hank. Vierzehn Tage später kam sie zurück – ich denke, auf Wunsch des Geheimdienstes – um die Unterlagen zu fotokopieren. Es war eine rührende Wiedersehensszene, eine verrückte Nacht, aber am nächsten Morgen zog sie ohne ein Wort der Erklärung wieder ab, und ich entdeckte, daß jemand an meinem Safe gewesen war. Es muß eine schreckliche Enttäuschung für sie gewesen sein. Ich hatte zwei Tage zuvor die Lösung gefunden und gleich alle Unterlagen vernichtet. Es existiert nichts mehr. Außer in meinem Kopf.«

»Außer in deinem Kopf«, wiederholte Hank leise. Phil sah ihn böse an. Hank legte ihm beruhigend die Hand auf den Arm. »Was hast du entdeckt?«

»Das werde ich keinem Menschen verraten.« Er tippte an seine Stirn. »Hier soll es für immer begraben sein.«

»Was einmal entdeckt wurde, kann jederzeit ebensogut von einem anderen gefunden werden.«

»Ja, ich weiß, aber vielleicht dauert das Jahre oder Jahrzehnte, und manchmal ist so ein Aufschub von elementarer Bedeutung!«

»Für wen, Phil?«

»Für die Menschheit! Für diesen kleinen, unscheinbaren Planeten, auf dem wir hocken.« Er stellte sich auf, drückte das Kreuz durch und trat dicht an den Abhang. Nach ein paar Minuten setzte er sich wieder. Er atmete schwer.

»Okay«, sagte Hank, »du hast also etwas Sensationelles entdeckt, und der Geheimdienst will es dir abjagen, obwohl er gar nicht recht weiß, worum es geht – richtig?«

»Du glaubst mir noch immer nicht, was?«

»Ich will nicht glauben, Phil. Ich bin Wissenschaftler, ich urteile nach Fakten und Beweisen.«

»Ich kann weder Fakten noch Beweise bieten«, sagte Phil leise, »nichts als meine Erklärungen.«

»Dann erkläre mir bitte, wieso du die Affengruselszene gesehen hast und ich nicht; ich habe mir nämlich die Wahl der Miß Universum auch angesehen.«

»Oh, das ist ganz einfach. Wir haben Kabelfernsehen in unserem Block. Es gehört nicht viel Geschick dazu, mein Kabel anzuzapfen und mir einen Streifen einzuspielen. Paß auf, Hank, sie haben mich ein paarmal aufgesucht. Zu Hause, nicht im Institut, wo sie jemand hätte sehen können. Sie ahnen, worum es geht; soviel müssen sie Mauds Worten entnommen haben, außerdem ist es kein Geheimnis, daß ich mich früher einmal mit der Gravitation beschäftigt habe. Dummerweise habe ich mich von meiner Wut hinreißen lassen und ihnen ins Gesicht gesagt, daß sie es nie erfahren würden. Spätestens da wußten sie, daß es tatsächlich etwas gibt, was ich verheimlichen will. Sie lachten nur. Wir erfahren alles, sagten sie, das ist nur eine Frage der Methode.«

»Wenn es ihnen wirklich wichtig wäre, könnten sie dich inhaftieren und so lange bearbeiten, bis du es ihnen sagst.«

»So einfach wäre das nicht! Sowohl das Institut als auch die Universität würden rebellieren. Ich bin schließlich wer. Sie müßten schon handfeste Beweise anführen, die vor Gericht standhalten. Oder nachweisen, daß ich verrückt bin. Sag mal, wenn ich mit dieser Geschichte zu einem Psychiater ginge . . .«

»Ich bin Psychiater.«

»Aber du bist auch mein Freund. Doch ein anderer, würde er mich nicht sofort in eine Klinik einweisen?«

»Wahrscheinlich ja.«

»Sie haben mir erklärt, daß sie es erst einmal ohne physischen Druck versuchen wollten, aber sie würden nicht lockerlassen, bis ich vernünftig geworden sei. Es wäre nicht nur unvernünftig, sagte ich, es wäre geradezu verrückt, es ihnen zu sagen, und ich bin nicht verrückt. Noch nicht, sagten sie lächelnd. Was würde ich Ihnen nützen, wenn ich verrückt bin, fragte ich. Das ist das Problem, sagten sie, einerseits ist bei Typen wie Ihnen psychischer Druck immer das beste Mittel, andererseits sind wir um Ihre geistige Gesundheit besorgt; wir sind ebenso daran interessiert, daß Sie Ihre Arbeit über das Permutationsproblem fortführen. Hank, sie haben mir sogar ein eigenes Institut angeboten, unbegrenzte Mittel, Standort und Mitarbeiter nach meiner Wahl – nur, sie wollen vorher das andere haben.«

Hank zog die Zigaretten heraus.

»Bitte nicht«, sagte Phil. »Ich habe alles getan, um einen eventuellen Schatten abzuschütteln, aber ich will kein Risiko eingehen. Sie sagten, sie würden mich nicht beobachten. Nicht einmal, sagten sie. Dann: nicht mehr als bisher. Wozu auch. Ohne ihre Einwilligung könne ich das Land nicht verlassen, und einem anderen würde ich mein Geheimnis gewiß nicht verraten, er könne es ja sofort an sie weitergeben. Oder, so sagten sie, kennen Sie einen einzigen Menschen, bei dem Sie sicher sein können, daß er nicht für uns arbeitet?« Phil lachte bitter. »Ich bin all meine Bekannten durchgegangen, Hank. Ich wüßte wirklich niemanden, von dem ich es mit Gewißheit behaupten könnte!«

»Und was ist mit mir, Phil?«

»Ich habe mich entschlossen, dir zu vertrauen. Mir bleibt keine Wahl. Vielleicht bist du auch einer von ihnen, dann habe ich Pech gehabt, vielleicht aber arbeitest du nicht für sie, dann wirst du mir helfen. Wenn du es kannst. Wie auch immer, ich werde dir mein Geheimnis nicht verraten.«

»Ich will es auch gar nicht wissen. Und sei beruhigt, ich arbeite nicht für den Geheimdienst.«

»Das behaupten alle!« Phil spuckte aus.

»Sie müßten doch Angst haben, daß du dich umbringst«, meinte Hank nachdenklich.

»Oh, sie haben mich gut studiert! Sie wissen genau, daß ich am Leben hänge, daß ich davon träume, das Permuta-

117

tionsproblem zu lösen – und noch einiges mehr. Daß ich für einen langen Segelturn durch die Südsee spare. Als ich sagte, lieber würde ich mich umbringen, lachten sie nur. Sie werden sich nicht umbringen, sagten sie, wir wissen genau, daß Sie Angst vor dem Tod haben. Aber vielleicht bringen wir Sie um? Gut eine Woche später fing es an. Zuerst dachte ich an Alpträume, kontrollierte, was ich aß, nahm die Tabletten, natürlich vergeblich, schließlich rief ich sie an. Sie hatten mir eine Nummer für den Fall gegeben, daß ich es mir anders überlegen würde. Stecken Sie dahinter? fragte ich. Sie haben sich nicht einmal erkundigt, was ich meinte. Sie wollten doch lieber sterben, sagten sie. Jetzt sterben Sie. Jede Nacht. Hundertmal, tausendmal, so lange, bis Sie uns anflehen, wir sollen Sie erlösen. Und nur wir können Sie davon erlösen, niemand sonst. Und wenn ich verrückt werde? fragte ich. Keine Angst, sagten sie, so schnell werden Sie nicht verrückt; wir denken, wir haben haargenau die richtige Methode für Sie gefunden. Sie werden vorher zu uns kommen. Kommen Sie ruhig, wir haben eine eigene Anstalt für geistig Verwirrte und Verirrte. Erst wenn ich völlig verrückt bin, sagte ich, wollen Sie das wirklich riskieren? Bei so hohem Einsatz, sagten sie, muß man ein Risiko eingehen, aber unseres ist geringer; wir riskieren nur, daß wir nicht erfahren, was es mit Ihrem Geheimnis auf sich hat, Sie dagegen riskieren Ihren Verstand. Geben Sie auf. Wozu wollen Sie sich unnötig quälen?«

Phil packte Hanks Schulter und schüttelte ihn. »Ich will nicht verrückt werden. Und ich will nicht sterben. Und ich will ihnen das Geheimnis nicht ausliefern. Hilf mir, Hank! Ich flehe dich an: Hilf mir!«

»Das ist nicht so einfach, Phil.«

»Aber du glaubst mir jetzt, daß man mich programmiert hat?«

»Sagen wir so: es ist denkbar. Wir verwenden diese Methode seit einiger Zeit bei besonderen Fällen. So ein Pa-

tient wird durch ein Codewort blockiert, eine Art Schutz-
hemmung, die verhindert, daß das Programm zufällig gelöscht wird, und wir beide kennen dein Codewort nicht.«

»Soll das heißen, daß ich weiterhin jede Nacht sterben
muß?«

»Wenn man dich programmiert hat – ja. Aber um Ge-
naues zu sagen, müßtest du für einige Zeit in meine Klinik
kommen.«

»In eine Klapsmühle? Freiwillig nie!«

»Ich würde dafür sorgen, daß dir nichts geschieht, Phil.«

»Kannst du garantieren, daß man dich nicht deines Po-
stens enthebt und dann ein anderer bestimmt, was mit mir
geschieht?«

»Nein, das kann ich nicht.«

Hank stand auf und ging über die Wiese. Phil folgte
ihm. Sie wanderten eine Weile auf und ab.

»Du kannst mir helfen, nicht wahr!« sagte Phil.

Hank zuckte mit den Schultern.

»Das kann doch nicht sein!« schrie Phil. »Du kannst
doch nicht zusehen, wie ich langsam verrückt werde. Hier
auf dieser Insel haben wir Blutsbrüderschaft geschlossen
und es uns geschworen – hast du das vergessen: Immer
und ewig, in jeder Gefahr . . .!«

»Ich habe es nicht vergessen!« schrie Hank zurück.
»Warum, glaubst du, bin ich bei Nacht und Nebel zu dieser dreimal verfluchten Insel gekommen? Warum habe ich
mich durch dieses verseuchte Wasser gewagt?«

Er kroch ins Zelt und steckte sich eine Zigarette an. Phil
kroch hinterher und ließ sich auch eine geben. Der Rauch
ätzte seine Lungen, daß er husten mußte, es war Jahre her,
seit er das Rauchen aufgegeben hatte.

»Warum sagst du es ihnen nicht?« fragte Hank leise.

»Es gibt gewisse Grenzen«, antwortete Phil, »und die
Menschen überschreiten sie nicht ohne Folgen. Die Kern-
spaltung war solch eine Grenze. Sie hat alles verändert. Ich
muß dir das nicht erklären, Hank. Meine Entdeckung

würde die Menschheit wieder an eine Grenze führen, vor eine Entscheidung, für die sie noch nicht reif ist. Schlimmer: ich würde diesen Schweinen unbegrenzte Macht geben, ein Mittel, die ganze Welt zu erpressen – verstehst du mich jetzt? Es gibt noch eine Grenze, eine Grenze, die ich nicht überschreiten will: die zwischen Verantwortung und Verbrechen. Was wäre ich für ein Wissenschaftler, wenn ich . . .«

Sie saßen lange schweigend nebeneinander. »Was für eine perverse Situation«, sagte Phil bitter. »Da habe ich eine der großen Entdeckungen gemacht, eine Jahrhundertentdeckung, und muß sie vor jedermann verstecken, wenn ich nicht zum charakterlosen Lump werden will. Stelle dir vor, es wäre Newton so ergangen oder Einstein! Niemals wird jemand erfahren, daß ich der erste war, der das fand. Ich muß schweigen. Wie ein Grab. Gibst du mir wenigstens etwas, mit dem ich mich schmerzlos ins Jenseits verkriechen kann?«

»Schlaf erst einmal.«

»Wie soll ich jetzt schlafen?«

Hank kramte in seiner Tasche und gab ihm zwei Tabletten. »Nimm das. Leg dich hin und sage kein Wort, ich werde dir wie in alten Zeiten etwas erzählen.«

»Wir sind keine Kinder mehr, Hank.«

»Trotzdem, laß es uns versuchen. Hast du einen Wunsch?«

»Gut: Wie der Mond die Sterne verschluckte.«

Hank war noch nicht am Ende des alten Indianermärchens, als Phil einschlief. Er setzte sich vor das Zelt. Ab und zu steckte er sich eine Zigarette an. Er verbarg sie in der hohlen Hand. Drei Stunden später begann Phil im Schlaf zu keuchen. Hank setzte sich sofort zu ihm und beobachtete sein Gesicht. Phils Züge verkrampften sich. Seine Finger krallten sich in die Decke.

»Nein«, stöhnte er, »nein, Vater, laß mich nicht sterben. – Bitte, schenk mir das Leben. – Nein, nicht ins Wasser!

Du weißt doch, ich habe solche Angst vor dem Wasser. Hilfe! Hilfe!«

Er schlug wild um sich, Schaum quoll aus seinen Lippen, dann würgte er, als müsse er ersticken. Hank stieß ihn an, ohrfeigte ihn, Phil schlug die Augen auf: ein entsetzter, zu Tode erschrockener Blick.

»Ist ja gut«, sagte Hank zärtlich und streichelte ihm den Kopf. »Hast es ja hinter dir. Du bist wach, du lebst, Phil!« Er setzte einen Becher mit Wasser an Phils Lippen. »Willst du mir sagen, was es diesmal war?«

»Er hat mich ertränkt. Wie eine räudige Katze. Und sein Grinsen, sein diabolisches Grinsen!«

»Ich werde dir helfen«, sagte Hank.

»Du hast einen Weg gefunden, das Programm zu brechen?«

»Das nicht. Das können nur sie tun. Du müßtest für zwei oder drei Wochen in meine Klinik kommen, Phil.«

»Was willst du machen?«

»Ich kann dir Sonden ins Hirn pflanzen und auf diese Weise zwei Regionen miteinander koppeln.«

»Dann würde ich nicht mehr erleben, wie man mich ermordet?«

»Doch, das bleibt. Aber du würdest die Angst verlieren, und die Angstgefühle sind es, die dich fertigmachen. Wenn du dann wieder träumst, wird das Reizpotential überspringen zum Lustzentrum, und du wirst einen Orgasmus erleben. Verstehst du: deine Todesangst wird in Wollust transformiert.«

»Aber das ist doch pervers, Hank!«

»Ja, das ist es. Aber ist es weniger pervers als deine Situation? Und es ist die einzige Lösung, die ich dir bieten kann. Damit könntest du leben. Natürlich solltest du schnell einen Weg finden, um ins Ausland zu kommen, bevor sie sich etwas anderes einfallen lassen.«

Phil überlegte lange. »Okay«, sagte er dann. »Kannst du mich gleich mitnehmen? Noch weiß niemand, wo ich bin.

Ich könnte mich im Kofferraum deines Wagens verstek-
ken.«

»Daran habe ich auch gedacht.«

Phil sah ihn an. »Und wenn du nun . . .?«

»Du meinst ‚wenn ich doch für sie arbeite?«

Phil nickte.

»Ja«, sagte Hank, »das ist dein Risiko. Deine Entscheidung. Ich kann dir ebensowenig beweisen, daß ich nicht
für den Geheimdienst arbeite, wie du, daß du nicht nur ein
ganz normaler Verrückter bist. Überlege dir, was du tun
willst. Wir haben noch eine halbe Stunde Zeit, bevor wir
aufbrechen müssen, zumindest ich.«

Er setzte sich im Schneidersitz auf die Wiese. Dort
hockte er unbeweglich im fahlen Licht des Mondes, die
Hände im Schoß, wie einst Chingachgook, als er den Tod
des Letzten der Mohikaner betrauerte.

Bornemanns Heimkehr

Bornemann beugte sich vor, stieß dabei an das Knie seines Nachbarn, entschuldigte sich mehr flüchtig als höflich, schon ganz in den Ausblick vertieft, ja, so hatte es ihm die Erinnerung in den letzten Wochen immer wieder vorgespielt: der Gleitjet stößt durch die Wolken und gibt schlagartig, als habe jemand einen Vorhang beiseite gezogen, den Blick auf die Häuserhaufen und Lichterketten frei. Komisch, dachte er, sooft ich nun schon nach Hause gekommen bin, immer waren Wolken über der Stadt. Bornemann lehnte sich zurück und schloß die Augen. Noch viereinhalb Minuten.

Diesmal würde alles anders sein. Niemand würde ihn erwarten, niemand die Minuten des Wiedersehens mit der Stadt zerstören, niemand ihm verwehren, stillschweigend wieder eins zu werden mit der Heimat, kein Lächeln, keine Frage, die beantwortet werden mußte, kein Begrüßungskuß und kein hingehauchtes tränenfeuchtes ». . . daß du wieder da bist, Mausilein!« Das vor allem: nie wieder Mausilein.

Bornemann rückte sich im Sessel zurecht und berührte erneut das Knie seines Nachbarn, diesmal entschuldigte er sich nicht; er hatte die Lippen schon geöffnet, das Pardon, das er sich seit Jahren angewöhnt hatte, weil es nicht nur überall auf der Erde, sondern auch im All akzeptiert wurde, lag schon auf der Zunge bereit, da sah er die Augen seines Nachbarn, Mausilein-Augen. Bornemann grinste. Der andere starrte ihn an, wartend, dann empört, dann räusperte er sich und blickte wieder geradeaus.

Fasten your seat belt. No smoking. Die Stewardeß kündete sechssprachig die Landung an. Bornemann lächelte. Niemand wußte, daß er heute schon kam. Bornemann gratulierte sich, daß es ihm gelungen war, den so oft gefaßten Entschluß nicht in letzter Minute wieder rückgängig zu machen, daß er es durchgehalten hatte, die unerträglich gewordene, da über Gebühr prolongierte Beziehung abzubrechen. Verlobungszeit! Manchmal hatte Marianne erschreckende Kombinationen von Fortschritt und vorigem Jahrhundert.

Er nannte sich einen erbärmlichen Feigling, weil er nicht schon längst Schluß gemacht hatte. Das erste Jahr, gut, vielleicht auch noch das zweite – doch da waren ihre Augen, die so traurig, so unendlich verlassen blicken konnten. Ihre immer noch wache Liebe. Und seine Schwäche. Daß er es nicht fertigbrachte, ihr zu sagen: Es ist aus. Angst vor der Frage: Warum? Weil ich dich nicht mehr liebe. Warum liebst du mich nicht mehr? Ja, warum. Und die Bequemlichkeit. Die vor allem. Die Häuslichkeit zwischen den Missionen.

Nach drei Wochen spätestens hatte er jedesmal vergessen, wie froh er gewesen war, aufbrechen zu können. Jedesmal hatte die Erinnerung sie von Tag zu Tag schöner gemacht, begehrenswerter, obwohl Marianne das nicht nötig hatte, mit jedem Abend hatte die Sehnsucht aufgeschlagen: Vorstellungen entwickelt, Abendvorstellungen, Nachtvorstellungen: wieder zu Hause . . . Ein Punkt, an den man sich selbst in den Einöden des Alls klammern konnte, eine Hoffnung, die auch die größten Strapazen leichter ertragen ließ. Und vergessen, daß ihn spätestens eine Woche nach der Heimkehr die Langeweile packen würde, der Überdruß über die Gleichförmigkeit: Schablonen bis in die kleinsten Abläufe, in die vertraulichsten Sekunden; vergessen, daß ihn aus all ihren Gesten, Worten, Berührungen die unausgesprochene Frage anspringen würde, die Frage, die Marianne nicht mehr zu stellen wagte, weil sie ein Nein befürchtete: Liebst du mich noch?

Bornemann faltete die Hände, drückte die Finger an, spreizte sie ab. Ein Glück, daß er es hinter sich gebracht, daß er den Mut gehabt hatte, es vor dem Start mit Marianne zu klären. Dieses Verhältnis war doch zu einer Fessel geworden, vor allem für sie. Er hätte es zur Not noch eine Weile ertragen können. Für die paar Wochen, bevor er wieder nach draußen ging, Marianne jedoch . . . Welch ein Widerspruch: tags die energische, überlegene, emanzipierte Frau, und abends . . . Wie viele Widersprüche wir alle mit uns herumschleppen, dachte er. Nein, nicht die Widersprüche sind es, die uns zum Verhängnis werden: die Anachronismen.

Der Gleiter schwenkte in eine Linkskurve. Für einen Augenblick kam der Fernsehturm ins Blickfeld.

Wie gut, daß das nun vorbei war. Warten auf etwas, das nie eintreten würde: Gemeinsamkeit des Lebens, angebunden an eine immer blasser werdende Hoffnung, unwürdig – ja, das war die richtige Bezeichnung. Das war das Wort, nach dem er lange gesucht hatte, als er den Brief schrieb, in dem er bekräftigte, daß sich auch durch die lange Abwesenheit nichts ändern würde, auf die Marianne vielleicht baute, der Brief, in dem er gebeten, nein, gefordert hatte, daß sie wieder in ihr Appartement zurückgehen sollte, bevor er heimkam. Er freute sich auf seine Wohnung. Die leere Wohnung. Die Post durchsehen und nicht erst morgen, sofort. Die Bücherstapel umschichten, hier und da ein paar Seiten anlesen, Zeitschriften durchblättern – ob Marianne sie ihm noch sortiert hatte? Bestimmt. Er lächelte. Eigentlich war es doch eine gute Zeit gewesen. Eigentlich schade, daß sie heute nicht – nein!

Er spürte den kleinen Ruck, der durch die Maschine ging, als das Fahrgestell ausgeschwenkt wurde.

Kein Zurück. Wenn er nur an ihren Eierkrieg dachte: Morgen für Morgen stellte sie das gekochte Ei mit dem spitzen Ende in den Becher, und er drehte es jeden Morgen um, bevor er die Schale anschlug. Ein Glück, daß sie nicht geheiratet hatten und nun ohne Formalitäten auseinandergehen konnten. Würdig. Wie es sich für zwei reife Menschen gehört.

Die Maschine sackte ab. Die letzten Meter vor dem Aufsetzen. Bornemann stemmte die Arme gegen die Lehnen. Daß er immer noch Angst vor der Landung empfand. Als er die Gangway betrat, atmete er tief. Die Sonne stand dicht über dem Horizont. Stimmt, hier war ja schon Herbst. Er schlenderte zum Bus, stieg als letzter ein, die Stewardeß winkte ungeduldig. Er hatte Zeit. Es machte ihm nichts aus, daß das Gepäck lange auf sich warten ließ und der Flughafenbus ihm vor der Nase wegfuhr. Am Ostkreuz stieg er nicht um. Er fuhr zum Hauptbahnhof, stellte seine Koffer in der Gepäckaufbewahrung unter, spazierte durch die Straßen, schnupperte vergessene Gerüche, kaufte sich eine Bockwurst; tatsächlich, es gab immer noch Wurststände, und das war nicht nur nostalgische Mode. Ein Glück, dachte er, daß das Leben auf der Erde sich nicht so rapide verändert, wie sollte man sonst noch heimkehren können. Er studierte die Litfaßsäule, sogar den längst abgelaufenen Ausstellungsplan, setzte sich auf eine Bank und betrachtete die vorbeihastenden Menschen.

Er lehnte sich zurück und breitete die Arme über die leere Bank. Er mußte nicht hasten, mußte nicht einkaufen, nicht nach Hause. Der Strom der Passanten wurde dünner und dünner, die Straße verwaiste, die Beleuchtung ging an. Er stand auf und lief in Richtung Zentrum, überlegte, ob er in ein Kino gehen sollte, trat in eine Kneipe und trank am Tresen Bier. Ließ sich das Telefon geben. Weder Herbert noch Wolfgang noch Hans meldeten sich. Er rief bei Eva an.

»Mann, daß du dich auch noch mal meldest!«

»Ich war wieder auf Mission. Ein Jahr und vier Monate. Bin gerade zurück.«

»Hast du Zeit für einen Schwatz?«

Und ob er Zeit hatte. Und nicht nur Lust zum Schwatzen. Aber um elf warf Eva ihn hinaus. Er machte kein Hehl daraus, wie gerne er geblieben wäre. Das ganze Wochenende.

»Das kannst du nicht machen, Eva«, maulte er. »Ich war sechzehn Monate allein, du verstehst?«

»Ich verstehe«, sagte sie, »aber es geht nicht. Nächstes Wochenende, ja?«

Er lief sich die Enttäuschung in den nachtleeren Straßen ab. Ein fast wolkenloser Himmel, Halbmond, die heimatlichen Sternbilder, Erinnerungen – er verscheuchte die Gedanken an Marianne, fand ein Taxi; als er aus dem Wagen stieg und die immer noch nicht verputzte Fassade vor sich sah, fühlte er sich glücklich. Wie vertraut eine Haustür sein kann, wie anheimelnd ein schmutziggrauer Flur, die abblätternden Wände des Treppenhauses, er pfiff leise vor sich hin. Er schleuderte die Schuhe in eine Ecke des Flurs, ließ die Pantoffeln stehen und ging auf Strümpfen ins Bad, ließ Wasser ein, ging ins Zimmer, setzte sich an den überladenen Schreibtisch, die Stapel wie immer geordnet. In diesem Augenblick war er bereit, jedes böse Wort gegen Marianne zurückzunehmen, sogar, sie zurückzuholen. Dann fiel ihm ein, daß er jetzt nicht hier sitzen und in Ruhe die Bücher durchsehen könnte, wenn Marianne da wäre. Wie war's denn, Mausilein? Bornemann prustete. Mausilein ist gestorben.

Er inspizierte den Kühlschrank. Eingekauft hatte sie auch noch. Er nahm sich ein Bier, setzte sich in den Ohrenbackensessel und sortierte die Post, ohne einen der Briefe zu öffnen. Morgen. Wieviel Zeit er plötzlich hatte. Da hörte er ein Plätschern. Die Wanne! Er sprang auf, ging dann aber betont langsam ins Bad. Um sich zu beweisen, daß er das noch konnte: ganz langsam ins Bad zu gehen, obwohl das Wasser über den Wannenrand lief.

Er wischte nicht auf. Morgen. Nein, morgen früh würde das Wasser ohnehin abgelaufen sein. Er holte sich Bier und einen zehnstöckigen Kognak, lag in der Wanne, duselte ein, schreckte hoch, weil er Wasser in den Mund bekam. Er frottierte sich nur notdürftig ab, machte das Licht nicht aus. Nirgends. Machte dafür kein Licht im Schlafzimmer, sondern tastete sich im Dunkeln ins Bett, ließ sich fallen. Heute würde er ohne Schlafanzug schlafen. Und morgen. Und übermorgen. Alle Tage. Er schlief auf der Stelle ein. Er hatte einen wirren Traum. Daß Marianne ihn glücklich ansah, sich über ihn stürzte, ihn küßte, sich an ihn schmiegte, ihn einhüllte mit ihrer Wärme, ihn verschlang.

Er erinnerte sich verblüffend gut an den Traum, als er aufwachte. Die Tür ging auf, Licht fiel ins Zimmer.

»Das Frühstück ist fertig, Mausilein.«

Bornemann rieb sich die Augen, starrte sie an, als wäre sie ein Wesen von einem anderen Stern. Marianne setzte sich auf das Bett, streichelte seinen Kopf, lächelte glücklich, zufrieden, gab ihm einen flüchtigen Kuß auf die Stirn und stand auf.

»Beeilst du dich, Mausilein? Damit der Kaffee nicht kalt wird.«

Bornemann wälzte sich aus dem Bett. Die Pantoffeln standen bereit. Er ging barfuß hinaus. An der Tür drehte er sich um und holte die Pantoffeln. Marianne saß am Tisch, als er aus dem Bad kam. Das Ei stand mit dem stumpfen Ende nach oben im Becher. Bornemann wollte aufspringen, gehen, da beugte Marianne sich über den Tisch und goß ihm Kaffee ein, der Morgenmantel öffnete sich, gab den Blick auf ihre Brüste frei. Bornemann dirigierte die Hand vom Eierbecher zum Brotkorb. Vielleicht das nächste Mal, dachte er.

Gestern . . .?

Er grübelte verzweifelt, was gestern gewesen war, versuchte, eine Erinnerung aus seinem Gedächtnis zu graben, wenigstens eine. Vergeblich, nur die Kopfschmerzen kamen wieder. Er setzte sich auf eine Bank am Teich, stellte die beiden Plasttüten rechts und links neben sich, in Körperkontakt, versteht sich, massierte seine Schläfen, den Nacken, blinzelte aus halb geschlossenen Lidern über den Teich, auf die Bäume, merkte erleichtert, wie er sich langsam entspannte. Er legte die Arme auf die Lehne, besetzte so die ganze Bank; sollte ja keiner kommen und sich zu ihm setzen wollen.

Warum nur konnte er sich nie mehr an gestern erinnern? Erst morgen, wenn gestern zu vorgestern geworden war. Was zum Teufel war mit ihm los?

Whitey konnte gut reden: zu einem Psycho gehen – wie sollte er sich einen Psychiater leisten? Für solche Extratouren war sein Lohn zu niedrig. Verdammt zu niedrig.

Sei froh, daß du überhaupt einen Job ergattert hast, dachte er. Vier- oder fünfhundert standen schon in der Schlange am Werktor, als er sich anstellte. Am frühen Abend. Bis zum Morgen war die Schlange hinter ihm viel länger als vor ihm. Vielleicht zweitausend Mann. Für zwölf Jobs. Und er, Samuel O. Carrol, hatte einen bekommen!

Ob es reichen würde, wenn er einen ganzen Monat lang darauf verzichtete, Aroin zu schnüffeln? Er hatte keine Ahnung, was ein Psychiater kostete. Er war noch nie bei einem Arzt gewesen. Alles Quatsch, dachte er. Er würde nie die Kraft aufbringen, die Entzugsqualen zu überstehen, die spätestens am fünften Tag einsetzten, vor allem den

131

achten Tag, wenn der »cold turkey« unbarmherzig zu-
schlug. Das wußte er doch. Daß er es nie schaffen würde,
vom Aroin loszukommen. Er mußte bis an sein Lebensende schnüffeln, wann und wie immer das sein mochte.
Hoffentlich nicht wie bei Rusty.

Wie lange hatten sie sich gekannt? Fast fünf Jahre, aber
Rustys richtigen Namen hatte er nie erfahren. Rusty gehörte zu den Leuten, die in den Fassaden der Hochhäuser
lebten, in den Lücken zwischen den rostigen Stahlkon-
struktionen und den Plastplatten der Außenhaut. Gewiß,
da gab es Schutz vor den staubigen Stürmen, und warm
war es auch, sogar im bittersten Winter, aber man konnte
leicht im Schlaf abstürzen. Vor allem, wenn ein anderer
auf den Platz scharf war und einen losschnitt – Rusty war
so zerschmettert, daß er ihn nur an der handgestrickten
Mütze und dem fehlenden Mittelfinger erkannte.

Er konzentrierte sich auf die beiden Schwäne, die auf
dem Teich ihre Kreise zogen. Sie sahen wie echte Vögel
aus, aber waren sie es? Er hatte noch nie einen richtigen
Schwan gesehen. Und keinen Vogel mehr, seit Mutter mit
ihm von der kleinen Farm in Oklahoma in die Stadt gezogen war – Farm! Er grinste. Ein paar Acres Land, eine
halbverfallene Hütte, ein klappriger Maulesel: Mutter
mußte sich mit vor den uralten eisernen Pflug spannen,
den sie zusammen mit der Farm von Großonkel Stanford
geerbt hatte.

Die Bäume, das wußte er, waren nicht echt. Zwar bogen
auch sie ihre Äste im Wind, der von der Bucht herüber-
strich, zwar zitterten auch ihre Blätter, er hatte mal eines
abgerissen, obwohl das vier Wochen Knast kosten konnte,
die Neugier besiegte seine Angst. Aber gut gemacht waren
sie, das mußte man zugeben. Immer wieder bekam er Lust,
ein Blatt abzureißen, zwischen den Fingerspitzen zu zerrei-
ben wie einst in Oklahoma. Aber das Blatt würde nicht zer-
fasern, kein grüner Brei unter seinen Fingern entstehen,
der Duft frischen Grüns nicht aufsteigen, wie sehr er das

Blatt auch rollte und quetschte. Selbst wenn man es zwischen zwei Steinen zerrieb, es roch nur nach heißem Kunststoff. Die Schwäne jedoch waren bestimmt echt. Er bestand darauf. Wider alle Erfahrung.

Was nur war gestern gewesen? Nicht, daß es wirklich wichtig war, morgen würde er es ohnehin wissen. Es war nie wichtig und immer dasselbe. Das Aufwachen auf seinem Stammplatz über dem Metroschacht, dann Frühstück – wenn man das Frühstück nennen konnte: ein Becher warme braune Brühe aus dem Kaffeeautomaten und zwei Scheiben pappiges, mit irgendeiner Paste bestrichenes Weißbrot; er sah schon gar nicht mehr hin, was auf den Schildern stand. Ach, wenn er einmal nur noch eine Scheibe von Mutters selbstgebackenem krossem, duftendem Brot kosten dürfte!

Es gab auch hier in der Stadt schwarzes, körniges Brot. Einmal hatte er es gesehen. In Eastside, jenem Viertel, in das Typen wie er nur durften, wenn sie dort etwas zu tun hatten. Nur dann bekam man eine der Plastikkarten, die das Chromstahltor in der hohen Mauer um das Viertel öffneten. Aber er konnte nichts, was die dort gebrauchen konnten. Er hatte ja nichts gelernt. Nach Eastside war er nur gekommen, weil Whitey unbedingt zum Rattenkampf gehen wollte; Rattlebeast, sein Favorit, trat gegen Throatkiller, den Champion von Queens, an, und die Wetten standen eins zu sieben für Throatkiller. Whitey hatte sogar bitte gesagt. Das kannst du ebensogut wie ich, das ist keine Spezialarbeit, du mußt nur ein Päckchen abgeben, bitte. – Es war das erste Mal, daß er Whitey bitte sagen hörte. Ein Glück, daß er sich von Whitey überreden ließ, so sah er das wenigstens einmal in seinem Leben: die Villen und Gärten, die makellos weißen oder rosa oder hellblauen Wohnblocks, in denen nicht ein einziges Fenster zerbrochen war, keine Mauer gerissen, kein Fleck auf den Fassaden; fast jede Nacht träumte er von Eastside, vor allem aber von den Schaufenstern. Nachdem er das Päckchen abgeliefert hatte, war er noch durch die Geschäftsstraßen gelaufen, stundenlang hätte er hier herumstreunen können, sich satt sehen, doch eine Streife griff ihn auf und zerrte ihn auf ihren Karren; wie einen toten Hund hatten sie ihn vor das Tor geschmissen.

Und gestern? fiel ihm wieder ein. Wenn er nur schreiben könnte, sich Notizen machen, dann würde er jetzt wissen, was gestern gewesen war. Ein Fetzen Papier würde sich schon finden, obwohl das verdammt schwer war, es gab ja fast nur noch Plast, und auf Plast ließ sich kaum schreiben, nicht einmal ein Muster kritzeln. Einen Stift besaß er, einen goldglänzenden Stift, auf den er unheimlich stolz gewesen war, bis Whitey ihm verriet, was auf dem Stift stand: Ich bin ein Aroiner, und ich bin stolz darauf.

Mausezahn, sein Dealer, hatte ihm den Stift geschenkt, als Sam zum dritten Mal zu ihm gekommen war. Heute zeigte er ihn kaum noch. Daß man Aroin schnüffelte, war kein Grund, stolz zu sein.

Schon oft hatte er daran gedacht, sich einen Recorder zu besorgen, um auf Kassette zu sprechen, was er gerade tat, heimlich, versteht sich; wenn man ihn im Werk mit einem Recorder schnappte, war er den Job bestimmt auf der Stelle los, aber er hätte zu gerne gewußt, was gestern gewesen war. Wenigstens einmal und nicht erst am übernächsten Tag, wenn gestern zu vorgestern geworden war. Der billigste Recorder jedoch, den er in dem billigsten Second-Hand-Shop gefunden hatte, war immer noch viel zu teuer für ihn. Selbst das Gerät, das der Verkäufer unter dem breiten, bis zur Decke mit Panzerglas gesicherten Ladentisch hervorholte und vor die winzige Öffnung hielt, gerade groß genug, daß er die Hand hindurchstecken konnte, um das Gerät mal anzufassen, selbst diesen Recorder, der so billig war, daß er nur gestohlen sein konnte, würde er sich nie leisten können.

»Ach was«, sagte er laut zu sich selbst, »sei nicht so hirnverbrannt!«

Was konnte gestern schon anders gewesen sein als alle Tage: acht Stunden am Band – doppelt so lange, wie das Gesetz es zuließ, aber wer wollte kontrollieren, ob die UNION CHEMICAL die Gesetze einhielt? –, acht Stunden Pillen sortieren, und das zum halben Mindestlohn; für einen Regulären hätte die UNION doppelt so viele Mäuse hinblättern müssen. Oder er nur die halbe Zeit arbeiten? Er kratzte sich am Hinterkopf. Stimmte die Rechnung? Egal. Er würde nie einen regulären Job bekommen, er mußte froh sein, überhaupt bei den Monkeys sitzen zu dürfen.

Er mochte die Monkeys – waren es eigentlich Schimpansen oder Gorillas? –, gute Kumpel auf jeden Fall. Nie stellten sie einem eine Falle; die Monkeys waren nie hinterlistig oder hinterhältig wie die meisten Menschen, die er kannte, im Gegenteil. Jedesmal, wenn er sich an das Band setzte, fletschten seine Nachbarn freundlich die Zähne und lausten ihm die Haare, nur schade, daß der Aufseher sie immer so schnell an die Arbeit zurücktrieb, nie hatten sie Zeit, alle Läuse abzusammeln. Und wenn sie gehen durften – die Monkeys brauchten nur drei Stunden am Band zu hocken, dann ließ ihre Konzentration nach, und sie sortierten auch Fehlfarben in die Schachteln –, wenn sie gingen, tätschelten sie ihm die Schulter. Betsy drückte ihm neuerdings zur Begrüßung und zum Abschied einen nassen, schmatzenden Kuß auf die Wange.

Was bist du nur für ein armes Schwein, dachte er, wenn du niemand anderen hast, der dich mal küßt, als eine Schimpansin. Wie aber sollte er jemals ein richtiges Mädchen kennenlernen? Und die Straßenmädchen? Er kannte einige aus den Kneipen, hatte auch schon mal mit einer geschlafen, wenn er es sich leisten konnte, aber Nutten küssen nicht. – Heute war Betsy ihm sogar um den Hals gefallen.

Sam nickte anerkennend. Diese Monkeys waren schon Teufelskerle. Sie erkannten Farbnuancen, die er nie unterscheiden könnte. Dafür sah er besser, vor allem schneller als sie, wenn mal eine Pille nicht richtig rund ausgefallen war. Das war sein Job, und kein Monkey der Welt konnte ihm den streitig machen.

Schon gar nicht die zwei Stunden Bereitschaft täglich, für die er vier Nickel zusätzlich bekam, zwei Stunden, in denen er noch nie etwas tun mußte, warm und trocken saß, viel besser als auf dem Metroschacht. Im Bereitschaftsraum hätte er wohnen mögen: warm im Winter und kühl im Sommer. Hauptsache, niemand kam dahinter, daß er sich immer hinlegte, die beiden Stunden einfach verpennte. Und träumte. Und was für Träume.

Ein Zittern überfiel ihn, ein Kribbeln, das die Wirbelsäule herunterkroch. Viel früher, als er erwartet hatte. Scheiße. In drei Tagen, spätestens in vier, würde der »cold turkey« sich bemerkbar machen. Er mußte unbedingt morgen zu Mausezahn gehen. Aber versuchen, das Aroin so spät wie nur möglich zu schnüffeln, um bis zum nächsten Lohntag hinzukommen. Die Ampulle zwischen die Beine binden, direkt unter den Sack, da kam niemand so leicht heran. Selbst Whitey würde versuchen, es ihm abzunehmen, wenn er ahnte, daß er Aroin besaß, bei Aroin hört die Freundschaft auf. Sonst konnte er sich auf Whitey verlassen. Whitey hatte ihm geholfen, den Platz auf dem Metroschacht zu verteidigen, der jetzt hoffentlich für alle Zeiten sein Stammplatz blieb. Gemeinsam hatten sie den letzten, der ihm den Platz streitig machen wollte, zum Krüppel geschlagen. Das arme Schwein tat ihm ja leid, aber so war nun mal das Gesetz der Bronx. Überall. Der Stärkere siegt. So waren alle Großen groß geworden.

Sam schreckte auf. Eine Frau schrie um Hilfe. Nur wenige Schritte vor ihm war sie zu Boden gestürzt und wand sich in Krämpfen, eine mordshäßliche Frau, vielleicht nicht so alt, wie sie auf den ersten Blick wirkte, bestimmt nicht, ihre Haare waren dick und voll und die Hände glatt, entschieden nicht alt genug, um einfach auf der Straße umzufallen – am Ende war das nur ein Trick, um ihm die Tüten zu klauen? Er kam ihr zur Hilfe, und inzwischen stahl ihm ihr Komplize seine ganze Habe ...

»Hilfe«, stöhnte sie, »hilf mir doch, bitte!«

Warum sollte er ihr helfen, wer würde ihm helfen? Dann siegte sein Mitleid, er stand auf und trat zu ihr, doch die Tüten nahm er mit. Sie war bestimmt nicht viel älter als dreißig. Tiefe Narben entstellten ihr Gesicht. Bestimmt hat man sie mal überfallen, dachte er. Oder ihr Macker sie massakriert, weil sie nicht für ihn auf den Strich gehen wollte. Oder ein Unfall, und man hatte sie in einer Public-Klinik so zusammengeflickt; für Schönheitsoperationen kam die Wohlfahrt nicht auf.

»Bring mich nach Hause, ja?« bettelte sie. »Ich wohne gleich in dem Block da. Kriegst auch eine Belohnung.«

»Was?« fragte er.

»Ein Nickel?« Sie sah ihm ängstlich ins Gesicht. Als er keine Miene verzog, steigerte sie ihr Angebot.

»Zwei Nickel? Nein? Drei? Mehr Geld habe ich nicht. Oder ein Stück Schokolade? Richtige Schokolade mit Nüssen. Oder 'ne Dose Bier? Oder Brot, schwarzes Vollkornbrot?« Sie nickte zufrieden, als sie sah, wie seine Augen aufgingen.

»Eine ganze Scheibe«, sagte sie.

»Wie dick?« Er ließ sich doch nicht übers Ohr hauen, nicht von so einer. Nachher schnitt sie das Brot mit der Rasierklinge, was?

»So dick.« Sie zeigte es zwischen Daumen und Zeigefinger, gut einen Zentimeter.

»Okay.« Sam nahm die Tüten in die linke Hand, zog die Frau mit der rechten hoch. Sie knickte ein, hielt sich an ihm fest. Es half nichts, er mußte sie auf den Arm nehmen, aber was tut man nicht alles für eine Scheibe richtiges Brot.

»Das Haus da?«

»Zweiter Aufgang, vierter Stock.«

Vier Stockwerke! Mit dieser Last auf dem Arm und dazu noch die Tüten in der Hand. Aber wo sollte er seine Habe sonst lassen? Und wenn es nun doch eine Falle ist, dachte er. Wenn sie dich jetzt überfallen? Du könntest dich nicht einmal wehren. Niemand fiel über ihn her, auch nicht, als er das finstere Treppenhaus betrat und die mit Müll übersäten, schmierigen Stufen hinaufstieg. Mit jedem Absatz schien sie schwerer zu werden. Als er die vier Treppen fast geschafft hatte, ohne auch nur einmal auszugleiten, kam sie wieder zu sich. Er merkte es an dem nachlassenden Druck ihrer Arme um seinen Hals. Er stellte sie auf den Boden.

»Danke«, sagte sie und lachte ihn an. Das Lachen machte sie noch häßlicher, aber sie mußte einmal richtig schön gewesen sein. Sie ging zu ihrer Tür, sperrte umständlich drei Sicherheitsschlösser auf. Als ob es in ihrer Wohnung etwas zu stehlen geben würde, dachte er belustigt. Sie sah nicht so aus, als könne man ihr irgend etwas klauen. Aber vielleicht war sie eine Dealerin? Er beschloß, die Wohnung Zoll für Zoll unter die Lupe zu nehmen. Und wenn sie ihn daran hindern wollte, würde er sie irgendwo anbinden. Aber zuerst einmal das Brot, zuallererst. Vielleicht, dachte er, ist heute dein Glückstag? Vielleicht kam er nicht nur zu einer Schnitte Schwarzbrot, sondern auch zu einem Gratissnuff? Oder sogar zu einem kleinen Vorrat Aroin. Warum sollte nicht auch er einmal einen Glückstag haben?

»Bist du das?« Er zeigte auf das Namensschild.

»Bin ich. Lucie Spencer. Und du, hast du auch einen Namen?«

»Klar, Samuel O. Carrol, genannt Quarrel-Sam.«

»Oh«, sagte sie, »bist du so gewalttätig?«

»Wenn es nötig ist.« Er zuckte mit den Schultern. »Ich hoffe, bei dir ist es nicht notwendig.«

»Nein.« Sie ließ ihn in die Wohnung. Seine Hoffnungen zerstoben mit dem ersten Blick. Nicht der mieseste

Dealer würde so hausen, nicht einmal als Tarnung. Ein Zimmer, von dessen Wänden Tapetenreste in Streifen herunterhingen, unter dem Fenster war der Putz abgebröckelt, die Scheibe hatte Sprünge, die mit Zeitungspapier zugeklebt waren, eine nackte Glühbirne hing von der Decke herab, nirgends ein Möbelstück, nur ein Lumpenhaufen als Bett, ein Gaskocher auf einer Kiste und überall Kartons und Plastbeutel, offensichtlich voll mit zerbrochenem, verkommenem Zeugs, das sie vom Müll geholt haben mochte.

Die Plastdose jedoch, die sie jetzt aufmachte, war pieksauber. Sie holte das Brot heraus, es war nur ein kleiner Kanten, aber das Brot war tatsächlich schwarz und voller Körner und hatte eine aufgeborstene Kruste wie Mutters selbstgebackenes. Sie schnitt eine Scheibe ab, sogar dicker, als sie vorhin angezeigt hatte. Es duftete verlockend, als er sich die Schnitte unter die Nase hielt. Er brach ein Stück ab, zerkrümelte das Brot zwischen den Fingerspitzen, schnupperte daran, sog das Aroma tief ein, dann steckte er sich die Krümel in den Mund und ließ sie mit Speichel vollsaugen. O ja, das war der Geschmack seiner Kindheit. Tausend Erinnerungen fielen ihm ein. Er blickte sie dankbar und glücklich an.

»Du ahnst nicht, was mir das bedeutet«, sagte er.

»Willst du einen Schluck Wasser? Ich würde sogar das Bier mit dir teilen.«

Er schüttelte den Kopf. Er würde sich doch diesen herrlichen Geschmack nicht verderben. Nicht mit labberigem Bier und schon gar nicht mit stinkigem Leitungswasser. Sie setzte sich auf ihr Lumpenbett und sah zu, wie er das Brot Krumen für Krumen im Mund zergehen ließ.

»Wozu hast du all diesen Krempel hier?« fragte er.

»Das ist mein Job«, sagte sie, »Lumpensammler.«

»Und davon kann man leben?«

»Mal schlecht, mal recht. Es gibt Wochen, da komme ich auf zwei Zehner.«

»Tatsächlich?« Er pfiff anerkennend durch die Zähne.

»Wenn ich Glück habe«, sagte sie, »finde ich ein paar alte Chips, die irgendein Dummkopf weggeworfen hat.«

»Für alte Chips gibt's doch nichts mehr«, meinte er.

»Aber für Gold«, sagte sie. »In Chips ist Gold. Oder Platin. Wußtest du das nicht?«

Er schüttelte den Kopf. Er nahm sich vor, in Zukunft besser aufzupassen, was auf der Straße herumlag.

»Nicht viel, natürlich«, sagte sie, »aber es bringt Geld. Wie sollte ich sonst leben? Mir gibt doch niemand mehr einen Job, und von der Wohlfahrt bekomme ich nichts, ich bin zu jung.« Sie fing an zu weinen.

Er wußte nicht, was er tun sollte. Er hatte seine Tüten wieder in die Hand genommen und stand an der Tür, aber es schien ihm nicht fair, einfach hinauszugehen.

Sie lächelte schon wieder. »Du bist ein hübscher Junge«, sagte sie. »Habe schon lange keinen so hübschen Jungen mehr aus der Nähe gesehen.«

»Du hast auch nicht immer so ausgesehen, was?« Er zeigte auf die Narben. »Wer war das, dein Macker? Wolltest wohl nicht auf 'n Strich gehen?«

Sie nickte. »Wie alt bist du?« fragte sie.

»Siebzehn.«

»Willst du dir noch was verdienen?«

»Was?« fragte er. »Den Rest vom Kanten?«

»Den würde ich gerne selber essen, verstehst du?«

Sam nickte. Und ob er das verstand.

»So 'n Brot kann ich mir doch nie leisten«, sagte sie. »Ich hab es geschenkt bekommen. Anderes Brot könnte ich dir geben, normales.«

Er winkte ab. »Und sonst?«

»Was, zum Beispiel?«

»Eine kleine Ampulle Aroin?«

Sie schüttelte traurig den Kopf. »Muß selbst sehen, wie ich zu meinem nächsten Deal komme«, sagte sie. »Ist verdammt schwer, wenn man so weit unten angekommen ist wie ich. Aber sieh dich um, vielleicht findest du in dem Plunder was, das dir gefällt?«

Er stocherte in den Kartons, schüttete ein paar Plasttüten auf den Boden aus, alles nur zerbrochenes, wertloses Zeug. Dann entdeckte er den Recorder. Ein altes, abgeschabtes Gerät. Ob es noch funktionierte? Es war sogar eine Kassette darin.

»Hast du irgendwo eine Batterie?« erkundigte er sich.

Sie zuckte mit den Schultern.

»Nur für 'nen Moment. Nur um das Ding hier auszuprobieren.«

»Das?« Sie lachte auf. »Was glaubst du, daß einer was auf den Müll schmeißt, wenn es noch funktioniert?«

»Man kann nie wissen«, meinte er. »Wunder gibt es immer wieder. Ist schließlich ein uraltes Modell.«

Sie zog eine abgeschabte Tasche unter ihrem Lumpenlager hervor, kramte darin, reichte ihm eine Batterie. Er klemmte sie in den Recorder, drückte die Taste, die mit nur einem Pfeil gekennzeichnet war; tatsächlich, der Recorder funktionierte. Leise Musik erklang, ein Blues, den er schon einmal gehört haben mußte, doch bevor er die Melodie erkennen konnte, verstummte das Gerät wieder. Er schüttelte es wütend.

»Die Batterie wird leer sein«, sagte sie. »Gib mal her.« Sie prüfte die Batterie mit der Zungenspitze. »Ja, leer.«

»Was soll ich tun dafür?« fragte er. Er hielt ihr den Recorder hin, aber er klammerte seine Finger fest um das Gerät.

»Dich ausziehen.«

»Ausziehen? Und dann?« Sie wollte doch nicht etwa, daß er sie bumste. Nicht mal für den Recorder. Oder doch? Er wog das Gerät in der Hand.

»Keine Angst«, sagte sie. »Ich will dich nur mal streicheln. Nur mal anfassen. Ich habe schon so lange keinen mehr in der Hand gehabt.«

141

»Okay.« Er nickte.

»Und im Mund«, sagte sie. »Verstehst du?«

Ja, er verstand. Er verstand nur nicht, warum sie dafür einen Recorder hergeben wollte. Nicht sein Problem. Er zog sich aus, auch noch die Strümpfe, weil sie verlangte, sie wolle ihn nackt sehen, ganz nackt. Er hatte Angst, sie würde sich nun auch noch ausziehen, ihn am Ende doch noch auf ihr Lumpenlager zerren, aber sie drückte ihn nur gegen die Wand und kniete sich vor ihm hin. Er ließ den Recorder keinen Augenblick los, er preßte ihn gegen die Brust und ließ sie machen. Wenn du wüßtest, dachte er, daß du das auch ganz umsonst hättest haben können, Lucie. Sie bedankte sich sogar noch.

»Schon gut«, sagte er, »war mir ein Vergnügen. Wirklich. Hoffentlich bin ich zur Stelle, wenn du wieder mal umkippst.«

»Kannst ja mal an meine Tür klopfen«, sagte sie.

Eine Batterie zu besorgen, war kein großes Problem. Sam stahl sie im Supermarkt. Whitey stand Schmiere. Natürlich löste das nicht an der Kasse gelöschte Signet Alarm aus, doch Whitey stellte dem Ladenschwengel, der Sam am Eingang aufhalten wollte, derart geschickt ein Bein, daß der Mann gegen den Bullen flog, der vor dem Laden Wache hielt und sich bei dem Alarmgeheul umgedreht hatte. Whitey fragte nicht einmal, wofür er die Batterie brauchte.

Sam band sich den Recorder mit Strippe an den Oberschenkel und probierte, ob das Gerät auch durch die Hose aufnahm, was er sprach. Sogar bei normaler Lautstärke. Kein Mensch würde etwas merken. Auf der Straße oder im BISTRO achtete niemand auf einen Flippy, der laut mit sich selbst redete, und der Aufseher in dem Glaskasten des Affensaals würde nichts hören; die Monkeys schnatterten unentwegt, gegen Ende ihrer Schicht wurden sie derart laut, daß es kaum auszuhalten war.

Sam war bester Dinge, als er am nächsten Tag das Werk betrat. Ein guter Tag. Die Brühe, die man im BISTRO Kaf-

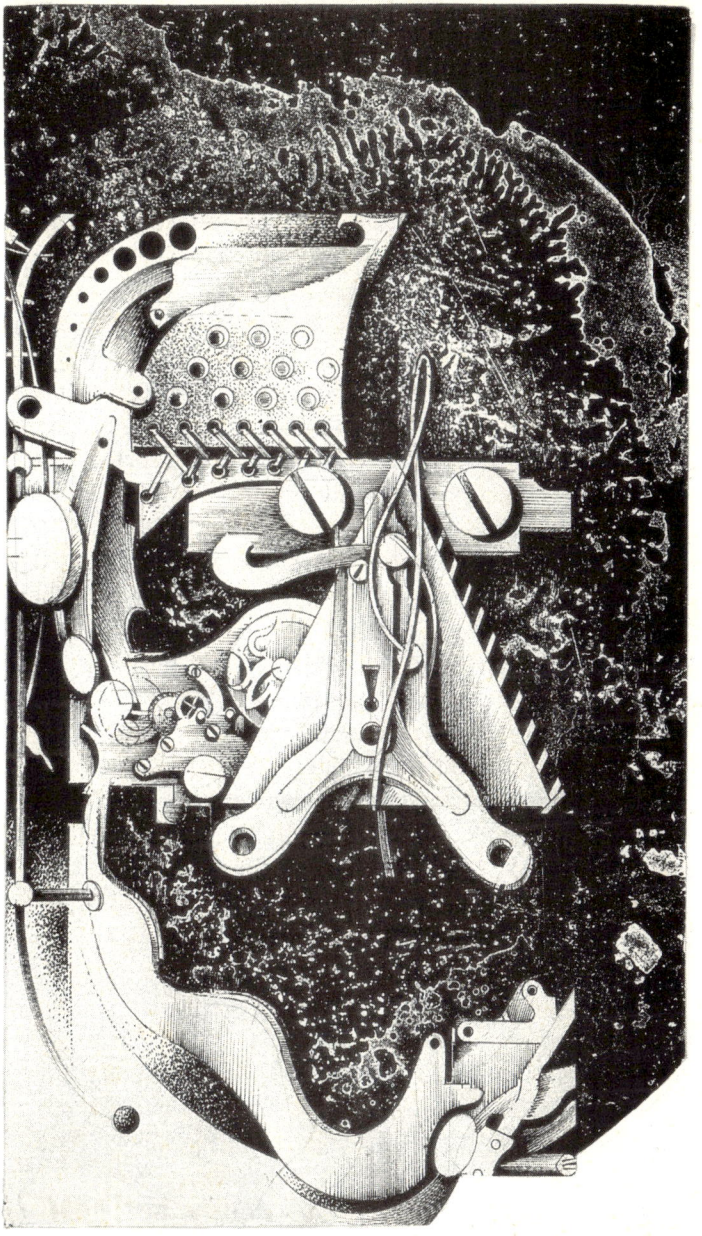

fee nannte, war ausnahmsweise mal heiß gewesen, die Paste auf den Sandwiches hatte nach Petersilie geschmeckt, und dann war sogar die Sonne für einen Augenblick durch die sonst im Juli undurchdringliche Smogschicht gebrochen. Er pfiff vergnügt, als er den Bunker betrat und seine Plasttüten zum Einschließen auf den Tresen stellte.

Fletcher sah ihn belustigt an. Er hob die Tüten, als prüfe er ihr Gewicht. »Du bist doch nicht etwa über Nacht zu Wohlstand gekommen?«

»Wer weiß«, sagte Sam. »Ich habe drei Barren Gold in meiner Tüte, spürst du das nicht?«

Seine gute Laune verflog sehr schnell. An der Kontrollschranke zu Block B packte ihn ein Safeman am Kragen, obwohl er seine Hand bestimmt richtig in den Schlitz gesteckt, die Fingerkuppen fest auf die Scheibe gedrückt hatte. Sam versuchte gar nicht erst, sich zu wehren. Nicht, weil der Bulle einen Kopf größer war, zur Not hätte er es mit noch viel größeren Kerlen aufgenommen, lieber als mit einem dieser kleinen, drahtigen Typen, die waren entschieden härter im Nehmen als die Elefantenbabys, deren Eier gerade richtig in Kniestoßhöhe hingen, aber Sam wußte: Wer sich einem Safeman widersetzt, fliegt auf der Stelle, ganz gleich, ob er recht hat oder nicht. Der Bulle brachte ihn in die Sicherheitsabteilung, sogar zum Boß. Er flüsterte seinem Vorgesetzten etwas ins Ohr, Sam konnte sich nicht vorstellen, was.

»Setz dich«, herrschte der Boß ihn an. »Also, was ist?«

Sam zuckte mit den Schultern. Er hatte wirklich keine Ahnung.

»Gib schon her«, forderte der Boß.

»Was denn?«

»Stell dich nicht doof. Den Recorder, was sonst.«

Die Kontrollschranke, dachte Sam. Bestimmt reagierte die Schranke auf Metall. Woher aber wußte der Boß, daß es ein Recorder war. Fehlte nur noch, daß er ihm auch noch die Marke nannte.

Der Boß schien sogar Gedanken lesen zu können. »Mann«, sagte er, »was zum Teufel willst du mit so einer alten ›Black & Wesson‹? Und ausgerechnet hier im Werk?« Er zeigte auf Sams Bein, auf das richtige.

Sam machte die Hose auf, holte den Recorder heraus, legte ihn auf den Tisch.

»Los, rede schon!«

Sam druckste herum. Der Boß sah nicht so aus, als würde er ihn verstehen.

»Oder du bist deinen Job los«, sagte der Boß. »Also, warum?«

»Weil ich, ich wollte, ich dachte«, stotterte Sam. Verdammt, jetzt wurde er noch rot. Scheiße, was soll's. »Ich wollte mir notieren, was ich erlebe.«

»Was wolltest du?« Der Boß sah ihn ungläubig an.

»Ich will wissen, was ich so den ganzen Tag tue.«

»Aber das weißt du doch, oder?«

»Ja, jetzt«, sagte Sam, »aber morgen kann ich mich an nichts mehr erinnern. Erst wieder übermorgen. Verstehen Sie? Ich kann mich nie an das erinnern, was gestern war.«

Der Boß stieß einen Pfiff aus. »Aber übermorgen erinnerst du dich an alles?«

»Ja, übermorgen schon.«

»Ist es denn wichtig? Kannst du nicht den einen Tag warten?«

»Kann ich schon«, sagte Sam. »Aber es quält mich, wenn Sie wissen, was ich meine. Ich verstehe das nicht: Warum kann ich mich nie an gestern erinnern?«

»Machst du Überstunden in Block G?«

»Ja, jeden Tag. Zwei Stunden. Für vier Nickel.«

»Na, dann mußt du doch wissen, was mit dir los ist. Du hast doch eine Verpflichtung unterschrieben, oder?«

»Ja, hab ich«, gab Sam zu, »hab meinen Daumen unter den Wisch gedrückt.« Er zeigte dem Boß, welchen.

»Du kannst nicht lesen oder schreiben, was?«

»Nein. Woher auch.«

»Hat man dir nicht erklärt, was du in Block G zu tun hast?«

»Bereitschaft«, sagte Sam.

»Immer wieder der gleiche Scheiß!« Der Boß schüttelte den Kopf. »Diese Personalfreaks tun, was sie wollen. Du legst dich doch auf die Pritsche?«

Sam fuhr der Schreck in die Glieder. Das wußte der Boß also auch? Na, seinen Job war er los.

»Du schläfst?«

Sam nickte.

»Träumst du?«

»Bestimmt, aber ich kann mich nie mehr an einen Traum erinnern.«

»Und hinterher, wie ist dir da?«

»Bißchen blöd«, sagte Sam. »Aber das ist ja kein Wunder nach acht Stunden Affensaal.«

»Du hast keine Ahnung, was in Block G mit dir passiert?«

»Nee, was denn?«

»Daß sie dort deinen Kopf anzapfen?«

»Meine Birne?« Sam faßte sich an die Schläfen und fing an zu lachen. »Meinen Blödkopp? Wozu denn?«

»Weißt du, was Transmitter sind?«

»Keine Ahnung.«

»Botenstoffe. Sie erst . . .« Der Boß brach ab. »Wie soll ich dir das erklären? Am besten gar nicht. Man braucht die Transmitter zum Denken.«

»So was wie in den grünen Pillen?«

Der Boß lachte. »Ja«, sagte er, »das wäre was, wenn man sie künstlich herstellen könnte, das wäre wohl das beste Geschäft der UNION, aber bislang kann man Transmitter nur aus einem Gehirn abzapfen. Manche Menschen produzieren nämlich reichlich davon, andere zu wenig, und die sind gerne bereit, einen anständigen Preis für Transmitter zu bezahlen.«

»Wieviel?« fragte Sam.

146

»Keine Ahnung, das ist nicht mein Ressort, aber ein paar hundert wird eine Portion schon kosten.«

»Ein paar hundert Nickel?«

»Dollar, du Blödkopp.«

»Und ich bekomme vier Nickel«, stöhnte Sam.

»Bestimmt bist du Spender für Alpha-vier-Transmitter«, meinte der Boß. »Das würde erklären, warum du dich nicht mehr erinnern kannst. Hast du sonst noch Beschwerden? Wird dir schwindlig, mußt du oft kotzen, rauscht es dir in den Ohren?«

»Nein.« Sam schüttelte den Kopf.

»Kommt noch«, sagte der Boß leise, aber Sam hatte es doch gehört.

»Ist nicht gut für mich, was? Soll ich's lieber lassen?«

»Du hast unterschrieben, verdammt noch mal!«

»Wird das vielleicht noch schlimmer? Bitte, sagen Sie es mir. Wie geht das weiter? Kann ich mich demnächst auch an vorgestern nicht mehr erinnern oder überhaupt nicht mehr?«

»Weiß ich nicht«, sagte der Boß, »interessiert mich auch nicht.«

»Dann gehe ich lieber nicht mehr in Block G, nur noch in den Affensaal«, sagte Sam. »Darf ich jetzt gehen? Sagen Sie bitte Bescheid, daß Sie mich aufgehalten haben? Sonst bekomme ich Ärger.«

»Du darfst gehen, aber überlege dir gut, was dir wichtiger ist, dein Job oder gestern.«

»Sie meinen, wenn ich nicht mehr in Block G gehe . . .?«

»Ja. Du hast dich für beides verpflichtet, vergiß das nicht.«

»Können Sie nicht ein Wort für mich einlegen?«

»Daß du nur noch in den Affensaal mußt? Nein.«

Sam überlegte. Was sollte er nur tun? Wovon sollte er leben, wenn er seinen Job verlor? Wieder als kleiner Straßenräuber? Eines Tages würden sie ihn schnappen, und jetzt war er kein Kind mehr, im Gegenteil, einen so jungen, kräftigen Burschen würden sie nicht ins Gefängnis stecken, sondern zur Strafarbeit verurteilen, unter Tage oder in einer chemischen Fabrik oder gar als Rohrreiniger in einem Atomkraftwerk, dann gute Nacht. Und hier riskierte er seinen Verstand. Aber das war nun schon über ein Jahr gutgegangen, wer sagte ihm denn, daß es überhaupt schlimmer wurde? So hatte er wenigstens regelmäßig Lohn. Und Aroin.

»Ist es denn so wichtig, daß du dich an gestern erinnern kannst?« fragte der Boß.

»Das nicht. Aber es ist eine Schweinerei, das müssen Sie zugeben, die UNION kassiert Hunderte von Dollars, und ich werde mit ein paar Nickel abgefrühstückt. Legen Sie ein Wort ein, daß ich mehr Lohn bekomme, ja? Bitte.«

Der Boß schüttelte den Kopf.

»Wenigstens 'ne Prämie«, bettelte Sam. »Zwanzig Dollar. Oder zehn? Fünf? Ich brauch gerade dringend ein paar Mäuse.«

»Wofür?«

»Wofür schon, für Aroin.«

»Geld kann ich dir nicht verschaffen«, sagte der Boß. Er zog eine Schublade auf und hielt Sam eine Ampulle hin. Eine Doppelration Aroin.

»Geben Sie schon her«, sagte Sam. »Was schert mich, was gestern war. Heute ist heute, und gestern ist morgen schon vorgestern.«

Eine Nacht im MEZOAfU-M

Herbert G. Nom sang. Er brüllte geradezu, um sich wach-
zuhalten. Er war hundemüde, ach was, müde wie ein uralter, eisgrauer Grizzly kurz vor dem Winterschlaf. Außerdem blitzte und donnerte es, die Scheibenwischer schafften es kaum, die Wasserfluten zu teilen, und das Licht der
Scheinwerfer fiel ein paar Meter vor dem Wagen mit dem
Regen zu Boden. Trotzdem fuhr Nom fast achtzig. Er
wollte die Gewitterfront so schnell wie möglich hinter sich
lassen, und er war sicher der einzige, der mitten in der
Nacht diese gottverlassene Waldchaussee befuhr.

Immer wenn es gewitterte, sang er. Selbst zu Hause,
selbst wenn er Gäste hatte, zog er sich zurück, schloß sich
in seinem Arbeitszimmer ein, zog die Vorhänge zu, setzte
sich mit dem Rücken zum Fenster und sang, so laut es
irgend ging, ohne daß die anderen es hören konnten. Seine
Familie nahm es kommentarlos hin, alle taten, als wüßten
sie nicht, was Nom jetzt trieb, als glaubten sie tatsächlich,
ein dichterischer Einfall sei über ihn gekommen. »Wie ein
Blitz aus heiterem Himmel«, so die Hausfrau als Erklärung
für neue Gäste, die Noms Flucht vor den Elementen zum
ersten Mal erlebten. Sie hatte es schon so oft gesagt, daß
sie nicht einmal mehr dabei lächelte.

Ein langes Gewitter. Nom hatte bereits all die Lieder seiner Jugend durch; »Du hast ja ein Ziel vor den Augen«
hatte er sogar zweimal und »Spaniens Himmel« schon
dreimal gesungen, und die Dunkelheit wollte kein Ende
nehmen. Er stimmte »Hänschenklein« an, dann »Alle
meine Entchen«. Er bereute zutiefst, daß er nicht in Niendorf geblieben war. Die Vorsitzende des Literaturzirkels
hatte ihn überaus herzlich eingeladen, bei ihr zu nächti-

gen, ein Angebot, das er unter anderen Umständen gewiß nicht ausgeschlagen hätte; sie war eine jener Frauen, die Nom immer wieder faszinierten und die – was er sich nie eingestanden hätte – einer der Gründe für seine Rundreisen waren, denn es gab kaum einen Kreis von Literaturfreunden, in dem nicht wenigstens eine Frau dieses Typs vertreten war. Im Gegensatz zu so vielen seiner Kollegen schwärmte Nom nicht für die jungen, schlaksigen, skeptischen Dinger, sondern für reife Frauen mit vollen Brüsten und gläubigen Augen. Zu seinem Leidwesen hatte seine Frau nicht gehalten, was er sich versprochen hatte, sondern hielt sich mit albernen Diäten und Gymnastik »in Form«, wie sie es nannte, formlos, wie Nom fand.

Die Literaturfreundin in Niendorf hatte während der Lesung nicht einen Blick von ihm gelassen, und ihre Augen hatten mehr versprochen als nur ein poetisches Plauderstündchen vor dem Zubettgehen, aber Nom hatte schnell Weg und Zeit berechnet und sich entschlossen, doch gleich weiterzufahren, damit er früh ausgeschlafen – und nach einem ausgiebigen Frühstück, ohne das er sich den Anstrengungen des Tages nicht gewachsen fühlte – noch vor der ersten Lesung zu jener Adresse gehen konnte, die ihm vorgestern in Bitterfeld ein begeisterter Zuhörer genannt hatte, und wo Nom, wenn er sich auf diesen Freund seiner Poesie berief, mit Sicherheit einen Vorschalldämpfer bekommen könne.

Ja, das war eine der Annehmlichkeiten seiner literarischen Tourneen, die er sich viermal im Jahr organisierte und auf denen er jeweils ein exakt berechnetes Gebiet abgraste, um mit einem Minimum an Aufwand ein Maximum an kultureller Massenarbeit in Schulen, Betrieben, Armee-Einheiten, Büchereien und Literaturzirkeln zu bewältigen – er hatte die Losung von der effektiven Nutzung aller Ressourcen schon befolgt, bevor andere sie überhaupt gedacht hatten –, in den anschließenden Gesprächen im kleinen Kreis konnte man ganz unverfänglich und geradezu beiläufig auf die Sorgen zu sprechen kommen, die auch einem Dichter das Leben und, was weit schlimmer war, die Arbeit schwer machten, und nicht selten fand sich dann ein Literaturfreund, der ihn von eben diesen Sorgen befreien konnte.

Kunst geht nicht mehr nach Brot, dachte Nom, sie geht nach Autoersatzteilen, Fliesen, verchromten Wasserhähnen, Rauhfasertapete, Auslegeware und all den Materialien, die er für den Auf- und Ausbau seines neuen Wochenend- und Sommerdomizils am Wermsdorfer See benötigte. Was wäre er denn ohne diese Reisen? Ein Nichts. Ein Habenichts und Bekommenichts wie sein Kollege Peterpaul Plenz, der immer noch in dem naiven Wahn lebte, ein Dichter könne auf die Dauer von Lyrik, Luft und Liebe glücklich werden.

Nom öffnete das Handschuhfach und nahm sich einen Riegel Zartbitterschokolade. Nein, über mangelnden Wohlstand brauchte er nicht zu klagen, aber daß er noch immer ohne Orden und Auszeichnung war, gnadenlos nackt, wie er es für sich nannte, schmerzte Nom zutiefst. Seine Frau mußte die Presse für ihn zensieren, jede Zeitung aus dem Verkehr ziehen, in der von Auszeichnungen die Rede war, damit sie Nom nicht in verzweifelte Aufregung stürzen konnte, die ihn für Tage unfähig machte, auch nur eine Zeile zu schreiben.

An seinem Werk konnte es nicht liegen, davon war Nom überzeugt, und nicht nur er selbst hatte sich überzeugt, auch die überaus freundlichen und ermutigenden – zuweilen nicht sogar überschwenglichen? – Rezensionen sprachen dafür und, nicht zuletzt, die vielen begeisterten Zuhörer, die er auf seinen Lesereisen traf und die, ganz im Gegensatz zu seiner Frau und seinen Kindern, sein Werk zu würdigen wußten. Ein Werk, das ganz »dem Ruf der Zeit« folgte, das sich nicht unter dem Vorwand eines angeblich notwendigen Abstandes den Forderungen des Tages entzog, sondern, im Gegenteil, sich ganz in den Dienst des

Tages stellte. Was wirklich schwer war, denn die Forderungen des Tages wechselten oft rasch und verlangten nicht nur schnelles, effektives Formulieren, sondern häufig Umarbeitungen mitten im Stoff. Nom hatte sich nie darüber beklagt, er fühlte sich nur wohl, wenn er »im Strom der Zeit schwamm«, wie er überall offen bekannte. Wenn ihm noch immer die gebührende Anerkennung versagt blieb, dann nicht, weil er hinter seiner Zeit zurückblieb wie so viele Kollegen – oder gar gegen den Strom schwamm, wie sein Intimfeind Lobental, der sich doch tatsächlich erfrecht hatte, auf der Verbandstagung zu verkünden, man müsse gegen den Strom schwimmen, um an die Quellen zu gelangen –, sondern weil er im Überschwang seiner Zeit entschieden zu weit vorauseilte.

Nom fiel auf Anhieb ein Dutzend weltberühmt gewordener Kollegen ein, die von ihren Zeitgenossen verkannt, ja verspottet worden waren, weil sie ihrer Zeit voraus gewesen waren, und er rechnete es nur seiner Bescheidenheit zugute, wenn er seinen Namen nicht zusammen mit den ihren aussprach.

Und unter seinem Namen hatte er zu leiden, das vor allem. Denn in einer offiziellen Verlautbarung müßte nicht nur sein Pseudonym als Dichter genannt werden, sondern auch sein bürgerlicher Name: Herbert Gnom. Und wer hatte schon den Mut, einen Gnom auf eine Auszeichnungsliste zu setzen!

Nom zuckte zusammen. Nicht weit vor ihm schlug ein Blitz in einen Baum. Beinahe hätte er den Wagen in den Graben gesetzt. Er zwang sich zur Ruhe. Drosselte die Geschwindigkeit. Fluchte, daß er nicht die Autobahn genommen hatte, sondern versuchte, mit der Abkürzung durch diesen nicht enden wollenden Wald Kilometer zu sparen.

Plötzlich erblickte er in der Ferne ein bläuliches Licht. Ein Irrlicht? In dieser Nacht und in dieser Gegend hätte es ihn nicht verwundert.

Doch das Licht blieb, wuchs, eine solide Neonschrift, hellblau auf dunklem Rot:

MEZOAfU-M

und darunter, dahinter ein gar gewaltig wirkendes Gebäude, allem Anschein nach ein Hotel. Nom wunderte sich, daß er es bei seinen Reisevorbereitungen übersehen hatte. Vielleicht war es nirgends verzeichnet, ein Haus für auserwählte Gäste? Er hatte schon oft munkeln gehört, daß es so etwas geben sollte. Nom parkte den Wagen, betrachtete nachdenklich die lange Hausfront, an der nur vereinzelte Fenster erleuchtet waren, und versuchte, die Neonschrift zu deuten.

Nom hatte sich viel mit Abkürzungen befaßt. Er hielt sie für eine der großen Errungenschaften der neuzeitlichen Sprachentwicklung, denn sie machten die Kommunikation effektiver, sparten Zeit, und darauf kam es schließlich nicht nur in der Wirtschaft an. Vor Jahren hatte er sich darangesetzt, Gedichte vorwiegend in Abkürzungen zu schreiben, um diesem sprachlichen Phänomen ein Denkmal zu setzen und, wie er insgeheim gehofft hatte, zum Begründer einer neuen literarischen Schule zu werden. Dabei war er auf die wohl größte Idee seines bisherigen Lebens gestoßen, die EFSPROM, die »Effektive Sprach-Romantik«, mit der Nom den leider oft hart und unpoetisch klingenden Sprachkürzeln Glanz und Wärme verleihen und ihnen so den gebührenden Rang als einem Beitrag zur Bereicherung der Weltkultur erkämpfen würde. Leider hatte er feststellen müssen, daß er wieder einmal zu weit vorgeprescht war und nicht nur bei seiner Familie, sondern auch im Verlag und bei den Kollegen auf Unverständnis, schlimmer noch, auf Hohn stieß. Doch aufgeschoben ist nicht aufgehoben. Geradezu zärtlich erinnerte er sich jetzt einiger seiner schönsten Lyrokürzel: Deudere statt DDR, Fredeju statt FDJ, Freidegebu anstelle von FDGB, Laprogen für LPG und Voleibet für VEB. Ja, er sollte wieder mal dem

Verlag seine Lyrokurz-Gedichte anbieten, vielleicht war die Zeit jetzt reif.

Nom versuchte noch einmal, die Leuchtbuchstaben zu entziffern; als er es schließlich aufgab, dachte er stolz: Das macht uns so leicht keiner vor. Da der Regen nicht nachlassen wollte, fuhr er den Wagen dicht an die überdachte Auffahrt und stürzte ins Haus. Dann schritt er gelassen durch die große Halle, legte den Wagenschlüssel auf den Tisch der Rezeption und sagte, fast beiläufig: »Herbert G. Nom.« Er sagte es so, daß der Portier es sowohl für sein Pseudonym wie für seinen bürgerlichen Namen nehmen konnte, nahm seine Brieftasche, als wolle er den Ausweis zücken, und ließ einen Zwanzigmarkschein halb aus der Brieftasche herauskriechen. Der Portier warf keinen Blick darauf, er sah Nom an, als müsse er ihn kennen und könne sich nur im Moment nicht erinnern.

»Ein Name, der in der Literatur nicht ganz unbekannt ist«, fügte Nom mit leichtem Lächeln hinzu. Der Portier lächelte zurück.

»Aus welcher Region?« erkundigte er sich höflich.

»Thüringen«, antwortete Nom.

»Eine sagenträchtige Gegend«, erwiderte der andere respektvoll. »Ihr ständiger Wohnsitz bislang?«

Nom sagte es ihm. Der Portier drückte ein paar Tasten an einem Gerät, das Nom für ein Computerterminal hielt, ein zartes, grünes Licht glomm auf.

»Sie bekommen Raum achthundertvierzehn«, sagte der Portier. »Wenn es Ihnen nicht zusagt, wenden Sie sich bitte vertrauensvoll an mich. Wir sind bemüht, alle Wünsche unserer Gäste zu erfüllen.«

»Ist das Restaurant noch geöffnet oder die Bar?« erkundigte sich Nom.

»Selbstverständlich. Tag und Nacht.«

Nom sah sich nach einem Hotelboy um, der den Koffer aus dem Wagen holen und auf sein Zimmer bringen konnte. Außer dem Portier schien niemand vom Personal mehr auf zu sein. Wohl oder übel tauchte Nom noch einmal in den Regen, der nicht nachgelassen hatte.

Als er die Lifttür schließen wollte, betrat eine Frau den Fahrstuhl, nein, eine Dame. Jedes andere Wort wäre ihr nicht gerecht geworden. Eine wunderbare Erscheinung, die schweren, schwarzen Haare kunstvoll frisiert, mit kostbarem Schmuck behangen, in einem türkis- und goldfarbenen Abendkleid mit einem Dekolleté, das Noms Puls sofort in die Höhe trieb. Gegen diese üppige Schönheit war die Literaturfreundin aus Niendorf das reinste Aschenputtel. Die Dame streifte Nom nur mit einem flüchtigen Blick, stellte sich vor den Spiegel an der Liftwand und sagte: »Spieglein, Spieglein an der Wand, wer ist die Schönste im ganzen Land?«

Nom antwortete, ohne zu überlegen: »Frau Königin, Ihr seid die Schönste hier, und nicht einmal Schneewittchen hinter den Bergen, bei den sieben Zwergen, ist so schön wie Ihr.«

Die Dame wandte sich um, ein Strahlen huschte über ihr Gesicht, dann fiel sie Nom um den Hals und küßte ihn leidenschaftlich. Bevor Nom sich von seiner Überraschung erholt hatte, hielt der Lift, und die Dame stieg aus. Sie winkte ihm noch einmal zu. Donnerwetter, dachte Nom, welch ein glückliches Donnerwetter.

Das Zimmer war komfortabel eingerichtet, das Bett bequem, wie Nom sich als erfahrener Hotelgast sogleich überzeugte; was ihn verwunderte, war der leere Bilderrahmen. Beim Studium der »Hinweise für unsere Gäste« erfuhr er, warum. Er solle selbst anhand der beigefügten Nomenklatur ein Bild seiner Wahl einstellen. Nom suchte sich eine »abendliche Harzlandschaft« aus, und kaum hatte er den INPUT-Knopf am Rahmen gedrückt, da leuchtete ein Sonnenuntergang über dem Hexentanzplatz auf, so echt, als schaue man nicht auf ein Bild, sondern durch ein Fenster. »Alle Donnerwetter noch mal«, flüsterte Nom ehrfürchtig.

Er duschte, rasierte sich, nahm reichlich »Old Spice After Shave Lotion«, zog sich um und fuhr hinunter, in der Hoffnung, die Dame aus dem Fahrstuhl wiederzufinden.

Der Speisesaal war nahezu leer, und die wenigen Gäste irritierten ihn. In einer Ecke tafelten Männer, die gerade von einem Kostümfest gekommen zu sein schienen: Sie sahen aus wie Bilderbuchräuber und sangen: »Semsi, Semsi, tu dich auf«, dann krähte einer »Simeli, Simeli«, und alle lachten dröhnend. Gleich neben dem Eingang stierte ein Männchen in sein Glas und murmelte leise vor sich hin; Nom klang es, als er vorbeiging, wie ». . . heute back ich, morgen brau ich . . .« Unwillkürlich ergänzte er ». . . übermorgen hol ich mir der Königin ihr Kind«, dann mußte er lachen. Er vergewisserte sich schnell, daß der Gast es nicht mitbekommen hatte, er wollte ihn schließlich nicht kränken, und der Mann mußte so schon todunglücklich sein über sein zerknittertes Gesicht, mit dem er auch ohne Maske das Rumpelstilzchen hätte spielen können. Ein seltsames Pärchen kam ihm entgegen, der Herr in Frack und Zylinder, die Frau dagegen in einem Lumpenkleid, wirre, verfilzte Strähnen lugten unter ihrem löchrigen Kopftuch hervor. Als der Herr artig seinen Zylinder lüpfte und Nom mit einem Lächeln begrüßte und dabei zwei gewaltige Eckzähne entblößte, die unmöglich echt sein konnten, ging Nom ein Licht auf: sicher hatte hier ein Maskenball stattgefunden. Die beiden sahen haargenau aus wie Graf Dracula und die Hexe aus »Hänsel und Gretel«.

So wunderte er sich auch nicht, als ein dicker Mann mit hochrotem Gesicht ihn ansprach, sich als Brabutz vorstellte und fragte, ob Nom nicht einen Kuckuck für ihn habe.

»Vielleicht morgen«, antwortete Nom, der es schon immer vorgezogen hatte, Betrunkenen nicht zu widersprechen.

Am Ende des Speisesaals war die Tür zu einem Nebenraum nur angelehnt. Als Nom einen Blick hineinwarf, brüllte ihm eine Stimme entgegen: »Herein, wenn's kein Schneider ist!« Du mußt dringend einen Mokka trinken, sagte sich Nom, du bist übermüdet, denn einen Augenblick schien es ihm, als sähe er in der Finsternis des Raumes Riesen hocken. Die Bar war leer. Nom setzte sich auf einen der Hocker und bestellte Mokka double.

»Tut mir leid«, sagte die Bardame, »warme Getränke nur im Speisesaal.« Sie schob ihm die Karte hin. »Sicher finden Sie auch hier etwas nach Ihrem Geschmack.«

»Geben Sie mir irgend etwas. Zum Aufmuntern.« Nom überlegte krampfhaft, wo er die Bardame schon gesehen hatte.

»Bitte schön, ein Elixier des Teufels.« Die Bardame stellte ihm einen Pokal hin. »Sehr zum Wohle.«

»Sie kommen mir so bekannt vor«, sagte Nom.

»Ach«, erwiderte sie lächelnd, »mich kennen doch alle, ich bin die Pechmarie.«

»Bei mir hätten Sie kein Pech«, beteuerte Nom und nahm einen tiefen Schluck. Das »Teufelselixier« verschlug ihm den Atem. Alles drehte sich vor seinen Augen. Nom glitt vom Hocker, bewahrte mühsam Haltung und tapste zum Ausgang. Er hätte zu so später Stunde keinen Alkohol trinken dürfen, schon gar keinen Cocktail, er kannte sich doch! Ein zauberhaftes Mädchen fragte, ob sie ihm helfen könne. Nom schüttelte bedauernd den Kopf. Nein, ihm war jetzt nicht zu helfen. Er mußte ins Bett. Und wie dringend! Gaukelte ihm nicht seine übermüdete und trunkene Phantasie vor, daß das junge Mädchen sich in eine warzige Hexe verwandelte und auf einem Besen davonritt?

Nom erwachte, als es vor den Fenstern schon hell wurde. Er konnte sich nicht erinnern, wie er in sein Zimmer und in sein Bett gekommen war. Draußen jaulten Hunde. Entsetzlich. Es klang wie Wolfsgeheul. Nom ging pinkeln. Selbst hier im Bad und durch die geschlossene Tür vernahm er die widerlichen Hunde. Er entschloß sich abzureisen. Er könnte jetzt ohnehin nicht wieder einschlafen, und so hatte er eine Chance, rechtzeitig in Leipzig zu sein und sich um den Vorschalldämpfer zu kümmern.

Der Portier blickte verwundert auf Noms Koffer. »Sie wollen abreisen?«

»Ist das so ungewöhnlich?« fragte Nom zurück.

»Bei uns schon«, erwiderte der Portier. »Wenn Sie Beschwerden haben ...«

»Dieses Gejaule allein genüge, den hartnäckigsten Gast zu vertreiben«, unterbrach Nom, »das hört sich an wie ein Rudel Wölfe.«

»Es sind ja auch Wölfe«, erklärte der Portier. »Sie haben ebenso das Recht auf Asyl bei uns wie Sie, Herr Gnom. Das sind wir dem Geist und dem Namen unseres Hauses schließlich schuldig.«

»Das wollte ich gestern schon fragen«, sagte Nom. »Was bedeutet dieses geheimnisvolle Mezzofum?«

»MEZOAfU-M«, korrigierte der Portier. »Das wissen Sie nicht? ME steht für Mitteleuropäisches, Z für Zentrales, OA für Obdachlosenasyl, fU heißt für Unsterbliche ...«

»Für Unsterbliche?« fragte Nom verdattert.

»Andere würden wir nie aufnehmen«, beteuerte der Portier.

Ein Unsterblicher, wiederholte Nom für sich. Hier also wußte man um seinen wahren Rang.

»Und das M«, schloß der Portier seine Erklärung, »steht für Märchengestalten.«

»Märchengestalten?« Nom starrte sein Gegenüber verständnislos an.

»Das ist doch der Sinn dieses Hauses«, erklärte der. »Sehen Sie, all unsere Gäste, selbst die Wölfe – der soeben heult, ist übrigens der Wolf aus dem ›Rotkäppchen‹ –, sind unsterblich. Irgendwo müssen sie also hausen, doch niemand will sie bei sich dulden. Die Guten, die positiven Helden, wie man heutzutage sagt, ja, die finden überreichlich Platz in den Herzen der Menschen, wer aber will eine

Hexe, einen Zauberer, einen Räuber, einen Riesen aufnehmen? Oder einen Gnom wie Sie.«

»Ich heiße Gnom«, sagte Nom empört, »aber ich bin doch keiner!«

»Nein?« Jetzt war es an dem Portier, Verwunderung zu zeigen. »Wie kommen Sie dann hierher? Uns ist noch nie ein Fehler unterlaufen.« Seine Finger spielten schon auf dem Terminal. »Tatsächlich, eine Verwechslung«, murmelte er dann.

»Sicher meines Namens wegen«, sagte Nom versöhnlich, »und weil Sie erkannt haben, daß ich, wenn auch nur durch mein literarisches Werk, zu den Unsterblichen zähle.«

Der Portier blickte noch einmal auf das Terminal. »Ja, der Name hat irritiert«, gestand er, »und noch etwas, nein, nicht Unsterblichkeit, da muß ich Sie leider enttäuschen, aber in der Datenbank sind einige Megabit Stoßseufzer gespeichert, aus dem Kreis Ihrer Familie und Ihrer Bekannten, daß niemand mit Ihnen leben könne. Entschuldigen Sie bitte den Irrtum. Es ist mir unverständlich. Ich hätte es nicht für möglich gehalten, daß unser Computer sich irren könnte.«

Der Portier lüftete seine Mütze und entblößte einen stachlig behaarten Schädel, auf dem drei goldene Haare in die Luft ragten und zwei knorrige, spitze Hörner. »Nichts für ungut, Herr Gnom.« Damit war er verschwunden, in Rauch aufgelöst, und mit ihm das ganze Haus.

Nom stand verwirrt im Wald, wenige Schritte vor ihm wartete sein Auto. »Nicht unsterblich?« lallte er. »Nicht mal ein bißchen?«

Kasperle ist wieder da

Ich gebe zu, die Geschichte, die ich Ihnen erzählen will, ist schwer zu glauben, doch ich versichere, ich habe sie tatsächlich so erlebt.

Es begann, wie so oft, mit einem Zufall. In dem kleinen Städtchen Mieshof, von dessen Existenz ich bis dahin nicht einmal etwas geahnt hatte. Oder auf der Zugspitze? Wo beginnt eine Story?

Selbst im nachhinein ist der Punkt, an dem eine Information, ein Erlebnis zur Story wird – oder unser Leben verändert –, kaum einmal festzustellen, und ich bin immer wieder fasziniert von der Rolle, nein, der absoluten Herrschaft des Zufalls. Im Gegensatz zu meiner Kollegin Dorothea, die behauptet, auch in dem irrsinnigsten, unwahrscheinlichsten Geschehen walte Zwangsmäßigkeit, sage ich, daß unser Leben durch eine unaufhörliche Verknotung von Zufällen bestimmt wird.

Hätte ich nicht die Landstraße genommen oder in einem anderen Ort Rast gemacht, wäre ich an einem anderen Tag, ja, nur zu einer anderen Stunde nach Mieshof gekommen oder nicht so durchgefroren gewesen, daß ich Lust bekam, noch ein wenig im Sonnenschein spazierenzugehen; wenn ich Weißenbacher getroffen oder die Information über den Zugspitzschnee nie erhalten hätte . . . Hunderte Wenn und Aber, und jedes einzelne hätte ausgeschlossen, daß ich Maud und ihren Kasper je in meinem Leben getroffen hätte. Aber ich war in Mieshof. Zu dieser Stunde.

Ich kam von der Zugspitze. Da ich Angst hatte, auf der Autobahn am Lenkrad einzuschlafen, war ich Landstraße gefahren, von Garmisch-Partenkirchen am Alpenrand entlang, dann über Walchensee, Benediktbeuren, Bad Tölz . . .

Solange die Straße voller Kurven und die Landschaft voller Überraschungen war, blieb ich munter, aber dann erwischte es mich doch; im letzten Augenblick schreckte ich hoch, konnte das Lenkrad gerade noch herumreißen, ein gewagtes Manöver aus Stotterbremsen und Gasgeben und wieder Bremsen und Kurven, und mein Wagen schlängelte sich haarscharf zwischen Straßengraben und Bäumen, zwischen Traktor und Radfahrer hindurch, ein Manöver, das ich bei wachem Verstand gewiß nicht geschafft hätte.

Das erste, was ich wieder bewußt wahrnahm von meiner Umgebung, war ein riesiger Friedhof hinter einer exakt geschnittenen dichten Hecke, wahrscheinlich ein Soldatenfriedhof aus dem letzten europäischen Krieg.

Ich war verrückt, so zu rasen. Wenn ich hier auf der Landstraße verreckte, platzte nicht nur der Sendetermin. Im nächsten Ort würde ich Pause machen, und daß er Mieshof hieß, war mir recht. Weiß der Himmel, mir war mies zumute. Meine Glieder noch immer steif vom Frost. Im Juli!

Während seit Tagen tropische Hitze über dem Flachland brütete, lag auf der Zugspitze Neuschnee, erst als ich die Leute in dicken Pullovern und Mänteln zur Seilbahnstation gehen sah, hatte ich an den Klimaunterschied gedacht. Wenigstens einen alten Pullover fand ich im Kofferraum. Gewiß, das Zugspitzhotel war gut geheizt, aber ich war nicht gekommen, um mir bei Kaffee und Kuchen das Alpenpanorama anzusehen, ich wollte Dr. Weißenbacher sprechen. Weißenbacher war der einzige, bei dem ich mir eine Chance ausrechnen konnte, die Wahrheit zu erfahren: ob, allen Dementis zum Trotz, nach dem Reaktorunfall von Contenay radioaktiv verseuchter Schnee auf der Zugspitze gefallen war.

In das Observatorium hatte man mich gar nicht erst hineingelassen, nachdem ich meinen Namen genannt hatte, und der Wachmann wollte mich nicht einmal für einen Hunderter im Eingang warten lassen, aber er versprach, mir ein Lichtzeichen zu geben, sobald Dr. Weißenbacher das Observatorium verließ.

Weder in der Hotelhalle noch im Restaurant gab es einen Platz, von dem aus ich den Eingang des Observatoriums sehen konnte. Also wartete ich draußen, in einer Ecke des Hotelgebäudes, nur halbwegs geschützt vor dem eisigen Wind, dann in der zugigen Station des kleinen Lifts, den jeder benutzen mußte, der mit der Seilbahn oder der Zugspitzbahn hinunterfahren wollte. Als die Nacht hereinbrach, ging ich noch einmal zum Observatorium und erfuhr, daß Weißenbacher längst weg war. Der Mann mit dem Hunderter auch. Und inzwischen die letzte Seilbahn.

Das Hotel war ausverkauft. Ich durfte die Nacht in einem Sessel in der Halle verbringen, nach Restaurantschluß, versteht sich, schon vor Sonnenaufgang stand ich wieder draußen, kreuzlahm, übernächtigt und bibbernd, um die erste Gondel abzupassen, was tut man nicht alles für seinen Job.

Weißenbacher kam auch nicht mit der zwölften Gondel. Für einen zweiten Hunderter verriet mir der neue Wachmann, daß er die ganze Woche nicht mehr kommen würde, und für einen dritten Blauen erfuhr ich, wo ich Weißenbacher erreichen konnte: in seinem Haus in Traunstein. Frierend und fluchend brach ich auf . . .

Jetzt, nach ausgiebigem Frühstück und halbstündigem Sonnenbad im Vorgarten des Ratscafés, fühlte ich mich wieder fit. Dieses Mieshof war ein blitzsauberes Städtchen, das nicht nur am Markt gepflegte alte Häuser besaß, es machte Spaß, durch die engen Gassen zu schlendern. Plötzlich stieß ich auf eine Menschenmenge, meist Kinder und Alte, die sich lachend und juchzend um ein kleines Podium drängten, einen Autoanhänger, der zur Bühne geworden war, ein Kasperletheater, wie die kakelbunte Schrift verriet:

Kasperle ist wieder da!
Maud und ihr sprechender Kasper.

Kindheitserinnerungen blitzten auf. Jahrmarkt, Rummel. Roch es nicht nach Zuckerwatte und gebrannten Mandeln? Aber auf dem kleinen Platz stand nur der Autoanhänger und davor ein ziemlich abgetakelter Wohnwagen, ein 97er FORDMOBIL.

Ich war im Nu eingefangen, verzaubert, obwohl es anders war als das Kasperletheater, das ich aus meiner Kindheit kannte. Keine Handpuppen, die in die Kulisse gehalten wurden, so daß man die agierenden Spieler nicht sah, hier gab es keine Kulissen und nur einen Akteur, Maud, eine Frau um die Fünfzig. Sie saß auf dem Podium, hielt den Kasper, eine babygroße Puppe mit überdimensionalem Kopf, auf dem eine schellenbesetzte bunte Mütze thronte, mit der linken Hand und unterhielt sich mit ihm, und die Puppe antwortete frech, vorlaut, dummdreist und witzig, eben wie ein Kasperle. Diese Maud mußte eine ausgezeichnete Bauchrednerin sein.

Noch erstaunlicher war, wie sie mit der Puppe hantierte. Kasperle bewegte sich, als sei er lebendig. Seine Arm- und Körperbewegungen mochte Maud ja mit der Hand dirigieren, die sie in den langen Flickenrock der Puppe gesteckt hatte, wie aber schaffte sie es, daß Kasperle eine richtige Mimik zeigte, daß er sogar Finger, Mund und Augen bewegte? Dieses Kasperle mußte ein Miniroboter sein, eine raffinierte Konstruktion mit Mikrochips und Servolenkungen. Das wäre etwas für Pierre, dachte ich, Pierre suchte ständig Attraktionen für seine EUROSAT-Show, und diese Frau war es wert, einmal in Europas beliebtester Fernsehsendung aufzutreten.

Dann geschah etwas, das selbst einem so abgebrühten Burschen wie mir den Atem verschlug. Maud und Kasper hatten die ganze Zeit mit einem Ball gespielt, hatten sich mit den Antworten einen gelben Tennisball zugeworfen, jetzt gab Maud dem Kasperle zwei weitere Bälle, und er jonglierte damit! Dann sogar mit fünf Bällen. Dieses Kasperle war eine kleine Sensation.

Es war das Ende der Vorstellung. Kasperle breitete graziös seine Arme aus und machte eine tiefe Verbeugung. Alle klatschten begeistert, schrien nach einer Zugabe, doch Maud schüttelte den Kopf.

»Kasperle ist müde«, sagte sie. »Nicht wahr, Kasperle?«

»Entsetzlich müde.« Es riß den Mund weit auf und gähnte herzzerreißend. »Ich will ins Bett. Und vorher will ich einen Bonbon.«

»Aber Kasper«, sagte Maud, »Bonbon lutschen macht schlechte Zähne.«

»Oh!« Kasperle zog einen Flunsch. »Bitte, bitte, bitte, bitte, bitte.«

»Was meint ihr?« fragte Maud die Kinder. »Soll ich ihm einen Bonbon geben?«

»Ja«, tönte es im Chor, am lautesten schrie eine Oma vor mir.

»Nun gut«, sagte Maud, »dann soll er ausnahmsweise einen bekommen.«

»Dankeschön!« rief Kasperle und verabschiedete sich mit Handküssen von den Zuschauern. Maud nahm ihn wie ein Kind in den Arm. Sie stieg von der Bühne herab und hielt eine Messingschale in die Menge. Fast alle gaben etwas, trotzdem konnte es keine große Einnahme sein, man hörte deutlich die Münzen in die Schale fallen, und als sie in meine Nähe kam, sah ich, daß fast nur Groschen und Fünfziger in der Schale lagen. Ich gab ein Fünfmarkstück, und Kasperle sagte Dankeschön. Er wirkte tatsächlich müde, wie er sich in Mauds Arme schmiegte, aber sie hielt die Puppe wohl so, damit niemand sie anfaßte. Als keine Hand sich mehr reckte, verschwand Maud mit ihm im Wohnwagen.

In diesem Augenblick wußte ich es: Nicht bei Pierre sollte Kasperle auftreten, sondern in meiner Sendung. Als Moderator zwischen den Beiträgen. Damit war ich alle Sorgen mit dem Moderator los. Es gab kaum einen Journalisten, der gut genug dafür war und sich auf Dauer mit seiner

Rolle zufriedengab, und, noch wichtiger, ein Kasperle konnte Dinge aussprechen, die keinem seriösen Moderator gestattet wurden, konnte freche, sogar dreiste Bemerkungen machen, Anspielungen ... Ich dankte dem Zufall, der mich nach Mieshof verschlagen hatte.

Es dauerte eine Weile, bis Maud aus dem Wohnwagen kam und sich daranmachte, die Bühne zusammenzulegen. Ich wartete, bis sie fertig war.

»Ich möchte Sie sprechen«, sagte ich.

Sie sah mich verstört an. »Polizei?« fragte sie fast unhörbar. Ganz offensichtlich hatte sie Angst. Hoffentlich wurde sie nicht wegen eines Verbrechens gesucht, dann war mein schöner Plan im Eimer. Wahrscheinlich stimmt etwas nicht mit ihrer Lizenz, dachte ich, deshalb tingelt sie auch über die Dörfer.

»Nein«, versicherte ich, »ich bin Herb Kienzle. Vom Fernsehen.«

»Etwa der Kienzle von FOKUS?« Sie sah sich meinen Presseausweis ganz genau an. »Ich hatte Sie mir jünger vorgestellt«, sagte sie. »Jetzt verstehe ich auch, warum Sie nie selbst in Ihren Sendungen auftreten – mit der Glatze und dieser Nase!«

»Es ist weniger meine Eitelkeit«, sagte ich, »aber wenn jemand mein Gesicht kennt, würde ich kaum noch in die Nähe meiner Klienten gelangen.«

»Klienten?« Sie lachte. »Eher wohl Opfer. Aber mir gefällt, was Sie machen. Nicht nur wegen der Sensation. Es ist so selten, daß einer unerschrocken die Wahrheit sagt. Warum wollen Sie mich sprechen?«

»Ich bin begeistert von Ihrem Spiel. Ich möchte Ihnen ein Angebot machen.«

»Ich will nicht ins Fernsehen.«

»Sie würden viel Geld verdienen. Ich denke an ein Engagement auf Dauer.«

»Vielen Dank für das Angebot«, sagte sie, »aber es geht nicht. Vergessen Sie es.«

»Wie kann ich?« erwiderte ich. »Sie sind einfach zu gut, Maud. Viel zu gut, um nur in solchen Nestern aufzutreten. Ich biete Ihnen die Chance Ihres Lebens . . .«

»Nein, endgültig nein.«

»Warum wollen Sie sich nicht wenigstens mein Angebot anhören? Ich will Sie haben, ich werde nicht lockerlassen.«

Sie sah mich nachdenklich an. »Also gut, aber nicht hier. Ich mache Ihnen einen Vorschlag: Während ich zusammenpacke, holen Sie einen kleinen Imbiß, dann fahren wir ein Stück vor die Stadt, einverstanden?«

Ich überlegte nicht lange. Und Maud war mir im Moment wichtiger als alles andere. Vielleicht ist es sogar gut, dachte ich, wenn du erst abends in Traunstein ankommst. Weißenbacher war passionierter Blumenzüchter, vielleicht würde er mich kurz abfertigen, wenn ich ihn in seinem Garten störte.

Maud wartete bereits hinter dem Lenkrad, als ich den kleinen Platz in dem Gewirr von Einbahnstraßen wiedergefunden hatte. Wenige Kilometer hinter dem Ort bog sie in einen Landweg ein, der über ein paar Hügel zu einer Mulde am Waldrand führte. Ein idealer Platz für ein Picknick, weltabgeschieden, nichts als Bäume und Himmel, Blumen und Gräser und eine Stille, die man schon unwiderbringlich verloren glaubte.

Ich hatte reichlich, aber nicht extravagant eingekauft. Bei einfachen Frauen, das war meine Erfahrung, läuft man leicht auf, wenn man den Großkotz spielt. Also keine Trüffelpastete und Straßburger Gänselebercreme, weder geräucherten Lachs noch Hummer, dafür eine Auswahl an Schinken und Käse. Sie fragte, ob sie von jeder Sorte eine Kostprobe für das Abendessen beiseite legen dürfe.

»Bitte«, sagte ich, »was übrigbleibt, gehört ohnehin Ihnen.«

Sie legte trotzdem eine Scheibe von jeder Schinken- und Käsesorte auf einen Teller und brachte ihn in den Wohnwagen.

Ich hatte sie falsch eingeschätzt, Maud wollte weder Cola mit Whisky noch Juice mit Wodka, sondern Fachinger Brunnen und den leichten, extratrockenen Weißwein, »um jedem Käse gerecht zu werden« – eine Formulierung, die eher zu einem Gourmet als einer Landfahrerin paßte. Ich hatte sie unwillkürlich für eine einfache, ungebildete Frau gehalten, wie andere Artisten, die ich kannte, doch als sie sich ins Gras niederließ, zitierte sie:

> »O Täler weit, o Höhen
> O schöner grüner Wald
> Du meiner Lust und Wehen
> Andächt'ger Aufenthalt!«

Eine Rummelplatzdame, die Eichendorff kannte. In Mieshof hatte Maud ein unauffälliges graues Kleid getragen, sicher, um alle Aufmerksamkeit auf das bunte Kasperle zu lenken, hier trug sie einen gelben Sari mit orangefarbenen Mustern, die Farben zogen Bienen und Wespen an, Maud verscheuchte sie nicht.

Ich hatte mich so gesetzt, daß ich die Sonne im Rücken hatte, um sie beobachten zu können. Jetzt wirkte sie nicht mehr wie fünfzig. Gewiß, sie hatte dunkle Augenringe und tiefe Falten, aber ihr Hals, dieses Wahr-Zeichen für das Alter einer Frau, war fast makellos glatt, und wenn sie lachte, hatte Maud einen geradezu mädchenhaften Charme.

Sie bestand darauf, daß zuerst ich erzählen sollte, von meiner Arbeit, und sie stellte präzise Zwischenfragen, sogar zu Sendungen, die vor Jahren gelaufen waren, so daß ich Mühe hatte, mich zu erinnern. Sie schien jede Sendung von FOKUS gesehen zu haben.

»Und Sie«, sagte ich schließlich, »was haben Sie gemacht, Maud? Sie sind doch nicht unter fahrendem Volk großgeworden.«

»Stimmt«, sagte sie, »das mache ich noch nicht lange.«

»Und vorher?«

»Nichts, buchstäblich nichts. Gefaulenzt, den ganzen

Tag spazierengegangen und geschwommen, ferngesehen und gelesen, meiner Kindheit nachgesonnen – à la recherche du temps perdu.«

Proust kannte sie also auch. Offensichtlich sogar im Original. Aber sie schien eine Deutsche zu sein, der mundsprachlichen Färbung nach, die gelegentlich aufblitzte, aus Schwaben.

»Und wo?« fragte ich.

»Ach, irgendwo.«

»Frankreich«, tippte ich. »Oder Belgien?«

»Warum nicht Italien oder Deutschland?« fragte sie zurück.

»Weil Sie offensichtlich mehr als Schulfranzösisch beherrschen.«

»Warum wollen Sie etwas über mich erfahren?«

»Sie interessieren mich.«

»Wieso? Eine Puppenspielerin, die über die Dörfer tingelt . . .«

»Gut, sprechen wir davon. Woher haben Sie das Kasperle?«

Ihre Miene versteinerte. »Sie sind nicht zufällig nach Mieshof gekommen, nicht wahr? Wer hat Sie auf meine Spur gesetzt?«

»Niemand«, versicherte ich, »es war reiner Zufall.« Ich erzählte ihr, wie es dazu gekommen war, sie blickte mich mißtrauisch an.

»Ich glaube, das ist nur einer Ihrer Tricks«, sagte sie. »Sie arbeiten mit allen Tricks für Ihre Sendungen, das weiß ich.«

»Stimmt. Aber ich schwöre, daß ich Ihnen die Wahrheit gesagt habe. Bitte, glauben Sie mir, Maud. Es ist mir wichtig, daß Sie mir glauben.«

»Warum?«

»Weil ich hoffe, daß Sie bei FOKUS mitmachen.« Ich entwickelte ihr meine Idee.

»Ja, das könnte ich mir gut vorstellen«, sagte sie, »aber

es geht nicht. Ich habe Berührungsängste, verstehen Sie? Ich bekomme Angst, sobald mehr als zwei Menschen in meiner Nähe sind.«

»In Mieshof waren über hundert um Sie herum. Nur hundert. Viel zu wenige für das, was Sie bieten.«

»Nicht in Tuchfühlung. Vielleicht kennen Sie das nicht, Herb, aber Artisten sind keine Showstars; zwischen Artist und Publikum bleibt so etwas wie eine unsichtbare Schranke, niemand kommt mir zu nahe. Ich könnte in keinem Studio arbeiten.«

»Wir können . . .«

»Nein«, unterbrach sie, »ein für allemal, nein.«

Was war los mit ihr? Kein Artist der Welt würde ein solches Angebot ausschlagen. »Dann verraten Sie mir, woher Sie das Kasperle haben«, sagte ich. »Haben Sie es selbst konstruiert? Können Sie mir eine zweite Puppe bauen? Ich bin ganz versessen darauf, solch ein Kasperle in meine Sendung einzubauen.«

Sie schwieg.

»Sie haben es gestohlen?«

Maud wandte den Blick ab.

»Deshalb haben Sie Angst vor der Polizei«, sagte ich. »Deshalb wollen Sie nicht bei mir auftreten.«

Sie schien völlig versunken in den Anblick einer Biene auf ihrem Sari.

»Ich könnte das in Ordnung bringen«, sagte ich. »Früher oder später findet der Besitzer des Kasperles Sie doch. Ich nehme an, die Puppe wurde nicht in einer Firma hergestellt, sondern von einem Hobbybastler, sonst wäre sie längst auf dem Markt.« Maud saß vorgebeugt da, die gefalteten Hände verkrampft zwischen den Beinen.

»Lassen Sie sich helfen, Maud! Sie müssen doch in ständiger Angst leben. Ich werde den Konstrukteur auszahlen. Oder beteiligen . . .«

»Hören Sie doch auf«, schrie sie, »es geht nicht.«

»Warum? Wer ist es? Ich werde Sie nicht verraten, das

verspreche ich. Ich kann ja behaupten, ich hätte Sie in den Staaten getroffen oder in Südamerika. Sagen Sie es mir, und ich lasse Sie in Ruhe.«

»Er ist tot«, sagte sie schließlich.

»Ermordet?«

Keine Antwort.

»Von Ihnen?«

»Nein! Ich flehe Sie an, Herb, lassen Sie mich in Ruhe. Warum wollen Sie alles zerstören? Wir sind glücklich so . . .«

»Wir? – Das Kasperle ist für Sie wie ein Kind, nicht wahr?«

Sie sah mich an, Tränen in den Augen. »Ja, es ist mein ein und alles.«

»Glauben Sie manchmal, daß es lebendig ist, Maud?«

»Ja!« stieß sie hervor. »Jetzt wissen Sie es, ich bin eine Verrückte. Und nun hauen Sie ab. Vergessen Sie mich.«

»Wie könnte ich? Meine Nase wittert ein Geheimnis, und nichts, das werden Sie verstehen, reizt mich mehr als ein Geheimnis. Wer sind Sie, Maud? Doch keine Artistin? So einfach kommen Sie mir nicht davon.«

»Das fürchte ich auch.« Sie seufzte. »Ich habe es befürchtet, seit ich weiß, wer Sie sind. Versprechen Sie mir, daß Sie alles für sich behalten, was ich Ihnen erzähle?«

»Sie verlangen sehr viel von mir.«

»Es ist eine verrückte Geschichte, gewiß, aber keine für FOKUS.«

»Überzeugen Sie mich. Wenn Sie mich überzeugen, werde ich schweigen wie ein Grab.«

»Nun gut. Aber keinerlei Aufzeichnungen, versprechen Sie wenigstens das?«

»Ich habe nichts bei mir, die Geräte liegen alle im Wagen. Sie können sich überzeugen.«

Sie überzeugte sich tatsächlich, sie tastete mich ab wie ein Bulle einen gerade festgenommenen Gangster. Dann legte sie sich wieder ins Gras, verschränkte die Hände unter dem Kopf und sah in den Himmel.

»Sie haben recht«, begann sie, »ich bin eigentlich keine Artistin. Nicht einmal das. Ich stamme aus einer gutbürgerlichen Familie. Vater war Kybernetiker, Mutter Biotechnologin, nichts Bedeutendes, Fußvolk, aber ehrgeizig. Als ich gerade sechzehn war, starben meine Eltern bei einem Unfall. Von einem Tag zum anderen stand ich mittellos da. Arbeiten? Ich hatte nichts gelernt. Und eine Lehrstelle? Sie wissen doch, wie es damit aussieht. Ich hatte keine Beziehungen. Meine Eltern hatten ganz für ihre Arbeit gelebt, da waren nicht mal Freunde, die mir jetzt helfen konnten, keine Verwandten, nur eine Großmutter, die selbst Hilfe brauchte. Unterstützung bekam ich nicht, ich war ja schon erwerbsfähig, nur ein paar Mark Sozialhilfe. Also Wohnung verkaufen, eine billige Bude, hier und da mal ein Tagesjob. Dann kam Frank.« Sie hielt mir ihr Glas hin. »Meine erste Liebe. Die große Liebe, von der jeder Teenager träumt. Er sah blendend aus, fuhr einen Superwagen, hatte eine phantastische Wohnung, es war wie ein Sechser im Lotto. Drei Wochen lang. Dann sagte er, er sei pleite, müsse alles verkaufen und wir müßten uns trennen. Es sei denn . . .«

»Sie liebten ihn so sehr, daß Sie ihm helfen würden«, ergänzte ich. »Er wollte Sie auf den Strich schicken?«

»Nicht auf den Strich. Wahrscheinlich hätte ich selbst das damals für ihn getan. Nein, Frank machte mir den Vorschlag, Mietmutter zu werden. Zwei, drei Jahre, sagte er, und wir sind aus allem heraus. Ein Kind zu bekommen ist doch kein Problem für eine junge gesunde Frau. Leichte Arbeit. Was willst du sonst machen? Gelernt hast du nichts, nicht einmal kochen. Wie recht er hatte. Ich konnte nichts, und ich besaß nichts als meinen Körper. Hab keine Angst, sagte er, du sollst dich nicht von wildfremden Männern schwängern lassen, eine Viertelstunde beim Doktor, dann mußt du nur noch das Kind austragen. Und abkassie-

ren. Er gab mir Prospekte von Anwaltskanzleien, die Miet-
mütter vermitteln. Eine Monatsgage, von der ich nur träumen konnte, dazu eine mir geradezu fürstlich erschei-
nende Erfolgsprämie. Warum nicht, dachte ich schließlich.
Es ist ein anerkannter Job. Hunderte tun ihn. Wäre ich lieber auf den Strich gegangen.«

Ihr Glas war schon wieder leer. Ich ging zum Wagen, um
eine neue Flasche zu holen. Eine Mietmutter also. Ich erinnerte mich noch gut an die heißen Debatten an der Uni.
Damals ging es darum, ob Mietmutterschaft als Gewerbe
staatlich sanktioniert werden sollte. Mutterschaft als neue
Form der Prostitution, sagten die Gegner, pervers sei das,
die Gebärmutter wie einen Leihwagen zu vermieten, Eier-
stöcke »abzuernten«, Frauen zu Gebärmaschinen zu degra-
dieren, wie Zuchtsauen zu behandeln ... Na und, sagten
die anderen, Männer gehen doch schon lange als Zuchtbul-
len. Wer hat noch was gegen Samenspender? Wo bleibt die
Gleichberechtigung? So wie jeder Mann seinen Samen verkaufen darf, muß jede Frau das Recht haben, über ihre Ei-
zellen und über ihre Gebärmutter zu verfügen. Es ginge
doch nur darum, einen längst bestehenden Zustand zu le-
galisieren. Liefen nicht schon Hunderte von Kindern
herum, deren Väter nicht die wahren Väter, deren Mütter
nicht die leiblichen Mütter seien? Warum nicht den be-
dauernswerten Frauen, die keine Kinder bekommen könnten, legal helfen? Warum nicht armen Frauen so eine
Chance geben, sich ihren Lebensunterhalt zu verdienen?
Warum nicht Mutterschaft als eine gesellschaftlich nützli-
che Dienstleistung anerkennen?

Auch ich war damals vehement für die Legalisierung
eingetreten. Praktiziert wurde es ohnehin, durch Legalisierung konnten die unwürdigen Zustände auf dem schwarzen Muttermarkt beendet werden. Vor Jahren hatte ich
meine Meinung geändert. Als bekannt wurde, wie hoch die
Selbstmordrate bei den Mietmüttern war. Ich hatte mit
Dutzenden gesprochen, fast alle waren psychisch zerbro-

chen, selbst die, die jetzt Familie hatten und ein eigenes Kind. Kaum eine hatte es verkraftet, Kinder zu bekommen und wegzugeben, viele waren dem Alkohol oder den Drogen verfallen. Aber Maud war anders. Bestimmt keine Drogenabhängige. Nicht einmal Alkoholikerin.

»Das ist doch nicht alles«, sagte ich.

»Raten Sie, wie oft ich schwanger war.«

Ich zuckte mit den Schultern.

»Sie würden es nie erraten. Über dreißigmal.«

»Das, das verstehe ich nicht«, stotterte ich.

»Das ist auch kaum zu verstehen. Kaum zu glauben.« Sie kippte den Wein in einem Zug hinunter. »Im Dienste der Wissenschaft.«

»Der Wissenschaft?« fragte ich fassungslos.

»Sie glauben mir kein Wort, was? Aber es ist die Wahrheit! Die Wahrheit und nichts als die Wahrheit. Ich weiß nicht, wie viele Kinder ich in diese erbärmliche Welt gesetzt habe. Vierzig, fünfzig, sechzig? Es waren viele Mehrlingsgeburten dabei.« Sie stand auf, zog ihren Kittel hoch. Ihr Bauch war voller Narben. Gerade, feine, gut verheilte Operationsnarben, die sich dicht nebeneinander vom Slip zum Nabel zogen.

»Kaiserschnitt«, sagte sie, »siebzehnmal. Die anderen habe ich normal geboren. Normal!« Sie ließ den Kittel fallen, spuckte aus. »Pervers ist es. Widerlich. Unerträglich. Ein Alptraum. Jede Nacht habe ich Alpträume. Ich nehme die stärksten Schlaftabletten, und trotzdem, Herb, spätestens am Morgen erinnere ich mich an meine Träume. An die großen Augen, die traurigen, hilflosen Gesichter, die mich anstarren und ›Mutter‹ schreien. Ich weiß, das sind nur Ausgeburten meiner Phantasie. Man hat dafür gesorgt, daß ich nie eines der Kinder zu Gesicht bekam.« Sie schwieg unvermittelt, ließ sich ins Gras fallen, schüttelte traurig den Kopf. Mit einem Schlag sah sie wie eine alte Frau aus. »Monster«, murmelte sie. »Wahrscheinlich waren es allesamt Monster.«

»Bitte, beruhigen Sie sich, Maud.« Ich legte die Hand auf ihren Arm.

Eine Verrückte? Aber da waren die Narben. Ich wartete, bis sie wieder ruhiger atmete.

»Warum«, fragte ich dann, »warum haben Sie nicht aufgehört?«

»Weil ich nicht konnte.« Sie lachte bitter. »Ich fühlte mich ja wohl, sauwohl. Solange ich schwanger war. Die Pause nach der Geburt war entsetzlich. Ich habe die Ärzte angebettelt – ich war nur glücklich, wenn ich schwanger war, verstehen Sie?«

»Nein.«

»Man hatte mich so konditioniert! Schon als Frank mich zum Arzt brachte, um meine Tauglichkeit untersuchen zu lassen – das weiß ich heute, damals hatte ich keine Ahnung. Ich wunderte mich nicht einmal, daß ich einen Fünfjahresvertrag bekam, ich unterzeichnete ihn, als wäre das schon immer mein sehnlichster Wunsch gewesen. Ich bin Frank sogar um den Hals gefallen vor Glück. Noch am gleichen Tag brachte er mich in das Institut.«

»Ein Institut?«

»Ich dachte zuerst, es sei ein Sanatorium. Oder ein Hotel. Traumhaft, wie im Film: eine riesige Halle mit Palmen, ein erstklassiges Restaurant, Spielzimmer, Sauna, Schwimmhalle und Swimmingpool, eine große Bibliothek und Videothek, ein herrlicher Park, ich bekam ein helles, freundliches Appartement, das ich mir selbst einrichten durfte – wir sollten uns ja wohl fühlen.«

»Es waren noch mehr Frauen dort?«

»Zwanzig bis dreißig, das wechselte. Ich blieb am längsten von allen, ich war besonders geeignet.«

»Durften Sie das Sanatorium verlassen?«

»Ich wollte nicht. Sobald ich das Tor hinter mir ließ, bekam ich panische Angst. Ich mußte schnell wieder zurück.« Sie richtete sich auf, sah mich an. »Fast dreißig Jahre habe ich dort verbracht.«

»Haben Sie in diesem ›Institut‹ gearbeitet?«

»Das durften wir nicht. Wir durften den Komplex nicht einmal betreten. Wir hatten auch kein Bedürfnis danach. Wir blieben in unserem Bereich. Nicht einmal neugierig waren wir, haben nie miteinander darüber gesprochen. Es war, als existierte das andere überhaupt nicht, dabei lag der Komplex nur ein paar hundert Meter entfernt.«

»Was haben Sie denn die ganze Zeit getan?«

»Gefaulenzt, das sagte ich doch. Es gab nur wenige feste Termine – Untersuchungen, Gymnastik, die Essenszeiten – sonst konnte man tun und lassen, was man wollte. Sie haben es ja gemerkt, ich habe viel ferngesehen. Und gelesen. In den ersten Jahren habe ich mein Abitur nachgemacht im Fernkurs, dann sogar studiert, Germanistik, Romanistik, Geschichte, Elektronik, nichts zu Ende; ich hatte ja Angst, zu den Prüfungen zu fahren.«

»Bekamen Sie Besuch?«

»Wen denn? Frank? Ich habe ihn nie wiedergesehen.«

»Und die anderen Frauen?«

»Auch nicht. Das waren alles Frauen wie ich, ohne Anhang, ohne Familie. Ich weiß auch nicht, ob man Besucher eingelassen hätte.«

»Das Gelände war abgeschlossen?«

»Rundum zog sich eine hohe Mauer mit einem Drahtgitter darauf, vermutlich war es elektrisch geladen, vor der Mauer ein breiter, immer frisch geharkter Streifen, den man nicht betreten durfte.«

»Innen oder außen?«

»Auf beiden Seiten.«

»Elektronische Alarmanlagen, Infrarotstrahler?«

»Das weiß ich nicht.«

»Wachen, Patrouillen?«

»Vielleicht draußen. Ich kenne nur die Wachen am Tor.«

»Uniformierte? Was für Uniformen trugen sie? Waren sie bewaffnet?«

»Ich glaube nicht. Es waren freundliche ältere Männer in dunkelgrauen Anzügen – ich merke, Sie wissen längst, was für ein Institut das war, nicht wahr?«

Ich sagte nein, alles wehrte sich in mir gegen meine Vermutungen. Nichts als Ausgeburten einer krankhaften Phantasie, wehrte ich mich, Spinnereien einer Geistesgestörten, die zu viele Horrorfilme gesehen hat und sich nun damit identifiziert. Wie oft schon waren Leute mit verrückten, absurden, entsetzlichen Geschichten an uns herangetreten, die unbedingt in FOKUS entlarvt werden müßten, und fast immer hatten sie sich als Phantasieprodukte herausgestellt. Fast. Und Maud war nicht zu mir gekommen . . .

»Ja«, sagte sie, »in diesem Institut werden genetische Experimente gemacht. Genmanipulation am Fötus. Wir waren nur dazu da, sie auszutragen. Lebende Gebärmaschinen. Eine künstliche Gebärmutter gibt es ja noch nicht.«

»Wo«, sagte ich, »wo soll das gewesen sein?«

»Irgendwo in Europa.«

»Genmanipulation ist überall in Europa verboten, alle Staaten haben die UN-Konvention unterzeichnet.«

»Wäre es das erste Mal, daß etwas verboten ist und trotzdem heimlich getan wird?« fragte sie zurück. »Wie oft haben Sie in FOKUS . . .«

»Wo?« unterbrach ich sie hart. »Sagen Sie mir, wo dieses Institut sein soll.«

»Ich weiß es nicht. Wirklich nicht. Frank muß mir ein Schlafmittel gegeben haben, bevor er mich hinbrachte, ich wachte erst auf, als wir schon vor dem Portal standen.«

»Und als Sie das Institut verlassen haben – wie? Wieder unter Betäubung?«

»Nein, aber nachts und im Kofferraum eines Autos.«

Ihre Story wurde immer wilder. Und unglaubwürdiger. »Dann beschreiben Sie mir die Landschaft, das Klima. In welcher Sprache wurde dort gesprochen, welche Fernseh-

178

programme haben Sie empfangen, welche Zeitungen bekommen? An welchen Universitäten wollen Sie Ihre Fernstudien gemacht haben, wenigstens das werden Sie doch
wissen, oder?«

»Sie glauben mir nicht.«

»Nein.«

»Ja«, seufzte sie, »ich habe keine Beweise.«

»Was ist mit dem Vertrag, den Sie unterschrieben haben
wollen?«

»Der ist dort deponiert.«

»Ihr Honorar natürlich auch?«

»Nein«, sagte sie wütend. »Zumindest sollte es auf ein
Konto in der Schweiz überwiesen werden. Ich habe nie versucht, etwas abzuheben. Weil ich doch heimlich verschwunden bin und . . .«

»Und was?«

»Hören Sie, Herb, Sie müssen mir nicht glauben. Lassen
wir es, ja?«

Daß sie jetzt plötzlich aufgab, irritierte mich. Das war
nicht der Punkt, an dem ein Simulant aufgeben würde.
War doch etwas an ihrer Geschichte? Immer wieder
flammten Gerüchte über Geheimkliniken auf, in denen
mit menschlichem Genmaterial manipuliert würde, über
Experimente mit den »freien Embryonen«, die bei den le-
galen Retortenbabys abfielen und nicht, wie vorgeschrie-
ben, vernichtet würden, abenteuerliche Gerüchte von
Monsterzeugungen, von Versuchen, Supermenschen zu
züchten. Oder das Gegenteil: Paramenschen, menschliche
Roboter. Science-fiction-Storys. Wie so viele Reporter war
auch ich einmal einem derartigen Gerücht nachgegangen
und hatte wie alle anderen nichts gefunden. Was nichts besagen mußte. Die Techniken waren ausgereift, Genchirurgie, Oozytengewinnung, In-vitro-Befruchtung, Embryo-
transfer . . . in jedem Tierzuchtinstitut wurde das täglich
praktiziert, an jeder medizinischen Fakultät gelehrt. Men-
schenzüchtung war längst kein technisches Problem mehr,

nur noch ein moralisches und rechtliches. Wie hatte Dr. Lederer, einer der namhaftesten Genchirurgen Europas, in meinem Interview gesagt?

»Wir tun es natürlich nicht, aber es bleibt eine ungeheure Versuchung. Gott spielen. Den Menschen verbessern. Der Mensch ist wahrlich unvollkommen konstruiert. Was ist das eigentlich: der Mensch? Es gibt keine exakte Definition. Kann es auch nicht geben. Die Spannweite reicht doch vom olympischen Athleten bis zum Spastiker, vom Steinzeitmenschen im Dschungel bis zu Genies wie Einstein. Wir haben uns so entschieden, aber werden spätere Generationen auch darauf verzichten, den Menschen neu zu entwerfen?«

Vielleicht war längst jemand der »ungeheuren Versuchung« erlegen? War es nicht immer so gewesen, daß das technisch Machbare eines Tages auch getan wurde?

»Ich möchte Ihnen ja glauben, Maud«, lenkte ich ein, »aber da bleiben ungereimte Dinge, Fragen – Sie müssen Ihren Vertrag mit einem Partner abgeschlossen haben, mit wem? Wie können diese Leute sicher sein, daß keine der Frauen ausbricht und den Skandal publik macht? Oder nachdem sie, wann auch immer, aus dem Institut entlassen werden? Wie erklären Sie sich das? Man hat Ihnen sicher die Kontonummer in der Schweiz genannt, verraten Sie mir die Bank und Nummer, das wäre der Anfang einer Spur, vielleicht ein Beweis. Warum schweigen Sie?«

»Stimmt, ich habe mir alles nur ausgedacht«, sagte sie müde. »Ich denke mir oft Geschichten aus. Um die Wahrheit zu sagen, Herb, ich habe die dreißig Jahre in einer Heilanstalt verbracht.« Sie verzog ihr Gesicht zu einem dümmlichen Grinsen und begann vor sich hin zu trällern. »Lalala, dadada . . .«

Man kann nicht so lange in meinem Beruf erfolgreich sein, ohne eine Menge von Körpersprache und Physiognomie und Psychologie zu verstehen. Ihre Hände und Füße verrieten sie. Maud hatte die Zehen eingekrallt, die Hände gefaltet, die Knöchel traten weiß hervor, so preßte sie ihre Finger.

»Spielen Sie mir nichts vor«, herrschte ich sie an. »Sie sind ebensowenig verrückt wie ich, Maud. Ich glaube Ihnen, man hat Sie unmenschlich mißbraucht. Ihre Geschichte ist ungeheuer, sie muß an die Öffentlichkeit. Wollen Sie immer noch behaupten, das wäre keine Story für FOKUS?«

»Wollen Sie etwa behaupten, FOKUS würde das bringen?« fragte sie zurück. »Das ist selbst für Sie zu groß, Herb. Sie haben vorhin gesagt, ich würde ständig in Angst schweben. Ja. Aber Sie müßten mit Todesängsten leben, sobald Sie mit den Recherchen beginnen. Denken Sie an Richards.«

Richards war einer meiner Mitarbeiter gewesen, sein Fall hatte Schlagzeilen gemacht. Er glaubte, bei seinen Recherchen über Genchirurgie auf geheime Forschungen für biologische Waffen gestoßen zu sein. Innerhalb von zwei Tagen war er buchstäblich zerfallen. Zellauflösung. Ein Zufall, eine erstmals aufgetretene Virusmutation? Es wurde nie geklärt, obwohl wir sogar das kriminaltechnische Institut der Sorbonne einschalteten. Alle Welt vermutete, daß er versucht hatte, einen Beweis an sich zu bringen und dabei verunglückt war. Oder ermordet. Wir bekamen nicht einmal heraus, wo Richards sich am Tag vor seiner Erkrankung aufgehalten hatte.

Vielleicht hatte Maud recht, und die Story war ein paar Nummern zu groß. Wenn es dieses Sanatorium und das Institut gab, dann mußte es ein ausgedehnter, hermetisch abgeschlossener Komplex sein, wie ihn nur eine Armee oder ein Geheimdienst unterhalten konnte. Oder einer der Multikonzerne, und die würden ebenso skrupellos jeden, der in ihre Karten gucken wollte, abservieren. Wenn möglich, mit Ablenkung oder Bestechung, aber in diesem Fall würden sie auch vor Mord nicht zurückschrecken. Trotzdem, ich mußte wenigstens wissen, woran ich war.

»Verraten Sie mir die Kontonummer«, forderte ich noch einmal. Ich kannte jemand bei einer Schweizer Bank, der unauffällig prüfen konnte, ob es das Konto gab. Nach dreißig Jahren mußte eine beachtliche Summe darauf liegen.

Maud blickte mich kopfschüttelnd an. »Ich fürchte, Sie wären tatsächlich imstande, sich an die Story zu machen. Nein, Herb. Lassen Sie es so, wie es ist. Bitte. Ich lebe. Nicht gut, aber auch nicht schlecht, ich bin zufrieden. Ich kann den Leuten ein wenig Freude bringen. Sie haben selbst erlebt, wie sie gelacht haben, den Alltag für ein paar Minuten vergessen – ich flehe Sie an.«

»Okay«, sagte ich, »ich kann Sie nicht zwingen. Aber ich bin jetzt überzeugt, daß Ihre Geschichte wahr ist. Und ich verstehe, daß Sie nach all den Schwangerschaften eine tiefe Sehnsucht nach einem Kind haben, daß Sie diese Kasperlepuppe unbedingt stehlen mußten . . .«

»Gar nichts verstehen Sie!« Sie sprang auf. »Kommen Sie mit.«

Sie lief mir voraus in den Wohnwagen. Da lag das Kasperle. In einem Babykorb. Im ersten Augenblick erkannte ich es nicht wieder, es lag auf der Seite, bis zum Kinn zugedeckt. Ohne die bunte Mütze, mit schwarzen Locken auf dem Kopf, und ohne die kugelrunden Apfelbäckchen, auch seine Nase war nicht mehr purpurrot. Und es atmete! Drehte sich auf den Rücken.

»Verstehst du jetzt?« flüsterte Maud. »Ich muß ihn doch beschützen, er ist so klein, so hilflos.«

»Dein Sohn?«

Sie nickte, versuchte zu lächeln. Erbarmungswürdig hilflos, verzweifelt, Tränen liefen über ihre Wangen, ich mußte sie in den Arm nehmen und ihren Kopf, ihren Rükken streicheln. Sie drückte sich an mich, ihre Hände umklammerten meine Schultern. Sie weinte sich aus, während ich in den Babykorb starrte, auf das friedlich schlafende Kasperle. Ein Baby mit dem Gesicht eines Sechsjährigen und der Nase eines Erwachsenen. Ein Monster? Vielleicht sogar ohne Beine? Ein von skrupellosen Wissenschaftlern künstlich gezeugter Däumling? Kasperle gähnte im Schlaf, schmatzte unruhig.

»Komm, wir wollen ihn nicht wecken.« Ich zog sie zur Tür. Wir setzten uns in den Schatten des Waldrandes.

»Ich schwöre es«, sagte ich, »ich werde nichts tun, was euch schaden kann, aber jetzt muß ich unbedingt auch noch den Rest der Geschichte erfahren.«

Sie sah mich an. »Darf ich dich einmal küssen?«

Es blieb nicht bei dem ersten scheuen Jungmädchenkuß. Vor zwei Minuten noch hatte ich in Maud nichts anderes gesehen als eine Frau mit einem Geheimnis, das ich unbedingt ergründen mußte, jetzt schien nichts selbstverständlicher, als daß wir uns liebten. Dann lagen wir still nebeneinander, Maud atmete schwer.

»Ich hatte es längst vergessen«, flüsterte sie. »Nicht einmal mehr geträumt habe ich davon. Und nun bin ich eine alte Frau.«

Ich protestierte. Als ich mich aufsetzte, zog sie den Sari über ihren Bauch. Die Brüste bedeckte sie nicht. Wunderschöne volle Brüste. Dazu eine makellose Haut – welch Gegensatz zu ihrem Gesicht. Ich sagte ihr, daß ich schon lange nicht mehr so schöne Brüste, eine so glatte Haut gestreichelt hätte, und sie lächelte glücklich.

»Vielleicht haben das die vielen Schwangerschaften bewirkt«, meinte sie. »Und dabei habe ich nur einmal mit einem Mann geschlafen. Drei Wochen lang, damals . . .« Sie weinte wieder.

An diesem Abend, in dieser Nacht, vertraute sie sich mir rückhaltlos an. Nicht weil wir miteinander geschlafen hatten: Weil ich seit Jahren der erste war, mit dem sie sich unterhielt, offen sprechen konnte, der zweite Mensch überhaupt. Ich ließ Traunstein und Weißenbacher sausen; was war radioaktiver Schnee auf der Zugspitze gegen diese unglaubliche, ungeheure Geschichte. Ich ließ Maud sprechen. Und schweigen. Drängte nicht. Stellte nur Fragen, wenn sie den Faden verlor. Ich wußte, jetzt würde ich alles von ihr erfahren. Aber viele Fragen konnte sie nicht beantworten.

Was aus den Kindern wurde, zum Beispiel. Wurden sie bald nach der Geburt umgebracht, fristeten sie noch eine Weile ihr Leben im Institutsbereich? Maud hatte all die Jahre kein Kind zu Gesicht bekommen − sobald die Preßwehen einsetzten, wurden die Geburten unter Narkose fortgesetzt −, hatte sich damals auch nie Gedanken darüber gemacht!

Sie hatte keine Ahnung, was aus den Frauen geworden war, die während ihrer Zeit aus dem »Sanatorium« ausschieden, sie wußte so wenig von ihnen, daß es unmöglich gewesen wäre, auch nur eine wiederzufinden. Lebten sie überhaupt noch? Wenn, dann sicher ohne sich zu erinnern, daß man sie als Gebärmaschinen mißbraucht hatte.

Anfangs vermutete ich, daß man die Frauen unter irgendwelche Pharmadrogen gesetzt hatte, doch Maud sagte, sie hätten nicht einmal Bier oder Wein trinken oder rauchen dürfen, Medikamente habe es nur im äußersten Notfall gegeben, gesund leben sei das oberste Gebot gewesen. Das leuchtete mir ein. Drogen hätten möglicherweise die Forschungsergebnisse beeinträchtigt. Die Plazenta ist durchlässig, das sieht man an den vielen süchtig geborenen Kindern von Drogenabhängigen. Tamara, die Ärztin, die Maud half, hatte ihr erklärt, man habe sie unter einer Art Hypnose gehalten.

Ich habe eine Reihe von Experten befragt, natürlich ohne zu verraten, warum ich mich dafür interessierte, alle erklärten übereinstimmend, es sei möglich, geeignete Menschen auch über lange Zeit hypnotisch zu konditionieren, ihnen einerseits Tabus und Zwänge aufzuerlegen und sie andererseits sogar in die abwegigsten Glücksgefühle zu versetzen, ihnen einen erfundenen Lebenslauf zu suggerieren. Hypnose würde erklären, warum Maud sich nur glücklich fühlte, wenn sie schwanger war, warum ihr naheliegende

Gedanken gar nicht erst in den Sinn kamen, warum sie Angst hatte, das Gelände zu verlassen... Und warum diese Leute nicht befürchteten, daß die Frauen den Skandal publik machen könnten, sie sogar entlassen durften, beispielsweise mit der Vita, sie hätten die ganze Zeit in einer Heilanstalt verbracht.

Die Kanzlei, mit der Maud den Vertrag abschloß, hat existiert, aber als ich mich für sie interessierte, war sie schon seit einiger Zeit aufgelöst. Ohne eine Spur zu hinterlassen. Nicht einmal mehr die Putzfrau konnte ich auftreiben. Auch das Konto in der Schweiz hat es gegeben. Einen Tag nach Mauds Verschwinden wurde es eingerichtet, ein disponibles Konto jener Kanzlei. Ich bin sicher, es sollte nur als Falle dienen. Drei Monate später wurde es wieder aufgelöst. Ich denke, daß man sich entschlossen hatte, nicht länger nach Maud zu suchen. Was hätte sie auch verraten können? Wer hätte ihr geglaubt? Ohne Beweise – von Kasper wußte ja niemand.

War ein Fehler unterlaufen, hatte man Maud schon zu lange konditioniert? Während ihrer letzten Schwangerschaft ließ der hypnotische Druck nach, im achten Monat, sie begann, sich für das wachsende Kind zu interessieren, schmiedete Pläne für die Zeit nach der Geburt, stellte der Ärztin Fragen, die sie nicht einmal denken durfte...

Ich kann nur vermuten, warum Tamara – bleiben wir bei diesem Namen – sich so verhielt. Warum sie keine Meldung über das »abweichende Verhalten« ihrer Patientin machte. Tamara wußte zu diesem Zeitpunkt schon, daß sie unheilbar an Krebs erkrankt war. Ich vermute, daß der ständige Gedanke an den unbarmherzig näher rückenden Tod sie dazu brachte, über das nachzudenken, was sie dort tat, jahrelang getan hatte; vielleicht wurde sie schon lange von Gewissensbissen gequält und sah nun, da sie ohnehin aus dem Institut ausschied, eine Chance, wenigstens einmal etwas gutzumachen. Soviel ist sicher: Sie löste Maud völlig aus der Konditionierung, isolierte sie unter einem

Vorwand, half ihr, mit der neuen Situation fertig zu werden, tauschte dann das Neugeborene gegen einen anderen Fötus aus, fälschte die Unterlagen, täuschte eine Nullschwangerschaft vor und schmuggelte die beiden aus dem Institutsgelände. Offensichtlich hat niemand Tamara verdächtigt, etwas mit Mauds Verschwinden zu tun zu haben, niemand suchte sie auf; nach ein paar Wochen befreite Tamara die beiden aus ihrem Versteck auf dem Dachboden. Fast drei Jahre haben Maud und Kasper bei ihr gelebt, bis kurz vor Tamaras Freitod.

Tamara war es auch, die die Idee mit dem Kasperletheater hatte. Die beiden mußten ja ohne Hilfe leben können, und Kasper, das war längst klar, würde nie wachsen, ihm fehlten zwei Wachstumsfaktoren der Gruppe IGF, Hormone, die noch nicht synthetisch gewonnen werden konnten.

»Wir haben immer wieder überlegt«, sagte Maud, »die Idee mit dem Kasperle schien uns die einzig mögliche. Und es hat ja auch geklappt. Schon über ein Jahr. Ich bin sicher, niemand sucht mich mehr.«

»Aber jeden Tag kann jemand über das Kasperle stolpern. So wie ich. Zuerst dachte ich nur, du wärst eine besonders begabte Bauchrednerin.«

»Die Nummer ist gut, nicht wahr?«

»Perfekt. Eure witzigen Dialoge, Kasperles schlagfertige Antworten.«

»Alles einstudiert. Er ist nicht sehr intelligent, weißt du. Er kann zwar sprechen, aber er hat Schwierigkeiten, selbständig zu formulieren. Auswendiglernen ist kein Problem für ihn, er kann alle meine Lieblingsgedichte.«

»Aber dann«, sagte ich, »als er jonglierte . . .«

»Ja, ich hätte es ihm nicht erlauben dürfen. Aber er hat so sehr gebettelt, er ist so stolz darauf, ich konnte einfach nicht mehr widerstehen.« Sie seufzte. »Ich werde ihm beibringen müssen, daß er es nicht mehr darf, dann kann nichts passieren. Ich habe eine Lizenz – Tamara hat sie mir beschafft. Auch unverdächtige Papiere, den Wohnwagen – sie hat uns hierhergebracht.«

»Weil Kasper nur deutsch spricht?«

»Das auch. Vor allem aber ist es weit weg von dort.«

Maud konnte nicht verraten, wo das Institut lag. Sie konnte mir kaum einen Hinweis geben, obwohl ich sie nach allen Regeln meiner Kunst ausfragte. Dem Klima nach irgendwo in der Nähe des Mittelmeeres. Seit nahezu alle Programme via Satellit übertragen werden, ist Fernsehen kein Kriterium mehr, Zeitschriften und Bücher konnte sie nach Belieben bestellen, ihre Fernstudien hatte sie sowohl an französischen wie deutschen Hochschulen betrieben, die Ärzte sprachen deutsch oder französisch mit ihr, ebenso das Personal, aber Maud glaubte, daß sich die Kellner und Hilfskräfte, soweit sie nicht aus Asien stammten, untereinander auf spanisch oder portugiesisch verständigten. Oder sizilianisch?

Wir sprachen bis tief in die Nacht, nur einmal wurden wir unterbrochen, aus dem Wohnwagen rief es: »Mama, Mama!«

Maud holte den Kasper, sie trug ihn die vier Stufen hinunter, dann setzte sie ihn auf die Wiese. Er hatte Beine, wenn sie auch babyhaft kurz waren, er tollte auf eine drollige Weise durch das hohe Gras, spielte mit einem mechanischen Hund, einer Puppe, mit Bällen und Reifen, stellte sich an einen Strauch und pinkelte ungeniert, pflückte Maud einen Blumenstrauß, legte ihn aber ein Stück vor uns ins Gras.

»Er ist scheu«, erklärte Maud. »Kasper ist es ja nicht gewohnt, andere als mich in der Nähe zu haben.« Sie rief ihn. »Guck mal, Kasper, was Onkel Herb dir mitgebracht hat.«

Kasper stürzte sich auf das Essen.

»Er ist ein großes Leckermaul«, sagte Maud, und ich bereute, daß ich keine Schokolade gekauft hatte, kein Obst. Kasper wurde schnell müde; es war noch keine halbe

Stunde vergangen, da verlangte er, wieder ins Bett gebracht zu werden.

»Ich weiß nicht einmal, ob er mein leiblicher Sohn ist«, sagte Maud, als sie wiederkam. »Wahrscheinlich war es das Ei einer anderen, mir ist das egal, ich habe ihn geboren. Und ich wollte ihn behalten. Wenigstens eines von vierzig oder fünfzig Kindern. Ein Däumling, ja, aber kein Monster, nicht wahr?« Sie blickte mich ängstlich an.

»Nein«, versicherte ich, »ein Junge zum Liebhaben.«

Das war nicht gelogen. Ich hatte tatsächlich diese winzige, unschuldige, bedauernswerte, mißbrauchte Kreatur in mein Herz geschlossen. –

Vor drei Tagen ist Kasper gestorben, ich weiß nicht, woran. Gestern Maud. Still und friedlich. Es war, als verlösche ihr Leben, nun, da sie ihre Aufgabe erfüllt hatte. Ich habe beide in dem kleinen Park des Grundstücks begraben, das ich ihretwegen gekauft hatte, ein Grundstück, in das kein Fremder Einblick nehmen konnte, knapp eine Autostunde von den Studios entfernt. Das ist der wahre Grund, warum ich keine Beiträge mehr für FOKUS machte, mich mit der Rolle des Redaktionsleiters und Moderators zufriedengab. Ich mußte doch immer dasein für Maud, die letzte und, wie ich glaube, größte Liebe meines Lebens.

Jetzt bin ich frei, dieser vielleicht letzten, aber sicher größten Story meines Lebens nachzugehen.

Maud, so hatte ich gesagt, konnte mir keinen Hinweis darauf geben, wo die Monsterfabrik lag. Aber da waren die Bäume und Blumen, Vögel und Insekten, der Wechsel der Jahreszeiten, die Geschwindigkeit, mit der die Dämmerung hereinbrach ... Dutzende von winzigen Spuren für einen geduldigen Reporter. Ich zeichnete die Gebiete, die in Frage kamen, auf einer Karte ein, und als sich eines Tages ein junger Mann bei mir bewarb, der um jeden Preis für FOKUS arbeiten wollte, schickte ich ihn los. Ich setzte ihn keiner Gefahr aus, ich wollte nur Landschaftsaufnahmen; eines Tages war es dann soweit: Maud erkannte eindeutig die Landschaft, die sie Tag für Tag aus den Fenstern ihres Appartements erblickt hatte, jene vier nicht allzuhohen Berge, die ihr immer wie zwei große M erschienen waren.

Morgen früh mache ich mich auf den Weg. Deshalb habe ich heute diese Geschichte auf Video gesprochen. Ich werde das Band, meine Recherchen und die Aufnahmen vom Kasperle bei einem unverdächtigen Menschen hinterlegen.

Wenn Sie also dieses Video und nicht einen der sensationellsten FOKUS-Beiträge aller Zeiten zu Gesicht bekommen, dann wissen Sie, Herb Kienzle ist tot. Ich vermute, »verunglückt«.

Ich hoffe, ich kann wenigstens den Grundstein dafür legen, daß es dieses und ähnliche »Institute« nicht mehr länger gibt.

Der Heiligenschein

Jerome Berthelot senkte die Augen, um dann blitzschnell wieder hochzuschauen, in die Augen der anderen; alle starrten ihn an, die meisten wendeten nicht einmal den Blick ab, wenn er sie ansah. Tiefes Wohlbehagen rieselte Berthelots Rücken hinab, kroch zwischen Hose und Haut bis an die Schenkel, ein Gefühl wie damals, Jerome erinnerte sich in diesem Augenblick nur zu gerne daran, als Tante Odile ihre Hand auf sein Hosenbein gelegt und überrascht gerufen hatte: Oh, Monsieur werden ein Mann!

Berthelot senkte wieder den Blick auf die Zeitung, die Buchstaben tanzten vor den Augen. Er konnte seiner Verwirrung und dieser köstlichen Süße des Stolzes noch immer nicht Herr werden, wollte er es? Er wollte diesen Augenblick genießen, viel zu schnell gewöhnt sich der Mensch an das Gute. Er wußte auch ohne aufzusehen, daß alle ihn unverwandt anstarrten, er war der einzige Würdenträger hier, nicht nur in diesem Waggon, in der ganzen Metro. Morgen früh würde auch vor seinem Haus eine Limousine warten, der Chauffeur diensteifrig die Mütze vom Kopf ziehen und die Tür für ihn aufreißen ...

Er hätte sich zu gerne so sitzen gesehen, doch er hatte beim Einsteigen, verwirrt durch das respektvolle Zurückweichen der Gaffenden, nicht auf diesen Aspekt seiner wohl letzten Metrofahrt geachtet, die gegenüberliegende Scheibe war mit einem Plakat zugeklebt, das für die Trabrennen in Longchamp warb. O ja, er würde am Samstag im Bois de Boulogne dabeisein. Und am Sonntag bei der Regatta, und nicht länger mehr mußte er mit einem Stehplatz vorliebnehmen.

Zu dumm, daß er sich nicht betrachten konnte: den

Kopf ein wenig, würdevoll, gesenkt, und über seinem Schädel der leuchtende Heiligenschein. Ob der Schein sich auf seiner Kopfhaut spiegelte? Jetzt fand er es nicht mehr lästig, daß er bereits eine Glatze hatte, im Gegenteil, und den Haarkranz würde er auch noch rasieren. Und einen neuen Anzug kaufen, und und und – Berthelot seufzte, nicht sorgenvoll, sondern genüßlich, als er an all die Dinge dachte, die sich jetzt ändern würden.

Er stieg eine Station zu früh aus, schlenderte gemächlich den Boulevard hinunter und genoß die erstaunten, bewundernden Blicke der Entgegenkommenden. Er beschloß, auch künftig hin und wieder zu Fuß zu gehen. Ein Bad in der Menge nehmen, wie es bei Tussot hieß. Es tat gut, zu den Auserwählten zu zählen, unbeschreibbar gut. Er freute sich diebisch auf das Gesicht seiner Frau. Marie-Antoinette lag ihm seit Jahren in den Ohren, maulte, keifte zuweilen sogar, daß er es nie zu etwas bringen würde. Ein Name wie eine Königin, so klagte sie, und ein Leben wie eine Bettlerin. Was natürlich unsagbar übertrieben war; die Frau eines Oberreferendars lebte nicht wie eine Bettlerin; wahrscheinlich hatte M-A, wie er sie für sich nannte, oder, wenn er besonders wütend auf sie war, M-A-Q, das Q von Querelen, nicht einmal eine dumpfe Ahnung, wie eine Bettlerin lebte.

Auch eine neue Wohnung würden sie jetzt beziehen, in einem der vornehmeren Quartiere, sicher bekam er bald ein Gartengrundstück vor den Toren der Stadt zugeteilt, noch nicht in einem der für die Öffentlichkeit nicht zugänglichen Gelände am See- oder Flußufer, schließlich hatte er nur den HS-7 verliehen bekommen, aber – Berthelot schmunzelte vergnügt, einmal auf der Liste, immer auf der Liste. Das hatte sein Chef ihm vorhin bei der kleinen Feier vertraulich zugeflüstert, und Eminenz Thibault mußte es wissen, er besaß schon den HS-6. Berthelot pfiff vor sich hin, während er die Tür zu seiner Wohnung aufschloß. Von nun an führte sein Weg unaufhaltsam aufwärts: Eminenz, Verdiente Eminenz, Sehr Verdiente Eminenz, Euer Liebden ...

Er senkte den Kopf, hängte den Mantel, ohne hinzusehen, an die Flurgarderobe, stellte sich vor dem Spiegel in Positur, drückte das Kreuz durch und zog den Bauch ein, dann erst hob er den Blick und betrachtete zum ersten Mal ruhig und bewußt, wenn auch mit Herzklopfen, sein Spiegelbild. Der Heiligenschein schwebte etwa zehn Zentimeter über seinem Kopf. Er verbreitete ein beruhigendes, zartes, fahlblaues Licht, das sich ein wenig auf Berthelots Platte spiegelte. Wahrlich, ein feierlicher, ein würdevoller Anblick. Berthelot senkte den Kopf nach links, dann nach rechts, riß ihn unversehens hoch, der HS machte jede Bewegung augenblicklich mit. Wie sie das nur machten? Die Funktionsweise der HS war eines der bestgehüteten Geheimnisse. Klar, dachte er, sonst könnte ja jeder ihn fälschen.

Zur Feier des Tages gönnte er sich ein großes Glas Napoleon und eine Havanna. Von nun an, dachte er, würde er sich nicht nur an Sonn- und Feiertagen derartige Genüsse leisten können. Er schaltete den Fernseher an. M-A sollte ihn erst auf den zweiten Blick sehen, ihr erster Blick sollte wie immer auf den Bildschirm fallen, und daß gerade eine ihrer Lieblingssendungen, die Stunde des Hobbygärtners, begann, war ihm nur recht. Er hörte M-A die Tür aufschließen, gleich würde sie hereinkommen.

M-A stürzte keuchend ins Zimmer, würdigte ihn keines Blickes, murmelte nur »nabend«, ließ sich in ihren Sessel fallen und sah zu, wie man einen Palmenkern anfeilen mußte, damit er mit großer Wahrscheinlichkeit keimte, vorausgesetzt, man legte ihn in warmer Milch ein ... Berthelot störte sie nicht. Er hatte zutiefst verinnerlicht, daß er seine Gattin nie bei einer ihrer Lieblingssendungen stören durfte, und es gab, weiß Gott, viele davon; ihr gemeinsames Leben bestand nun, da die Kinder aus dem Haus waren, vor allem darin, vor dem Fernseher zu hocken. Berthelot mußte nicht hinsehen, er durfte die Zeitung oder ein Buch lesen oder am Schreibtisch sitzen und arbeiten, aber er mußte in ihrer Nähe sein.

Er schloß die Augen, um nicht länger auf M-A's frisch gefärbten und ondulierten Hinterkopf blicken zu müssen, und rief sich Jaquelines erfreulichen Anblick ins Gedächtnis. Jaqueline würde Augen machen! Er hatte es sich buchstäblich im letzten Augenblick verkniffen, es ihr mitzuteilen, hatte schon ihre Stimme vernommen, aber schnell aufgelegt – er würde sie mit dem Anblick überraschen, wenn er sie Samstag besuchte. Jeden Samstag. Berthelot stahl sich die Zeit unter dem Vorwand eines Sonderseminars auserwählter, leitender Mitarbeiter, diskret ausgesucht, wie er M-A vertraulich mitteilte, und an einem diskreten Ort, den nicht einmal die Gatten erfahren durften. Oh, Jaqueline . . .

»Gott sei Dank«, sagte in diesen Gedanken hinein M-A, »ich hatte schon Angst, ich würde die Sendung nicht schaffen, der Friseur, weißt du . . .« Die Worte blieben ihr im Hals stecken, ihr Mund stand sperrangelweit offen.

»Jerome!« schrie sie und stürzte auf ihn zu. Berthelot erhob sich, damit M-A sich nicht auf seinen Schoß setzen sollte, er empfing sie lieber mit weit geöffneten Armen und drückte sie halbherzig an die Brust; sie weinte vor Rührung, er spürte es an dem naß und nasser werdenden Hemd.

»Und du, meine Liebe«, sagte er, »hast nicht mehr daran geglaubt.«

Er selbst ja auch kaum noch, seit jenem verhängnisvollen Tag, und davon wußte nicht einmal Jaqueline, an dem er öffentlich seine Meinung kundgetan hatte, nicht widersprochen, natürlich nicht, schon gar nicht polemisiert, aber nicht Beifall geklatscht, als Montarde gesprochen hatte, weder gelacht noch gebuht, wenn der Text es erheischte, nein, nur still dagesessen, nicht mehr. Aber auch nicht weniger! Er war stolz auf sich gewesen. Montarde sollte wissen, daß er nicht einfach darüber hinwegging, wenn man ihn einen unfähigen Lakaien schimpfte. Wenige Minuten später, als er merkte, wie die anderen wortlos an ihm vorübergingen, gar den Blick abwandten, erschrak er, er wähnte sich schon für alle Zeiten in UNGNADE. Aber er befand sich im Zustand der GNADE – der HS bewies es aller Welt! –, obwohl er nicht vor Montarde zu Kreuz gekrochen war. Oder gerade deshalb? War am Ende Montarde in UNGNADE gefallen? Er mußte sich gleich morgen erkundigen.

Berthelot war mehr als einverstanden, daß das trügerische System der Paragraphen und sogenannten Rechte abgelöst worden war durch das so wohltuende, weil so einfache, so verständliche System von G und UN-G, war es schon bei der Einführung gewesen, war sozusagen fast ein Vorkämpfer des G/UN-G-Systems, kurz genannt Gungsys. Wer hatte denn vor den Gerichten Recht bekommen? Letztendlich die Reichen. Wer sich die besten, also teuersten Anwälte leisten konnte, wer es bezahlen konnte, alle Instanzen zu durchlaufen; zum Teufel mit Advokaten und Paragraphen, jetzt herrschte endlich Egalité für jedermann, denn die GNADE konnte sich jeder verdienen, ja, auch erdienen. Er, Berthelot, der unscheinbare, treue, immer dienstbereite, war ein Beweis dafür. Und es waren nicht so sehr die mit dem HS verbundenen Annehmlichkeiten, die sein Herz wärmten, Wohnung und Gartengrundstück, der Einkauf in den HS-Läden, Karten zu jeder Veranstaltung, ein Platz auf der Tribüne und – last not least, wie die Engländer sagten, die tatsächlich und gerade wegen des angelsächsischen Rechts, das nicht einmal geschriebene Gesetze gekannt hatte, das Gungsys schon früher eingeführt hatten – das Recht, jederzeit und überall das Wort ergreifen zu dürfen, nein, es war vor allem das Gefühl der Anerkennung.

Nichts war selbstverständlicher, als daß die Berthelots an diesem Abend im GANYMED schlemmten und, versteht sich, Champagner tranken; als sie zu Bett gingen, stellte Berthelot verwundert fest, daß er Lust verspürte, mit seiner Gattin zu schlafen, sich zwischen ihre zuerst vor Verwunderung steifen, dann aber bereitwillig gespreizten Schenkel zu legen; da jedoch brach M-A in einen Lachkrampf aus, der ihn in den Tiefen seiner Seele traf, schlimmer noch, der den eben noch so angriffsfreudigen gallischen Hahn schlagartig den Kopf hängen ließ. M-A lachte, gluckste, kicherte, wimmerte ohne aufzuhören, schließlich stieß sie atemlos hervor: »Nein, wie du aussiehst! Kannst du das Ding nicht ablegen?«

Nicht einmal abschalten. Nur die Kategorien eins und zwei, auch das hatte er von Eminenz Thibault erfahren, ließen sich abschalten. Aber wozu auch? Was gab es zu lachen über einen HS? Jaqueline würde nicht lachen. Berthelot zog sich verbittert in sein Bett zurück, da half kein Betteln von M-A, die sich diese überraschende Gelegenheit nicht entgehen lassen wollte, sogar anbot, sich ausnahmsweise auf den Bauch zu legen – wozu denn noch.

Am nächsten Morgen wartete eine schwarze Limousine vor der Tür, doch der Chauffeur sprang nicht eilfertig heraus, riß nicht den Schlag für ihn auf, tippte nur kurz an die Mütze, als Berthelot einstieg und frohgemut einen »Guten Morgen« wünschte, dafür hatte er mehrmals ungeduldig gehupt; es regnete, und Berthelot hatte sich nicht entscheiden können, was er aufsetzen sollte. Der HS, so fand er, sah in jedem Fall unmöglich aus, ganz gleich, ob er nun über der Schirmmütze oder der Baskenmütze oder dem Filzhut schwebte – vielleicht über einer Melone? Er würde mit anderen Eminenzen in Erfahrungsaustausch treten, und nun würde keiner ihn mehr herablassend behandeln – auch ein Schirm war offensichtlich nicht günstig, die Metallstreben schienen das ideale Kreisrund zu verformen.

In dem Wagen saßen schon drei andere, Berthelot mußte sich hinten auf die Bank quetschen. Er kannte keinen von ihnen, doch sie begrüßten ihn mit »Herzlich willkommen im Kreis der Scheinheiligen«. Berthelot erschrak über diese frivole Bemerkung, aber schließlich war er der Neuling, was wußte er, vielleicht war so etwas üblich im Kreis der Eminenzen, vielleicht mußte man den HS sogar ein wenig nivellieren, um die schwere Bürde der GNADE überhaupt zu ertragen. Er versprach nur, künftig auf die Sekunde pünktlich zu sein, wie es seine Art sei.

An seiner Tür prangte bereits ein neues Schild, nunmehr silber auf blauem Grund und mit »Eminenz« vor seinem Namen. Die Kollegen behandelten ihn mit ausgesuchter Höflichkeit, sogar mit Ehrfurcht, das Mittagessen nahm Berthelot in der Kantine der Eminenzen ein, er stellte befriedigt fest, daß es nicht nur, wie vermutet, Vorsuppe und Nachspeise gab, sondern drei Gänge: Fisch, Geflügel, Fleisch, und er überlegte, was für erlesene Genüsse die Kantine der Heiligen bereithalten mochte, kurzum, er war rundum zufrieden.

M-A weniger. Der Einkauf im HS-Magazin sei ein einziger Frust gewesen, jammerte sie; angesichts der ungewohnten Fülle des Angebots all der Dinge, die so begehrenswert in den Regalen lauerten und von denen sie sich auch jetzt nur einen Bruchteil leisten konnten, sei sie sich nur noch ärmer vorgekommen als früher. Berthelot erinnerte sich eines Märchens, das seine Deutschlehrerin einmal vorgelesen hatte: Vom Fischer und seiner Frau. Nein, dachte er, M-A ist keine Frau für eine Eminenz. An diesem Abend verweigerte er ihr, zum ersten Mal seit Jahren, seine Anwesenheit vor dem Fernseher, zog sich unter dem Vorwand, er müsse eine wichtige Sache bedenken, die seiner neuen Würde entsprach, in die Küche zurück und dachte bei einem Bier an die Freuden des Samstags.

Auch über den Garten, den sie am Freitag· besichtigen durften, maulte M-A, er schien ihr viel zu klein, vor allem der Pavillon; wie sollte er die ganze Familie fassen, wenn es einmal regnete. »Das ist doch klar, mein Lieber, daß wir

nun die Wochenenden im Kreis all unserer Lieben verbringen, keine Widerrede!«

Dabei hatte er nicht einmal den Mund verzogen, obwohl
allein der Gedanke, Sonntag für Sonntag ihre und seine
Sippe sehen zu müssen, ihm den Magen umdrehte. Dann
zerbrach M-A noch seinen geheimen Traum, hin und wieder einen Abend mit Jaqueline hier zu verbringen, indem
sie kategorisch entschied, daß Louis, ihr Ältester, vorerst
hier einziehen würde, bis sein Vater – verächtlicher Seitenblick – ihm endlich eine eigene Wohnung besorgte.
Was sollte ihm nun noch der Garten?

Und dann lachte Jaqueline doch! Nicht, als Berthelot in
der Tür stand, da warf sie sich ihm an den Hals, wie sie es
erst einmal getan hatte – damals, als es ihm gelungen war,
eine Karte für das Queatles-Konzert aufzutreiben –, aber
als sie endlich im Bett lagen, bekam sie, auch sie, einen
Lachkrampf. Gewiß, sie gab sich große Mühe, den gallischen Hahn noch zum Krähen zu bringen, doch es war
mehr ein Krächzen.

Überhaupt, die Affaire mit Jaqueline wurde mit einem
Mal zum Problem. Nicht wegen Jaqueline, die war nur zu
gerne bereit, sich mit einem HS-Träger zu zeigen, doch wie
konnte er das? Bisher hatte niemand auf ihn geachtet, alle
Blicke galten ihr, und Berthelot war stolz auf die begehrli-
chen Blicke gewesen, die andere Männer seiner Geliebten
zuwarfen. Sie glich ja auch eher einem der strahlenden
Showstars als einer Flurreinigerin, die selbst diese Qualifikation wahrscheinlich nur auf Grund ihrer Schönheit erreicht hatte. Nun konnte Berthelot sogar Karten für die
Nightshow im Moulin Rouge bekommen, von der Jaqueline immer geträumt hatte, doch er war der einzige HS-Träger in dem Etablissement, und sein Heiligenschein leuchtete unanständig hell im abgedunkelten Zuschauerraum,
Jaqueline protestierte laut, als er sie schließlich hinauszog.

Nicht anders erging es ihm in dem italienischen Restaurant, das sie immer besuchten. Berthelot nahm den Wirt

zur Seite, erklärte ihm sein Problem. Der Wirt lächelte verständnisvoll, verriet, daß er für solche Gäste Séparées mit Eingang von der Seitenstraße hatte, doch Jaqueline wollte nicht heimlich in ein Restaurant gehen. Dann, so maulte sie, könnten sie ja gleich zu Hause bleiben – was Berthelot nur zu recht gewesen wäre. Ja, dachte er traurig, eine Frau wie Jaqueline will nicht nur sehen, sie will auch gesehen werden. Doch Heiligenschein und Geliebte vertrugen sich nun einmal nicht, zumindest nicht öffentlich. Ob Eminenzen sich scheiden lassen durften? Aber Jaqueline war keine Frau für eine Eminenz. Höchstens, wenn sie sich taubstumm stellte. Allein ihr Lachen, das ihm zwar gefiel, aber wohl doch ein wenig ordinär war . . .

Auch mit dem Privileg der freien Rede hatte es einen Haken. Im Rat der Heiligen, das machte man Berthelot vor der ersten Sitzung unmißverständlich klar, durften nur die Träger des HS-1 und HS-2 unaufgefordert das Wort ergreifen, seine Rolle blieb die eines Claqueurs. Berthelot störte es nicht, er spürte, welche Befriedigung ihn erfüllte, in diesem Rund klatschen zu dürfen, er war überglücklich, als er sich zum ersten Mal zu frenetischem Beifall erhob. Und Montarde war tatsächlich in UNGNADE gefallen, ein Renegat, der das Gungsys in Frage stellte; Berthelot hob begeistert die Hand für seine Verdammung. Schwieriger war es im Amt; selbst bei Nichtigkeiten, bei denen er sonst schon einmal bedenklich den Kopf schütteln oder die Unterlippe verächtlich herausstülpen konnte, mußte er jetzt zustimmen, durfte nicht einmal mehr regungslos verharren, keine Meinung bekunden, denn alle orientierten sich verständlicherweise nach den Eminenzen.

Nein, das Leben eines Heiligenscheinträgers hatte er sich, weiß Gott, anders vorgestellt, vergnüglicher, unbesorgter, heiterer. In der GNADE zu stehen, das merkte er von Tag zu Tag mehr, war weniger von Rechten als von Pflichten bestimmt.

Am nächsten Samstag blieb Jaquelines Tür geschlossen.

Berthelot klingelte immer wieder, wummerte schließlich mit der Faust gegen die Tür, daß die Nachbarin den Kopf herausstreckte und sagte, er solle sich schämen, gerade er!

Jaqueline saß in einem Café auf dem Boulevard, Berthelot wollte zuerst seinen Augen nicht trauen, aber das war eindeutig sie, die da diesen Knilch mit verliebten Augen anhimmelte. Am Ende war er schon lange ein Hahnrei gewesen?

Was tun mit dem so unfreiwillig gewonnenen Samstag? Undenkbar, die kostbare Zeit mit M-A-Q zu vergeuden – er nannte sie jetzt nur noch so, sie war auf eine Art unzufrieden und zänkisch geworden, die selbst einen noch Friedfertigeren zur Verzweiflung gebracht hätte –, nein, er würde einen ruhigen Samstag verbringen, wie er es vor seiner Heirat getan hatte, ein Gläschen im Bistro, ein kleiner Schwatz, eine Partie Billard ... Als er jedoch vor seinem Pernot stand, kehrten alle ihm den Rücken zu, niemand wollte sich in ein Gespräch ziehen lassen, niemand Billard mit ihm spielen. Ja, er war nicht mehr einer der ihren.

Im Park trafen ihn mißtrauische Blicke; und obwohl sonst alle Bänke besetzt waren, setzte sich nur einmal eine alte Dame zu ihm, und die trug die Blindenarmbinde. Auch als er den Anglern an der Seine zusehen wollte – nicht mehr, als still zusehen! –, traktierte jeder ihn mit Mißtrauen und packte nach einer mehr oder weniger langen Schamfrist seine Angel ein.

Wild entschlossen, sich den Samstag nicht verderben zu lassen, kaufte Berthelot drei Literflaschen Rotwein und ging zu den Brücken. Die Clochards nahmen den Wein, doch auf ein Gespräch ließen auch sie sich nicht ein, rissen nur ein paar säuische Witze, die Berthelot übrigens allesamt kannte; als die Flaschen leer waren, zogen die Clochards davon. Berthelot holte sich neuen Wein und hockte dann allein unter einer der Brücken, warf Kiesel ins Wasser, bis er auf die Seite fiel und schnarchte.

Es wurde bereits dunkel, als er aufwachte. Er schlich

sich nach Hause, versteckte sich, wenn jemand entgegenkam; er hatte nicht nur die Hose, sondern auch Jackett und Hemd mit Rotwein bekleckert. Nur gut, daß zu dieser Stunde die miteinander wetteifernden Familienprogramme der sechs Dutzend Fernsehsender die Straßen leergefegt hatten. Er wollte sich noch einen Augenblick in den Park setzen und nachdenken, wie er M-A-Q seinen desolaten Zustand erklären konnte, da erblickte Berthelot in einer schummerigen Ecke hinter dem Springbrunnen einen hellen Schein, und als er näher heranging, erkannte er, daß es ein Heiligenschein war.

Lag es daran, daß sein Blick noch immer vom Rotwein getrübt war, Berthelot erkannte den anderen erst, als er schon der einladenden Handbewegung Folge geleistet hatte und neben ihm auf der Bank saß. Montarde!

»Sie? Hier? Und . . .?« Berthelot zeigte auf den Heiligenschein.

»Ja, warum nicht?« erwiderte Montarde. »Was verwundert Sie so?«

»Ich denke«, stammelte Berthelot, »ich denke, Sie sind in UN-G? Ich war doch selbst dabei, als der Rat Sie verdammte.«

»So, waren Sie?« Montarde sah ihn belustigt an. »Ich hoffe für Sie, Sie haben nicht für mich gestimmt.«

»Natürlich nicht!« Berthelot stand auf. Das fehlte noch, daß ihn jemand neben diesem Renegaten sah.

»Warum gehen Sie denn?« sagte Montarde. Lag tatsächlich etwas wie Flehen in Montardes sonst so hochmütigem Tonfall?

»Das fragen Sie noch? Ich verstehe nur nicht . . .«

»Daß ich den HS behalten habe?« Montarde lachte, es war ein recht gequältes Lachen. »Wissen Sie eine bessere Methode, jemanden zu isolieren, unschäd . . .«

Berthelot hielt sich die Ohren zu und rannte los.

Der Rowdy

Ausdruck des Tonprotokolls 1B/2023/4/17/1ma/Pa/f –
62.77.01.00.01
Untersuchungsführer: M-Leutnant Friedel Zernicke.

U.: Berlin, den 17. April 2023. Vorgeführt wurde Herbert
Pachnicke, 91 Jahre alt, Rentner. Die Beschuldigung lau-
tet: mehrfache, vorsätzliche, schwere Sachbeschädigung
und mehrfache, leichte Körperverletzung, begangen am
heutigen Tag im Palasthotel; der Sachschaden ist beträcht-
lich, die Verletzten konnten nach ambulanter Versorgung
entlassen werden. Anzeige erstatteten: die Verletzten, der
Objektleiter des Palasthotels, der Vorsitzende des zuständigen Komitees für Ordnung und Sicherheit. Der Beschul-
digte wurde am Tatort unmittelbar nach Begehen der Tat
von einer Streife der Miliz festgenommen, er leistete keinen Widerstand.
U.: Bürger Pachnicke, bekennen Sie sich schuldig oder
unschuldig?
B.: Schuldig.
U.: Was können Sie zu Ihrer Entlastung anführen? Sind
Sie psychisch krank? Befinden Sie sich deshalb in ärztli-
cher Betreuung? Haben Sie ein Attest wegen ständiger
oder zeitweiser verminderter Zurechnungsfähigkeit?
B.: Nein, ich bin geistig völlig gesund. Ich war erst vorige
Woche zur Routineuntersuchung.
U.: Standen Sie zur Tatzeit unter dem Einfluß von Dro-
gen oder Medikamenten?
B.: Ich war weder besoffen noch sonstwie benebelt.
U.: Wollen Sie sagen, daß Sie die Tat bei klarem Be-
wußtsein ausgeführt haben?

B.: Ja, ich habe mich selten so wohl gefühlt wie heute.

U.: Dann erklären Sie mir bitte, wie es zu diesem skandalösen Vorfall kommen konnte. Sie sind schließlich ein alter Mann . . .

B.: Einundneunzig.

U.: Bereuen Sie Ihre Tat? Ich denke, wenn Sie Reue zeigen, findet sich bestimmt ein Weg, den Vorfall zu bagatellisieren, irgendwelche mildernden Umstände . . .

B.: Nein, ich bereue es nicht, ganz im Gegenteil, und ich verwahre mich dagegen, daß dieser Vorfall vertuscht werden soll. Notfalls werde ich mich an die Massenmedien wenden.

U.: Nun verstehe ich gar nichts mehr. Erklären Sie.

B.: Ach, das ist eine lange Geschichte.

U.: Wir haben alle Zeit, die notwendig ist.

B.: Wo soll ich da nur beginnen?

U.: Am besten mit dem Anfang.

B.: Der liegt sehr weit zurück. Die Sache begann vor, lassen Sie mich nachrechnen, vor achtundsiebzig Jahren.

U.: Wollen Sie ernsthaft behaupten, Ihr Randalieren und Ihre Tätlichkeiten gegen junge Leute, die ausnahmslos erst in diesem Jahrhundert geboren wurden, hätten ihre Ursache im vorigen Jahrtausend?

B.: Ich gebe zu, es mag merkwürdig klingen, aber so ist es.

U.: Gut, fangen Sie dort an, wo Sie glauben, daß es begonnen hat.

B.: Das war fünfundvierzig, kurz nach dem sogenannten zweiten Weltkrieg – wissen Sie etwas über diese Zeit?

U.: Was ich in der Schule gelernt habe.

B.: Also so gut wie nichts. Dann muß ich wohl etwas in die Details gehen, fürchte ich. Ich war damals dreizehn. Ich lebte in Papenberg, einer Kleinstadt im Bezirk Rostock, das heißt, damals hieß es noch Land Mecklenburg. In dieser Zeit, da anderswo kaum die Schulen wieder geöffnet wurden, bekam Papenberg eine Oberschule. Wiedemann, unser Bürgermeister, sorgte dafür, er kam direkt aus dem Zuchthaus zu uns, ein Politischer, wenn Sie wissen, was das war.

U.: Ich weiß, was Sie meinen. Erzählen Sie ruhig, ich unterbreche schon, wenn ich etwas nicht verstehe.

B.: Bis Kriegsende gab es nur ein paar Oberschüler in Papenberg, die fuhren mit der Kleinbahn nach Stralsund. Die Flüchtlingstrecks aus den verlorenen Ostgebieten, aus Schlesien, Ostpreußen und Pommern, hatten nun die Zahl der Oberschüler und Gymnasiasten in und um Papenberg auf ein paar Dutzend verstärkt, das Gymnasium in Stralsund war noch geschlossen, außerdem die Bahn abgerissen, und Wiedemann war mit klaren Vorstellungen nach Papenberg gekommen, die er nach und nach durchzusetzen begann, eine davon: daß die Jungen und Mädchen vom Land nicht dümmer sein mußten als die Stadtkinder, so hamsterte er Lehrer.

U.: Er hamsterte Lehrer?

B.: Unsere Deutschlehrerin hatte der Ortspolizist mit drei Pfund Butter und einem halben Rucksack voll Mehl erwischt, die sie bei den Bauern gegen Schmuck eingetauscht hatte, so was nannte man damals hamstern. Wiedemann bot ihr im Tausch für Strafe und Zwangsarbeit bei der Kartoffelernte eine Lehrerstelle an. Unseren Mathelehrer, einen Professor aus Königsberg, gewann er durch eine Stube mit Kochnische, und den Cosinus, einen Physikstudenten, den die Nazis im dritten Studienjahr an die Ostfront und kurz vor dem Ende wegen Wehrkraftzersetzung ins Gefängnis geworfen hatten, fing er mit einer Aufenthaltsgenehmigung und dem Versprechen auf einen Studienplatz ein, sobald die Universität in Greifswald oder Rostock wieder eröffnet würde. – Ich bin sehr weitschweifig, was?

U.: Erzählen Sie nur. Ich habe ohnehin nichts anderes zu tun, und es interessiert mich, sehr sogar. Wir wissen viel zu wenig über diese Zeit.

B.: Cosinus – wie er richtig hieß, ist mir längst entfallen – unterrichtete uns in Physik, Chemie und in Gottlosigkeit. Er hielt Vorträge über die Erkennbarkeit der Welt, erklärte uns, daß die Religion an allem Unglück schuld und Opium für das Volk sei, und er hatte große Mühe, uns zu erklären, was denn Opium war. Als sich die Eltern über seinen gottlosen Unterricht beschwerten, gründete er mit Wiedemanns Hilfe einen Bildungszirkel.

U.: Ich verstehe, außerhalb des Unterrichts, nicht wahr?

B.: Ja. Wir trafen uns nun abends, ein knappes Dutzend zuerst, bald aber reichte das größte Klassenzimmer kaum noch, und wir zwängten uns zu dritt in die engen Bänke und lauschten mit angehaltenem Atem seinen lästerlichen Reden. Cosinus verkündete ja auch Unerhörtes. Er degradierte die Kreuzritter zu Ahnherren der SS, entthronte Luther, ließ ihm wohl die Bibelübersetzung und sein Verdienst um die deutsche Sprache, dafür kreidete er ihm sein Pamphlet wider die aufrührerischen Bauern an und den verdammten deutschen Kadavergehorsam aller Generationen nach ihm. Unser vormaliger Liebling, der Alte Fritz, schrumpfte bei Cosinus zu Friedrich Zwei, Bismarck, dessen Landgut wir im Krieg mal auf einer Klassenfahrt besichtigt hatten, verlor seinen Glorienschein, von Hindenburg und Ludendorff gar nicht erst zu reden.

U.: Bismarck ist mir ein Begriff, aber Hindenburg und Luden...?

B.: Ludendorff. Zwei Generale aus dem ersten Weltkrieg, Feldmarschälle, die ...

U.: Danke, das reicht mir.

B.: Manchmal kam Wiedemann und erzählte uns von Marx und Engels, den »Heroen« des Marxismus, den vier »leuchtenden Sternen am Himmel der Arbeiterbewegung«, Marx, Engels, Lenin, Stalin ...

U.: Stalin als Heros des Marxismus? Ach ja, damals lebte er ja noch.

B.: Und wie er lebte. Er war nicht nur »allwissend« und »allmächtig«, er war auch allgegenwärtig.

U.: Das verstehe ich nicht.

B.: Ich auch nicht mehr. Aber damals schien es uns nicht einmal komisch, wenn man ihn in jedes Präsidium wählte, sogar bei uns in Papenberg.

U.: Wie denn das?

B.: Nun, da war dann ein leerer Stuhl, auf dem er symbolisch saß. Sein heiliger Geist weilte sozusagen unter uns. Er war unser Gott. Von seinen Verbrechen hatten wir nicht einmal eine Ahnung. Als wir davon erfuhren . . .

U.: Ist das wichtig in diesem Zusammenhang?

B.: Ich glaube nicht. Nein.

U.: Wir waren bei dem Bildungszirkel, bei Wiedemann, als ich Sie unterbrach.

B.: Er erzählte uns von Internationale, Sozialistengesetz und Revolution – das hatten wir am liebsten, denn da landete er unweigerlich bei dem Matrosenaufstand in Kiel, den er mitgemacht hatte, und der Besetzung des Berliner Marstalls –, entschuldigen Sie, ich verliere mich in meinen Erinnerungen. Ich bin halt ein alter Mann.

U.: Ach, das ist schon ganz interessant, ich weiß nur nicht, was dieser Bildungszirkel mit Ihrem Rowdytum zu tun haben soll.

U.: Eine ganze Menge. Dieser Zirkel und die Außerirdischen. Damals fing das an. Eines Abends holte der Cosinus uns die Sterne vom Himmel. Er gliederte sie in Sternbilder, dann in Milchstraßen und gab uns eine erste Ahnung von der Unendlichkeit. Wie winzig und unbedeutend der Mensch auf seiner Erde war und wie groß zugleich, da er doch mit seinem Gehirn die ganze Welt erfassen konnte. Von Raumfahrt und Sternenschiffen erzählte er, und daß es gar nicht mehr so lange dauern könne, höchstens noch ein- oder zweihundert Jahre, ja, vielleicht würden wir selbst es noch erleben. Sehen Sie, an diesen Abend kann ich mich erinnern, als sei es erst gestern gewesen. Der Himmel hatte die Durchsichtigkeit der letzten Nacht vor dem Schnee. Kennen Sie das?

U.: Ja. Zauberhaft solch eine Nacht!

B.: Bestimmt war es der ungewöhnlich offene Himmel, der den Cosinus verleitet hatte, uns so unvorbereitet, so unvermittelt aus unserer Ahnungslosigkeit zu reißen, uns mit einem Ruck von Papenberg ins All zu schleudern. Direkt über dem Dreierberg stand der Große Wagen, und der kleine Reiter, den man heute kaum noch im Hochgebirge mit bloßem Auge ausmachen kann, hier in der Stadt schon gar nicht, thronte blinkend über dem zweiten Deichselstern. Ich stand mit Heiner, meinem besten Freund, noch lange an der Postecke. Wir teilten uns seine letzte Zigarette, rauchten umschichtig in bedächtigen Altmännerzügen und sahen in den Himmel, bis uns der Nacken steif und im Kopf trieselig wurde. Die Milchstraße war also eine flache Scheibe aus vielen Milliarden Sternen, von denen wir nur wenige sahen. Und von den anderen Pünktchen waren einige selbst wieder Milchstraßen. Milliarden sollte es davon geben. Wieviel ist hundert Milliarden mal hundert Milliarden? Und nirgendwo ein Platz für den lieben Gott. Das war das Aufregendste, verstehen Sie?

U.: Ja, wenn Sie vorher gläubig gewesen waren ...

B.: Und wie! Ich stamme aus einer erzprotestantischen Familie. Daß die Wolken nicht der Himmel waren, in dem der liebe Gott und seine Engel sich tummelten, wußte ich längst, aber an diesem Abend verloren wir uns in die neue Unendlichkeit, in der man Träume aussäen konnte, die viel erregender waren als alle Bibel- und Märtyrergeschichten, als alle Indianerbücher und Heldensagen. Wir reisten zu den entferntesten Galaxien – die Lichtgeschwindigkeit war uns noch keine Grenze, die nahmen wir erst später durch. Auf einem Stern, der direkt über dem Kirchturm stand, begegneten wir unheimlichen Wesen, die hatten den Mund auf dem Bauch und die Augen in den Händen, wir fuhren zu den Feuerriesen und den achtbeinigen Zwergen, kreuz und quer durch das All, bis wir auch den letzten Krümel Machorka in meiner Pfeife verqualmt hatten.

U.: Machorka?

U.: Gehäckselte Tabakstiele. Eigentlich nur die dicken Rippen der Tabakblätter ...

U.: Ach so.

B.: Heiner trampelte von einem Bein auf das andere, denn seine Holzschuhe hatten bannige Risse in den Sohlen, durch die kroch die Kälte. Auch ich fror jämmerlich in meiner dreifarbigen Strickjacke. Ach, Schiet, sagte ich, wi waren dat doch nich miehr erleben. Kiek di an, Sternfahrer – entschuldigen Sie, verstehen Sie plattdeutsch?

U.: Nein.

B.: Guck dich doch an, Sternfahrer, sagte ich, mit deinen Holzpantinen kommst du nicht mal bis Nienhagen. Heiner spuckte aus. Und du auch nicht mit deinen Oderkähnen. Da hatte er recht, die waren drei Nummern zu groß und drückten trotzdem. Haben Sie mal Holzschuhe angehabt? Aber daß wir nicht in Papenberg versauern würden, das war an diesem Abend beschlossene Sache. Hast du noch an Gott geglaubt? fragte Heiner. Nein, sagte ich, schon lange nicht mehr. Und wir sollten zum Pastor gehen und ihm sagen, daß er nicht mehr mit unserer Konfirmation rechnen solle. Warum? fragte Heiner. Man muß ehrlich sein, erklärte ich. Zu dem auch? Hatte der Pastor nicht jahrelang die, wie Heiners Vater es nannte, hakengekreuzigte Fahne aus dem Fenster gehängt und war dann der erste gewesen, der in Papenberg das entnazifizierte Tuch heraushängte? Nur der weniger ausgeblichene Kreis verriet ihn. Judas hädd flaggt, sagte Heiners Vater.

U.: Das habe ich verstanden.

B.: Na, wir klingelten nicht beim Pastor, auch nicht am nächsten Tag, zur Konfirmation brauchten wir auch nicht zu ihm zu gehen, da war er schon mit Sack und Pack und seinen vier Töchtern nach dem Westen abgehauen, weil jetzt, wie er meiner Großmutter zum Abschied sagte – sie zitierte ihn noch jahrelang als fachmännischen Zeugen –, weil jetzt schreckliche, gottlose Zeiten anbrachen. Die Konfirmation hielt der alte Pastor Sommer aus Finnow, sogar Cosinus, der uns doch nachgewiesen hatte, daß nirgends ein Eckchen für den lieben Gott frei war, grüßte ihn öffentlich, denn Pastor Sommer hatte bei den Nazis im Gefängnis gesessen, und das war ein Grund mehr, mich nicht vor der Konfirmation drücken zu können, ganz abgesehen von dem Terror bei mir zu Hause. Darf ich noch eine rauchen?

U.: Wenn es unbedingt sein muß.

B.: Danke. So habe ich dann als Ungläubiger das heilige Abendmahl genommen, und da ich mir schäbig vorkam, sang ich wenigstens nicht mit. Dann doch. Wissen Sie, es ist nicht einfach für einen Vierzehnjährigen, allein und von Gott verlassen unter lauter Singenden zu hocken und gegen die Musik eines Johann Sebastian Bach anzuschweigen. Aber das war schon ein halbes Jahr später. An diesem Abend kam ich mir unheimlich verloren vor, zumal als Heiner sich verabschiedet hatte. Was bleibt von einem Menschen, wenn man an ihn das Maß der Unendlichkeit legt? Wenn unser Planet unterginge, so hatte Cosinus gesagt, selbst wenn er mit einem einzigen Feuerschlag explodierte, nicht einmal ein paar Sterne weiter würde man es merken, so klein sei die Erde, außerdem läge unsere Sonne fast im äußersten Winkel der Milchstraße, eine Art kosmischer Kuhbläke. Als ob einer in Moskau sehen konnte, wenn am Dreierberg eine Scheune abbrannte. Ich rannte nach Hause, und unter dem Deckbett betete ich: HERR, vergib mir. Hatte nicht auch Christus dem Petrus verziehen? Ach, wie oft ich noch in Versuchung kam, mich wieder mit Gott einzulassen! Es ist leichter, mit den Göttern zu leben als mit der Erkenntnis. Und wer tauscht schon gerne vom Nabel des Universums, dem Gott erwählten Zentrum der Welten, auf eine Kuhbläke am Rande einer von vielen Milliarden Galaxien? Wer möchte nicht glauben, daß unsere Erde, ja, daß er selbst das Wichtigste in dieser Welt sei?

U.: Das ist ein Problem, aber . . .

B.: Ich bin gleich bei heute. Nur eine Sache noch, ja?

U.: Wenn es zum Verständnis beiträgt.

B.: Unbedingt. Sehen Sie, es hat lange gedauert, bis ich wieder in die Sterne gucken konnte und mehr erblickte als nur meine eigene Winzigkeit, und noch heute überfällt mich dann nicht nur unheimliche Faszination, sondern auch Hilflosigkeit. Ich denke, ich habe mich deshalb so viel mit der Weltraumfahrt beschäftigt, um damit fertigzuwerden. Muß man sich nicht gegen den Gedanken von der Bedeutungslosigkeit des einzelnen auflehnen, gegen diese zerstörerische Versuchung?

U.: Zerstörerische Versuchung, sagten Sie?

B.: Ja, das sagte ich, aber nicht im Hinblick auf heute nachmittag. Wenn unser Planet, wenn die Menschheit in diesem Universum ein Nichts ist, was hat dann noch Sinn und Wert? Ist dann Moral nicht geradezu lächerlich? Darf man dann nicht tun und lassen, was man will? Hat dann nicht der recht, der die Menschen verachtet und mit ihnen spielt wie mit Bleisoldaten? Solange man an einen Gott glaubt, besitzt man immer einen festen Punkt. Einen Halt. Trost in jeder Situation und Antwort auf jede Frage. Bedenken Sie, daß ich damals in kurzer Zeit die beiden Fixpunkte meines jungen Lebens verloren hatte: Hitler und Gott. Und damit auch den dritten Halt, meine Familie – sie hatte mich doch sowohl auf Gott wie auf Hitler eingeschworen, woran sollte ich nun noch glauben, woran mich halten? Sie wollten nicht mal meine Fragen hören, ich war wie ein Fremder zu Hause. Nicht nur mir ging das so – vielleicht waren wir deshalb so leicht bereit, diesen Stalin zu vergöttern?

U.: Ein interessanter Gedanke.

B.: Aber er gehört nicht hierher. Ich wollte über etwas anderes sprechen. Wenige Jahre später, 1950, ging ich nach

Berlin. Eines Tages, ich erinnere mich, als wäre es gestern gewesen, hörte ich einen Vortrag über Raumfahrt. Im Haus der sowjetischen Kultur. Zum ersten Mal erfuhr ich etwas Genaueres über Raketen, hörte von Schubkraft und kosmischen Geschwindigkeiten, von ersten Plänen für Raumstationen, einem Observatorium auf dem Mond ... Ich hätte weinen können, so knurrte mir der Magen, ich hatte nur ein paar Schrippen mit Blutwurst gegessen, die Lebensmittelkarten waren fast alle, mein Geld auch – Sie wissen nicht, was Hunger ist, nicht wahr?

U.: Nein.

B.: Während der Referent die dritte kosmische Geschwindigkeit an der Tafel berechnete, rechnete ich nach, ob ich mir ein Stammgericht leisten könnte – das war so eine dünne Suppe, die es ohne Lebensmittelmarken gab, aber da mußte man vor zehn Uhr in der Gaststätte sein; ich blieb sitzen, und als ich dann in meinem möblierten Zimmer versuchte, meinen Magen mit warmem Wasser zu betrügen, war ich sicher: Ich würde es erleben. Und als ich dann später über Gagarin schrieb ...

U.: Sie waren, verzeihen Sie, Sie sind Schriftsteller?

B.: Nein, Journalist. Ich schrieb wissenschaftliche Beiträge für eine Wochenzeitschrift.

U.: Sie haben eine wissenschaftliche Ausbildung?

B.: Nein. Überhaupt keine.

U.: Wie war es dann möglich ...

B.: Damals war alles möglich. Überall fehlten Kader. Man mußte sich noch nicht als Kind entscheiden, was man sein Leben lang tun wollte. Ich konnte schreiben, und ich interessierte mich für wissenschaftliche Themen – in den ersten Jahren war ich Reporter, reiste umher, aber dann wurde das Weltall mein Arbeitsgebiet.

U.: Gab es nicht mehr genügend Probleme auf der Erde?

B.: Zu viele! Vor allem für einen Journalisten und ...

U.: Warum reden Sie nicht weiter?

B.: Das gehört nicht zur Sache.

U.: Ich würde es trotzdem gerne hören.

B.: Nun ja, ich bin alt genug, um mir nichts mehr vorzumachen. Die Beschäftigung mit der Weltraumfahrt war auch eine Flucht. Journalismus war nicht immer ein Vergnügen. Zu viele Tabus, zu viele Themen, die nicht angepackt werden durften, vor allem keine Probleme, keine Widersprüche; Schönfärberei – andere flüchteten in die Auslandsberichterstattung oder ganz aus dem Beruf. Oder in den Alkohol. Ich eben ins All. Zufrieden?

U.: Warum dieser aggressive Ton, Herr Pachnicke? Ich versuche nur, Sie zu verstehen. Und ich glaube, ich habe verstanden, warum Sie so auf das All fixiert sind. Aber was können die jungen Leute im Hotelcafé dafür, daß Sie vor einem halben Jahrhundert in das Weltall flüchteten?

B.: Es war nicht nur eine Flucht. Der Mensch braucht große Ziele, etwas, das über den Alltag, über ihn selbst hinausweist, davon laß ich nicht ab. Das All ist solch ein Ziel, Sie hätten die Nacht erleben sollen, in der die Amerikaner auf dem Mond landeten . . .

U.: Sie wollten über Ihren Gagarin-Beitrag erzählen.

B.: Stimmt. Mein Text über Juri Gagarin wurde derart überschwenglich, daß der Chefredakteur ihn mir zurückgab. Er halte dafür, auch bei Himmelfahrten mit einem Bein auf der Erde zu bleiben, bis zum ersten Rendezvous mit den Außerirdischen sei doch wohl noch ein wenig Zeit. Und dann mußte ich mir anhören, daß die Lichtgeschwindigkeit dem Menschen Grenzen böte, wenn schon nicht meiner Phantasie, so doch dem, was er noch für druckreif halten könne. Wir, so sagte er, wir werden es bestimmt nicht mehr erleben. Ich doch, erklärte ich. Ich bot ihm sogar eine Wette an. Ich glaube, ich war verbissen wie ein Jesuit, dem gerade die Jungfrau Maria erschienen ist. Wir haben an diesem Abend noch lange in der Redaktion gesessen, es war eine Nacht wie am 17. Juni oder am 13. August – aber das sagt Ihnen wohl nichts?

U.: Doch, warten Sie . . .

B.: Nicht wichtig in diesem Zusammenhang. Wir wußten alle, wir erlebten eine Stunde von historischem Rang. Wir debattierten bis in den Morgen, tranken am Ende sogar noch den Repräsentationsschnaps. Irgend jemand holte ihn, und der Chef akzeptierte es stillschweigend. Unsere Ideen nicht. Er hielt nicht viel davon, über sein Leben hinaus zu denken, es tat ihm weh. Er war knapp dreißig und schon ein Wrack. Ich muß allerdings zugeben, daß unsere Phantasien immer ausschweifender wurden. Die utopischsten Geschichten schienen plötzlich in den Bereich des Möglichen gerückt. Wir entwarfen Serien von Beiträgen über das soeben angebrochene neue Zeitalter. Wir stießen in die Jahrtausende vor, ließen uns aber auch weit in die Geschichte zurückfallen und erhoben die Hypothesen von früheren Besuchen der Außerirdischen, die damals gerade im Schwange waren, in den Rang von Beweisen – kennen Sie die umstrittenen Bibelstellen vom Untergang Sodom und Gomorrhas und von dem zur Salzsäule erstarrten Weib Lots?

U.: Nein. Aber die Theorie, daß die Felsterrasse bei Baalbek ein vorgeschichtlicher Raketenstartplatz der Außerirdischen gewesen sein soll.

B.: Und eines Tages, so sagten wir – warum, zum Teufel, nicht jetzt? –, würden die Außerirdischen wiederkommen, um nachzusehen, was aus den behaarten Tieren geworden war, die damals gerade anfingen, Stöcke als Werkzeuge zu gebrauchen. Und wenn wir es nicht erleben, schrie ich, dann unsere Nachkommen. Vielleicht, sagte der Chef. Wenn wir nicht vorher die Erde mit den Atombomben in die Luft sprengen. Unsere Nachbarn im All, einmal angenommen, es gibt sie wirklich, würden es nicht einmal merken. Ich lachte.

U.: Sie lachten?

B.: Mir fiel ein, was der Cosinus gesagt hatte: als könne einer in Moskau sehen, wenn am Dreierberg eine Scheune brennt. Klar, der Chef sah mich genauso verständnislos an wie Sie eben. Ich meine das ernst, sagte er. Befürchtest du nie, daß es Menschen gibt, die dazu in der Lage wären? Ich habe nicht Angst um mich, du weißt, ich werde nicht mehr lange leben, aber all die anderen! Und daß damit eine vielleicht einmalige Entwicklung der Materie unwiederbringlich vernichtet würde, sagte er. Ich protestierte natürlich. Nicht gegen seine Angst; die Gefahr für unseren Planeten brannte uns damals im Nacken. Wir seien gewiß keine zufällige, einmalige Konstellation der Natur, behauptete ich, schon gar nicht eine abnorme Entwicklung der Materie, wie es damals ein Philosoph verkündete.

U.: Koestler, nicht wahr?

B.: Weiß ich nicht mehr. Selbst wenn das Entsetzliche wirklich würde, sagte ich, mit uns verschwindet nicht alles Leben im Kosmos; Millionen, wenn nicht gar Milliarden von Welten sind von Leben erfüllt, und eines Tages werden wir Beweise erhalten, Signale, die nur von intelligenten Wesen stammen können. Mach dir keine Ersatzreligion daraus, sagte der Chef, es gibt keinen zwingenden Grund, nur eine statistische Chance, daß noch anderswo denkende Wesen existieren; wir müssen so handeln, als seien wir die einzigen, das ist die Verantwortung unserer Generation. Nicht nur für das Leben nach uns. Auch das Leben und Leiden, Hoffen und Kämpfen aller Menschen vor uns wäre sinnlos gewesen.

U.: Stimmt. Daran denkt man gemeinhin nicht.

B.: An diesem Punkt einigten wir uns wieder. Ja, sagte ich, was wäre sinnloser als das Verlöschen unseres Planeten, bevor die anderen auch nur Notiz von unserer Existenz nehmen konnten. Der Chef lachte. Aber den Absatz über die Außerirdischen streichst du trotzdem, sagte er. Was sollte ich tun? Er hatte mich in der Zange zwischen meiner Disziplin und seiner Autorität als Leiter. Mann, war ich wütend. Als hätte ich zum ersten Mal darauf verzichten müssen, einen Gedanken auszusprechen, als wäre das nicht unser Grundproblem gewesen: Was darf man aussprechen?

U.: Konnten Sie Ihren Artikel nicht zurückziehen?

B.: Dazu war es zu spät. Die Ausgabe mußte in Druck gehen. Ich habe den Absatz gestrichen, doch die Hoffnung auf die Begegnung habe ich nie aufgegeben; allen Berechnungen mit der Lichtgeschwindigkeit und der Wahrscheinlichkeit zum Trotz. Warum, sagte ich mir, soll dieser Gedanke utopischer sein als die seinerzeit gewiß nicht weniger verrückten Träume unserer Vorfahren? Sicher hat auch schon einer den phönizischen Sklaven vorgerechnet, daß es immer Hunger und Sklaverei geben wird, bestimmt hat man den Bauern im Mittelalter haarscharf bewiesen, warum es immer Herren und Knechte geben muß; was wissen wir denn von künftigen Entdeckungen, daß wir uns anmaßen dürfen, die Grenzen für Jahrtausende zu ziehen? Der Mensch kann nicht fliegen, sagte man dem Schneider von Ulm. Hat Kolumbus sich aufhalten lassen, hat Ziolkowski resigniert? Resignation ist die Philosophie der Gescheiterten. Wie sollte die Menschheit auf Dauer mit dem Gedanken leben, daß sie für immer und ewig in die engen Grenzen unseres Sonnensystems eingeschlossen ist?

U.: Nun, die nächsten Fixsterne könnten wir eines Tages erreichen.

B.: Was ist das schon! Wir dürfen uns doch nicht selbst die Perspektive kastrieren, nur weil wir noch nicht erkennen, wie unsere Träume eines Tages zu verwirklichen sein werden! Wenn immer alle so gedacht hätten, würden wir heute noch auf den Bäumen hocken. Der Mensch ist Mensch geworden, weil er das Bestehende verändern will. Wenn er an beengende Grenzen stößt, muß er sie überwinden, oder er zerbricht. Sollen wir ewig am Fenster sitzen und hinausstarren? – Kann ich ein Glas Wasser haben?

U.: Bitte schön.

B.: Verzeihen Sie, ich bin ziemlich weit abgetrieben.

U.: Nein, ich denke, das war schon wichtig. Trotzdem, wir müssen zur Sache kommen.

B.: Sehen Sie, ich bin jetzt einundneunzig. Fast achtzig Jahre habe ich gewartet, habe jede Entdeckung begierig verfolgt – erinnern Sie sich noch an die Quasare? Immer wieder Hoffnung und jedesmal die Enttäuschung. Und dann, heute, diese Nachricht! Gewiß, es ist keine Begegnung, nicht einmal ein Kontakt, aber doch ein Beweis: Es gibt intelligentes Leben im All! Und die jungen Leute im Café? Wie oft habe ich mir diesen Augenblick ausgemalt. Alle Welt würde in einen Freudentaumel ausbrechen, dachte ich immer, sich umarmen, beglückwünschen: nicht mehr allein. Ich sprang auf und jubelte, als die Nachricht übertragen wurde, dann sah ich: ich war allein. Die anderen starrten mich an wie einen Verrückten. Sie saßen da, als sei nichts geschehen, tranken ihren Kaffee, stopften Kuchen in sich hinein, rauchten, schwatzten, am Nebentisch unterhielten sie sich, wo sie das Geld für Jeans im Shop herbekommen könnten – wie finden Sie das?

U.: Meine Ansicht steht hier nicht zur Debatte. Es geht um Sie und Ihr Benehmen im Palasthotel, das ich auch jetzt nicht anders als rowdyhaft bezeichnen kann. Ehrlich gesagt, ich verstehe noch nicht . . .

B.: Ich trat an den Nebentisch. Habt ihr es nicht gehört? fragte ich. Doch, sagten sie, aber was ändert das für uns? Alles, rief ich, alles! Sie sahen mich belustigt an. Ach, Opa, sagte einer, nu mach dir mal nicht gleich vor Rührung in die Hose. Dir kann es doch egal sein, du kratzt sowieso bald ab. Wohl zuviel getrunken, was? meinte ein anderer. Willste noch 'n Bier, Opa? Ich drehte mich um. Und ihr? schrie ich in den Raum. Sie sahen mich an, mitleidig, stumm, teilnahmslos. Das kann doch nicht wahr sein, dachte ich. Vielleicht ist die Nachricht zu groß für sie, hat sie erschlagen? Man muß sie aufwecken, damit sie zu sich kommen, es fassen. Ich nahm einen Stuhl und zerschlug eine Scheibe. Denken Sie, jetzt reagierten die? Hört doch, schrie ich, wir sind nicht länger allein im All! Sie glotzten mich an, grinsten, kicherten. Was ist nur mit ihnen los, dachte ich verzweifelt. Dann packte mich die Wut, und ich schlug die zweite Scheibe ein, dann die dritte, oder waren es vier? Das ist alles.

U.: Das ist nicht wenig, Herr Pachnicke. Vier riesige Fensterscheiben, dazu aus Spezialglas – haben Sie eine Vorstellung davon, was solche Scheiben kosten?

B.: Ich habe genug Geld.

U.: Und die Vergeudung, die sinnlose Zerstörung von gesellschaftlichem Eigentum?

B.: Sinnlos? Nein. Die Medien werden darüber berichten. Und warum ich es tat. Das wird alle aufrütteln. Zum Nachdenken zwingen. Ich finde, das ist vier Fensterscheiben wert.

U.: Und die Körperverletzungen?

B.: Weil man mich mit Gewalt fortschleppen wollte. Ins Irrenhaus, wie sie sagten. Als ich von allen Seiten zugleich bedrängt wurde, habe ich einfach um mich geschlagen, verstehen Sie das nicht?

U.: Ich denke, ich verstehe Sie jetzt ganz gut, Herr Pachnicke, aber ich kann Ihr Verhalten natürlich nicht billigen und schon gar nicht verteidigen.

B.: Das werde ich schon selbst tun. Wie ist das, komme ich in Untersuchungshaft bis zum Prozeß?

U.: Jeder Arzt würde Sie für haftunfähig erklären. Ich glaube auch nicht, daß es überhaupt zu einem Prozeß kommt. Sie werden natürlich den Schaden ersetzen müssen und wohl mit einer öffentlichen Mißbilligung wegen Rowdytums davonkommen.

B.: Öffentliche Mißbilligung ist auch nicht schlecht.

U.: Sagen Sie, ist Ihnen das nicht peinlich, in Ihrem Alter?

B.: Ach, wissen Sie, ich bin ziemlich glücklich, daß ich das noch fertiggebracht habe.

Olymp – Hauptbahnhof

»Los, wach schon auf!«

Earl trommelte mit den Fingerspitzen auf dem gläsernen Panzer, in dem sich die flirrenden Lichter der Skalen spiegelten. Er wußte, daß nichts den Prozeß der Reanimation beschleunigen konnte; es war die Furcht, die ihn jedesmal ergriff, daß die Apparatur versagen, daß Alice nicht aus dem Tiefschlaf erwachen könnte.

Da, an der Innenseite ihrer Oberschenkel die ersten Anzeichen von Gänsehaut, die Brustwarzen versteiften sich, zartes Rot schoß in die Lippen. Erleichtert stieß er die Luft aus, ging in die Kombüse, um Kaffee zu kochen. Das Orange der Sterne auf dem Außenmonitor zeigte an, daß das Raumschiff noch immer bremste. Earl legte einen Kristall auf; der helle, gestochene Klang von Barocktrompeten erfüllte die Räume. Alice liebte Händel.

Sie trat ein, als hätten sie sich vor wenigen Stunden erst getrennt, lächelte, begrüßte ihn mit einem Kuß auf die Stirn, setzte sich, gähnte den dampfenden Kaffee an, rieb sich die Wangen. »Lange geschlafen?«

»Nein. Sieben Jahre und achtzehn Tage.«

Sie nahm vorsichtig einen Schluck, sah Earl nachdenklich an. »Warum hat Napoleon uns geweckt?«

»Hör es dir selbst an. Ich hoffe nur, daß er dieses Mal wirklich . . .«

Earl schaltete den Computer in die Kombüse. Napoleon hielt sich nicht mit Vorreden auf, er sprudelte Daten herunter, interpretierte, zog Schlüsse, erläuterte Varianten, seine immerwache, tiefe Stimme verriet Erregung – verrückte Idee, einem Computer Emotionen zuzubilligen und einen solchen Namen zu geben: Napoleon XIX., aber die

Leute in Chicago hatten schon immer eine eigene Art von Humor besessen –, von ungewöhnlichen Masseproportionen und Tektrallinien sprach er, die die Meßsonden des Raumschiffes im Vorüberfliegen registriert hatten, von Wasserdampf, oxydiertem Kohlenstoff und – Napoleon räusperte sich bedeutungsschwer – von Molekülen fossiler Kohle!

Das schließlich habe ihn veranlaßt, den Flug der TINY 2 abzubremsen und in eine Spirale zu lenken, die sie zurück zu jenem geheimnisvollen Himmelskörper führen würde, eine Art Asteroid, den Daten zufolge geradezu winzig und absolut verloren in diesem Sektor der Milchstraße, in dem es nach allen Theorien höchstens ein paar Moleküle Wasserstoff pro Kubikkilometer Raum geben dürfte.

Alice setzte sich an das Terminal und ließ sich noch einmal die Daten vorspielen. Steigende Unruhe erfaßte sie. Wie viele Jahre hatten sie nun schon im Raum verbracht und nichts gefunden, abgesehen von ein paar unbelebten Systemen und einer Zwergnova, deren Materiestrom in Minutenschnelle eine Akkretionsscheibe bildete und sich auf über sechzigtausend Grad aufheizte, so daß sie Mühe hatten, mit heiler Haut aus dem Gravitationsbereich des Weißen Zwerges zu kommen, und ausgerechnet hier, auf dem Rückweg zur Erde, in dieser verlassensten aller verlassenen Gegenden der Galaxis . . .?

Voller Ungeduld verbrachten sie die nächsten Stunden. Sie löcherten Napoleon immer wieder mit Informationswünschen, so daß er ihnen schließlich vorschlug, ins Bett zu gehen und eines dieser seltsamen Spiele der Menschen zu betreiben.

»Doppelkopf oder Neunundsechzig oder wie ihr dazu sagt. Ich habe ja keine Ahnung, was ihr da treibt, weil ihr immer alle Kanäle blockiert« – der Vorwurf in seiner Stimme war nicht zu überhören –, »aber nach meinen Beobachtungen ist es denkbar geeignet, übermäßige Spannungen bei euch abzubauen.«

»Napoleon, du bist ein Genie!« rief Earl und packte Alice, die tatsächlich rot geworden war, bei der Hand. »Es ist schon eine Ewigkeit her, daß wir . . .«

»Gar nicht«, widersprach Alice, »erst vor dem Schlafengehen!«

»Sagte ich doch: eine Ewigkeit. Sieben Jahre und achtzehn Tage. Los, komm. Wollen wir die Schwerkraft abstellen?«

Der Asteroid lag schon dicht vor der TINY 2, als die beiden wieder auftauchten. Sie sahen ihn erst, als Napoleon sie darauf aufmerksam machte: ein schmaler Schatten vor dem Meer der Sonnen aus allen Tiefen des Alls.

»Wir nähern uns seiner Kante«, erklärte Napoleon. »Es ist eine Scheibe von etwa einem Kilometer Ausdehnung und extrem dünn. Sieht nicht nach einem natürlichen Objekt aus.«

Napoleon dirigierte das äußerst schwierige Manöver, das die Annäherung an einen derartig kleinen Körper immer darstellte, er hatte alle Kanäle voll zu tun, bis die TINY 2 längsseits gegangen war, und er verbat sich energisch die Kritik der beiden Menschen, die ihn beschimpften, er sei auf der falschen Seite gelandet, ob er denn nicht den Lichtschimmer über der anderen Seite wahrgenommen habe!

»Nicht gelandet«, korrigierte Napoleon, »die TINY 2 ist zwar nur ein Schiff der Klasse M, aber ich bin froh, daß wir so dicht herangekommen sind, ohne unser Ziel zu zerbrechen. Das Objekt ist nur wenige Meter dick, und es scheint nur aus lockerem Boden zu bestehen.«

Tatsächlich erblickten die beiden jetzt im Licht der aufflammenden Halogenbomben nichts als eine flache, bröcklig sandige Ebene ohne jede Spur von Gestein, und in der Vergrößerung der Kamera zeigte die Oberfläche die Struktur von krümeligem Humus mit Einlagerungen von Lehm und Mergel.

»Ich gestehe es ungern«, sagte Napoleon, »ich bin verwirrt. Ich hatte ein Objekt aus Metall oder Gestein erwartet. Wie um aller Himmel willen kommt eine Sandscheibe ins All?«

Alice und Earl legten Skaphander an, bevor sie in das Landungsschiff stiegen, doch als sie über die schmale Kante flogen, die wie von einem Riesenmesser abgeschnitten aussah und höchstens drei Meter dick war, meldeten die Meßgeräte das Vorhandensein einer Atmosphäre, die Luft enthielt, sogar vorzügliche Luft, geradezu ideal für die Atmung irdischer Wesen, und hier, auf der Butterseite, wie Alice es nannte, sahen sie auch das Licht: eine Minisonne auf hohem Mast tauchte den größten Teil der Scheibe in Tageshelle, warf ihr Licht auf – ja, auf was?

Alice und Earl saßen Hand in Hand, während sie ganz langsam dicht über dem Boden dahinschwebten, der hier mit einer Art Wiese bewachsen war, einem Teppich aus vielerlei Gräsern und gelben, weißen, blauen, rosa Blumen, die Alice an Butterblumen, Wiesenschaumkraut und Klee erinnerten, dazwischen, handhoch, lange Profilbänder, die, wenn die Anzeigen nicht irreführten, aus einer Art primitivem Stahl bestanden und die sich paarweise durch das Gras zogen, miteinander verschmolzen, wieder auseinanderstrebten, Kurven bildeten, sich kreuzten und alle in einen Komplex von Hallen mündeten, vor dem ein großes Gebäude stand.

»Hallo, hallo, was ist?« fragte Napoleon. »Hört ihr mich nicht? Antwortet!«

Alice gab ihm einen kurzen Bericht. »Es sieht wie eine Raumstation aus«, schloß sie. »Wir landen vor dem Gebäude und sehen es uns mal an.«

»Seid ja vorsichtig«, mahnte Napoleon. »Besser, einer bleibt draußen.«

Sie hörten nicht auf ihn, schließlich war es das erste wirkliche Abenteuer auf dieser Reise. Hand in Hand gingen sie auf das Gebäude aus grauen behauenen Steinen zu, auf eine der breiten Türen, in deren Glas sie sich spiegelten: zwei chromglitzernde Ungeheuer, Adam und Eva aus einer utopischen Welt; sie hatten vorsichtshalber die Skaphander anbehalten, obwohl die ungefügen Apparate sie in der Bewegung einschränkten.

Lautlos glitt die Tür zur Seite, gab den Weg frei in eine große, fast leere Halle, nur links und rechts an den Wänden standen ein paar metallene Kästen, in einer Ecke kleine Karren auf Rädern, überall hingen Schilder und Tafeln voller Schriftzeichen, offensichtlich irdischen Ursprungs, obwohl Alice und Earl nichts damit anzufangen wußten: »Spucken auf den Fußboden verboten!« oder »Aufsicht«, »Zu den Toiletten« . . . das Merkwürdigste aber war die große Wand voller geschlossener, numerierter Fenster, über der in großen schwarzen Lettern stand: OLYMP – Hauptbahnhof.

Sie wollten Napoleon einen Zwischenbericht geben, doch in dem Gebäude war der Empfang so schlecht, daß sie wieder vor die Tür traten. Napoleon bestand darauf, daß sie ihm sofort sämtliche Schriftzeichen übermittelten. Alice und Earl stellten sich in zwei verschiedene Türen und diktierten jeder auf einem anderen Kanal, was sie von den Wänden ablesen konnten. Mochte Napoleon sehen, was er damit anfangen konnte, schließlich war das sein Job: Gepäckaufbewahrung, Wartesaal, Platzkarten, Zu den Bahnsteigen, Rauchen verboten, Fahrkartenautomaten, Prüfe dein Gewicht, Schließfächer, Auskunft . . . Hunderte von Buchstaben- und Zahlenkombinationen; bevor sie sich an die großen Wandtafeln machten, unterbrach Napoleon.

»Die Schilder sind in deutsch abgefaßt, einer der alten Erdsprachen. Es handelt sich ganz offensichtlich um einen Bahnhof der sogenannten Eisenbahn, das war vor Jahrhunderten ein Verkehrssystem auf der Erde. Mit Raumfahrt hat es nichts zu tun, die Eisenbahn war erdgebunden: Wagen auf Schienen, die von Kraftmaschinen, sogenannten Lokomotiven, gezogen wurden. Ich glaube nicht, daß die

Eisenbahn noch existierte, als die Raumfahrt begann, aber meine Datei ist da nicht ausführlich genug. Und fragt mich bitte nicht, wie dieser ›Hauptbahnhof‹ hierherkommt. Vielleicht findet ihr in den anderen Gebäuden eine Antwort.«

Sie gingen durch die Tür, über der »Zu den Bahnsteigen« stand, und blieben verblüfft stehen. Was von außen wie mehrere Hallen ausgesehen hatte, erwies sich jetzt als ein einziger großer Raum, über dem sich ein riesiges Dach aus Stahl und Glas wölbte, voll mit Dutzenden, wenn nicht Hunderten von übermannshohen metallenen Maschinen auf Rädern, das mußten die Lokomotiven sein, von denen Napoleon gesprochen hatte, dazu Wagen mit und ohne Fenster.

Alice und Earl stellten sich Rücken an Rücken, die rechte Hand schußbereit am Rayvolver, die linke mit gespreizten Fingern hoch in die Luft gestreckt, dem intergalaktischen Zeichen von Friedfertigkeit. Alice stellte den Außenlautsprecher auf volle Tonstärke.

»Hallo! Ist hier jemand?«

Keine Reaktion, auch nicht beim zweiten, dritten Ruf, nur ein diffuses Echo. Sie schoben sich Rücken an Rücken an den »Bahnsteigen« vorbei, Earl voran, Alice sicherte, blickten vorsichtig in jeden der Gänge, plötzlich blieb Earl stehen. Alice drehte sich herum.

Am Ende dieses »Bahnsteigs« tauchte zwischen den Metallkolossen eine Gestalt auf, kam zögernd näher. Ein Homoid. Gar ein Mensch?

Er war ungewöhnlich klein, hatte kein Haar auf dem Kopf, und seine Gesichtshaut war nicht goldoliv, sondern verwittert schmutziggrau, dafür voller Falten, aber derartige Gesichter kannten sie aus dem Anthropo-Unterricht; auch solche Kleidungsstücke hatten sie schon gesehen, im Museum: Stiefel mit hohen Absätzen, weiße Hosen mit breiten roten Biesen, eine Jacke mit goldenen Verzierungen und Epauletten.

Er streckte beide Arme hoch in die Luft, zeigte die unbewaffneten Handflächen vor, sein Gesicht verzog sich zu einer Grimasse, die ebenso Freude wie Angst oder Verlegenheit ausdrücken mochte. Ein paar Meter vor ihnen blieb er stehen, kreuzte die Hände über der Brust und verbeugte sich. Alice und Earl erwiderten seine Gesten. Er sagte etwas, das sie nicht verstanden. Sie antworteten auf irdisch, doch er zuckte mit den Schultern, redete wieder in seiner Sprache; Alice war geistesgegenwärtig genug, es aufzuzeichnen. Sie versuchten, sich mit Gesten verständlich zu machen, vergeblich, nur soviel schien sicher: Er war allein hier. Hatte er verstanden, daß sie zurückkommen würden? Er folgte ihnen, ohne den Abstand zu verringern, bis an das Landungsschiff; als sie ihm zuwinkten, winkte er zurück. Er stand da, ohne sich zu rühren, bis sie über die Kante des Asteroiden hinwegglitten.

»Er spricht irdisch«, erklärte Napoleon, »aber eine der alten Sprachen: spanisch. Ich habe eure Interpretomaten entsprechend gespeichert.«

»Und was sagt er?«

»Willkommen auf dem Olymp – ich weiß inzwischen, was das bedeutet: Sitz der Götter, ein Begriff aus der vorgeschichtlichen Mythenwelt. Ihr wißt doch, die Götter . . .«

»Ja«, unterbrach Earl, »wir wissen es. Erspar dir deine Belehrungen. Wir fragen schon, wenn wir etwas wissen wollen.«

»Einen Gott hatte ich mir anders vorgestellt«, meinte Alice. »Was sagt er noch?«

»Daß er von der Erde stammt, und woher ihr kommt. Er hält euch nicht für Menschen.«

»Die Skaphander!« rief Alice.

»Die könnt ihr beim nächsten Besuch ablegen«, versicherte Napoleon. »Ich verstehe zwar nicht, woher diese Scheibe eine Atmosphäre hat, aber die Luftanalysen sind hervorragend. Ich habe eine erste Meldung an die Erde abgesetzt, und ich habe mir erlaubt, die Kapazität der

Sprechgeräte zu erhöhen, ich hoffe, das ist euch recht; ich werde mich nur im Notfall oder auf Verlangen einschalten.«

»Entschuldige«, sagte Earl, »es war nicht so gemeint.«

»Ich weiß schon, wie es gemeint war«, erwiderte Napoleon spitz.

Sie wurden erwartet. Als sie zur Landung ansetzten, öffnete sich eine der Türen, und der Fremde trat vor das Gebäude. Er trug eine rote Schirmmütze und begrüßte sie, indem er eine grünweiße Kelle hochhielt. Dann stand er mit offenem Mund da und sah zu, wie statt der erwarteten chromblitzenden Ungeheuer zwei Menschen ausstiegen; als Alice ihn nun noch in seiner Sprache begrüßte, ging ein breites Lachen über sein Gesicht. »Ihr seid Menschen, ja? Die ersten Menschen seit – in welchem Jahrhundert leben wir eigentlich? Ich habe jeden Zeitbegriff verloren.«

»Im achten«, sagte Alice.

»Im achten? Das kann nicht sein, ich habe doch selbst schon im einundzwanzigsten Jahrhundert gelebt!«

»Du meinst die alte Zeitrechnung. Wir zählen nicht mehr nach Christus. Nach deiner Rechnung ist es das siebenundzwanzigste Jahrhundert.«

»Die Welt scheint nicht mehr zu sein, was sie war.« Er schüttelte traurig den Kopf. »Wenn nicht mal Christus noch etwas gilt – aber kommt rein. Willkommen auf dem Olymp!« Er ging ihnen voran in das Bahnhofsgebäude.

»Ein bedeutungsvoller Name«, sagte Earl.

»Und passend!« Der Fremde kicherte. »Mein Name ist Zeus. Aaron Zeus – der einzige; niemand außer mir durfte Aaron oder Zeus heißen –, und als ich plötzlich im Himmel gelandet war, was lag näher, als meinen kleinen Stern Olymp zu taufen?« Er zeigte auf die Schrift in der Halle. »Hab ich eigenhändig geändert. Früher stand da – Heil – Heidel –?« Er zuckte verlegen mit den Schultern. »Hab ich vergessen. Irgend was Deutsches. Ich habe den Bahnhof in Deutschland gekauft und bei mir zu Haus wieder aufbauen lassen. Kommt mal mit!«

Er führte sie in einen Raum voller Regale und Schränke, vollgestopft mit Dingen, die sie noch nie zuvor gesehen hatten. »Da staunt ihr, was?« Zeus blickte sie derart stolz an, daß Alice und Earl sich nicht getrauten, ihre Ahnungslosigkeit zu offenbaren, sondern anerkennend nickten.

»Ja, die Eisenbahn war schon immer meine Leidenschaft, und als ich dann an die Macht kam, habe ich gesammelt, was ich nur konnte, hier, ein Gepäckkarren vom ›Gare de Lyon‹ in Paris, original neunzehntes Jahrhundert, diese Uhr mit drei Zeigern stammt von der Transsib, das hier« – er zeigte auf ein großes Emailschild: Llanfairpwllgwyngyllgogerychwyrndrobwllllantysiliogogogoch –, »das war der längste Name, den je eine Eisenbahnstation trug, irgendwo in England, und das ist ein Fahrkartenautomat aus Peking. Könnt ihr Chinesisch? Ich wüßte zu gerne . . .« Er sah sie erwartungsvoll an.

»Heute nicht«, sagte Alice. »Vielleicht morgen.«

»Wie bist du hierhergekommen?« fragte Earl.

»Ich weiß es nicht. Eines Morgens wachte ich auf und war im Himmel. Mitsamt meiner Sammlung. Die ganze Klimasphäre . . .«

»Eine Klimasphäre!« Alice und Earl sahen sich an. Von den privaten Lufthüllen, die einst die Reichen und Mächtigen der Erde besaßen, hatten sie im Geschichtsunterricht gehört.

»Natürlich hatte ich über meinem Schloß und meinen Landsitzen Klimasphären«, rief Zeus. »Die größte über meiner Sammlung, schon um sie vor dem sauren Regen zu schützen – sagt mal, ist die Luft auf der Erde noch immer so miserabel?«

»Nein«, sagte Earl. »Und du bist wirklich ganz allein hier?«

»Leider.« Zeus seufzte. »Kein Personal, keine Dienstboten, nicht mal eine Frau . . .« Er sah Alice an. »Du bist doch eine Frau, nicht wahr?«

»Ja, sehe ich nicht so aus?«

»Zu meiner Zeit waren die Frauen nicht so groß.« Er musterte sie. »Aber du gefällst mir: lange Beine, volle Brüste. Ich habe viele Frauen gehabt. Jeden Tag eine andere. Wer die Macht hat, hat auch die Frauen. Sie drängen sich geradezu an die Macht.« Er grinste. »Oder sie wurden gedrängt. Ich hatte einen ganzen Stab, der mich mit frischem Fleisch versorgte.« Er sah Alice lauernd an. Er mußte den Kopf in den Nacken legen, um ihr in die Augen zu blicken; Alice überragte ihn um zwei Kopfeslängen. »Bist du gut im Bett? Schläfst du mal mit mir? Ich möchte zu gerne wissen, ob ich mich richtig erinnere . . .«

»Bitte nicht brüsk ablehnen«, flüsterte Napoleon in Alices Ohrhörer.

»Ich denke mal darüber nach«, sagte sie. Es gelang ihr sogar, Zeus anzulächeln.

»Sechshundert Jahre«, sagte Earl, »hast du eine Tiefschlafkammer?«

»Einfrieren, ja? Funktioniert das heute?« Zeus wartete die Antwort nicht ab; als Earl nickte, sprach er gleich weiter. »Ich hatte seinerzeit überlegt, ob ich unsere Wissenschaftler darauf ansetzen sollte. Es wäre doch interessant gewesen, ein Jahrhundert zu verschlafen und dann zu sehen, wie die Welt sich verändert hat – aber, hätte man mich wirklich aufgeweckt? Außerdem, wir konnten nicht überall mithalten. Preston und Lafontaine kosteten schon Unsummen, allein ihr goldener Käfig . . .« Er spielte gedankenverloren mit einem Gerät, kaute auf der Unterlippe, starrte auf seine Hände, die kleine Löcher in Pappscheiben stanzten.

»Ja, wenn die Beam-Bombe fertiggeworden wäre«, murmelte er, sie konnten ihn kaum verstehen. Er blickte Earl an, nickte bedeutungsschwer. »Wir wären das mächtigste, das reichste Land der Welt geworden. Aber erst einmal

mußten wir eisern sparen, mein Land war verdammt arm. Sparen war mein oberster Grundsatz.« Zeus kicherte. »Eines Tages kam mein Finanzminister und sagte, es gäbe nun nichts mehr, was unser Volk noch sparen könnte. Gut, sagte ich, dann sparen wir eben das Nichts.«

Alice und Earl blickten verständnislos.

»Na, die Löcher!« rief Zeus triumphierend. »Wir haben die Löcher gespart: die Perforation der Briefmarken, des Klosettpapiers, der Lebensmittelkarten, die Löcher im Käse, in den Makkaroni – wir hatten die dicksten Spaghetti der Welt. Wenigstens das! Ich hätte so gern das reichste, das wohlhabendste Volk der Welt gehabt, aber . . .« Er streckte bedauernd die leeren Hände von sich, dann schmunzelte er.

»Wenn, so sagte ich mir eines Tages – und ich sagte es meinem Volk, ich hielt jede Woche eine Ansprache vor meinem Volk, das heißt natürlich im Video –, wenn wir schon nicht das Privileg hätten, die größte, reichste, mächtigste Nation zu sein, dann wollten wir wenigstens die kräftigste Nation der Welt werden. Und ich ordnete an, daß jedermann dreimal täglich drei Liegestütze machen mußte, oder, wer das nicht schaffte, drei Kniebeugen. Zumindest drei Verbeugungen.«

Alice und Earl sahen sich heimlich an. Ein Verrückter? Hatte so etwas tatsächlich einmal auf der Erde regiert?

»Du sprichst immer von deinem Land, deinem Volk«, sagte Alice, »warst du am Ende ein König?«

»Nein!« Zeus lachte laut auf. »Die Könige waren längst abgeschafft. Nicht mal Präsident, wie meine Vorgänger.« Er spuckte aus. »Jeder von ihnen hat sich wie ein Gott verehren lassen. Aber damit war Schluß, als ich an die Macht kam. Ich habe sie einfach verschwinden lassen, ihre Namen ausgelöscht, als hätten sie nie existiert, Straßen, Plätze, Fabriken umgetauft, die Denkmäler geschleift – ich hätte sogar die alten Zeitungen und Videos ändern lassen, wenn ich nur gewußt hätte, woher genügend qualifizierte

Leute dafür nehmen. Na, ich habe einfach die Benutzung der Archive verboten. Nein, ich war kein König, bei uns herrschte die Demokratie, und ich war nur erster Administrator, Primus inter pares, wenn ihr wißt, was ich meine.«

»Der Erste unter Gleichen«, flüsterte Napoleon. Earl wiederholte es laut. Zeus nickte, doch er feixte dabei.

»Aber ich habe den anderen in unserem Kollegium schnell klargemacht, daß ich gleicher bin als sie, und wer nicht hören wollte ...« Er fuhr mit der Handkante über seinen Hals, und als er merkte, daß seine Gäste ihn nicht verstanden, sprach er es aus. »Exekutiert. Natürlich war es immer ein Unfall, eine Krankheit – plötzlich und unerwartet verstorben, versteht ihr?«

Und ob sie ihn verstanden. Sie hatten genügend schaurige Geschichten aus der Geschichte im Unterricht vernommen. Und nun saß tatsächlich einer dieser regierenden Ungeheuer vor ihnen?

Zeus legte begütigend seine Hand auf Alices Arm. »An meinen Händen klebt kein Blut«, sagte er. »Dafür hatte ich doch meine Leute.« Er sah mißtrauisch von Alice zu Earl. »Tut bloß nicht so, als wäre es heute anders auf der Erde!«

»Es ist vieles anders als zu deiner Zeit«, sagte Earl. Er zeigte auf einen mannshohen Kasten, um das Thema zu wechseln. »Was ist das hier?«

»Ein Automat. Aus der New York Central Station.« Zeus sagte es voller Besitzerstolz, griff in die Tasche, holte eine kleine Metallscheibe hervor, steckte sie in den Apparat, der sogleich zu surren und klicken anfing und eine rote Dose ausspuckte.

Zeus hielt sie Alice hin. »Magst du Coca Cola?« Dann schlug er sich mit der Hand vor die Stirn. »Bestimmt habt ihr Hunger. Kommt!«

Er packte Alice an der Hand, zog sie hinaus auf einen der Bahnsteige, an Dutzenden von Lokomotiven vorbei, zu einem blauen Waggon, riß die Türen auf und freute sich diebisch über Alices Verblüffung: die Tische in dem lang-

gestreckten Raum waren für ein festliches Mahl einge-
deckt.

»Der Speisewagen eines amerikanischen Präsidenten«,
erklärte Zeus. »Setzt euch doch. Was darf ich euch anbieten?« Er schob jedem ein altertümliches Buch zu. »Sucht
euch aus, was ihr mögt. Die Automatik funktioniert noch
immer. Eßt und trinkt nach Herzenslust.«

»Daß ihr euch ja nicht untersteht«, mahnte Napoleon
leise.

»Leider habe ich nichts davon.« Zeus seufzte. »Ich vertrage weder essen noch trinken, könnt ihr mir vielleicht
verraten, wieso?«

»Nein«, sagte Earl. »Kannst du schlafen?«

»Schlafen . . .? Ja, irgendwann dämmer ich ein, irgendwann wache ich auf. Wann? Nach Stunden, Tagen, Jahren?
Die Uhren zeigen nur die Stunden an. Zeit hat ihren Sinn
für mich verloren. Ich wußte ja nicht einmal, wie lange ich
schon hier hocke, bevor ihr kamt. Eine Ewigkeit.« Er lachte
bitter. »Ewig, das war immer eines meiner Lieblingsworte:
ewige Freundschaft, ewiger Frieden.«

»Was, um Himmels willen, hast du nur die ganze Zeit
gemacht?« rief Alice.

»Meine Loks gewartet, alles geputzt, an meiner Anlage
gebaut – stellt euch vor, ich habe sogar Erdarbeiten gemacht, eigenhändig Gleise verlegt! –, bin herumgefahren,
leider ist der Planet so klein, und die Kohle geht zu Ende;
Elektroloks, das ist doch nicht das Richtige. Aber ab und
zu habe ich mir eine Lok angeheizt, vorgestern erst, da hät-
tet ihr kommen sollen – wir machen zusammen eine
Fahrt, ja? Morgen.«

»Hast du kein Video?« erkundigte sich Alice.

»Nein, leider. In meinem Palast hatte ich einen ganzen
Keller voller Kassetten. Tausende von Filmen: Kriegsfilme,
utopische Filme, Krimis, Pornos . . . Aber Zeitungen habe
ich, wenn ihr noch wißt, was das ist. Einen ganzen Kiosk
voll. Zum Glück nicht unsere Presse. Sie hätte ich nicht

einmal hier lesen mögen. Offizielles Zeug. Nützlich zum Regieren, aber nicht amüsant. Nein, ein Kiosk vom Londoner Bahnhof, internationale Magazine und Zeitschriften – obwohl sie schon zu meiner Zeit veraltet waren, habe ich sie Dutzende Male gelesen, ich hatte ja Zeit.«

»Sechshundert Jahre.« Earl schüttelte den Kopf. »Unvorstellbar.«

»Ich wollte immer lange leben«, sagte Zeus. »Ich habe viel Geld, sehr viel Geld ausgegeben, alt zu werden, uralt. Ich hatte die besten Ärzte, in meiner Privatklinik gab es alles, jedes Medikament, das irgendwo auf der Welt entdeckt wurde . . .« Er nahm ein Messer von seinem Gedeck und schnitt sich quer über den Arm. Tief. Eine klaffende Wunde, doch es floß kein Blut, und die Wunde schloß sich sofort wieder. Zeus blickte Earl fragend an. »Was meinst du? Bedeutet das, daß ich unsterblich geworden bin?«

Earl rettete sich in einen Scherz. »Götter sind unsterblich«, sagte er.

»Unsterblich«, flüsterte Zeus. »Wer wollte das nicht sein, aber so . . .?« Er lehnte sich zurück und schloß die Augen.

»Abbrechen«, rief Napoleon. »Genug für heute.«

Zeus schreckte hoch. »Was hast du gesagt?«

»Nichts«, erwiderte Earl. »Wir haben nichts gesagt.«

»Ich dachte . . . Ich höre oft Stimmen.« Zeus versank wieder ins Grübeln.

Alice und Earl standen auf.

»Ihr wollt schon gehen? Ihr habt doch noch gar nichts gegessen. Der Truthahn ist bestimmt vorzüglich.«

»Morgen«, sagte Earl.

Zeus geleitete sie zu ihrem Landungsschiff. Er hielt Alices Hand lange fest, blickte ihr flehentlich in die Augen. »Ihr kommt doch bestimmt wieder, ja? Ihr fahrt nicht ohne mich ab, nein?«

»Wir kommen morgen wieder«, versprach Alice.

»Ich bin nicht sicher, ob die Luft des Olymp euch auf die Dauer bekommt«, empfing sie Napoleon. »Geht bitte durch die Quarantänekammer.«

»Aber du sagtest doch, die Luftanalysen . . .«

»Ja, das sagte ich, doch inzwischen – ich glaube, ich weiß jetzt, wie Aaron Zeus hierhergekommen ist.«

»Du glaubst oder du weißt?« fragte Earl spöttisch.

»Säubert euch erst mal.«

»Es ist nur eine Hypothese«, erklärte Napoleon, als sie dann in der Kombüse saßen und ihren Hunger stillten, »jedoch mit einem Wahrscheinlichkeitsquotienten von dreiundachtzig Prozent. Zeus selbst hat die Anhaltspunkte gegeben: Preston, Lafontaine, die Beam-Bombe. Preston und Lafontaine waren zwei berühmte Wissenschaftler, die spurlos verschwanden. Zeus sprach von einem goldenen Käfig – ich vermute, daß er die beiden hat kidnappen lassen, damit sie ihm die Bombe bauten, die ihm die Weltherrschaft bringen sollte. Ich vermute weiter, daß sie das Problem des Beamens gelöst haben, aber . . .«

»Was ist eigentlich dieses ›Beamen‹?« unterbrach Earl mit vollem Mund.

»Nur ein anderes Wort für IMPORT: immaterieller Transport, man transformiert etwas in Strahlung und läßt es am Zielort wieder materialisieren.«

»Danke, das weiß ich«, brummte Earl. »Wir hätten lieber beim ollen Zeus essen sollen, Alice. Wenn ich an dessen Speisekarte denke!«

»Einen Aaron Zeus hat es vor Jahrhunderten tatsächlich in Südamerika gegeben«, fuhr Napoleon fort. »Zeus war ein unumschränkter Diktator, berüchtigt für seine grausame Herrschaft, ihr wißt schon: Geheimpolizei, Gefängnisse, Arbeitslager – jede Opposition wurde im Keime erstickt, buchstäblich: in Blut. Eines Tages war er verschwunden. Genauer: über Nacht. Es wurde nie geklärt, wie. Wo vorher die Klimasphäre des Diktators gestanden hatte, gähnte nun ein großes, flaches, kreisrundes Loch . . .«

»Klar!« rief Alice. »Preston und Lafontaine haben ihren Kerkermeister ins All gebeamt! Wo aber sind die beiden geblieben?«

»Ich weiß es nicht«, gestand Napoleon. »Vielleicht sind sie bei dem Attentat draufgegangen.«

»Das kann alles nicht sein«, unterbrach Earl. »Ich habe gelernt, daß der IMPORT beim Menschen nicht funktioniert. – Sonst müßten wir nicht solche langwierigen Reisen machen, wir ließen uns einfach beamen.«

»Stimmt, Lebewesen können nicht importiert werden«, bestätigte Napoleon, »es gibt Interferenzen. Am Zielort entsteht nur ein Imago, ein Scheinlebewesen.«

»Aber Zeus denkt!« widersprach Earl.

»Ich denke auch«, sagte Napoleon würdevoll, »bin ich deshalb ein Mensch? Zeus ist ein Imago. Deshalb muß er nicht essen, nicht trinken, deshalb regenerierte sich sein Arm sofort. Er ist in der Tat unsterblich geworden, verdammt, von Ewigkeit zu Ewigkeit auf seinem Olymp zu hocken, es sei denn, jemand ist so gnädig und zerstrahlt den Olymp mit einer Nihilationsbombe.«

»Sag mal, das klingt ja, als hättest du Mitleid mit ihm!« rief Alice.

»Ich weiß, was es bedeutet, Jahrhundert um Jahrhundert dahinzuleben«, sagte Napoleon leise. »Gewiß, Zeus ist ein Imago, doch er ist sich dessen nicht bewußt.«

»Er ist ein Scheusal«, erklärte Alice empört. »Wenn ich nur daran denke, wie er über Frauen spricht! Daß er jetzt ewig im All sitzen und seine Lokomotiven putzen muß, empfinde ich als gerechte Strafe.«

»Sag mal, Napoleon, woher weißt du eigentlich soviel über Zeus?« erkundigte sich Earl.

»Wir Reisecomputer haben einen Wunsch frei«, antwortete Napoleon, »eine Hobby-Datei, mit der wir uns unterwegs die Zeit vertreiben können. Ihr Menschen habt es einfach, ihr legt euch schlafen, aber unsereins? Wir müssen wach bleiben, selbst wenn die Reise ein, zwei Jahrhunderte dauert. Ich habe mir seinerzeit die Geschichte der Menschheit ausgesucht, mit Schwerpunkt auf alle ungelösten Fragen. – Übrigens, hier ist Antwort von der Erde. Sie glauben kein Wort. Sie nehmen an, daß ihr vom Raumkoller befallen wurdet und Halluzinationen habt.«

Alice und Earl lachten laut auf.

»Wieviel Energiereserven haben wir?« erkundigte sich Earl.

»Achtunddreißig Mega-Erg«, antwortete Napoleon.

»Das dürfte reichen.«

»Willst du den Olymp vernichten?« fragte Alice.

»Nein, einen Schub geben, in Erdnähe bringen. Als eine Art Museum.«

»Es gibt auf allen Kontinenten Verkehrsmuseen mit Hunderten von Lokomotiven«, sagte Napoleon ablehnend.

»Nicht um die Eisenbahnen besichtigen zu lassen«, erwiderte Earl, »sondern diesen famosen Zeus.«

»Ihn wie ein Zootier ausstellen?« fragte Alice entsetzt. »Da sollten wir ihn lieber nihilieren. Das wäre menschlicher.«

»Ist er ein Mensch?« Earl sah Alice an. »Und – war er menschlich, zeit seines irdischen Lebens?«

Ein Bild aus der Zukunft

Vor Jahren einmal fotografierte mich K., ein seit langem mit mir befreundeter Bildreporter, in einem Augenblick schmerzhafter Verlorenheit. Er war gerade von einer Reportage zurückgekehrt und hatte noch zwei Aufnahmen auf dem Film, die er »so nebenbei«, wie er sagte, verschießen wolle.

Erst nach langem Sträuben und nachdem ich ihn mit nahezu erpresserischen Drohungen verfolgt hatte, brachte er mir die Abzüge.

Die Fotos erschütterten mich. Wie hatte K., dem ich überall so viel Lob vorgab, derart miserabel agieren können? Ich war kaum zu erkennen, und was zu erkennen war, war nicht ich. Ein alter, verfallener, zerfallender Mann saß da, ohne Hoffnung, ohne Chance, ein Bild des Elends. Ich verstand, warum K. sich so beharrlich geweigert hatte, mir diese Aufnahmen zu zeigen.

Das bin nicht ich, sagte ich.

Aber vielleicht wirst du es eines Tages sein, sagte er.

Ach so, du kannst jetzt in die Zukunft fotografieren, spottete ich. Vergiß nicht, deine Erfindung zum Patent anzumelden. K. schwieg. Niemals, sagte ich, werde ich so aussehen; wie bist du nur so weit gesunken, daß du dir lieber eine Theorie zurechtlegst, statt einen Fehler zuzugeben? – Ich verlangte, er solle die Negative sofort vernichten.

Du weißt doch, sagte K., daß ich nie Negative vernichte. Aber ich verspreche dir, die Fotos niemandem zu zeigen, es sei denn, du gibst mir die Genehmigung.

Da kannst du lange warten, entgegnete ich.

Gestern fand ich die beiden Bilder beim Aufräumen. Wie gut, daß K. seinen Triumph nicht erlebte.

Zwerg Nr. 7

»Was glotzt 'n so? Nie 'n Weihnachtsmann gesehen?« Der
Alte winkte verächtlich ab, wischte sich mit dem Handrücken
über den Mund, schob das Glas über den Tresen. »Noch
einen.«

Ich hatte noch nie einen derartig traurigen Weihnachtsmann gesehen. Gewiß, sein Mantel war tadellos gepflegt,
wie neu, ohne ein Stäubchen, die Kapuze mit Fell ge-
säumt, dessen Haarspitzen silbrig glänzten, doch sein Bart
war strähnig, ungekämmt, die Haut fahlgrau, zerknittert,
wie brüchiges Pergament, Falten noch in den Falten, der
Rücken krumm, die Schultern nach vorne gebogen, dabei
ein Winzling. Er stierte unentwegt in sein Glas, hob den
Kopf nur, um zu trinken und neu zu bestellen. Geld schien
er zu haben, er schob einen Hunderter über den Tresen
und winkte ab, als der Wirt herausgeben wollte.

»Anzahlung«, sagte er.

Armes Schwein, dachte ich. Wahrscheinlich hat er
irgendwo beschert, hat die leuchtenden Kinderaugen gesehen, einen prächtigen Tannenbaum, eine fröhliche Familie, und nun sitzt er hier in dieser Kneipe, allein und verlassen, geplagt von Erinnerungen, und versucht, sie zu er-
säufen. Wir waren die einzigen Gäste, und der Wirt sah
uns an, als hätte er uns am liebsten rausgeschmissen. Ich
wäre längst gegangen, aber draußen goß es in Strömen, und
zu Hause erwartete mich ohnehin nur die Glotze.

Der Wirt ging zur Tür, sah in den Regen, sah zu uns herüber, murmelte »nicht mal 'n Hund vor die Tür«, knipste
das Licht bis auf eine kleine Funzel hinter dem Tresen aus
und stellte uns eine Flasche Korn hin. Wir sollten ihn rufen, wenn wir gehen wollten.

»Scheußlich, so 'n einsames Weihnachten«, sagte ich, nur um dem Alten eine Chance zu geben, sich auszusprechen, wenn es das war, was er brauchte. »In Ihrem Alter sollte man nicht mehr Weihnachtsmann spielen, hinterher ist es nur schlimmer.«

»Weihnachtsmann . . .«, er schüttelte den Kopf, »eigentlich bin ich ein Zwerg, weißt du.«

»Okay«, sagte ich, »also kein Weihnachtsmann.«

»Ein richtiger Zwerg. Ein bißchen besoffen, aber echt. Zwerg Nummer sieben.« Er blickte mich prüfend an. »Soll ich dir meine Geschichte erzählen?«

»Red nur«, ermunterte ich ihn. »Ich hör dir zu. Weil Weihnachten ist.«

»Du hast von den sieben Zwergen gehört?«

»Klar, hinter den sieben Bergen. Ist lange her.«

»Verdammt lange.« Er drehte sich um, lehnte die Schulter gegen den Tresen, breitete seine Arme über die Platte, klammerte die faltigen Hände an die Messingkante, sprach an mir vorbei in den dunklen Raum. »Du mußt wissen, ich bin nicht von hier.«

»Nein, von drauß' vom Walde kommst du her . . .«

»Quatsch. Vom Aldebaran.« Er überzeugte sich mit einem Seitenblick, ob ich lachte.

Ich schmunzelte nicht einmal. Wenn es ihm Spaß machte, sollte er von mir aus vom Großen Bären kommen.

»Wirklich, vom Aldebaran.«

»Das finde ich schön«, sagte ich, »daß die Leute vom Aldebaran so aussehn wie Weihnachtsmänner, entschuldige, wie Zwerge.«

Er kicherte. »War 'n Versehen. Du weißt doch, was Materilisation ist?« Das Wort bereitete ihm Schwierigkeiten, es klang eher wie Marilisohn. Er versuchte es ein zweites Mal.

»Ich hab's schon verstanden«, sagte ich, »Materilisation. Kenn ich. Ich seh mir alle Science-fiction-Filme an.«

»Na also.« Er goß uns nach. »Prost! – Ein schöner Planet, hat unser Kommandant gesagt, es wird euch gefallen. Uns war alles recht, Hauptsache, wir bekamen wieder mal festen Boden unter die Füße. Und Füße! Allerdings, so sagte der Kommandant, wäre die Gestalt, die wir annehmen müßten, ein wenig ungewöhnlich. Und ob!« Der Alte grunzte, strich mit den Händen über den Leib. »Aber ein Planet der Klasse S, kaum bewohnt, genug Platz, um in Ruhe zu arbeiten, ohne dauernd mit den Eingeborenen zusammenzustoßen.«

»Mit uns?«

»Klar, mit wem sonst?«

Ich mußte lachen, verschluckte mich, rang nach Luft, der Alte wummerte mit der Faust auf meinen Rücken, daß ich zusammenzuckte.

»Hör auf«, schrie ich. »Mann, hast du eine Kraft, in deinem Alter!«

Er sah mich wütend an. Seine Augen waren von einem eigenartigen wäßrigen Blau. »Du glaubst mir nicht, was?«

»Entschuldige«, sagte ich, »ich mußte nur lachen, weil du ›unbewohnt‹ gesagt hast. Ich finde, die Erde ist übervölkert.«

»Ja, heute. Aber damals – Unmengen von Wald, Steppen, Wüsten, kaum Felder, winzige Ortschaften und nirgends Anzeichen einer technischen Zivilisation, das konnte man schon aus dem Orbit sehen. Weder Straßen noch Schienen, kein Luftverkehr, Schiffe, die mit Windkraft fuhren, Wagen, die von Tieren gezogen wurden – wir landeten in einem Waldgebiet weitab von jeder Ortschaft, wir sollten ja in aller Stille den Planeten erforschen, Kontakt möglichst vermeiden.«

Er goß ein, kippte den Schnaps hinunter, wischte sich die Lippen, sein Bart war echt.

»Beim ersten Kontakt mußten wir feststellen, daß bei der Ma-te-ri-li-sation«, er nickte zufrieden, »eine Panne passiert war. Gewiß, wir hatten richtige Gesichter, zwei

Beine, zwei Arme, Hände ... das stimmte alles, aber wir waren viel zu klein. Und die Schädel! Kein Mensch hatte solche Spitzschädel. Hier.«

Er zog die Mütze vom Kopf. Weiß der Himmel, er hatte einen gewaltigen, spitz zulaufenden Schädel.

»Was hättest denn du in so 'ner Situation getan?«

»Mich umgebaut«, sagte ich. Der Alte machte mir Spaß. Nicht, daß ich auch nur ein Wort geglaubt hätte, aber es war amüsant, ihm zuzuhören. Entschieden besser, als allein vor der Glotze zu hocken. »Wenn ihr euch materialisieren könnt«, jetzt hatte auch ich Schwierigkeiten, es auszusprechen, »dann könnt ihr euch bestimmt umbauen, wie ihr wollt.«

»Eben nicht. Das geht nur an Bord des Raumschiffs, und das war längst weg.« Er schüttelte traurig den Kopf. »Wir mußten so bleiben, wie wir waren. Also haben wir die Köpfe unter Kapuzen versteckt, wenn wir die Station verließen. Zum Glück trafen wir nur selten auf Menschen, und wenn, dann waren sie eher zutraulich als ängstlich, vor allem die Kinder, sie nannten uns Zwerge, und bald wußten wir, warum, sie hielten uns für Gestalten aus ihrer Fabelwelt. Wir haben diese Rolle angenommen, Hauptsache, man ließ uns in Ruhe.«

»Du sagst immer ›wir‹ und ›uns‹ – wie viele seid ihr denn?«

»Wir waren sieben.«

»Die sieben Zwerge«, sagte ich, »fehlt nur noch Schneewittchen – ›so weiß wie Schnee, so rot wie Blut und so schwarz wie Ebenholz‹.« Das Märchen kannte ich auswendig, so oft hatte es mir Großmutter vorgelesen.

»Ja, schön war sie«, sagte der Alte. »Wunderschön. Ich sehe sie noch vor mir.«

»Du mußt verdammt alt sein«, meinte ich, »wenn du sie mit eigenen Augen gesehen hast.«

»Für menschliche Begriffe schon, für uns jedoch ...« Er griff nach der Flasche. Woher auch immer er sein mochte, saufen konnte er. Bei dem Tempo wäre ich längst vom Hocker gefallen.

»Ihr habt also im tiefen Wald gelebt«, sagte ich , »und eines Tages, als ihr gerade unterwegs wart, kam Schneewittchen in euer Häuschen: ›Da stand ein weißgedecktes Tischlein mit sieben kleinen Tellern, jedes Tellerlein mit einem Löffelein, ferner sieben Messerlein und Gäblein und sieben Becherlein. An der Wand waren sieben Bettlein nebeneinander aufgestellt und schneeweiße Laken darübergedeckt‹ – eine Bodenstation der Außerirdischen habe ich mir eigentlich anders vorgestellt.« Wenn er mir schon solch einen Bären aufbinden wollte, dann sollte er sich auch was einfallen lassen.

»Das Häuschen«, sagte er, »war nur Attrappe. Falls uns mal jemand nachspionierte. Hinten stieß es an eine Felswand, eine Höhle, in der war die eigentliche Station. Aber es stimmt, wir haben da vorne gegessen. Da wir menschliche Gestalt angenommen hatten, mußten wir nun auch irdische Nahrung zu uns nehmen. Auch die ›Bettlein‹ gab es, doch geschlafen haben wir da nicht, wir hatten natürlich vollautomatische VI-Kammern in der Station.«

»Aber Schneewittchen lag in einem der Betten?«

»Wie denn? Sie hätte kaum hineingepaßt. Nein, sie hockte zusammengekrümmt auf dem Boden, die Arme fest um die Knie geschlungen, und heulte, ein Bild des Jammers.«

»Kunststück«, sagte ich, »nach allem, was sie hinter sich hatte: eine Prinzessin, aus dem Schloß verstoßen, in den Wald geschleppt . . .«

Der Alte winkte ab. »Ja, die Geschichte von der bösen Stiefmutter, die auf ihre Schönheit eifersüchtig war und sie deshalb umbringen lassen wollte, hat sie uns aufgetischt, aber wir haben kein Wort geglaubt. Soviel wußten wir längst: so sah kein Mädchen der Oberklasse aus – nicht nur wegen der Kleidung, ihre Hände haben sie verraten. Sie konnte höchstens Magd im Schloß gewesen sein.«

»Jetzt verstehe ich das«, sagte ich. »Ich habe mich immer gewundert, wie die sieben Zwerge einer Prinzessin so ein Angebot machen konnten: ›Willst du unsren Haushalt versehen, kochen, betten, waschen, nähen und stricken, und willst du alles ordentlich und reinlich halten‹ – eine Prinzessin?«

Der Alte grinste. »An unserer Kleidung gab es nichts zu waschen und zu flicken – faß mal an!« Er hielt mir den Ärmel hin. Der Stoff fühlte sich eigenartig an, das mußte ich zugeben.

»Und kochen? Sie kochte so hundsmiserabel, daß wir schon glauben wollten, sie sei wirklich eine Prinzessin. Aber gefegt und gewischt – sauber war sie. Ein einfaches Mädchen ohne jede Bildung, leichtgläubig – sie wunderte sich nicht, daß sie auf Zwerge getroffen war, sie akzeptierte uns ohne Fragen –, einfältig und gutmütig. Herzensgut, wie man damals sagte.«

»Und wo hat sie geschlafen? Du sagtest, du bist Nummer sieben . . .«

»Ich weiß schon, was du meinst«, unterbrach er mich wütend, »ich kann das Märchen auch auswendig: ›Der siebente Zwerg aber schlief bei seinen Gesellen, bei jedem eine Stunde, da war die Nacht herum.‹ Nein, wir haben ihr ein Lager auf dem Dachboden eingerichtet – hätten wir es nie getan! Ich hätte sie rausschmeißen sollen, auf der Stelle, bevor es zu spät war.«

»Das verstehe ich nicht. Muß doch schön gewesen sein, wenn ihr nach Hause kamt, und da erwartete euch ein hübsches Mädchen.«

»Schön? Eine Katastrophe! Mit der menschlichen Gestalt hatten wir auch eure Sinnlichkeit bekommen. Wir wußten es nur nicht. Wir hatten keine Ahnung, daß dieser Zipfel nicht nur dazu da war, die verbrauchte Flüssigkeit auszuscheiden. Kannst du dir vorstellen, wie erschrocken wir waren, als wir zum ersten Mal erlebten, wie das unglückselige Glied anschwoll? Wir dachten an eine Krankheit, eine Seuche, an das Ende unserer Mission – nun, das war es ja gewissermaßen auch. Warum grinst du so?«

»Entschuldige. Ja, das muß ziemlich verwirrend gewesen sein.«

»Für uns schon, nicht für Schneewittchen. Sie blickte mit großen Augen auf die Ausbuchtungen in unseren Wämsern, lachte, zog Nummer eins zur Seite, verschwand mit ihm auf dem Boden; als er mit verklärtem Blick zurückkam, flüsterte der Nummer zwei etwas ins Ohr, und der stand auf.«

»Sag nur, sie hat...?« »Sie hat. Nicht alle am ersten Abend, aber... Ich schäme mich noch heute, wenn ich daran denke. Ich war doch Nummer sieben, der Leiter der Expedition – der Leiter hat immer die höchste Nummer, verstehst du? –, wenn ich nur geahnt hätte, was da geschah, ich hätte es von Anfang an unterbunden. Aber danach? Wie? Die Disziplin war zum Teufel, die Crew hatte nur noch einen Gedanken: Schneewittchens schneeweiße Schenkel – ›ihre Haut so weiß wie Schnee, ihre Haare so schwarz wie Ebenholz und ihre Lippen so rot wie Blut‹ –, ich konnte sie nicht halten. Als ich drohte, ich würde sie mit der Strahlenwaffe daran hindern, zu Schneewittchen hinaufzusteigen, waren über Nacht alle Waffen verschwunden. Ich habe nie eine wiedergefunden, sonst...« Er verriet mir nicht, was sonst geschehen wäre, er starrte in sein Glas.

»Also ein Flittchen«, sagte ich enttäuscht, »eine Nymphomanin. Das hättest du mir lieber nicht erzählen sollen, Schneewittchen war immer ein Traum für mich.«

»Du solltest sie nicht verurteilen«, sagte der Alte. »Ja, sie war sinnlich, sinnesfroh, aber das muß man verstehen. Sie war jung, und da waren sechs verliebte, junge, kräftige Burschen – sehr kräftig gebaut, du verstehst, was ich meine? –, die verrückt nach ihr waren, ihr nachstellten, um sie herumschwänzelten.«

»Du wohl nicht?«

»Nein, ich nicht.«

»Weil du Nummer sieben warst, der Chef?«

»Auch. Aber mir fiel es leicht, ihr nicht nachzustellen. Ich war ja viel älter als die anderen, und das blieb ich auch als Zwerg.«

»Trotzdem«, meinte ich, »Sex zu sechst, das ist ein starkes Stück.«

»Nicht zu sechst«, widersprach er. »Wenn, dann wäre es ja auch zu siebt gewesen, nicht wahr? Nein, Schneewittchen ließ nie mehr als einen zu sich.«

»Das gab eine Menge Streit, was?«

»Warum? Wir kannten keine Eifersucht. Schneewittchen bestimmte, wer zu ihr durfte, jeder hat das akzeptiert.«

Also ein umgekehrter Harem, dachte ich, warum eigentlich nicht? Mir fielen auf Anhieb etliche Frauen ein, denen es wohl gefallen würde, sich einen Harem zu halten.

»Und wenn sie mannstoll war, wie du es nanntest – konnte sie dafür? Es gibt Menschen, da liegt es in der Natur, ist genetisch programmiert. Dieser Trieb ist doch ein Stück eurer Natur, Sex, das darfst du nicht vergessen, ist die Triebkraft, die die Evolution der Säuger auf der Erde vorangetrieben hat, ein erstaunlich einfacher, aber sinnvoller Mechanismus – ob es bei uns auch mal so war?«

»Habt ihr keinen Sex?«

»Nein.«

»Wie vermehrt ihr euch dann?«

»Ganz anders. Ich kann dir das nicht erklären. Die Reproduktion geschieht völlig unpersönlich, wir haben keine Sinnlichkeit.«

»Da seid ihr aber zu bedauern«, entfuhr es mir.

»Ja, vielleicht.« Er schloß die Augen, strich sich über den Bart.

»Schneewittchen«, erinnerte ich.

»Sie war eine mitleidige Seele. Sie hat mir mal gestanden, daß es ihr längst zuviel wurde, aber sie brachte es nicht übers Herz, meine Jungens abzuweisen. Sie war richtig froh, daß ich nicht auch noch in ihr Bett wollte. Eigentlich haben wir uns ganz gut verstanden.« Er versank wieder in seine Gedanken.

»Was war mit der bösen Stiefmutter? Spieglein, Spieglein an der Wand.« Ich wollte nun auch noch den Rest seiner verrückten Version vom Schneewittchen hören.

»Es gibt keine Stiefmutter. Ja, man hatte sie aus einem Schloß verjagt, aber das war keine Königin, sondern eine eifersüchtige Gräfin, deren Mann Schneewittchen nachstellte. Ich habe ihr geglaubt, daß sie nichts mit dem Grafen hatte, ihm nicht einmal schöne Augen gemacht hat – ein Mann mußte sie ja nur ansehen, um ihr zu verfallen.«

»Also kein vergifteter Apfel.«

»Auch kein Kamm, kein Mieder.«

»Schade«, sagte ich, »das war immer das Erregendste für mich, die böse Königin, die ihren Spiegel befragt, und der antwortet: ›Aber Schneewittchen über den Bergen bei den sieben Zwergen ist tausendmal schöner als Ihr.‹ Obwohl ich doch wußte, wie es ausging, habe ich mich jedesmal ängstlich an Großmutter geschmiegt, wenn die Stiefmutter auszog, das Schneewittchen umzubringen.«

»Ja«, sagte er versonnen, »es ist eine schöne Geschichte, nicht wahr?«

»Und dann der gläserne Sarg!«

»Ja, der Sarg.« Er seufzte tief, goß den Rest des Korns in sein Glas. Ich ging hinter den Tresen und holte uns eine neue Flasche.

»Den gläsernen Sarg hat es gegeben.«

»Ach ja? Erzähle!«

»Irgendwie mußte ich meine Leute doch wieder zur Disziplin bringen. Wir hatten nur einen Bruchteil unseres Programms erledigt, kannten nur diesen Teil des Planeten, aber sie weigerten sich, länger als nur einen Tag die Station zu verlassen. Was sollte ich tun?« Es sah aus, als kämpfe er mit Tränen.

»Ich«, sagte er, »ich habe sie vergiftet. Nur betäubt. Ich hätte es nicht über mich gebracht, Schneewittchen zu töten. Ich habe sie in ein Koma versetzt, ich wollte sie heimlich wieder ausgraben und fortbringen, aber meine Leute . . .«

»›Sie legten es auf eine Bahre‹«, zitierte ich, »›und setzten sich alle sieben daran und beweinten es und weinten drei Tage lang. Da wollten sie es begraben, aber es sah noch so frisch aus wie ein lebender Mensch und hatte noch seine schönen roten Backen. Sie sprachen: Das können wir nicht in die schwarze Erde versenken, und ließen einen durchsichtigen Sarg aus Glas machen . . .‹«

»›Dann setzten sie den Sarg hinaus auf den Berg‹«, fuhr der Alte fort, »›und einer von ihnen blieb immer dabei und bewachte ihn.‹ – So war es. Natürlich haben wir selbst den Sarg gemacht, und es war kein Berg, sondern ein Hügel, aber das mit der Wache stimmt, ich konnte nichts unternehmen.«

»Und, kam der Königssohn?«

»Ein König. Es war wirklich ein König, einer der vielen kleinen Herrscher, die es damals gab, nicht mehr jung, aber ganz ansehnlich. Ich war heilfroh, als er Schneewittchen mitnehmen wollte, das kannst du dir denken. Zu einer Wunderheilerin, die sie wieder lebendig machen sollte. Ich habe die Nachtwache übernommen und Schneewittchen so präpariert, daß sie am nächsten Tag aufwachen mußte. Ich dachte, das Problem sei ich für alle Zeiten los, aber meine Leute gingen mit, ich konnte toben, wie ich wollte.«

»Du hast doch versucht, sie zurückzuholen?«

»Später. Zuerst habe ich mich in der Station verkrochen. Kannst du dir nicht vorstellen, wie wütend, wie verzweifelt ich war? Ich hatte doch als Leiter völlig versagt. Dann kam ich wieder zur Besinnung. Ich hatte kein Recht, mich von Emotionen treiben zu lassen. Es war nicht schwer, ihre Spur zu finden. Alle Welt erzählte sich von der schönen

Königin und ihren sechs Zwergen. Stell dir vor: meine Leute als Hofnarren! Nur, um in Schneewittchens Nähe zu sein. – Ich habe sie nie wiedergesehen. Ich kam drei Wochen zu spät.«

Der Alte war ein überaus überzeugender Märchenerzähler, er schien völlig mitgenommen von seiner Geschichte, sogar Tränen rollten über die faltigen Wangen und verloren sich im Dickicht des Bartes.

»Schneewittchens Mann hat sie umbringen lassen. Es hieß, sie habe es mit den Zwergen getrieben – mag sein, daß sie den König mit meinen Jungs betrogen hat, wenn, dann sicher aus Mitleid, aber es gab wilde Gerüchte von schwarzen Messen und nächtlichen Orgien, die Zwerge hätten die Königin verzaubert.« Der Alte kippte seinen Schnaps hinunter und gleich noch einen zweiten. »Man hat sie alle sechs wegen Zauberei zum Tode verurteilt, und als sie öffentlich geköpft wurden, schien jedermann das Urteil gerechtfertigt, denn im gleichen Augenblick wurden sie unsichtbar, lösten sich in Luft auf.«

Die Geschichte kannte ich doch? Dann fiel es mir ein. Die Sage von der verzauberten Königstochter. Der Alte brachte zwei Märchen durcheinander. Aber nicht ungeschickt.

»In diesem Augenblick erlosch die Materilisation, verstehst du? Ich habe geheult vor Wut, daß ich mich nicht vier Wochen früher auf meine Pflichten als Expeditionsleiter besonnen hatte. Ich dachte daran, mich umzubringen, aber als ich in die Station kam, um die Meldung über das Scheitern unserer Mission abzusetzen, besann ich mich. Mein Tod würde alles nur noch schlimmer machen. Ich hatte die Pflicht weiterzuleben.«

»Und was hast du seitdem gemacht?« fragte ich ihn. »Es muß doch verdammt langweilig gewesen sein all die Jahre.«

»Nicht langweilig, aber verdammt einsam. Ich habe gearbeitet. So gut ich konnte, den Planeten erforscht. Eure

Entwicklung beobachtet. Gewartet, daß man mich ab-
holt . . .«

»Und in der Kneipe gesessen«, sagte ich.

»Quatsch. Ich wage mich nur zu Weihnachten unter
Menschen. Kein Mensch glaubt doch noch an Zwerge.
Aber um diese Zeit falle ich nicht auf, jeder hält mich für
einen alten Knaben, der Weihnachtsmann gespielt hat –
nur Heiligabend setze ich mich in eine Kneipe; ihr Menschen seid ja eine ziemlich primitive Rasse, immer noch,
aber, das muß man euch lassen, der Alkohol ist eine tolle
Erfindung. Gieß noch mal ein.«

»Schneewittchen hast du nicht wiedergesehen?« Ich
zupfte ihn am Bart. »Kamst du nie in Versuchung?«

»Doch, oft. Einmal habe ich mich sogar auf den Weg gemacht, dann sagte ich mir, daß sie inzwischen eine alte
Frau geworden sein mußte, und kehrte um. Ich wollte sie
lieber so in Erinnerung behalten, wie ich sie gekannt
hatte.«

»Das verstehe ich gut! Ich kann mir Schneewittchen
auch nicht mit Runzeln und grauen Haaren vorstellen.«

»Ich habe immer an sie denken müssen.« Er seufzte.
»Auch heute noch – was soll's, Schneewittchen ist lange
tot.«

»Sie lebt«, widersprach ich. »Solange es Menschen gibt.
Schneewittchen ist unsterblich. Wenn auch nicht dein
Schneewittchen, sondern das aus dem Märchen.«

»Ein schönes Märchen, nicht wahr?« Er lächelte versonnen.

»Für mich das allerschönste«, bestätigte ich, »so poetisch.«

»Ja, es ist mir ganz gut gelungen.«

»Willst du etwa behaupten, daß du . . .?«

»Ja, ich. Ich habe dieses Märchen in die Welt gesetzt.
Weißt du, Schneewittchen war schon zu Lebzeiten zur Le-
gende geworden, aber die Geschichte gefiel mir nicht, ganz
und gar nicht! Mein Schneewittchen als verzauberte, sex-

besessene Ehebrecherin? Und meine Jungs als finstere Zauberer – nein! Ich erinnerte mich an das Märchen von der bösen Stiefmutter, das Schneewittchen uns aufgetischt hatte, als sie zu uns kam, und habe die Geschichte ausgebaut. Das ›Spieglein, Spieglein an der Wand‹ ist meine Erfindung. Ich . . .«

Der Wirt unterbrach ihn. Nun müßten wir aber gehen, Polizeistunde. Es regnete nicht mehr, dicke Flocken rieselten zu Boden, an einigen Stellen lag schon ein wenig Schnee.

»Mach's gut«, sagte der Alte. »Vielen Dank fürs Zuhören, hat mir richtig gutgetan.«

»Mir auch.« Ich klopfte ihm auf die Schulter, er reichte mir nicht einmal bis zum Gürtel. »Hat mich gefreut, jemand kennenzulernen, der auch das Schneewittchen liebt.«

»Weiß ich, was Liebe ist?« fragte er.

»Wenn man unentwegt Sehnsucht hat, wenn man glaubt, ohne den anderen nicht mehr leben zu können . . .«

»Dann liebe ich sie immer noch.«

Ich wollte meinen Augen nicht trauen. Der Alte schien in der Luft zu schweben.

»Und fröhliche Weihnachten, das hätte ich fast vergessen«, rief er mir zu, dann verschwand er in der Dunkelheit der Nacht.

Die Contessa

»Jup!« schrie Pjotr, so laut, daß alle erschrocken zu ihm hinübersahen. »Jup, jup, jup!«

Pjotr hatte Marina versprochen, den Fluch nie mehr in ihrer Gegenwart auszustoßen, und in den letzten Tagen hatte er nicht einmal mehr die Kurzform benutzt. Was war los?

»Connection plocho«, sagte Pjotr in dem eigenartigen Pilotenslang aus Englisch und Russisch, den sie alle beherrschten. Jonas verstand es ohne weitere Erklärung: Die Verbindung zu Baikonur war abgerissen. Und innerhalb der nächsten zwanzig Minuten mußten sie landen. Der Treibstoff war ausgegangen, Turbulenzen hatten sie immer wieder zu Bahnkorrekturen gezwungen, schon zwei Umkreisungen früher als geplant mußten sie zur Landung ansetzen. Sie hatten gehofft, Baikonur würde ihnen einen Flugplatz zuweisen, der noch intakt war – und nun? Vor ihnen lag das Alpenmassiv, sie mußten versuchen, noch einmal höher zu gehen und sich ohne Bodenunterstützung durchzumogeln.

»Eine Hand immer am Schleudersitz«, befahl Pjotr, »was auch geschieht.«

»Gott schütze uns«, sagte William, schloß die Augen und bekreuzigte sich.

Jonas sah zum Nebensitz, Marina hatte die Augen geschlossen, ihre Finger preßten sich um den roten Hebel, daß die Knöchel weiß hervortraten. Jonas legte die Hand beruhigend auf ihren Arm. Er hatte Angst, Marina könnte den Daumen herunterdrücken, bevor Pjotr das Kommando gab, könnte sich aus Versehen hinauskatapultieren und damit den Raumgleiter zum Absturz bringen. Marina lächelte ihn gequält an. Jonas blickte an ihr vorbei aus dem Bordfenster.

Dichtes wattiges Grau. Über die Tragflächen huschten Ströme von Wassertröpfchen, die auf dem kalten Metall kondensierten. Er sah zum Höhenmesser: fast dreitausend Meter. Und Pjotr zog die Maschine nicht hoch. Reichte der Treibstoff nicht mehr? Ein Vabanqueflug. Ihre Chancen bestimmt nicht höher als im Spielsaal. Sie konnten nur hoffen – oder beten, wie es William in diesen Minuten bestimmt tat, seine Lippen bewegten sich stumm. Sie waren ganz auf die Echos der Radaranlagen und auf Pjotrs Reaktionsgeschwindigkeit angewiesen. William war ein hervorragender Copilot und unübertroffen in der Kunst des Landens, doch in Gefahrensituationen reagierte er mitunter eine hundertstel Sekunde zu spät. Jeden Augenblick konnte die Wand eines Dreitausenders vor ihnen auftauchen – gab es nicht sogar Viertausender in den Alpen? Rien ne va plus.

Aber er wußte, worauf er sich einließ, wenn er in den Kontursessel geschnallt und der Raumgleiter von der Rakete in die Umlaufbahn geschossen wurde: buchstäblich ein Himmelfahrtskommando. Im doppelten Wortsinn.

Immer noch besser, als Tag für Tag auf der Basis zu hokken, dem endlosen Fluß der Schreckensmeldungen zuzuhören, die unaufhörlich aus den Lautsprechern drangen – ihnen wurde nichts verheimlicht, sie mußten informiert sein –, heimlich Speeds zu schlucken, weil kein Mensch das aushalten konnte, ohne sich zu dopen, sich wenigstens zu besaufen, sobald der Dienst zu Ende war, den Sold zu verspielen – William nicht, aber der hatte seinen Gott. Auch Pjotr spielte und soff nicht, fixte nicht, schluckte nichts außer Traubenzuckertabletten, Pjotr war ein Fels im Meer der allgemeinen Auflösung. Aber er machte sich mit Flüchen Luft, er beherrschte Flüche aus allen Sprachen Europas, und jetzt fluchte er unentwegt und ungeniert laut vor sich hin.

»Fuck it. Merde. Porca miseria. Leck mich am Arsch. Jup twoja matj . . .«

Unversehens riß die Wolkenschicht auf, sie tauchten in ein von schmutziggrauen, zerfransten Wolkenrändern gesäumtes Loch klarer Luft – und in ihm, vielleicht noch tausend Meter entfernt, flog ein Jumbojet!

Pjotr riß die Maschine hoch, so steil, daß Jonas in den Sitz gepreßt wurde, als würden sie in Baikonur in den Himmel geschossen, Pjotr mußte alle Sicherungen herausgerissen haben. William faßte sich schreiend an die Brust, bestimmt hatte es ihm die Rippen zerquetscht, auch Marina schrie.

»Jump!« brüllte Pjotr. Jonas drückte mit aller Kraft auf den roten Knopf, wurde hochgerissen, daß ihm die Sinne schwanden. Er preßte Luft in die Lungen, wie er es auf der Basis trainiert hatte, schaffte es, die Augenlider um einen schmalen Spalt aufzuzwingen, sah, wie der Raumgleiter sich haushoch unter ihm in das Leitwerk des Jumbos bohrte, ein Riesenstück blauweißes Metall segelte wie in Zeitlupe zu Boden, der Raumgleiter schoß aufheulend ins Tal, zersägte die Luft mit unerträglich schrillen Tönen, zerschellte, ein Pilz aus Feuer und Qualm wuchs über der Bergwand.

Ein Ruck, der Jonas den Atem nahm, dann ließ der Druck nach, der Schleudersitz pendelte, der Fallschirm hatte sich geöffnet. Jonas holte tief Luft. Auch der Jumbo schoß jetzt kopfüber zu Tal, glitt parallel zu der steil abfallenden Felswand, ging mit ihr in sanfteren Schwung über, hüpfte, rüttelte – dieser Teufelskerl von Pilot bremste den Jet mit dem Bauch auf den Felsen! Die Tragflächen splitterten ab, doch der Rumpf hielt, zerbarst erst, als die Maschine »stand«. Jonas sah noch, wie sich die Notrutschen ausstülpten, wie dicke Trauben von Menschen aus der Maschine sprangen, rutschten, kletterten, da erfaßte ihn eine Bö und trieb ihn gegen den Berg. Er mußte sich konzentrieren. Die Hilfsrakete nicht zu früh zünden, den richtigen

Zeitpunkt abwarten – was war der richtige? So etwas gab es in keinem Trainingsprogramm.

Marina und Pjotr »sprangen« schon über den Grat, William schaffte es nicht, sein Sitz knallte gegen die Wand, der Fallschirm legte sich über eine Felsnase, ein weithin leuchtender Orangefleck. Hoffentlich war er auf der Stelle tot, dachte Jonas. Dort würde niemand ihm helfen können, und William hatte nie eine Kapsel bei sich: für Katholiken sei Selbstmord noch immer Todsünde. Nur nicht so am Berg hängenbleiben und langsam im Schleudersitz verrekken. Oder die Gurte lösen und in die Tiefe stürzen. Jenseits des Grats ertönten zwei Explosionen, Widerschein von Feuer brach sich an den Wolken.

Jetzt! Der Sitz schnellte hoch, über den Grat, der Fallschirm zerriß knallend und knatternd, Jonas versuchte verzweifelt, mit den Fangleinen das Trudeln und Drehen unter Kontrolle zu bringen. Er stürzte zu Tal. Nirgends eine glatte Fläche zum Landen, nur steiler Hang oder spitze Felsen, Gewirr von Steinen, ein reißender Fluß. Scheiße, dachte er, das war's also.

Da erblickte er die Reste von Pjotrs Schleudersitz, daneben die orangefarbene, zerfetzte Kombination der Kosmonauten, ein Stück weiter lag Marina, auch ihr Sitz in tausend Stücke zerrissen, und sie selbst geviertteilt; Meter neben ihrem Körper lag der noch immer behelmte Kopf, die Arme, ein Bein. Es würgte in seinem Hals. Was, zum Teufel, hatte sie so zugerichtet? Gleich würde er es wissen. Der Sitz prallte auf den Boden, hüpfte in schmerzhaften Stößen über das Gestein, kam zum Stehen. Keine Explosion.

Jonas ließ die Hände in den Schoß sinken. Er hatte nicht die Kraft, sich aus dem Sitz zu befreien. Die Augen fielen ihm zu.

Irgendwann schreckte er hoch, blickte zur Uhr. Hatte er einen ganzen Tag verschlafen, oder waren wirklich erst siebenundzwanzig Minuten vergangen, seit Pjotr »Jump!« kommandiert hatte?

Er zwang sich, die Augen nicht wieder zu schließen, obwohl er unter sich die Überreste von Marina und Pjotr sah.

Er löste die Halterungen, spürte, daß die Riemen dicke Blutergüsse auf seine Schultern gedrückt hatten; hoffentlich war die Wirbelsäule nicht geprellt, er schrie laut auf, als er sich hinstellen wollte. Die Trinkflasche war zerschmettert, Jonas würgte zwei Melanon trocken hinunter, wartete, bis der Schmerz erträglich wurde.

Der Wind hatte sie über das Tal auf den gegenüberliegenden Hang getrieben. Der Talgrund wurde fast völlig von einem reißenden Fluß ausgefüllt, nur an einigen Stellen waren noch die Reste eines jetzt überfluteten Weges zu erkennen, und zwischen Fluß und Hang zog sich eine Kette von großen Schildern hin, einige waren umgestürzt. Zu seiner Überlebensausrüstung gehörte auch ein Teleskop, es steckte in der linken Beintasche, und es hatte den Absturz überstanden. Jonas richtete es auf ein umgestürztes Schild, entzifferte die kopfstehende Schrift, die in deutsch und in Worten, die italienisch sein mochten, verkündete:

Sperrgebiet!
Lebensgefahr!
Wer weitergeht, wird ohne Warnung
erschossen!

Schilder entlang des Flusses, so weit er blicken konnte, aber den Hang konnte er ohnehin nicht entlangklettern. Also hinunter, in das verminte Gebiet? Oder nach oben? Vierzig oder fünfzig steile Meter. Er war kein Alpinist. Und wozu sich noch diesen Felsen hinaufquälen, dachte er, dahinter liegt doch nur ein anderes ödes Tal. Die Alpen waren bis auf die übervölkerten Randgebiete längst aufgegeben, und er mußte hier mitten im Alpenmassiv sein. Die Kapsel schlucken und aus. Das Leben auf der Erde lohnte sowieso nicht mehr, nirgends. Vorher jedoch noch ein letztes Mal essen. Nicht die ganze Notration, das Corned Beef und die Schokolade.

Er drehte sich um, damit er nicht länger ins Tal blicken mußte. Niemand wird jemals erfahren, wo wir abgeblieben sind. Wozu auch. Ob Mutter noch lebte? Er starrte auf die Wand. Wenn er den Streifen dort oben erreichte... Nun gut, einen Versuch würde er unternehmen. Wenn das Tal dort drüben jedoch verlassen war... Bring es hinter dich, befahl er sich, mach dich auf den Weg.

Weg! Er mußte sich mit den Fingerspitzen in die Felsen klammern, jeden Riß, jeden winzigen Vorsprung für die Füße nutzen, durfte keinen Blick in die Tiefe werfen, schob sich Zentimeter für Zentimeter in die Höhe, erreichte tatsächlich den Streifen, konnte sich nur auf dem Bauch vorwärtsschieben, schaffte mit einer letzten Anstrengung den letzten halben Meter, klammerte sich an den felsigen Grat, zog sich hoch – und starrte in die Mündung eines Gewehrs. Dann wurde ihm schwarz vor Augen.

Jonas erwachte in einer Hütte oder kleinen Scheune, durch deren Dachritzen Dämmerlicht drang. Auf einem Lager aus Stroh, er fühlte die Halme an seinem Hals. Gefesselt. Stricke um die Handgelenke, die Füße, auch den Kopf konnte er nicht bewegen, ein Strick um den Hals hielt ihn am Boden fest. Er mußte schon Stunden hier liegen, die Finger waren geschwollen, sein Mund ausgedörrt.

»Hallo, hallo!« Die trockene Kehle gab nur ein heiseres Krächzen her. Ein Gesicht schob sich in seinen Blickwinkel, ein Junge sah ihn finster an.

»Wo bin ich? Warum bin ich gefesselt? Wer bist du?« Jonas wiederholte es auf englisch, versuchte es in französisch, der Junge starrte ihn unbewegt an. Sicher verstand er nur Italienisch. Wie hieß Wasser auf italienisch – Acqua? Bitte hieß prego. Oder per favore?

»Acqua«, stöhnte Jonas, »prego, per favore.«

Das Gesicht verschwand, er hörte eine Tür knarren, dann eine helle Stimme: »Contessa, Contessa!« Und Worte, die ihm nichts sagten. Contessa? Das hieß doch Gräfin.

Ein Bursche mit hagerem Gesicht und kurzgeschorenen Haaren trat an sein Lager, dann erkannte Jonas, daß es ein Mädchen war.

Sie löste den Strick um seinen Hals, die Fesseln an Händen und Füßen nicht, doch sie half ihm, den Kopf anzuheben, setzte eine Flasche an seine Lippen, ungeschickt, das Wasser rann über sein Kinn. Sie war nicht allein gekommen, hinter ihr standen drei Jungen, keiner älter als höchstens sechzehn, dünne Gestalten in geflickten Hemden und ausgewaschenen Shorts, aus denen magere Beine mit knochigen Knien ragten; sie waren barfuß, aber sie hatten Maschinenpistolen.

»Russe?« Das Mädchen tippte auf das CCCP seiner Kombination.

»Nein, Deutscher.« Sie sah ihn mißtrauisch an. »Alleman, Germanico, verstehst du?«

»Ich verstehe dich gut, ich spreche deutsch. Warum seid ihr hier abgesprungen?«

»Unsere Maschine ist abgestürzt.« Jonas berichtete von dem Zusammenstoß mit dem Jumbojet, sie verzog keine Miene. Weder die Geistesgegenwart des Jumbopiloten noch die Mitteilung, daß es bei der Bruchlandung wahrscheinlich Hunderte von Verletzten, vielleicht sogar Toten gegeben haben mußte, schien sie zu beeindrucken, sie übersetzte seine Worte mit unbewegtem Gesicht, nur als er von Marinas Ende sprach, zuckten ihre Lider.

»Habt ihr das Tal vermint?« fragte Jonas.

»Warum fliegt ihr immer noch?« fragte sie zurück. »Was macht ein Deutscher bei den russischen Soldaten? Soldaten werden nicht mehr gebraucht, werdet ihr das nie begreifen?«

»Ich bin kein Soldat, Meteorologe, wir fliegen für die Internationale Luftüberwachung. Wir kontrollieren den Zustand der Erde, die Veränderungen ...«

»Das interessiert mich.« Sie gab einen kurzen Befehl, seine Fesseln wurden gelöst, er durfte aufstehen. Die Burschen beobachteten mißtrauisch, die Waffen im Anschlag, wie er Arme und Beine ausschüttelte, die Hände massierte, um die Blutzirkulation wieder in Gang zu setzen und die entsetzlichen Nadelstiche zu vertreiben.

»Komm mit!« Sie winkte ihm mit der Pistole, steckte sie dann in den Gürtel ihrer Jeans. »Versuch keine Dummheiten, meine Jünger würden dich auf der Stelle umlegen.«

»Deine Jünger?«

Sie lachte nur und ging los. Ihr Lachen gefiel ihm. Auch die Art, wie sie leichtfüßig über den steinigen Boden glitt, ihre knabenhafte Gestalt – er wunderte sich, daß er in dieser Situation an so etwas denken konnte.

Noch nie hatte er solch ein Licht gesehen. Ein fahles, milchiges Licht, das von nirgendwo kam und alles schattenlos grau in grau tönte, die halbzerfallenen Gehöfte, die winzige Kirche, die kahlen Felswände, die nur wenig über dem Talgrund wie abgeschnitten in den Wolken verschwanden; es war, als säßen sie unter einem Milchglasdeckel in einem steinernen Topf, dessen Wände jeden Laut in dutzendfachem Echo brachen; irgendwo brüllte eine Kuh, kurz darauf schien rundum eine gewaltige Herde zu antworten.

Das Mädchen führte ihn zu einem Haus aus groben Steinquadern, dessen Dach und Wände intakt waren, sogar Fensterläden gab es und vor einem der Fenster einen Blumenkasten mit Geranien; die Eskorte blieb wie selbstverständlich an der Tür zurück.

»Setz dich.« Sie wies auf die Wandbank. »Hast du Hunger?«

»Ja, und immer noch Durst.«

Sie brachte ihm einen Krug Wasser, stellte dann einen Becher Milch auf den Tisch, eine Schüssel mit weißem

Käse, ein Brett mit einem Stück Fladenbrot, legte ihm ein Messer hin. Sie setzte sich und sah zu, wie er mit Heißhunger aß.

»Wer bist du?« fragte er mit vollem Mund. »Was macht ihr hier?«

»Die Fragen stelle ich, ist das klar?«

»Roger. In Ordnung. Aber deinen Namen kannst du mir doch verraten, ich heiße Jonas.«

»Antonia. – Sind die Pyramiden schon überflutet?«

»Nein. Auch der Kopf der Sphinx ragt noch aus dem Wasser.«

»Du hast es selbst gesehen?«

»Gesehen? Aus dieser Höhe erkennt man keine Details, dazu die Wolken – wir machen Aufnahmen, multispektral, und werten sie aus.«

»Ich würde alles dafür geben, wenn ich einmal die Pyramiden sehen dürfte.«

»Du könntest sie nur mit dem Boot besuchen, und die Eingänge . . .«

»Einmal um die Erde fliegen.«

»Das ist kein Vergnügen, glaube mir.«

»Trotzdem. Los, erzähle, wie sieht es aus?« Sie stützte die Ellenbogen auf den Tisch, legte den Kopf in die Hände, sah ihn erwartungsvoll an. Sie hatte lange dichte Wimpern. Und einen schönen Mund.

Wo beginnen? Wie erzählt man einen Weltuntergang? Er begann mit der Schilderung eines Starts, wie es war, wenn der Raumgleiter in den Himmel geschossen wurde, dann die Erde umkreiste, jede Stunde einmal, auf einer Bahn, die über die Pole führte. Nicht nur in Baikonur starteten die Raumgleiter für die Luftüberwachung, alle Raumfahrtbasen waren in dieses Programm einbezogen, wozu sonst sollten sie noch dienen. Nur die Raumgleiter und Nachrichtensatelliten wurden in den Orbit gebracht. Aus der Traum von der Eroberung des Mondes, der Planeten; Landung auf dem Mars, auf den Jupitermonden. Die

Menschheit durfte froh sein, wenn sie noch einen Platz auf der Erde behielt.

Wie sollte er ihr beschreiben, wo gegenwärtig die Küstenlinien verliefen? Sie hatte keinen Atlas, nicht einmal einen Globus, auf dem er hätte zeigen können, wie weit die Ozeane schon vorgedrungen waren. Er zählte Städte auf, die untergegangen waren, begann in Italien: Venedig, Neapel, Rom, nannte Namen, die sie kennen mochte: Marseille, Lissabon, Liverpool, London, Leningrad, Hamburg, Kopenhagen, Kairo, Hongkong, Shanghai, New York, Los Angeles, San Franzisko ...

»Was glaubst du?« fragte sie. »Wird das Wasser immer weiter steigen, alles Land verschlingen?«

»Die Modellberechnungen besagen, daß der Meeresspiegel, selbst wenn die Polkappen völlig abschmelzen, nur um siebzig Meter steigt.«

»Nur!«

»Nicht nur die Gebirge werden aus dem Wasser ragen, und es gibt Hoffnung, daß ein Großteil der Kontinentalschilde nicht überflutet wird, der Abschmelzprozeß hat sich stabilisiert, vielleicht kommt er sogar zum Stehen.«

»Vielleicht«, sagte sie. »Und was ist dann?«

»Das Klima wird sich stabilisieren. Die Tropen breiten sich aus, auch die Wüsten – rund um das Mittelmeer, zum Beispiel, wird eine mörderische Dürre herrschen –, die Subtropen rücken weiter nach Norden, bis nach Kanada und Skandinavien, hier werden Palmen und Zypressen wachsen. Weißt du, in der wärmsten Epoche der letzten siebenhunderttausend Jahre, dem Eem-Interglazial, war es im Durchschnitt nur zwei bis zweieinhalb Grad wärmer als vor dem CRASH, jetzt sind es bereits über drei Grad! Damals herrschte in Europa ein Klima wie in Afrika: Flußpferde in der Themse, Elefanten in Südengland, man hat ihre Gebeine bei Tiefbauarbeiten am Trafalgar Square gefunden. Vielleicht kommen sie jetzt wieder?«

»Tiger«, sagte sie. »Und Affen. Ganze Herden. Aggressive Affen mit Stöcken und Steinen.«

»Es wird eine andere Erde sein. Das globale System der Meeresströmungen hat sich verändert, die Winde wehen nicht mehr aus den gewohnten Richtungen, die Monsune bleiben aus, dafür toben auch in Europa Wirbelstürme. Tornados von einer mörderischen Wucht, wie man sie nicht einmal in den Staaten kannte. Das wird so bleiben, sagen die Berechnungen. Auch die Sintfluten. Die Computer . . .«

»Und wie viele werden es überleben? Habt ihr das auch berechnet?« Ihr ohnehin blasses Gesicht war bleich vor Wut.

»Ich bin nur verantwortlich für die Richtigkeit meiner Berechnungen!«

»Entschuldige.«

»Es gibt keine gesicherten Erkenntnisse über die Zahl der Toten, aber inoffizielle Berichte sprechen bereits von einer Milliarde. Das Meer hat riesige Landstriche verschlungen, ganze Länder; Dänemark, Belgien, die Niederlande, Bangladesh . . .«

»Es stimmt also«, sagte sie leise. »Und du hast es mit eigenen Augen gesehen?«

»Man hat da oben nicht viel Zeit hinauszuschauen, und die Erde liegt fast ständig unter einer geschlossenen Wolkendecke, aber Großbritannien ist in einzelne Inseln zerfallen, das habe ich selbst gesehen.«

Sie hatte die Augen geschlossen, atmete schwer.

Ein Glück, dachte er, daß man aus dem Orbit nicht das Elend auf der Erde sehen konnte, es sogar für Stunden verdrängen konnte, weil die Apparaturen alle Aufmerksamkeit verlangten, aber irgendwann landeten sie wieder, hörten die Nachrichten, nur noch Hiobsbotschaften. William hatte Hiob zitiert: »Über alle Bewohner der Erde bricht jähe Verwüstung herein bis an das Ende der Erde.« Oder war das von Jeremias? »Wenn Babel auch bis zum Himmel hinaufstiege, und wenn es seine Festung auf unersteigliche

Höhen hinaufbaute, auf meinen Befehl kommen Verwüster über es, spricht Jahwe. Das Meer ist gegen Babel heraufgestiegen, durch den Schwall seiner Wogen wird es ganz bedeckt.« Aber es bedurfte nicht der strafenden Hand eines Gottes, die Menschen hatten es selbst bewirkt.

»Ist das der Untergang der Menschheit?« fragte sie.

»Ich weiß nicht, im Augenblick ist es eine neue Völkerwanderung. Hunderte Millionen Menschen zu Fuß. Es gibt keine Häfen mehr, und seit die Tornados und Turbulenzen die Maschinen reihenweise vom Himmel fegten, steigen nur noch Verzweifelte, die keinen anderen Ausweg wissen, in ein Flugzeug; auch in den noch nicht betroffenen Gebieten gibt es keinen Personenverkehr auf den Eisenbahnen, Benzin nur auf Sonderzuteilung.«

Es mußte ein unvorstellbares, unfaßbares Elend in den Massentrecks herrschen, in den riesigen Feldlagern, Tag für Tag ein paar Millionen verhungert, verdurstet, vergiftet, von Seuchen dahingerafft, wer krank wurde, war verloren; nicht nur in den asiatischen Ländern, die am schwersten betroffen waren, überall brach die Infrastruktur zusammen, die Versorgung mit Trinkwasser, Lebensmitteln, Energie. Wer nicht vor dem Meer flüchtete, floh vor den Menschenmassen, die sich wie Heuschreckenschwärme landeinwärts stürzten, nein, dahinschleppten, um doch irgendwo elendig zu verrecken. Niemand konnte die Zahl der Selbstmorde, die Zahl der Kinder, die von ihren Eltern getötet wurden, auch nur schätzen. Wohin die Menschenwogen brandeten, dort tobten erbitterte Kämpfe, herrschte Gewalt, Terror, Panik. Polizei und Armee lösten sich auf oder wurden entwaffnet, gelyncht. Es hatte Meldungen gegeben, daß Armee eingesetzt wurde, die Flut zu stoppen, die Menschenflut; nicht einmal der Einsatz schwerer Waffen konnte sie aufhalten, wie auch?

»Jeden Tag«, sagte er, »kann die Nachricht kommen, daß man irgendwo mit Kernwaffen einen Todesstreifen gezogen hat.«

Hörte sie überhaupt noch zu? Er stand auf und trat ans Fenster. Es war kaum heller geworden, die Wolken deckten noch immer das Tal zu, nur links war ein Stück Grat zu erkennen, war er dort herübergekommen? Eine Glocke läutete, das Tal füllte sich mit Gestalten, die zur Kirche gingen, ausschließlich Jugendliche, auch ein paar Kinder, überwiegend Jungen, alle mager und bleich, barfuß, kaum bekleidet.

»Wie spät mag es sein?« fragte er.

»Mittag. Die Glocke läutet zum Essen.«

»Es ist noch so dunkel.«

»Aber es regnet nicht.« Sie stellte sich zu ihm. »Wir haben die Sonne schon lange nicht mehr gesehen. Manchmal schimmert sie ein wenig durch die Wolken. Sonnenschein? Hat es den wirklich einmal gegeben? Blauer Himmel, Sonnenaufgang, Abendrot – es scheint eine Ewigkeit her. Nur ein Traum. Vielleicht war der Himmel nie blau? Vielleicht ist er grün?«

»Schwarz«, sagte er, »schwarz mit einem fahlblauen Streifen über den Wolken.«

»Stimmt ja, du hast den Himmel gesehen. Ist er wirklich schwarz?«

»Dort oben schon. Und voller Sterne.«

»Sterne«, rief sie. »Ich habe den Kleinen ›Sterntaler‹ erzählt, sie fragten mich, was das sei: Sterne?«

»Den blauen Himmel hat es gegeben«, sagte er. »Ich erinnere mich gut an die tausenderlei Blau, die jetzt von den Wolken verdeckt werden. Wolkenverhangen – dieses Wort hat mich fasziniert, wenn ich es in einem Roman oder Gedicht fand, es schien mir poetisch und melancholisch, ich hätte nie gedacht, daß ich seine fürchterliche Realität erleben würde. Wolkenverhangen . . .«, er sprach es noch einmal aus, Silbe für Silbe.

»Ich habe schon als Kind davon geträumt, mir einmal alle großen Gebirge der Erde anzusehen, nun stehe ich mitten in den Alpen, und was sehe ich?« Jonas starrte hinaus. Nichts als schattenlose graubraune Steine, kahle, von den Wolken abgeschnittene Wände. Aus dem Orbit hatte er die Gipfel des Himalaja-Massivs gesehen, schartige Nadeln und Grate mit schneebedeckten Spitzen über dem milchigen Brei der Wolken, niemals aber würde er die Berge so sehen, wie er es sich erträumt hatte. Niemand mehr.

»Und ich habe von den Pyramiden geträumt«, sagte sie. »Das Tal der Könige, die Totenstadt von Theben, die Tempel von Luxor, jetzt sind sie versunken. Ich wollte Ägyptologie studieren, ich hatte mich schon an der Universität von Neapel eingeschrieben, als der CRASH kam.«

»Wie alt bist du?« fragte er überrascht.

»Zwanzig. Ich weiß, ich sehe nicht so alt aus. Auch nicht wie ein Mädchen.«

»Doch«, protestierte er.

»Ich bin viel zu mager. Wir alle. Wir haben kaum satt zu essen. Aber wir leben, das ist doch schon viel heutzutage.«

»Wie in einem Paradies, wenn man bedenkt, welche Hölle draußen tobt. Trotzdem, ich muß versuchen, mich durchzuschlagen. Ist es weit bis zum nächsten bewohnten Gebiet?«

»Warum? Was willst du da draußen?«

»Ich werde gebraucht.«

»Ach was, Menschen gibt es jetzt im Überfluß.«

»Nur wenige mit meiner Qualifikation: Geologe und Pilot. Ich habe bei den Luftstreitkräften gedient, bevor ich studierte; deshalb hat man mich nach Baikonur geschickt, obwohl ich mein Examen noch nicht gemacht hatte, als der CRASH einsetzte.«

»Ich glaube nicht, daß du Baikonur je wiedersehen wirst. Niemand darf unser Tal verlassen.«

»Der Junge, der mich bewachte, hat nach einer Contessa gerufen, ist die Contessa der Chef hier?«

»Ja.«

»Ich muß sie sprechen. Bringe mich zu ihr.«

»Ich bin die Contessa.«

»Du?«

Sie amüsierte sich über seine Verblüffung.

»Bist du wirklich eine Gräfin?«

»Ich heiße Graf. Contessa war schon mein Spitzname, als ich ein Mädchen war.«

Als wäre sie nicht immer noch ein Mädchen, dachte er. Dieses magere Mädchen war also der Chef hier. Der Chef einer offensichtlich gut bewaffneten Bande von Halbstarken. Er hatte genug von den jugendlichen Banden gehört, die versuchten, sich durchzuschlagen. Rücksichtslos, brutal, erbarmungslos – aber warum sollten sie Erbarmen haben, sie waren die Unschuldigsten, die Opfer, und sie kämpften um das nackte Leben.

»Es gibt keine Möglichkeit, daß du mich gehen läßt?«

»Nein. Auch keine Möglichkeit, heimlich abzuhauen. Versuch es gar nicht erst. Selbst wenn du es schaffen solltest, wir würden dich jagen, und wir kennen hier jeden Stein. Sei froh, daß du überhaupt noch am Leben bist. Wir töten sonst jeden, der uns zu nahe kommt, wir haben so schon zu viele Mäuler zu stopfen.«

»Habe ich dir mein Leben zu verdanken?«

»Meiner Neugier.«

Es klopfte. Die Contessa ging hinaus. Jonas vernahm einen erregten Wortwechsel, er vermutete, daß es um ihn ging. Sie kam mit finsterer Miene zurück, die Brauen heruntergezogen, die Lippen zusammengekniffen, die Hand am Griff ihrer Pistole.

»Komm!« Ihr Gesicht entspannte sich, als sie sah, wie er sich an die Wand preßte. »Keine Angst.« Sie lachte. »Du wirst nicht liquidiert. Du bekommst sogar zu essen, aber du wirst es dir verdienen – Luigi!« Ein Junge trat ein. »Luigi wird sich um dich kümmern, er spricht deutsch.«

»Meine Wache?«

»Auch. Vor allem soll er dir helfen, dich zurechtzufinden. Tu, was er dir sagt. Ohne Widerrede. Versprochen?«

»Gut«, sagte er, »versprochen.«

Sie eilte davon, er wollte hinterherrennen, Luigi hielt ihn zurück.

»Warum gehen wir nicht zusammen, Contessa«, rief er ihr nach. »Ich habe noch über so vieles mit dir zu reden.«

Sie drehte sich nicht einmal um.

Jetzt, da er etwas entspannter war, sah Jonas, daß die Gehöfte nicht erst seit kurzem verfallen sein konnten. Auch die Mauern der kleinen Kirche zeigten Risse. Im Kirchenschiff standen drei lange Reihen Tische und Bänke, an denen dicht an dicht Jugendliche saßen, viele bewaffnet, jeder einen Napf vor sich, doch niemand aß. Auch Jonas bekam am Eingang einen Napf, eine Kelle Suppe, ein Stück Brot und, nachdem Luigi ein paar Worte zu dem Mädchen, das das Essen ausgab, gesagt hatte, einen Löffel.

»Das ist jetzt deiner«, sagte Luigi. »Paß gut auf ihn auf, du erhältst keinen zweiten.«

Alle starrten Jonas an, eher neugierig als drohend, dann wandten sich die Köpfe wie auf Kommando zur anderen Seite. Auf der Empore vor den bunten Kirchenfenstern stand ein Tisch quer zu den anderen, dort schienen die ältesten Jungen zu sitzen, sie erhoben sich jetzt, die Contessa trat durch die kleine Tür, durch die einst der Priester den Altarraum betreten hatte. Alle standen auf.

»Buon' appetito«, sagte die Contessa.

»Grazie! Altrettanto!« antwortete es im Chor. Luigi stieß Jonas an das Ende eines der Tische.

Die Contessa hatte in der Mitte der Empore Platz genommen, direkt unter dem hölzernen Kreuz, vor einem Ölgemälde, das unter dem Kruzifix an das Holz genagelt war. Ein Madonnenbild? Die Frau auf dem Gemälde hielt ein Kind im Arm, aber ihr Lächeln war durchaus nicht überirdisch, sie trug ein schwarzes Spitzenkleid und glitzernden Schmuck, ihre Haare waren kunstvoll frisiert – und sie hatte Ähnlichkeit mit der Contessa, das sah man sogar aus dieser Entfernung. Jonas beobachtete, wie die Contessa sich nach rechts und links unterhielt, ein Bild fiel ihm ein: Das Abendmahl von Leonardo da Vinci. Die Contessa und ihre Jünger. Er zählte sie, es waren zwölf. War auch unter ihnen ein Judas?

»Iß!« Luigi stieß ihn an. Jonas löffelte hastig die Suppe, ein schwer definierbares Gemisch – Kohl, Rüben, Kartoffeln? Es mußten weit über hundert sein, die hier unten saßen, dazu die Contessa und ihre Jünger. Und die Wachen. Viele Mäuler, dachte er. Doch niemand schlang, und niemand holte sich Nachschlag. Und keiner war so alt wie er, nicht einmal wie die Contessa. Alle kurzgeschoren. Wie im Gefängnis. Aber war es das nicht? Und er war gefangen wie sie.

Die Contessa hatte offensichtlich gewartet, bis auch der letzte sein Essen verdrückt hatte, jetzt stand sie auf und gab damit das Zeichen zum Aufbruch. Sie verließ die Kirche wieder durch die Seitentür, ihre Jünger nicht.

»Einen Moment«, sagte Jonas, »ich möchte mir das Bild ansehen, darf ich?«

Es war natürlich nicht die Contessa, diese Frau war ein paar Jahre älter, aber die Ähnlichkeit war frappierend.

»Santa Antonia«, sagte Luigi andachtsvoll. »Schön, nicht wahr?«

»Wie eine Heilige«, bestätigte Jonas. Er traute sich nicht, Luigi zu fragen, ob sie die Contessa tatsächlich wie eine Heilige verehrten. Und warum.

Luigi packte seinen Ärmel. »Komm, arbeiten.«

Holz machen. Jonas sah mit Erstaunen und Respekt, wie die Kinder arbeiteten, wie geschickt sie mit Säge und Beil umgingen. Anfangs bedachten sie ihn mit ängstlichen und mißtrauischen Blicken, bald arbeiteten sie, ohne ihn zu beachten, schwatzten ungeniert, während sie Holz hackten; er bedauerte, daß es offensichtlich alles Italiener waren, er hätte zu gerne gewußt, worüber sie sprachen.

Luigi hatte ihm die schwerste Arbeit zugeteilt: die

Stämme und dicken Kloben mit Keilen spalten. Jonas packte zu, es tat gut, sich wieder einmal auszuarbeiten, und es wäre ihm peinlich gewesen, weniger hart zu schuften als diese mageren Kinder. Er zog sich aus bis auf die Turnhose, trotzdem war er schweißgebadet, drückende Schwüle lastete jetzt über dem Tal. Er arbeitete bald ruhiger – so wie es aussah, würde er genug Gelegenheit haben, sich auszuarbeiten –, legte Pausen ein wie die anderen, betrachtete die Gegend. Ein Stück weiter machte das Tal einen Knick.

Es muß sich ziemlich weit hinziehen, dachte er. Es mußte hier Felder geben, Weiden für die Kühe. Er versuchte, Luigi auszuhorchen, aber Luigi antwortete nicht, er hatte die Maschinenpistole griffbereit neben sich stehen und hackte Holz, ohne Jonas lange aus den Augen zu lassen. Der Tag zog sich hin, Jonas wurden die Arme schon schwer, und die Schmerzen setzten wieder ein. Endlich läutete die Glocke.

Wieder das Ritual mit dem Auftritt der Contessa. Jonas verkniff sich sein Grinsen, als er sah, mit welchem Vertrauen, welcher Hoffnung die anderen zur Contessa hinaufblickten, Augen, die in den hageren Gesichtern unnatürlich groß wirkten.

Zum Abendessen gab es Milch, Brot und Käse. Nicht genug für einen ausgewachsenen Mann, der hart arbeiten mußte, fand Jonas. Aber alle hatten die gleiche Ration bekommen, niemand sah neidisch zum Nachbarn, ob der vielleicht ein größeres Stück Brot erhalten hatte. Das wird eine harte Zeit, dachte Jonas. Immer noch besser, als draußen in einem Treck zu stecken. Oder am Berg zu hängen – er mußte die Contessa bitten, jemand auszuschicken, der William mit einem Gewehrschuß erlöste.

Nach dem Essen brachte Luigi ihn zu einer Gruppe, die sich um einen der Jünger scharte. Anbetung der heiligen Antonia? Oder die Befehlsausgabe für morgen? Nachrichten! Der Jünger berichtete, was RADIO ROM gemeldet hatte. Bewegte es sie, war es ihnen gleichgültig, daß nun auch Stockholm völlig aufgegeben war, daß Süditalien in Inseln zerfiel, daß der Gelbe Fluß zu einer Bucht des Chinesischen Meeres ausuferte? Ihre Gesichter verrieten es nicht.

»Wir sind hier in Sicherheit«, schloß der Jünger. »Vergeßt das nie!«

»Das vergessen wir nie«, antworteten alle im Chor. »Gelobt sei Antonia.«

Ein Stück weiter hatten zwei andere Jünger Zuhörer um sich versammelt, eine große Gruppe der eine, etwa ein Dutzend der andere.

»Wonach sind die Gruppen eingeteilt?« erkundigte sich Jonas.

»Nach den Sprachen.« Luigi sah ihn an, als hätte er von selbst darauf kommen müssen. »Deutsch, Italienisch und Englisch.«

»Und wie seid ihr sonst organisiert? Wer teilt die Arbeit ein? Wer bestimmt . . .«

»Halt's Maul, komm!« Luigi führte ihn in eine Scheune, wies ihm einen Platz in einer Ecke, abseits der langen Reihe der Lagerstätten, zu, einen Strohsack, eine Decke, ein Handtuch. »Waschen im Stall. Spare mit der Seife, aber reinige dich gründlich, ich werde es kontrollieren.«

»Ich bin alt genug, mich selbst sauber zu halten«, murrte Jonas.

»So ist es bei uns«, erklärte Luigi, »einer hilft dem anderen. Auch daß er nichts vergißt.«

»Schon gut.« Jonas spürte die Anstrengung der vergangenen Tage. Und den kommenden Muskelkater. Hoffentlich durfte er sich gleich hinlegen, noch war die Scheune leer, und er haßte Massenquartiere, den Chor der Schnarchenden.

»Beeil dich«, sagte Luigi. »Die Contessa will dich sprechen.«

Sie hockte auf einer niedrigen Bank vor ihrem Haus, in der Dunkelheit wirkte sie noch zierlicher, zerbrechlich. Sie war allein und schien unbewaffnet, aber vielleicht stand irgendwo eine Leibwache.

»Du hast mich rufen lassen, dankeschön.«

»Wofür bedankst du dich?«

»Daß du mit mir sprichst. Ich habe begriffen, daß du hier so etwas wie eine Heilige bist, unnahbar.«

»Ich habe Fragen«, sagte sie. »Viele Fragen. Und es tut mir gut, wieder mal mit einem Erwachsenen zu sprechen. Mit einem von draußen. Weißt du, Heilige können ziemlich einsam sein.«

»Dieses Arrangement in der Kirche..., ich nehme an, du kennst das Bild von Leonardo?«

»Klar, aber das war nicht meine Idee.«

»Und das Bild am Kreuz, deine Mutter?«

»Meine Großmutter. Ziemlich komisch, was?«

»Ein wenig merkwürdig schon. Santa Antonia... Darf ich mich setzen? Entschuldige bitte, wenn ich mich mal daneben benehme, ich habe keine Erfahrung mit Heiligen.«

»Spotte nur«, sagte sie. »Es ist sehr nützlich, wie eine Heilige behandelt zu werden; es erspart manches.«

»Du bist von hier...«

»Nicht aus diesem Tal.«

»Wie kommt es, daß du deutsch sprichst, wir sind hier doch in Italien, nicht wahr?«

»Ja. Ich bin Tirolerin, zweisprachig aufgewachsen. Viele von uns.« Sie lauschte in die Dunkelheit. Jonas vernahm nichts. Er fror, obwohl noch immer drückende Wärme herrschte, die Augen drohten ihm zuzufallen.

»Bei meinen Sachen waren Tabletten«, sagte er, als die Contessa sich ihm wieder zuwandte. »Ich brauche sie. Bitte.«

»Bist du krank?« Sie rutschte erschrocken zur Seite.

»Nein. Aber die Umstellung, der Übergang von der

Schwerelosigkeit, verstehst du?« Er war froh, daß sie nicht weiterfragte; der Übergang von der Schwerelosigkeit machte ihm nichts aus, das hatte er oft genug erlebt, trainiert, doch er fühlte die Erschöpfung nach all den Anstrengungen, und er mußte jetzt topfit sein: dies war vielleicht die Stunde, die über sein weiteres Schicksal, sein Leben entschied. Er mußte Speeds schlucken. Und er wollte die Kapsel wiederhaben, die beruhigende Gewißheit, jederzeit Schluß machen zu können. Die Contessa ging ins Haus und brachte ihm das flache Medikamententäschchen, sie hatte auch an einen Becher Wasser gedacht.

»Was macht ihr eigentlich, wenn jemand krank wird?« erkundigte sich Jonas. »Habt ihr einen Arzt?« Sie schüttelte den Kopf. »Jemand könnte eine Seuche einschleppen«, meinte er.

»Das ist einer der Gründe, weshalb wir niemanden mehr aufnehmen.«

»Magst du mir erzählen, wie es euch hierher verschlagen hat?«

»Warum sollte ich?«

»Ich möchte dich verstehen«, sagte Jonas.

Sie sah ihn prüfend an. »Nun gut.« Sie lehnte sich an die Hauswand. »Ich bin hierher geflüchtet, als die Trecks in unser Tal kamen. Du kannst es dir nicht vorstellen, Hunderte, Tausende, sie haben im Handumdrehen alles geplündert, alle niedergemacht, meine ganze Familie, haben sich gegenseitig erschlagen, am Boden zertrampelt.«

»Nein«, sagte er, »das kann sich niemand vorstellen, der es nicht erlebt hat.«

»Wir waren vier, die überlebten. Vier von unserem ganzen Dorf. Drei Kinder und ich. Wohin? Ich erinnerte mich an dieses Tal. Weißt du, es wurde schon vor Jahren verlassen, weil ein Bergrutsch den Zugang verschüttet und die meisten Gehöfte zerstört hatte. Dann übernahm es die Armee, verminte die Hänge, Sperrgebiet – aber ich hoffte, hier Hilfe zu finden, eine Zuflucht. Wo, wenn nicht hier?

Um dieses Tal machen alle Straßen einen Bogen. Niemand öffnete, wir konnten schreien, so laut wir wollten. Zum Glück schaffte ich es, über das Tor zu klettern. Das Gelände war verlassen.« Sie starrte in die Dunkelheit.

»Und die anderen? Ihr seid doch weit über hundert.«

»Habe ich nach und nach hierhergeholt. Allein, das merkte ich schnell, würde ich es nie schaffen, es gab kaum Vorräte. Auch auf die Flucht gehen? Hier kannte ich mich aus. Ich wußte, wo in den Bergen Kühe und Schafe sein mußten, die die Trecks nicht gefunden haben konnten – so habe ich die ersten geholt, Hütejungen aus dieser Gegend, dann versprengte Kinder, die ihre Leute verloren hatten.«

»Warum keine Erwachsenen?«

»Sicher, wenn ich jemand aus meinem Dorf gefunden hätte, Bekannte, aber Fremde? Du bist der erste Erwachsene hier seit . . .« Sie schwieg abrupt.

Er fragte nicht, er hatte Angst, mit einer falschen Frage alles zu verderben. »Jetzt verstehe ich«, sagte er, »daß du hier der Chef bist.«

»Ich bin die Älteste, das hast du ja gesehen, ich bin in dieser Gegend groß geworden, und ich weiß mehr als die anderen; ich habe zu Hause gelernt, wie man Korn sät und erntet, wie man eine Kuh melkt, sogar, wie man Brot bäckt. Schmeckt es dir?«

»Etwas ungewöhnlich, aber es schmeckt. – Ich kann mir vorstellen, daß es trotzdem nicht leicht ist, sich durchzusetzen.«

»Jetzt schon.«

»Die Burschen werden älter, eines Tages kann einer auf die Idee kommen, daß du lieber seine Geliebte als seine Heilige sein solltest. Oder daß er ein besserer Chef wäre.«

»Man würde ihn lynchen. Steinigen. Ich rate dir, komme nie in Versuchung.«

»Ist es schon vorgekommen?«

Keine Antwort.

»Ich will ja nicht hierbleiben«, sagte Jonas.

»Willst du nicht!« Sie kicherte. »Du weißt nicht einmal, in welche Richtung du gehen müßtest...«

»Wenn hier ein Armeelager war, muß es eine Straße geben.«

»Die haben wir längst verschüttet. Wir haben eine Lawine ausgelöst. Es gibt nur einen Weg, und du wirst ihn nicht mal erkennen. Selbst wenn – du würdest nur hilflos durch die Berge irren. Die ganze Gegend ist verlassen.«

»Kommt denn niemand mehr durch das Gebirge? Das glaube ich nicht. Ich fürchte, du wiegst dich in deiner Alpenfestung zu sehr in Sicherheit, du unterschätzt die Massen der Flüchtenden, eines Tages werden sie auch in dein Tal kommen – ist das wirklich noch nie geschehen?«

»Was willst du hören? Ja, wir verteidigen unser Tal. Wir töten. Jeden. Wir sind zu Killern geworden, meinst du, das macht uns Spaß? Aber wir haben keine Wahl, wir können nicht einmal mehr Kinder aufnehmen, wir sind schon zu viele.«

Weinte sie? Er hätte sie gerne in den Arm genommen und getröstet, aber er traute sich nicht. Dann erschrak er. »Das heißt, daß ich wohl nicht mehr lange leben werde?«

»Du fragst zuviel«, herrschte sie ihn an. »Und ich muß dir keine Rechenschaft geben. Ich habe dich nicht am Leben gelassen, weil ich einen Beichtvater brauche. Erkläre mir lieber, wie das alles gekommen ist, du behauptest, du bist Meteorologe, mußt es also wissen.«

Wie war es gekommen? Die Experten stritten sich weiter, als ob es noch eine Rolle spielte, was den CRASH ausgelöst hatte. Nur eines war unbestritten, unbestreitbar durch eindeutige Fakten: Der von einigen lange vorhergesagte Treibhauseffekt war eingetreten, die Atmosphäre heizte sich auf, die jährliche Durchschnittstemperatur war zuerst langsam, dann sprunghaft gestiegen, das Eis der Gletscher und Polkappen taute, die Meere stiegen. Was aber hatte letztlich den CRASH verursacht? Allein die ungeheure Vermehrung des Kohlendioxyds in der Atmosphäre? Svante Arrhenius hatte es schon vor hundert Jahren berechnet: Bei einer Verdoppelung des CO_2-Gehalts würde die Durchschnittstemperatur auf der Erde um 4,6 Grad steigen, die modernen Computer hatten nichts anderes herausbekommen, und die CO_2-Konzentration hatte sich fast verdoppelt durch die Abgase der Industrie, der Autos, durch die Vernichtung der Wälder.

»Weißt du«, sagte Jonas, »die Wälder haben große Mengen des Kohlendioxyds gebunden, aber die Tropenwälder wurden kahlgeschlagen oder niedergebrannt, in den Industrieländern starb der Wald – ›Bayerischer Wald‹, ‹Böhmerwald‹, ›Schwarzwald‹ . . ., das sind längst nur noch Namen, da steht doch schon lange kein Baum mehr. Wir haben in einem Jahrhundert das über Millionen von Jahren gewachsene Ökosystem zerstört . . .«

»Ich weiß«, sagte sie müde. »Erklär mir lieber, warum man nichts getan hat, um die Luft wieder sauber zu machen.«

»Wie konnte man denn den ›zivilisierten‹ Menschen zumuten, auf all die so ›unentbehrlichen‹ überflüssigen Dinge zu verzichten? Welche Regierung hätte sich denn getraut, in ihrem Land ein Programm der Bescheidenheit zu verkünden? Konsumsteigerung, Produktionssteigerung, das waren doch Fetische, unsere Götter. Von den Profiten gar nicht zu reden. Selbst die technisch längst mögliche Entgiftung aller Kraftwerke und Fabriken wurde nie ernsthaft betrieben, allen Umweltprogrammen zum Trotz. Diese Kosten! Da hätte man ja auf Panzer, Bomben, Raketen verzichten müssen. Wir haben buchstäblich zum Himmel gestunken. Milliarden von Tonnen Kohlendioxyd – ja, höhere Schornsteine wurden gebaut, da sanken die Meßwerte, weil die Schadstoffe sich jetzt über weite Gebiete verteilten. Und in die Höhe; und durch den längeren Aufenthalt in der Atmosphäre entstanden noch giftigere Substanzen. Wer hätte gewagt, den Autoverkehr einzuschränken, ein Tempolimit auf sechzig . . .«

»Und jetzt laufen Millionen zu Fuß«, sagte die Contessa. »Um ihr Leben.«

»Der endgültige Auslöser war höchstwahrscheinlich die wachsende Konzentration der Spurengase in der Atmosphäre, die Stickoxide aus den Kunstdüngern, aus dem Kerosin der Düsenflugzeuge, Methan, das beim Brandroden der Wälder freigesetzt wurde, aus den Reisfeldern aufsteigt, aus den Därmen der Kühe – ja, lach nur, aber es gab schon zwei Milliarden Kühe auf unserem Planeten. Unser täglich Steak gib uns heute! Vor allem waren es die chlorierten Kohlenwasserstoffe, allen voran Freon und FCKW, die . . .«

»Ich weiß«, sagte sie, »Fluorchlorkohlenwasserstoffe. Die Spraydosen, nicht wahr? Aber die wurden verboten.«

»Viel zu spät und nicht überall. FCKW wurde auch in der Industrie angewandt, zum Aufschäumen von Kunststoffen zum Beispiel, das wurde ebensowenig verboten wie die Verwendung als Kühlmittel in Kühlschränken und Klimaanlagen – wer hat die entsorgt, wenn sie verschrottet wurden? Ja, es sind nur ›Spuren‹elemente, aber sie regulieren wie ein Thermostat die Temperatur in den erdnahen Luftschichten, die wärmeisolierende Wirkung der FCKW ist weitaus größer als angenommen, ein Molekül hat einen Heizeffekt wie zehntausend Moleküle Kohlendioxid.«

Es hatte schon eine Weile genieselt, jetzt brach ein Wolkenbruch aus, sie flüchteten ins Haus. Während die Contessa die Haare trocknete, blickte Jonas sich um. Eine merkwürdige Behausung für das 21. Jahrhundert, dachte er. Weder Video noch Soundbox, nicht einmal eine Lampe an der Decke, nur eine Glühbirne, Fenster ohne Scheiben, nackte Steinwände und selbstgezimmerte rohe Holzmöbel, Tisch, Bank, ein paar Hocker, eine Pritsche mit verwaschenen Decken, auf denen PROPRIETA MILITARE stand. Und der größte Teil der Menschheit würde die Contessa trotzdem darum beneiden.

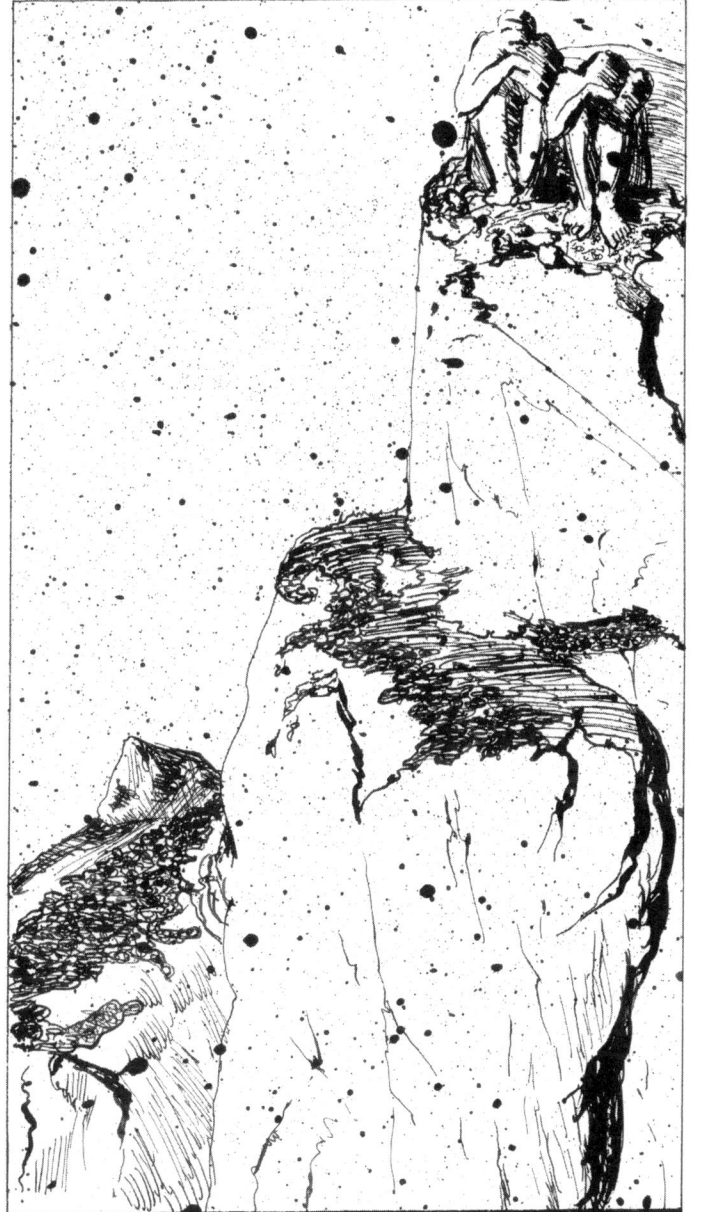

»Dein Jünger«, sagte er, »hat uns vorhin die Nachrichten von RADIO ROM mitgeteilt. Habt ihr noch Strom?«

»Nein, und bald auch keine Batterien mehr, wir können uns nur einmal am Tag Nachrichten leisten.« Sie seufzte. »Ich würde so gerne wieder einmal Musik hören.«

»Gibt es hier ein Auto? Es könnte auch kaputt sein.«

Sie schüttelte den Kopf.

»Oder ein Fahrrad, mit Dynamo?«

»Zwei Fahrräder haben wir, warum?«

»Ich könnte versuchen, daraus eine Lichtmaschine zu machen.«

»Dann wäre es ja sogar nützlich gewesen, dich leben zu lassen«, meinte sie. »Was kannst du noch? Vielleicht überzeugt es meine Jünger.«

»Mußt du sie überzeugen?«

»Ich muß nicht, aber überzeugen ist besser als befehlen.«

»Ich habe eine Bitte, Contessa. Ich habe dir doch von meinem Kumpel erzählt, der am Berg hängt, kannst du jemand losschicken, der ihn . . .«

»Befreit? Unmöglich.«

»Ihm den Gnadenschuß gibt, wenn er noch lebt.«

»Ich werde darüber nachdenken«, sagte sie.

»Noch eines. Darf ich meine Sachen wiederhaben?«

»Du brauchst nicht mehr als alle anderen. Deine Ausrüstung haben wir übrigens schon verteilt.«

»Auch meine Brieftasche?«

Sie holte sie unter dem Lager hervor, legte sie auf den Tisch, schüttete alles heraus. »Die Ausweise brauchst du nicht, auch kein Notizbuch, keinen Stift, das Geld . . ., ich wollte es den Kleinen geben, sie haben so wenig zum Spielen. Vor allem keine Bücher. Wir haben die Überreste der umliegenden Dörfer durchstöbert, nirgends ein Buch. Sie haben sie wohl als Heizmaterial benutzt. Ein einziges besitze ich, Hemingway, ›Wem die Stunde schlägt‹, ich kann es fast auswendig. Kennst du Märchen?«

»Ein paar«, sagte er, »Rotkäppchen, Dornröschen, Froschkönig . . ., was jeder kennt.«

Sie gab ihm Notizbuch und Stift. »Schreib sie auf«, befahl sie, »erinner dich, so gut du kannst, und morgen wirst du den Kleinen etwas zur Nacht erzählen. Kinder brauchen Märchen.«

»Ich möchte das Foto«, sagte er.

Sie sah es sich an. »Deine Frau?«

»Meine Mutter. Es ist ein altes Bild, aber auf dem sehe ich sie am liebsten.«

»Lebt sie noch?«

»Ich weiß es nicht. Sie ist vor einem Jahr geflüchtet, seitdem habe ich nichts mehr von ihr gehört.«

Sie gab ihm das Bild, faßte in alle Fächer der Brieftasche. »Kein anderes Bild? Keine Frau, keine Freundin?«

»Niemand, der um mich trauern wird.«

Sie stellte einen Krug Wasser und zwei Becher auf den Tisch. »Setz dich«, forderte sie ihn auf. »Was ich noch wissen möchte: Warum habt ihr den CRASH nicht vorhergesehen? Ihr hattet bestimmt die modernsten Computer.«

»Nicht so gute wie die Militärs, doch die hätten uns auch nicht geholfen. Der Zuwachs war anfangs schwer nachzuweisen. Panikmache, hieß es. Lagen die Werte nicht im Bereich der jährlichen Schwankungen, des statistischen Rauschens? Als es eindeutig wurde, war es zu spät. Selbst die Pessimisten hatten geglaubt, es würde ein langsamer Prozeß sein, den man notfalls noch stoppen könne, sobald er bewiesen war, nur eine Handvoll ›Verrückter‹ prophezeite, daß der Prozeß urplötzlich eskalieren könnte, jenseits eines kritischen Punktes irreversibel würde und sich im Selbstlauf aufschaukelte – aber wo lag der kritische Punkt? Jetzt wissen wir es.«

»Zu spät«, sagte sie. »Und man kann die Schuldigen nicht einmal bestrafen.«

»Wir werden alle bestraft, Schuldige wie Unschuldige gleichermaßen.«

»Das glaube ich nicht. Die Mächtigen haben immer gewußt, sich rechtzeitig in Sicherheit zu bringen.«

»Ich fürchte, bald gibt es nirgends mehr Sicherheit. Es sind ja nicht nur die Klimaverschiebungen, die Sintfluten und Wirbelstürme, das Steigen der Meere – denk mal an die Giftdeponien der Industrie! Sicher, man hatte begonnen, die Flüsse zu entgiften, nicht nur an der Rheinmündung sind gewaltige Polder entstanden, um den giftigen Schlamm aufzufangen, überall auf der Erde gibt es riesige Deponien, vor allem entlang der Flüsse, wo die Industrie konzentriert war – das sind die Gebiete, die zuerst überschwemmt wurden. Nicht der Hunger bewirkt die meisten Toten, die meisten verdursten oder werden vergiftet. Und vergiß nicht die chemischen und biologischen Waffen. Allein in der Bundesrepublik lagerten über fünfhundert Tonnen des Giftgases VX – und nicht nur das! –, siebzehn Tonnen hätten genügt, das ganze Land mit einer hundert Meter hohen tödlichen Wolke zu bedecken. Nur ein Teil wurde rechtzeitig evakuiert. Wann wird sich das aggressive, giftige Wasser durch die Behälter gefressen haben? Was geschieht, wenn auch nur ein Bruchteil all der chemischen und biologischen Waffen freigesetzt wird, wenn die Giftgasschwaden sich ausbreiten, die künstlichen Seuchen der Militärs, die künstlichen Viren der Gentechniker? Überall sind die Armeen in Auflösung – in Nebraska und Ostsibirien sind Krankheiten aufgetreten, die niemand identifizieren kann . . .«

»Dann, gute Nacht«, sagte sie leise. »Dann wird kein Mensch überleben. Unsere Art wird aussterben wie einst die Saurier.«

»Mit einem Unterschied: Wir sind selbst schuld an unserem Untergang.«

In der Ferne ertönte ein Signal, ein Horn oder eine Fanfare, die Contessa sprang auf, holte zwei Maschinenpistolen unter der Pritsche hervor, drückte Jonas eine in die Hand und rannte davon.

Jonas hatte Mühe, ihr in der Finsternis zu folgen, wäre ein paarmal fast hingeschlagen. Immer mehr schlossen sich ihnen an, alle bewaffnet, und alle rannten, als ginge es um ihr Leben. Am Ende des Tals kletterten sie eine Geröllhalde hinauf, das letzte Stück krochen sie geduckt, oben spähten zwei Jungen in die Dunkelheit, flüsterten erregt mit der Contessa. Sie winkte, und Kisten wurden herangeschafft.

Waren das Wölfe? Jonas hatte noch nie ein derartiges Geheul gehört. Es fuhr ihm buchstäblich durch Mark und Bein, kalte Schauer zogen über seinen Rücken.

»Tiger«, flüsterte die Contessa.

»Tiger, hier?«

»Pst! Später. Du kannst doch mit 'ner MPi umgehen?«

»Ja, aber wie soll ich in der Dunkelheit . . .«

»Verlaß dich drauf, sie kommen näher. Sie sind ausgehungert und haben die Witterung aufgenommen. Hier.« Sie drückte ihm etwas in die Hand. Eine Handgranate? Eine Spraydose.

»Meist erkennt man sie erst, wenn sie springen«, sagte die Contessa, »dann ist es zu spät für einen Schuß. Wenn du den Schatten wahrnimmst, wirf dich zur Seite und sprühe das Tier an. Ziel auf die Augen, die Augen wirst du auch im Dunkeln erkennen. Schieß erst, wenn das Tier auf den Boden klatscht. Ins Auge oder in den Nacken. Ohne zu zögern. Du hast nur einen Schuß.« Sie zeigte ihm, wie er MPi und Dose zugleich halten konnte.

Dann wurde es still, beängstigend still. Diese Furcht mußten schon die Urmenschen gekannt haben, dachte Jonas. Bestimmt war sie vor Hunderttausenden von Jahren genetisch programmiert worden, wie sonst hätte ihm vorhin das unbekannte Gebrüll Angstschauer über den Rücken jagen können?

Die Contessa schrie grell auf, Jonas sah einen Schatten heranfliegen, er drückte den Sprayknopf und warf sich zur Seite, hörte hinter sich einen Aufprall, dann eine kurze

Garbe von Schüssen, die seine Trommelfelle zerreißen wollte. Als er aufblickte, sah er keine zwei Meter von sich entfernt ein gewaltiges Tier, einen Tiger.

»Ich habe dir doch gesagt, du sollst sofort schießen!« herrschte die Contessa ihn an. »Wenn ich nicht aufgepaßt hätte . . .«

»Danke!« Jetzt erst begann er am ganzen Körper zu zittern, Schweiß brach aus allen Poren. Die Contessa lag bereits wieder auf der Kuppe; als er neben sie kroch, drückte sie ihm eine neue Dose in die Hand. Warten, lauschen, spähen. Plötzlich, weit links, ein Schrei und Schüsse. Lauschen, spähen, warten. Dann heulte es wieder, aber das Gebrüll entfernte sich. Die Contessa stand auf.

Sie hatten Mühe, zu viert den Tiger hochzuschleppen. Der Kadaver wurde ein Stück den Hang hinuntergewälzt.

»Ich hoffe, wir haben ein paar Tage Ruhe«, sagte die Contessa, »der Verwesungsgeruch schreckt sie ab.«

»Vielleicht sind sie längst Aasfresser?«

»Bestimmt sogar, aber sie fressen nie die eigene Art. Hauptsache, der Geruch lockt keine Affen an.«

»Affen? Wie kommen Affen in die Alpen?«

»Keine Ahnung. Aus Asien, denke ich mir. Vielleicht folgen die Tiere den Trecks, vielleicht laufen sie vor ihnen her? Tiger sind selten, aber Wölfe, verwilderte Hunde und Affen – am schlimmsten sind die Affen.« Sie seufzte. »Wie ich das hasse, wie ich das alles satt habe, töten, töten, töten. Aber wir sind ja schon froh, wenn es nur Tiere sind.«

Er legte den Arm um sie, und sie schüttelte ihn nicht ab.

»Manchmal«, sagte sie leise, »habe ich Lust, alles aufzugeben, aber ich kann sie doch nicht im Stich lassen.«

»Nein«, sagte er, »das darfst du nicht.« Er spürte am Zittern ihrer Schultern, daß sie weinte. »Diese Dosen«, sagte er, »das ist doch Giftgas, und ihr habt keine Masken . . .«

»Haarlack!« antwortete sie. »Simpler Haarspray. Ich habe keine Ahnung, warum die Armee hier Spray eingelagert hat, ganze Schuppen voll, Farbspray, Lackspray, Fen-

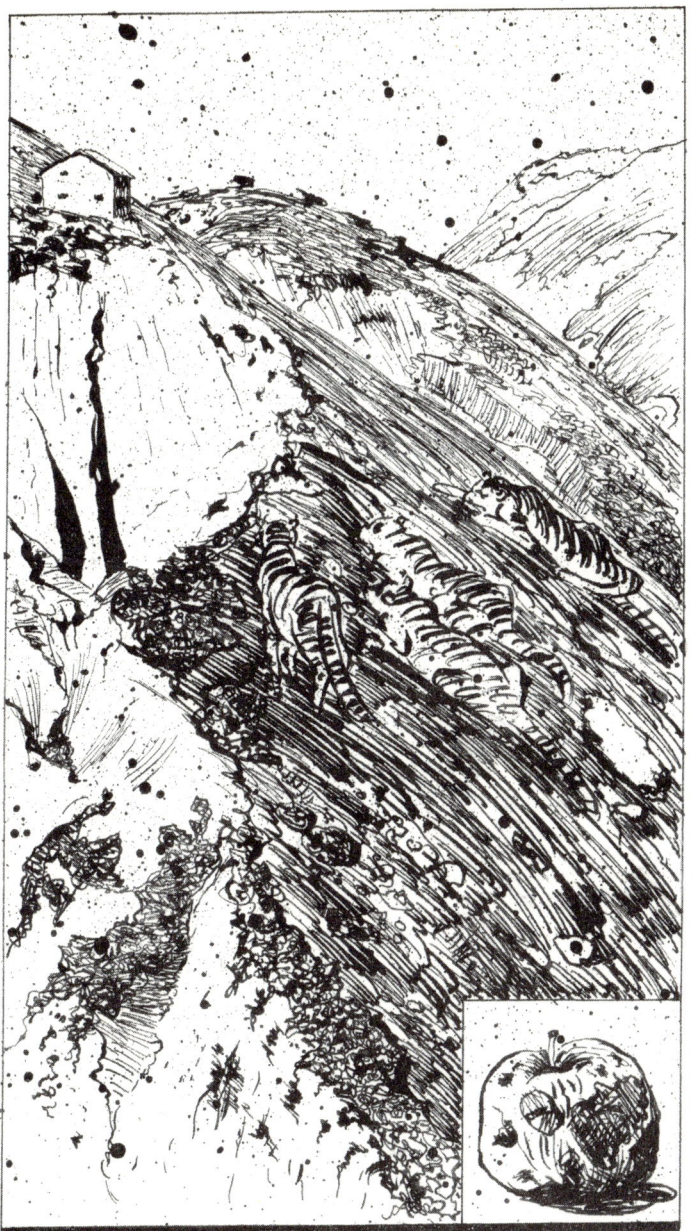

sterputzspray, Möbelpolitur ... Haarspray wirkt am besten, die Tiere kommen völlig durcheinander, wenn man sie ansprüht, vielleicht, weil sie blind davon werden. Pervers, was? Ausgerechnet Spray!«

»Jetzt macht es auch nichts mehr«, sagte er.

»Wenn wir nur ebensoviel Munition wie Spray hätten.«

Jemand rief nach der Contessa. Jonas stand unversehens allein in der Dunkelheit. Er spürte das Metall der MPi unter den Händen. Wenn er jetzt floh? Niemand würde ihn finden, auch morgen nicht. Er hatte gelernt, sich zu tarnen. Und mit einer Waffe umzugehen. Er war diesen Kindern haushoch überlegen. Aber er hatte keinen Schluck Wasser, und er glaubte der Contessa, daß die Gegend verlassen war. Im günstigsten Fall könnte er auf einen Treck stoßen. Oder auf die Tiger. Wie sollte er sich je nach Baikonur durchschlagen? Und wozu. Die Welt würde auch ohne ihn untergehen.

Er kletterte nicht über den Hang, er ging der Contessa nach. Die anderen umringten sie im Kreis, es mochten über fünfzig sein, einige nicht älter als zwölf, die Contessa lag fast neben einer am Boden liegenden Gestalt, drückte seinen Kopf an die Brust; es war einer der Jünger, er wimmerte, sein Unterleib schien von einem Tiger getroffen, aufgerissen zu sein. Die Contessa streichelte sein Gesicht, summte etwas, das wie ein Wiegenlied klang, eine beruhigende, tröstende Melodie, dann hob sie die Hand, und alle entfernten sich, nur Jonas blieb stehen, sah, wie die Contessa den Kopf des Jüngers langsam auf den Boden sinken ließ, wie sie die Mündung ihrer Waffe behutsam an die Schläfe des Jungen führte und ihr Gesicht abwandte. Der Schuß schien unendlich lauter als alle Schüsse zuvor.

Die Contessa stand auf und verschwand mit schleppenden, stolpernden Schritten in der Dunkelheit. Die anderen tauchten wieder auf, schichteten Steine über ihren toten Kameraden.

Jonas erblickte die Contessa am Ende der Geröllhalde,

sie tastete sich mit der rechten Hand an der Bergwand hinunter. Er holte nicht auf, auch im Tal blieb er ein paar Meter hinter ihr. Plötzlich blieb die Contessa stehen.

»Was willst du?« sagte sie tonlos.

»Ich dachte, du brauchst jetzt vielleicht jemanden«, sagte er, »wenn du willst, verschwinde ich.«

»Nein, geh nicht.«

Er nahm sie in die Arme, und sie drückte sich an ihn. Er streichelte ihr Haar, ihre mageren Schultern. Irgendwann hörte er die Schritte der Jungen, die wortlos zum Lager zurückgingen; als die Geräusche in der Ferne verklungen waren, schluchzte sie laut auf.

»Ja, weine nur«, sagte er, »das wird dir helfen.«

»Mir kann nichts helfen«, sagte sie verzweifelt. »Du wolltest mich doch verstehen . . ., verstehst du mich? Antonia, die Heilige von der Maschinenpistole. Die heilige Killerin. Die einsame Wölfin.«

Er drückte ihr einen Kuß auf die Wange, sie schlang ihre Arme um seinen Hals. Er küßte sie auf den Mund, sie erwiderte den Kuß nicht.

»Wenn du willst«, flüsterte er, »mußt du nicht einsam bleiben. Ich mag dich.«

»Ich will nicht«, sagte sie heftig. »Ich will nicht noch einmal . . . Und es geht auch nicht. Alle Disziplin bräche zusammen, die ganze so mühsam erreichte, nur mit eiserner Strenge aufrechterhaltene Ordnung.«

»Du bist und du bleibst die Contessa.«

»Ich kann nicht tun, was ich will, wir haben unsere ungeschriebenen Gesetze.«

»Dann laß mich gehen. Oder laß mich sterben. Ich wüßte nicht, wie ich hier leben sollte. Jetzt schon gar nicht mehr. Ich kann keine Heilige in dir sehen. Für mich bist du eine Frau. Eine wunderbare Frau.«

Sie löste sich aus seinen Armen und ging zum Dorf, Jonas folgte ihr. Vor ihrem Haus blieb die Contessa stehen. Als er vorbeigehen wollte, rief sie ihn.

»Jonas.« Es war das erste Mal, daß sie seinen Namen nannte.

»Ja, Antonia?«

Sie winkte mit dem Kopf.

Sie zogen sich schweigend aus, krochen unter die kratzigen Decken der italienischen Armee, die längst in alle Winde verweht war, schmiegten sich aneinander.

»Ich bin so schrecklich mager«, klagte sie.

»Ach was«, sagte er, »ich mag dünne Frauen. Ich kann überhaupt nicht verstehen, warum andere hinter dicken Brüsten herjagen.«

Sie lachte. »Selbst wenn es gelogen ist«, sagte sie, »ich höre es gern. – Sei vorsichtig, ja?«

»Bist du noch Jungfrau?«

»Nein. Trotzdem . . .«

Er hatte kein Verlangen, sich auf sie zu stürzen, obwohl er schon seit Wochen mit keiner Frau mehr geschlafen hatte, er wollte sie streicheln, küssen, in den Armen halten, sie an sich drücken und trösten. Welch ein Mädchen. Welch eine Zeit. Er hatte Angst, daß Luigi Krach schlagen könnte, weil er nicht auf seinem Strohsack lag, daß ein erneuter Alarm sie wieder auseinanderreißen würde, daß sie töten müßten statt sich zu lieben, aber die Stille der Nacht, diese unglaublich friedliche Stille des Tals wurde nicht zerrissen. Wem die Stunde schlägt, dachte er. War dies die Stunde seines Lebens? Verhieß sie Leben oder Tod?

»Ich liebe dich«, sagte er, und er wiederholte es immer wieder. Nicht aus Angst. Nicht um sein Leben zu retten. Keine Spur von Berechnung, von Heuchelei war in seinen Gedanken. Lieber sterben, als ohne sie leben zu müssen. Wenn Leben überhaupt noch einen Sinn hatte, dann hier und mit ihr. Und wenn er sterben mußte, dann hatte er wenigstens noch erlebt, was Liebe war.

»Jonas«, sagte sie leise, »heißt das nicht. der Verlorene?«

»Jetzt bin ich nicht mehr verloren. Und du nicht länger einsam, oder?«

Sie antwortete nicht, sie ließ ihre Fingerspitzen über seine Brust, seinen Hals, seine Lippen streichen. »Komm.«

Irgendwann setzte sie sich erschrocken auf, sah zum Fenster, der Tag schickte bereits einen hellen Schimmer ins Tal.

»Du mußt jetzt gehen.«

»Ich will nicht. Nie mehr, hörst du?«

»Du darfst morgen abend wiederkommen. Heimlich, ja? Wir müssen so tun, als wäre nichts zwischen uns, versprichst du es mir?«

»Wie kann ich das?«

»Du mußt. Versprich es, bitte.« Ein Flehen lag in ihrer Stimme. Sie sahen sich lange in die Augen.

»Gut, versprochen.«

»Schwöre!«

»Ich schwöre es.« Er stand auf, zog sich an, dann erschrak er. »Aber Luigi«, sagte er.

»Ich spreche mit ihm. Luigi ist mir völlig ergeben. Er wartet draußen.«

»Vor der Tür?« fragte Jonas erstaunt.

Sie lachte. »Er ist dir die ganze Zeit gefolgt.«

Sie verabschiedeten sich mit einem langen Kuß.

»Glaube mir«, sagte sie, »ich lasse dich ungern gehn. Es war schön.«

»Hat die Erde gebebt? Du erinnerst dich doch an die Szene in ›Wem die Stunde schlägt‹?«

»Ich habe die Glocken von San Marco gehört«, sagte sie lächelnd. »So heißt es bei Petrarca.«

In alle Ewigkeit . . .

»From dawn to dawn in all eternity . . .« O'Neill sang es lauthals zu der Melodie des alten Kinderliedes von den drei rosa Teddybären: von Morgenröte zu Morgenröte, in alle Ewigkeit. Eve hatte das geschrieben, damals war sie noch auf dem College und hoffte, einmal eine große Dichterin zu werden. Vielleicht war sie es geworden? Wie lange war das nun her? Siebzig Jahre. Nein, zweiundsiebzig, du meine Güte.

»Ja«, sagte er, »hundert Jahre sind genug.« Er brüllte es noch einmal, so laut er konnte, gegen das Summen des Rotors, der in dieser Höhe hörbare Schwierigkeiten mit der dünnen Atmosphäre hatte.

»Vielleicht auf der Erde«, sagte er, »wer weiß? Ach was, Pat, du bist nicht auf der Erde, du bist hier auf dem Antair, und so soll es auch bleiben.«

Er sprach immer laut mit sich selbst. Er war nur überrascht, als die FREMDEN ihn fragten, warum er so schrie; er hatte nicht mitbekommen, wie sein Gehör mit den Jahren nachließ. Seit er allein war, sprach er laut mit sich. Um wenigstens eine Stimme zu hören. Um nicht verrückt zu werden. O'Neill kicherte. Vielleicht war er längst verrückt? Ein Sonderling war er gewiß, ein Spleeny, wie man sie seinerzeit in Oxford genannt hatte. Er stimmte »Merry Old England« an. Wie ging das Lied weiter? Vergessen. Wie so vieles. Manchmal fluchte er, weil er so vieles vergessen hatte, quälte sich, irgendeine Erinnerung doch noch aus den Tresoren seines Gedächtnisses hervorzuholen. Als ob es wichtig wäre, sich zu erinnern.

»Ja«, korrigierte er sich, »es ist wichtig, die Erinnerung unterscheidet den Menschen vom Tier.« Oder auch nicht?

Doch, er bestand darauf. Auch, oder weil er zunehmend Schwierigkeiten hatte, sich an den vergangenen Tag zu erinnern. Dafür verblüffend klar an seine frühe Kindheit, an Dinge, die ihm seit Jahrzehnten entfallen waren, das Muster der Tapete in seinem Kinderzimmer zum Beispiel, oder den Geruch von Mutter, wenn sie sich über sein Gitterbett beugte. Der Duft der Orchideen hatte ihn daran erinnert. Natürlich waren es keine Orchideen. Wahrscheinlich sahen sie den irdischen Orchideen nicht einmal ähnlich – er hatte längst vergessen, wie sie aussahen –, aber er hatte sie Orchideen getauft. Wer sollte ihn daran hindern?

»Ich bin der Herr des Antair«, sang er vergnügt. Niemand konnte ihn daran hindern, alles nach seinem Willen zu benennen. Wenn er diese Welt auch nicht wie ein Gott nach seinen Wünschen, nach seinem Bild erschaffen konnte, benennen konnte er sie, und etwas benennen schien ihm die Vorstufe zur Gottheit.

»Der Gott des Antair«, kicherte er. Aber es gab niemanden hier, der ihn hätte anbeten können. Und so verrückt, sich selbst anzubeten, war er nicht.

»Verdammt noch mal, Pat, paß auf!« fluchte er. Er wußte doch, daß er hier oben aufpassen mußte, den Flug nicht allein der Automatik überlassen durfte. Auch ferne Magnetstürme narrten leicht die Automatik. Das Parallelometer zeigte deutlich, daß der Copter schief lag, eine Rechtskurve flog, wer weiß, wohin. Er war stolz auf das Parallelometer, seine Erfindung. Simpel, aber es funktionierte. Besser als alle Elektronik. Elektronik ließ sich narren, solch simple Apparaturen nicht. Bestimmt hatte schon vor dreitausend oder viertausend Jahren irgendein Chinese oder Sumerer das Prinzip entdeckt: ein U-förmiges Röhrchen mit ein wenig Flüssigkeit, aber er, Patrick O'Neill, hatte es ganz allein erfunden. Und nicht nur das.

Ein rotes Lämpchen leuchtete auf. O'Neill wechselte

den Sauerstoffbehälter. Hoffentlich reichte der Sauerstoff. Er hätte den FREMDEN keinen Container zur Untersuchung geben dürfen, es war so schwer, den Sauerstoff zu sammeln.

Damals, als sie auf dem Antair strandeten, hatten sie befürchtet, daß es hier überhaupt keinen freien Sauerstoff gab, daß sie immer in den verdammten Skaphandern herumlaufen und so kaum etwas von dem Planeten sehen würden, aber der Antair hatte sie überrascht – wie oft er sie überrascht hatte. Dies war eine der angenehmen Überraschungen gewesen: Während oberhalb von drei Kilometern nur wenige Sauerstoffmoleküle in der Atmosphäre zu finden gewesen waren, gab es dicht über dem Boden reichlich davon. Nicht überall, nicht in den Wüsten und nicht über dem Meer, aber in den riesigen Waldgebieten. Die Pastanien – auch das einer von O'Neills Namen – sonderten Sauerstoff ab. In den Wäldern konnte man sogar ohne Skaphander umherstreifen, natürlich mußte man ein Atemgerät bei sich tragen, falls das Warngerät einen jähen Abfall des Sauerstoffs alarmierte. Aber es war verteufelt schwer geworden, den Sauerstoff einzufangen und in die Container zu füllen, seit die Energieversorgung zusammengebrochen war; mehr als einen Vorrat für zwei Wochen hatte er seit Jahren nicht mehr besessen.

Urplötzlich waren die Wolken zu Ende, vor ihm, vielleicht noch dreihundert Kilometer entfernt, leuchteten die Gipfel des Himantaya-Massivs im Schein der beiden Monde, und hoch über allen anderen glitzerten die eisbedeckten, schartigen Spitzen seines Ziels wie die Türme im Schloß der Eiskönigin. Der höchste Berg des Antair, vielleicht der höchste dieses Sonnensystems, bis zu den anderen Planeten hatten sie es ja nicht mehr geschafft, fast doppelt so hoch wie der heimatliche Himalaja.

O'Neill war froh, daß er den Berg jetzt sehen konnte, damit verflog seine größte Angst: daß er ihn verpassen, daß die Magnetstürme das Programm der Automatik in die Irre führen konnten. Zur Basis würde der Copter wohl wieder zurückfinden, in Ost-West-Richtung traten die Irritationen nur selten auf. Und wennschon. Die FREMDEN würden den Copter bestimmt nicht mitnehmen wollen. Er nannte sie noch immer die FREMDEN!

Er hatte ungläubig auf das Funkgerät gestarrt, als es eine Sendung auf Frequenz 12.2 meldete. Es hatte lange gedauert, bis er das Piepsen überhaupt wahrgenommen hatte – er hatte nicht gewußt, daß das Gerät noch angeschaltet war. Wenn er es gewußt hätte, hätte er es bestimmt abgeschaltet. Wie alle anderen, die überflüssig geworden waren und nur den knappen, kostbaren Strom aus seinem provisorischen Wasserkraftwerk vergeudeten. Was nutzte ihm ein Funkgerät, dessen Empfänger zwar ein paar hundert Kilometer, dessen Sender aber nicht weiter als zehn Kilometer reichte. Nicht einmal ein Sender für zehn Millionen Kilometer hätte ihm etwas genutzt.

Er hatte geglaubt, das Gerät spinne. Die meisten Geräte hatten in der Magnetosphäre des Antair früher oder später angefangen zu spinnen, und nur wenige hatte er wieder zur Räson bringen können, schließlich war er kein Elektroniker. Ein Glück, daß er sich während des Studiums mit archaischen Technologien beschäftigt hatte. Sein Wasserkraftwerk war nur ein etwas verbessertes altägyptisches Schöpfrad.

Das Funkgerät hatte nicht gesponnen, es war tatsächlich ein Raumschiff im Orbit! Aber würde es auch landen? Er hatte überlegt, wie er ihnen ein Zeichen geben könnte. Sie flogen außerhalb der Reichweite eines Senders. Schließlich war ihm das »Kreuz des Südens« eingefallen, eine Insel, die Bellamy so getauft hatte, weil sie exakt wie ein Kreuz aussah. Sie hatten es für ein Zeichen von Zivilisation auf dem Antair gehalten, es war viel zu exakt für ein Zufallsprodukt, doch sie mußten erkennen, daß es nicht mehr war als eine Laune der unerschöpflichen Natur.

Warum, so hatte Bellamy philosophiert, warum soll es

unter den Trilliarden von Inseln auf den Billiarden von Planeten des Alls nicht auch eine geben, die eine exakte Kreuzform aufweist? Er hatte sogar die Wahrscheinlichkeit berechnet, irgendwas von eins zu siebenkommasoundsoviel Milliarden; Bellamy war ein Fanatiker der Wahrscheinlichkeit. Gewesen. Wann war er gestorben? O'Neill wußte es nicht mehr, dabei war das eines der wichtigen Daten seines Lebens. Er und Bellamy waren die einzigen Überlebenden der Katastrophe gewesen, jenes verheerenden magnetischen Orkans, der das Raumschiff vernichtet hatte. Sie hatten überlebt, weil sie im Copter auf Erkundung gewesen waren, nur sie beide und das bißchen Ausrüstung, das schon zur Errichtung der zweiten Basis ausgeladen war.

O'Neill war zum »Kreuz des Südens« geflogen, hatte drei der kostbaren Kanister Treibstoff geopfert, einen für den Flug, zwei, um den Wald der Insel auf allen vier Balken zugleich in Brand zu setzen, um denen da oben, wer immer es sein mochte, ein Zeichen zu geben. Ja, wer kam ihn da besuchen? Menschen? Unwahrscheinlich. Sie hatten zwar vor der Notlandung noch einen Spruch in Richtung Heimat abgesetzt, aber es war mehr als unwahrscheinlich, daß er die Erde je erreicht hatte.

Vielleicht, so hatte O'Neill gedacht, vielleicht war er der erste Mensch, der auf Außerirdische traf, hier auf dem Antair. Und er konnte ihnen nicht einmal exakt beschreiben, woher er kam. Alle Flugunterlagen waren mit dem Raumschiff vernichtet. Er hatte kaum Ahnung, in welchem Winkel der Galaxis er sich befand, wie sollte er es anderen erklären – wenn er sich überhaupt mit ihnen verständigen konnte!

Er überlegte lange, ob er die Insel in Brand setzen sollte. Die Neugier siegte. Was konnte ihm schon passieren? Konnte ihm überhaupt etwas Besseres passieren, als einmal, und sei es am letzten Tag seines Lebens, Wesen von einem fremden Stern zu sehen? Nur schade, daß man auf der Erde nie etwas davon erfahren würde. Vielleicht doch?

Wenn er den anderen auch nicht beschreiben konnte, wo sich sein Heimatplanet befand, er würde ihnen die Gewißheit geben, daß es die Menschen gab. Er konnte ihnen sogar die ungefähre Entfernung zur Erde nennen, er wußte ja die Dauer des Fluges und die Geschwindigkeit, den Rest mußten die anderen besorgen – würden sie bestimmt. Würden Menschen nicht alles daransetzen, eine fremde Intelligenz, auf die sie so zufällig gestoßen waren, zu finden?

Zwei Tage hatte O'Neill warten müssen, bis der Empfänger anzeigte, daß das Raumschiff im Orbit die Hundertkilometerdistanz wieder unterschritten hatte. Er sah unruhig zu, wie der Zeiger ausschlug, er hoffte inständig, daß die FREMDEN in Sichtweite über ihm flogen; als der Pegel abfiel und die Intensität des Signals nachzulassen begann, zündete er die Brandsätze, ging auf sichere Entfernung, sah, wie das Feuer den knochentrockenen Wald fraß, wie sich in Minuten ein brennendes, weithin sichtbares Kreuz bildete. Hoffentlich hatten sie es bemerkt. So schnell es aufflammte, so schnell war das Feuer zu mattleuchtender Glut erloschen.

Dann sah er das Raumschiff – die Landefähre, wie er sich selbst hätte ausrechnen können, nur solche Pechvögel wie sie landeten mit dem Raumschiff. Er hatte seinen Copter über dem Zentrum des Kreuzes kreisen lassen, damit sie ihn ja ausmachen konnten. Wie lange hatte er auf diesen Augenblick gewartet.

Und wie lange schon nicht mehr. Niemand, damit hatte er sich abgefunden, niemand würde ihn suchen, und wer weiß, wann wieder einmal ein Raumschiff in diese Gegend kommen würde; zu seiner Zeit startete auf der Erde nur alle zwanzig Jahre eine Expedition so weit ins All. Niemals . . .

Ja, er hatte mit dem Gedanken gespielt, sich umzubringen. Nachdem Bellamy ihn verlassen hatte. Er war in den Wald gegangen, um sich aufzuhängen. Hängen, so fand er, war ein uralter, urmenschlicher Tod. Seit Jahrtausenden waren Menschen durch Hängen gestorben, warum nicht auch er, hier auf dem Antair, Dutzende von Lichtjahren von zu Hause entfernt – ein Mensch bleibt man überall. Und es sollte ein schöner Tod sein, hatte er einmal gelesen. Wenn man überhaupt von einem schönen Tod sprechen konnte, und wenn man es richtig machte – ein plötzlicher Blutandrang im Gehirn, eine letzte, überwältigende Flut von Farben, Bildern, Tönen. Und eine letzte Erektion.

Die Erektion bekam er auch so. Er hatte sich an den Stamm eines Baumes gesetzt und war eingeschlafen, müde und erschöpft von dem langen Marsch, vor allem aber von den vielen vergeblichen Versuchen, einen Ast zu finden, der erreichbar und zugleich fest genug war, daß er sich daran aufhängen konnte.

Er hatte sonderbare Träume voller unfaßbarer, unbeschreiblicher Farben und Töne, Gerüche und Düfte, voll Wärme und Wohlbehagen – und Erotik. Es war der Duft der Venusblume, wie er sie taufte, der wie ein Rauschgift auf sein Gehirn wirkte, wie eine Droge, wohl ähnlich dem LSD, das sie einmal auf der Erde genommen hatten. Er entdeckte die Blume erst, als er danach suchte. Spätabends, er hatte Stunden unter dem Baum gesessen, und die Blumen, die er beim Kommen nur im Unterbewußtsein registriert hatte, waren verwelkt.

Sie blühten immer nur einen Tag, und die Blume wuchs nur an wenigen Stellen, ein Glück für ihn, sonst wäre er wohl süchtig geworden. O'Neill hatte die Pflanzen studiert, konnte schließlich auf den Tag genau vorhersagen, wann eine blühen würde, hatte im Laufe der Jahre alle Venusblumen im Umkreis von drei Tagesreisen registriert, selbst dann konnte er nur alle drei, vier Wochen träumen gehen.

Diese Träume hatten sein Leben verändert, hatten es wieder lebenswert gemacht. Ihretwegen schuf er in den Wochen zwischen den Träumen die Basis seines Überlebens. Er legte Pflanzungen an, vervollkommnete das Sauerstoffsammelgerät, die Trinkwasseraufbereitung, reparierte und wartete den Copter, erfand all die kleinen Geräte, die er zum Überleben brauchte – ein Robinson auf dem Antair, nur statt eines Freitags hatte er eine Blume gefunden.

Die Lust, die die Blume ihm schenkte, gab ihm die Lust am Leben zurück, Mut für die Erforschung des Planeten, die Ausdauer, alles, was er entdeckte, zu registrieren und zu beschreiben, die Hoffnung, daß es eines Tages ein Raumschiff hierher verschlagen würde, das sein Vermächtnis zur Erde zurückbrachte.

Und nun waren sie gekommen. Als er längst nicht mehr damit rechnete, nicht einmal mehr eine vage, irrationale Hoffnung hegte, es noch zu erleben. Als er sich damit abgefunden hatte, für alle Zeiten in den Tiefen des Alls verschollen zu bleiben – er haderte nicht mit seinem Schicksal. Nicht mehr. Was war die Erfüllung des Lebens? Was hätte ihn erwartet, wäre er auf der Erde geblieben? Arbeit an irgendeinem Institut, Warten auf Urlaub, auf die immer zu knappe Energiezuweisung für ein Forschungsprojekt, eine Frau oder zwei, vielleicht ein Kind . . .

Hier hatte er einen ganzen Planeten zu entdecken, und daß er allein war – war auf der Erde niemand allein, trotz der Milliarden von Mitmenschen? Wie viele machten gerade dort aus Einsamkeit ihrem Leben ein Ende.

Er war nicht allein. Der Antair war sein allgegenwärtiger Gefährte, O'Neill sprach mit ihm, und manchmal schien es ihm, als ob er Antwort bekam. Der Antair war sein Freund, ein leider oft auch unberechenbarer, erschreckender Freund, und, seit er die Venusblume entdeckt hatte, auch seine Geliebte. Diese Wärme und Geborgenheit, diese Träume – welche Frau hätte ihm mehr Erotik gegeben als diese Welt? Seine Welt. Und nun sollte er sie verlassen.

Der dritte Mond war aufgegangen, tauchte die Spitzen des Himantaya in blau glitzerndes Licht. Dort, auf dem Eisfeld, dicht unter der höchsten Spitze, würde er landen, fast zwanzig Kilometer über dem Erdboden. Dem Boden

des Antair, korrigierte er sich. Erneut mußte er die Sauerstoffbehälter wechseln.

Ja, er hatte sich gefreut, er war geradezu außer sich vor
Freude gewesen, als sich herausstellte, daß in den ungefügen, silberglänzenden, undurchsichtigen Skaphandern
Menschen steckten, als er, zum ersten Mal seit seinem Abflug von der Erde, seit über sechzig Jahren, eine Frau in
seinen Armen hielt – sie weinte mehr als er, drückte ihn
an sich, schluchzte, küßte ihn, als sei er ihr verschollener
Geliebter, den sie endlich wiedergefunden –, doch die Er-
nüchterung setzte bald ein. Nach Hause? Wo war er zu
Hause, auf der Erde?

Das war nicht mehr die Erde, die er verlassen hatte, von
der er, zumindest in den ersten Jahren nach der Notlandung, jede Nacht geträumt hatte. Sie zeigten es ihm, ließen
eigens für ihn Kisten voll Videobänder vom Raumschiff
herunterfliegen. Und einen Arzt mit einer halben Raum-
fähre voller Apparaturen, der ihn untersuchte. Ob sie ihn
überhaupt an Bord des Raumschiffs lassen durften, ob er
nicht am Ende alle verseuchen würde . . . Er war gesund.
Erstaunlich gesund und fit für sein Alter, hatte Doc
schließlich erklärt. Überaus erstaunlich, O'Neill müsse ihm
unbedingt über alle Umstände seines Lebens hier berichten, genau und ausführlich, daraus ließen sich gewiß
Schlußfolgerungen für das Leben auf der Erde ziehen, für
die Verlängerung des Lebensalters. Wie alt sind Sie jetzt?
hatte Doc gefragt. O'Neill hatte erst nachrechnen müssen.
Zu seinem Erstaunen stellte er fest, daß er vor drei Wochen
hundert geworden war.

»Hundert Jahre sind genug!« Er nahm einen Schluck
aus der Flasche, die Henry, der Benjamin der Landecrew,
ihm heimlich zugesteckt hatte. Echt irischer Whisky. Garantiert hundert Jahre alt, stand auf dem Etikett, also älter
als er, denn die Zeit des Raumflugs mußte man ja hinzu-
zählen. O'Neill nahm nur einen winzigen Schluck, gerade
genug, den Mund auszuspülen. Er war Alkohol nicht mehr

gewohnt, und noch nie war es wichtiger gewesen, nüchtern zu bleiben, als heute.

Hundertzehn Jahre, so hatte Doc erklärt, sei inzwischen die durchschnittliche Lebenserwartung für Männer, hunderteinundzwanzig für Frauen. Wenn er die Zeit für den Rückflug bedachte, würde er hundertzwanzig sein, wenn er wieder auf der Erde eintraf. Ein Greis. Auf einer Erde, die schon jetzt so fremd geworden war, daß er nur die historischen Gebäude wiedererkannt hatte. Aber sie wollten ihn nicht hierlassen, um keinen Preis.

Henry hatte es ihm verraten. Notfalls würden sie mit List versuchen, vielleicht sogar mit Gewalt, ihn an Bord des Raumschiffs zu bringen.

Er hatte daran gedacht, sich zu verstecken, bis sie die Schnauze voll hatten, ihn zu suchen, und abhauten, aber konnte er denn jetzt noch hier bleiben? Würde er noch einmal die Gelassenheit finden, würde er sich nicht allzubald mit Vorwürfen zerfleischen, zumal wenn die Gebrechen des Alters noch stärker wurden. Er merkte doch jetzt schon, wie er abbaute. Wie er oft minutenlang dastand und grübelte, was er hatte machen wollen.

Zwei Wochen vor Ankunft der FREMDEN hatte er sich im Wald verlaufen, in seinem Wald, den er wie seine Hosentasche zu kennen glaubte! Er hatte drei Tage gebraucht, um wieder zur Basis zu finden. Wenn er eines Tages elendig im Walde verrecken mußte? Hier konnte er schreien, so laut er wollte, niemand hatte Ohren, ihn zu hören.

Seit der Rausch der Freude über die Ankunft der FREMDEN verflogen war, hatte er unaufhörlich gegrübelt, was er tun sollte. Vorgestern hatte er sich entschieden.

Seine Aufzeichnungen hatte er längst der Landecrew übergeben, die Karten, die Verzeichnisse der Pflanzen, die Liste der Namen, die er vergeben hatte, sogar die Tagebücher; jetzt gab er zum Schein sein Sträuben auf, sich an Bord des Raumschiffs zu begeben, zur Erde zu fliegen. In drei Tagen. Er lachte. In drei Tagen mußten sie zurück zum Raumschiff; das nächste Raumfenster zum irdischen Sonnensystem öffnete sich erst Monate später, und der Kommandant wollte nicht länger hierbleiben. Vielleicht hatte er Heimweh?

Er nicht. Er würde Heimweh nach dem Antair haben, solange er noch denken konnte. Er wollte hier bleiben, hier sterben, auf dem Planeten, der seine zweite, nein, seine wirkliche Heimat geworden war. Nicht in einer der scheußlichen Kliniken auf der Erde. Er wußte zwar nicht genau, ob sie noch so scheußlich waren wie damals, aber wie sollte es anders sein? Er hatte sich bei Doc erkundigt, sie hatten noch immer keinen Weg gefunden, jedem Menschen einen Tod in Würde zu gewähren. Noch immer versuchten sie, jedes Leben solange wie nur möglich zu erhalten, und sei es um den Preis monatelangen Dahinsiechens in einer Intensivstation, so lange, bis eine Ärztekommission schließlich doch feststellte, daß das Gehirn erloschen war oder daß es wirklich keine Hoffnung mehr gab, und den Gnadentod gewährte.

Nein, er würde hier sterben. Und in Würde. Bei vollem Bewußtsein. Auch den Tod noch erleben. Konnte es etwas Schöneres geben, als in Frieden von dieser Welt zu scheiden, in dem Bewußtsein, sein Leben vollendet, den Kreis ausgeschritten zu haben?

Er konzentrierte sich auf die Landung, programmierte den Copter für den Rückflug, schnallte den Sauerstoffbehälter auf den Rücken, schloß ihn an, goß den Whisky in die Reserveflasche des Skaphanders, setzte den Helm auf, dann trat er hinaus.

Er mußte seine Augen erst an das Licht gewöhnen, dieses eigentümlich diffuse bläulichgraue Licht, das über das Eisfeld flimmerte und die Spitze des Gipfels umspiegelte. Er stapfte los. Bestimmt knirschte das jahrtausendealte Eis unter seinen Schritten. Er spürte nichts von der Kälte, obwohl hier oben weit über hundert Grad minus herrschen mußten. Hoffentlich kam kein Sturm, bevor er sein Ziel erreichte. Er setzte vorsichtig Fuß vor Fuß, glitt mehr, als daß er ging, über das Eis, das bis kurz unter die Felsspitze reichte. Er orientierte sich auf dem Kompaß – eine Erfindung, auf die er besonders stolz gewesen war – nach Westen. Auf dem Antair ging die Sonne im Westen auf. Schließlich hatte er die Spitze erreicht. Er scharrte mit dem kleinen Spaten eine Mulde in das Eis, direkt an der Felswand, nur einen Meter unter dem Gipfel. Der höchste Mensch der Welt, dachte er amüsiert. Ein Fall für das »Guinness-Buch der Rekorde«, falls es das noch gab.

Er saß Probe, verbesserte seinen Sitz noch ein wenig, legte dann den Spaten neben sich auf das Eis. Ein erster roter Schimmer tauchte weit im Westen über den Gipfeln auf, wuchs. Er war ganz ruhig, gelöst. So ähnlich mußten einst die Alten der Frühzeit empfunden haben, wenn sie sich in die Einsamkeit der Wildnis zurückzogen, um zu sterben. Nur, daß es für ihn kein Abschiedsfest gegeben hatte, weder rituale Tänze noch Kräuterdrogen, die den letzten Weg leichter machen sollten – er hatte keine Drogen nötig. Gewiß, das wäre die Krönung gewesen: jetzt ein letzter Traum. Er kicherte. Das hatte er vorgestern erledigt, und die FREMDEN waren völlig verstört, weil er stundenlang unauffindbar blieb. Aber er hatte den Whisky.

»Prost, Pat, alter Halunke«, sagte er, »letzten Endes bist du doch ein Glückskind.«

Als Junge hatte er davon geträumt, einmal einen Sonnenaufgang auf dem Mount Everest zu erleben. Nun saß er hier auf einem doppelt so hohen Berg. Würden sie ihn, wie er in seinem Abschiedsbrief gebeten hatte, nach ihm benennen – Mount O'Neill? Er rutschte ein wenig, der Skaphander klebte bereits am ewigen Eis, aber noch ließ er sich losreißen, noch konnte er zum Copter zurückkehren.

»Nein«, sagte er, »hundert Jahre sind genug.« Er zog das Terminal aus der Tasche und gab dem Copter den Befehl zum Abflug, er nickte zufrieden, als der Copter für einen Augenblick vor ihm auftauchte, bevor er in der Tiefe versank. Er lehnte sich an den Felsen, kreuzte die Arme über der Brust, die Hände fast an den Schultern – wie der Buddha, den er einst in Raschnapur gesehen hatte. Die Berge hatten jetzt glühende Konturen, jeden Augenblick mußte die Sonne aufgehen. Sein letzter Sonnenaufgang.

»Den letzten, den du sehen kannst«, berichtigte er sich. Er legte die Lippen an das Trinkrohr, nahm einen langen Zug. Er wußte, was kommen würde, er hatte es sich so ausgesucht. Er würde am Gipfel anfrieren, würde hier sitzen, von Morgenrot zu Morgenrot, bis das Eis ihn einschloß, ihn unter sich begrub, zu einem Teil des Berges machte. Die Sonne schickte einen ersten Strahl über den schartigen Horizont. O'Neill begann zu singen.

»From dawn to dawn in all eternity . . .«

Inhalt

Illustrationen von:

Manfred Butzmann (Seite 127)
Erhard Grüttner (Seiten 83, 97)
Lutz Hirschmann (Seiten 13, 25)
Michael de Maizière (Seiten 59, 159)
Klaus Müller (Seite 243)
Eva Natus-Šalamoun (Seiten 69, 199)
Jens Prockat (Seiten 121, 177)
Lothar Şchroth (Seite 215)
Schulz & Labowski (Seiten 51, 229)
Hannelore Teutsch (Seiten 183, 277)
Dieter Tucholke (Seiten 143, 293)

ISBN 3-360-00243-1

1. Auflage
© Verlag Das Neue Berlin, Berlin · 1989
Lizenz-Nr.: 409-160/234/89 · LSV 7004
Umschlag- und Einbandgestaltung: Jens Prockat
Printed in the German Democratic Republic
Gesamtherstellung: Karl-Marx-Werk Pößneck V 15/30
622 883 6

00980